ro
ro
ro

«Start der schillernden Saga um eine Münchener
Brauereidynastie.» *(HÖRZU)*

Julia Freidank ist das Pseudonym einer vielfach veröffent-
lichten Autorin von Romanen und Sachbüchern. Als ge-
bürtige Münchnerin hat sie die aufregende Geschichte
ihrer Heimatstadt immer schon sehr fasziniert. Da München ohne das Brauereiwesen nicht zu denken ist, lag es
nahe, irgendwann einmal über ein Münchner Brauhaus zu
schreiben. Das Ergebnis ist der vorliegende Roman. «Das
Brauhaus an der Isar – Spiel des Schicksals» ist der farben-
prächtige Auftakt einer großen Familiensaga, deren zweiter
Band «Das Brauhaus an der Isar – Im Sturm der Zeit» in die
schillernden Zwanziger Jahre entführt.

Julia Freidank

DAS BRAUHAUS AN DER ISAR

Spiel des Schicksals

Roman

Rowohlt Taschenbuch Verlag

Das dem Roman vorangestellte Zitat von Thomas Mann
entstammt folgender Quelle:
T. Mann, *Sämtliche Erzählungen*, Frankfurt 1963 (S. Fischer),
darin: «Gladius Dei», S. 157–171.

2. Auflage September 2020

Veröffentlicht im Rowohlt Taschenbuch Verlag,
Hamburg, August 2020
Copyright © 2019 by Rowohlt Verlag GmbH, Hamburg
Redaktion Elisabeth Mahler
Covergestaltung FAVORITBUERO, München
Coverabbildung München/United Archives/Carl Simon/
Bridgeman Images; FAVORITBUERO, München;
YuriyZhuravov, VICUSCHKA/Shutterstock
Satz aus der Plantin MT Pro bei Pinkuin Satz und Datentechnik, Berlin
Druck und Bindung CPI books GmbH, Leck, Germany
ISBN 978-3-499-27668-2

Die Rowohlt Verlage haben sich zu einer nachhaltigen Buchproduktion
verpflichtet. Gemeinsam mit unseren Partnern und Lieferanten setzen
wir uns für eine klimaneutrale Buchproduktion ein, die den Erwerb von
Klimazertifikaten zur Kompensation des CO_2-Ausstoßes einschließt.
www.klimaneutralerverlag.de

DAS BRAUHAUS AN DER ISAR

Spiel des Schicksals

DRAMATIS PERSONAE

ANTONIA, Muse aus der Hallertau, die in der Stadt ihr Glück machen will und nicht viel für Seejungfrauen übrighat

FRANZISKA BRUCKNER, gestrenge Braumeisterswitwe mit großen Ambitionen

MELCHIOR BRUCKNER, ihr Sohn, der die Langweile zu einer Kunst entwickelt hat

VINZENZ UND RESI, seine Geschwister, immer auf der Suche nach einem Honigplätzchen

QUIRIN, Maler, der nach dem großen Wurf strebt

BENEDIKT, Zeichner, stets für einen Absinth zu haben

PATER FLORIAN, Priester in Schwabing, Exorzist mit gelenkigen Händen

FRANZ STUCK, Malerfürst, um ein Modell verlegen

SEBASTIAN, ehrgeiziger Brauknecht aus dem Chiemgau, der gegen die Entfremdung der Arbeit ankämpft

VEVI, seine Verlobte, die vor der Entfremdung ihrer Familie flieht

SIR WILLIAM UND LADY HORTENSIA SHELTON, Geschwisterpaar aus England, dessen Absichten im Dunkeln liegen

KRESZENZ, Hausdrache und selbsternannte Herrin des Hauses Bruckner

ALBERT EINSTEIN, Technikersohn auf physikalischen und anderen Abwegen

JOSEPHINE STRAUSS, geborene Pschorr, Braumeisterstochter mit komponierendem Nachwuchs

MAREI, Köchin, die alles weiß, außer, wie man nein sagt

XAVER, Brauknecht mit beeindruckendem Körperbau

FRANZISKA GRÄFIN ZU REVENTLOW, Malweib und Gesamtkunstwerk

ALOIS HOPF, Braumeister, der seine Tochter unter der Haube sehen will

FRANZ SALZMEIER, Hopfenbauer und Nabel der Welt

Münchner Brauer, Händler, Schülerinnen und Künstler sowie Kater Fleckerl, die Braurösser Bazi und Schorsch und jede Menge Ölfarbe

VORBEMERKUNG

Das *Fin de siècle,* die Wende vom 19. zum 20. Jahrhundert, ist in Bayern geprägt von Armut und Landflucht einerseits sowie von explodierenden Massen in den Städten auf der anderen Seite. Die Schwabinger Boheme entsteht, aber auch das Arbeiter- und Tagelöhnermilieu, das Brecht besingen sollte. Die Industrie, zu der auch die Bierbrauerei gehört, blüht auf. München wird zur Stadt des Biers und des technischen Fortschritts: Kanalisation mit Wasserklosetts, bahnbrechende Erfindungen, Elektrizität. Heute ein Lifestyleprodukt, war Bier damals eng mit den neuesten Entwicklungen der Technik verknüpft: 1883 war es E.C. Hansen in Dänemark erstmals gelungen, reinsortige Kulturhefe herzustellen. Das ermöglichte die Herstellung rein untergäriger Biersorten. Carl von Linde, damals Professor an der Münchner Technischen Universität, erfand den Kühlschrank, der die Gärung dieser Hefen auch im Sommer ermöglichte, und entwickelte seine Ideen gemeinsam mit zwei Münchner Brauern. Und 1897 gelang Eduard Buchner der Nachweis, dass auch mit Hefeextrakt eine alkoholische Gärung möglich ist. Er widerlegte damit Louis Pasteur und erhielt für seine Arbeit 1907 den Nobelpreis für Chemie. Bier war nobelpreiswürdig.

Es ist eine Zeit der Dekadenz, des Symbolismus, des ästhetischen Lebensgenusses, und gleichzeitig eine Zeit, in der sich Gesellschaft und Politik zunehmend polarisieren, die geprägt ist von Untergangsstimmung und Lebensüberdruss. Die Kluft zwischen Arm und Reich, zwischen den politischen Extremen, zwischen den Ländern wird tiefer. All das wird im unvorstellbaren Grauen des Ersten Weltkriegs münden.

Drei Typen tauchen in der Kultur und der Lebenswelt des *Fin de siècle* leitmotivartig auf: der *Bohèmien*, die *Femme fatale* und der Dandy. Der *Bohèmien*, das ist der in Armut lebende Künstler wie Rodolfo in Puccinis *La Bohème*. Die *Femme fatale*, die kalte Verführerin, findet sich in Bizets *Carmen*, oft – wie auch hier – als Mischtyp mit der *Femme fragile*, der zerbrechlichen Frau, wie zum Beispiel Violetta in Verdis *La Traviata* nach Dumas' *Kameliendame*. Die von Männern geschriebene Literatur macht sie zur kalten Verführerin, die starke Gefühle erzeugt, ohne selbst welche zu haben. Ich stelle die Frage, warum, und versehe sie – sozusagen komplementär – mit dem zeittypischen «Frauenleiden» der sogenannten Hysterie. Stolze 75 % der Frauen sollen daran gelitten haben. Vermutlich war es nichts weiter als eine Reaktion auf die traumatische Erfahrung der Unterdrückung weiblicher Intelligenz, eigener sexueller oder generell starker Gefühle, kurz: Persönlichkeit, in einer patriarchalischen Gesellschaft. Die wilhelminisch-viktorianische Prüderie machte Menschen buchstäblich krank. Aber es gab auch Wege, sich dem zu entziehen, wenngleich primär für Männer: Der erotisch aufgeladene Symbolismus eines Franz von Stuck gab all dem Raum, was in der Gesellschaft verdrängt wurde. Der Dandy schließlich, der zynische, amoralische und gleichzeitig ästhetische Mann besserer Gesellschaft, gelangweilt und gleichzeitig fasziniert vom Leben, tritt in all seiner Doppelbödigkeit bei Oscar Wilde als Dorian Gray auf, ein Buch, das in der Schwabinger Boheme begeistert rezipiert wurde. Es dürfte offensichtlich sein, welche Figuren auf diese Typen anspielen und wie ich sie verändert habe. Neugierige finden außerdem im Nachwort noch Hinweise zu intertextuellen Anspielungen.

Das leuchtende München – für Thomas Mann war es ein ironisches Spiel. Ist seine Novelle *Gladius Dei* eine Hommage an dieses leuchtende München? Ist der *Don Quijote* ein Ritterroman? Wenn ein Genre anfängt, gleichförmig zu werden, muss man es auflockern, es ironisieren. Wie Oscar Wilde sagen würde: *Alle Kunst ist Symbol.* Oder, wie es im Roman mit Bezug auf Wilde heißt: ein Spiegel. Seht darin, was ihr wollt, es werdet immer ihr selbst sein.

*München leuchtete. Über den festlichen Plätzen und
weißen Säulentempeln, den antikisierenden Monu-
menten und Barockkirchen, den springenden Brunnen,
Palästen und Gartenanlagen der Residenz spannte
sich strahlend ein Himmel von blauer Seide, und ihre
breiten und lichten, umgrünten und wohlberechneten
Perspektiven lagen in dem Sonnendunst eines ersten,
schönen Junitags.*

THOMAS MANN

– 1 –

Flechting, Hallertau, 1897.

Das Leuchten erfasste das silbrige Band des Flusses, auf dem glitzernde Schaumkronen elfenfunkengleich tanzten. Aus geometrischen Fassaden schienen sich blumenumrankte Säulen zu lösen und mit den strengen Formen zu spielen. Mysteriöse Fabelwesen bewachten Fenster und Türen, aus denen das Licht unzähliger Kristallleuchter strahlte wie aus einem allsehenden goldglänzenden Auge …

«Schläfst du?»

Antonia schreckte aus ihren Tagträumen hoch. Ein schmerzhaftes Pochen in ihren Rippen, da, wo sie der Ellbogen ihrer jüngeren Schwester Theres getroffen hatte, belehrte sie, dass sie den Rest der Totenmesse verträumt hatte. Sie riss sich von den bunten Kirchenfenstern los, schlug hastig das Kreuz und stand von der harten Bank aus Eichenholz auf. Gemeinsam mit der Mutter und ihren jüngeren Geschwistern Theres und Max reihte sie sich hinter dem Pfarrer in seiner purpurfarbenen Trauertracht und dem Sarg ein.

«Zu viel g'soffn …» Ein Tuscheln in Antonias Rücken holte sie unsanft, aber endgültig zurück in die Wirklichkeit. Elfen, Blumenranken und goldene Tore verblassten, wichen der unbezwingbaren Erdhaftigkeit tratschender Stimmen: «Der Hofer macht's auch nimmer lang, wirst sehen!»

«Ach wo! Das war die lange Krankheit im Sommer, der Pacher konnt doch kaum noch schnaufen.»

Doch im Grunde waren sich alle einig, dass es das Bier gewesen war, welches das vorzeitige Ende von Nepomuk Pacher herbeigeführt hatte.

Der Trauerzug war länger, als es dem Ansehen oder gar dem Reichtum des Vaters angemessen gewesen wäre. Auch wenn sie nicht zur Beerdigung kamen, um ihn zu ehren, wollten die meisten doch sehen, wie es nun mit seiner Familie weiterging.

«Das schafft die Pacherin nicht allein mit den Kindern», tratschten die Stimmen in Antonias Rücken weiter, als sie auf den winzigen Kirchhof hinaustraten. In der Nacht hatte es geregnet, und die gekiesten Wege waren noch feucht. Die Dorfkapelle spielte blechern und immer wieder schief, und die Stola des Pfarrers wurde genauso vom leichten Wind erfasst wie die Töne. «Mit einem achtzehnjährigen Mädel kann sie keinen Hof führen, und der Bub ist zu jung. Sie wird verkaufen müssen.»

Das hätten sie wohl gern, die Tratschweiber!, dachte Antonia. Am liebsten wäre sie ihnen übers Maul gefahren, doch von Kindheit an hatte sie gelernt, dass es meistens mit Prügeln endete, wenn man Gefühlen nachgab. Das eintönige Geräusch der vertrauten Gebete half ihr, Trauer, Wut und Hilflosigkeit zurückzudrängen, während der Sarg in die Erde gesenkt wurde. Nepomuk Pacher war kein liebevoller Vater gewesen. Aber nun, da er tot war, dachte Antonia mit Trauer an ihn. Sie erinnerte sich an den Tag, als er ihr unter dem vorspringenden Dach ein Holzpüppchen geschnitzt hatte, während der Regen über ihnen von den Schindeln troff, funkelnd aufleuchtend im Schein der durch die Wolken brechenden Sonne. An die Winterabende, wenn er ihnen am Kamin aus der Bibel vorlas. Das meiste davon war ihr kaum je aufgefallen, aber jetzt, da sie es nie wiederhaben sollte, spürte sie den Verlust.

Wenigstens bleibt uns der Hof, dachte sie. Das kleine windschiefe Häuschen mit Scheunen, Schweinekoben, Pferdestall und Gemüsegarten an der Dorfstraße war ihr Zuhause. Die winzige Kammer unter dem Dach, die sie mit Theres teilte, war zugig und ihr Bett nicht mehr als eine Strohmatratze. Doch seit sie denken konnte, war es ihr Reich. Durch ein winziges Dachfenster blickte man auf die Zufahrt, und wenn es stürmte, rüttelte der Wind am wurmzerfressenen Gebälk. Aber das Geräusch war ihr so vertraut, dass sie sich kaum vorstellen konnte, ohne es einzuschlafen.

Nach der Trauerfeier strömten die Gäste ins Wirtshaus gegenüber, ebenjenes, in dem Nepomuk Pacher seinen letzten fatalen Schluck genommen hatte. Von Jahr zu Jahr schienen mehr Leute stolz die neumodischen Gewänder und Hüte auszuführen, die man in der Stadt trug. Bauer Salzmeier, der reichste Hopfenbauer am Ort, trug natürlich auch schon so eines, mit Gehrock und Weste samt Uhrenkette. Aber man sah auch immer weniger Frauen in der Hallertauer Tracht, in langen seidenen Kleidern mit gerüschten Schürzen, schwarzen Miedern mit Silbertalern und Amuletten, Schultertuch, Kropfkette und Fellmütze.

Antonia blickte seufzend an ihrem altmodischen Gewand hinab, das sie von der Mutter geerbt hatte.

Sie ließ die anderen vorausgehen und streifte das Kopftuch von dem dunkelbraunen Zopf. Für ein neues Festtagskleid hatte sie ohnehin keine Verwendung mehr. Ihre Träume von einer Ausbildung in der Stadt konnte sie mit dem Vater begraben. Außer ihr gab es niemanden, der ihn auf dem Hof ersetzen konnte. Vielleicht war es besser so. Onkel Marius waren diese Träume nicht gut bekommen. Ihr Vater hatte seinen zehn Jahre jüngeren Bruder mehr als ein Mal verprügelt, wenn er von stuckverzierten Fassaden faselte, während der Hopfen von den Stangen gerissen werden musste. Dann, eines Tages nach der

Ernte, war Marius verschwunden gewesen. Was seit letztem Jahr aus ihm geworden war, wusste niemand.

«Mein Beileid», riss sie die Stimme der alten Erna aus ihren Gedanken. Verhüllt in Berge von schwarzem Stoff, wuselte die winzige Gestalt heran und bekreuzigte sich mit gichtigen Händen. «Magst nicht rüberkommen zu den Lebenden? Du bist doch so schon ernsthaft genug. Immer beim Arbeiten, nie auf dem Tanzboden.»

«Ach, da versuchen die Burschen bloß, einen zu küssen», erwiderte Antonia abfällig. «Ruinieren einem den Ruf, nur um damit anzugeben, so wie der Ferdi es mit der Annamirl gemacht hat. Ich habe zu tun.»

Vorsorglich verschwieg sie der redseligen Alten, dass sie eigentlich ganz gern turtelte. Man musste nur aufpassen, sich nicht zu verlieben, und sobald einer anfing, sie als seinen Besitz zu betrachten, setzte es eine Watschn. Antonia hatte kein Mitleid mit Burschen, die zwar gerne auf Kosten anderer spielten, aber selbst ungern verloren.

«War ein hartes Jahr für euch», meinte die alte Bäuerin mitleidig.

«Der Salzmeier wollte uns schon wieder den Hof abluchsen», bestätigte Antonia und warf einen giftigen Blick in Richtung Wirtshaus, in dem der Bauer verschwunden war. «Zum Glück habe ich es den Eltern ausgeredet.»

«Gut g'macht, Dirndl, des is' recht. Der alte Ruach, der alte.»

Das konnte sie laut sagen. Salzmeier war ein Geizkragen, wie er im Buche stand. Vor allem wenn es darum ging, den Lohn für seine zahlreichen Mägde und Knechte zu bezahlen.

«Arbeit bloß net für den. Der langt seine Taglöhnerinnen untern Rock, sagt die Katharina», lieferte Erna sofort einen umfangreichen Bericht. «Und den armen Deifi, den Abensberger drüben in Reichertshausen, den hat der Salzmeier aus dem

G'schäft mit einer Münchner Brauerei g'schmissen. A so a dreckerter Saukerl, so a dreckerter. Aber in der Kirch' schaut er allweil drein wie der Heilige Geist persönlich. Falt' die Händ' wie a' Engerl und verdraht die Augen zum Himmel, dass d' meinst, er tät gleich an Heiligenschein kriegen. Der verlog'ne Heuchler, der verlog'ne. – Aber ...» Sie legte den Finger an die faltigen Lippen und grinste verschwörerisch. «Des bleibt unter uns.»

«Versprochen.» Antonia hatte für Franz Salzmeier auch nichts übrig. «Aber ich werde nicht für ihn arbeiten. Der Hopfen sieht gut aus, wenn kein größeres Unwetter kommt, kommen wir übers Jahr.»

Sie sagte es mit einem gewissen Stolz. Auch wenn sie den kranken Vater nicht hatte ersetzen können, dass sie den Hof überhaupt noch besaßen, war ihr Verdienst. Voll Wärme dachte sie an das Häuschen mit dem vorspringenden Dach, unter dem man bei Regen im Trocknen, bei Sonne im Schatten saß. Der Vater hatte eine Bank gezimmert, auf der die Kinder spielten oder die Mutter Handarbeiten erledigte. Den Sommer über mästeten sie Ferkel, ansonsten bewohnten nur der Hund Rudi und ein paar halbwilde Katzen die wenigen Gebäude. Das Zentrum bildete die Scheune, in der sie die Hopfendolden von den Schlingpflanzen zupften. Unterhalb des Kirchhügels, der von den wenigen Höfen umgeben war, erstreckten sich die Felder. Weite grüne Flächen voll meterhoher Stämme, an deren Drähten sich die Pflanzen hochrankten. Als Kind hatte sie darunter gespielt. Der herbe Duft der weiblichen Pflanzen mit ihren großen, hellgrünen Dolden begleitete sie schon ihr ganzes Leben.

«Weiß der Marius, dass der Nepomuk tot ist?», riss Erna sie erneut aus ihren Gedanken.

«Nein. Seit er nach München ist, haben die Eltern nicht mehr über ihn geredet.» Niemand ahnte, dass sie in ihrer Kammer unter getrockneten Hopfendolden Bilder ihres Onkels aufbewahrte: ungelenke Zeichnungen von Pferden und Höfen, von zerfurchten Gesichtern im Wirtshaus, von Männern in verschwitzter Arbeitskleidung mit Müdigkeit in den Augen, von Frauen mit Körben frischer Wäsche und von der Arbeit am Waschbrett aufgequollenen Händen. Auch ein Porträt der alten Erna war dabei. Von dem die natürlich nichts wusste.

«Ja, die Stadt, die Stadt!», raunzte die alte Erna. «Schön sauber soll's da sein, sagt' man. Koa Dreck net auf der Straß, aber so viel Leut'. G'schleckte feine Herrschaften, überall Droschken, die wo alles über'n Haufen fahr'n. Und des neumodische Zeug mit Elek... Elek...»

«Elektrizität?»

«Genau. Straßenlaternen und so. Naa, sag' i'. Mich kriegst net weg in die große Stadt. Net mit zehn Rösser.»

Marius hatte ganz anders geredet. Für ihn war die Stadt ein strahlender Sehnsuchtsort gewesen, voll Glanz und Licht und Schönheit. Wo die Männer ihre Frauen wie Prinzessinnen verehrten, anstatt sie wie Sklavinnen vom Wochenbett aufs Feld und wieder zurück zu jagen. Wo die Menschen in großen Steinhäusern lebten, wo die Flure mit glänzenden Fliesen gekachelt waren und goldene Figuren über den Portalen thronten, wo man abends nicht zu Hause saß, sondern in Samt und Seide gekleidet in die Oper ging und Schaumwein trank. Wo der Prinzregent einfache Künstler an seinen Tisch holte und das Zepter der Kunst mit dem der Krone ging.

Antonia unterdrückte ein leises Seufzen. «Also gut. Gehen wir zu den anderen.» Doch als sie sich vom Grab ihres Vaters abwandte, fühlte es sich an, als würde sie dort auch ihre Träume zurücklassen.

Schwere Balken stützten die Decke in der «Alten Post», und die dunkel getäfelten Wände, die sonst behaglich wirkten, vermittelten Antonia heute den Eindruck ungewohnter Enge. Man hatte mehrere Tische zu einer langen Tafel zusammengeschoben. Antonia konnte sich nicht erinnern, dass der Vater so viele Freunde gehabt hatte, aber wo es einen Leichenschmaus für umsonst gab, entdeckte wohl so manch einer sein Herz für den Verstorbenen.

«Den Nepomuk kannst beneiden», meinte der dicke Xaver, als die beiden Frauen hereinkamen und sich einen Platz suchten. «Im Wirtshaus möchte ich auch mal sterben.»

«An dir täten die Engerl aber schwerer tragen als am Pacher», kicherte die alte Erna. Sie rückte sich einen freien Stuhl heran und verpasste ihm einen scherzhaften Rippenstoß. «Du solltest am Berg sterben. Da ham se's ned so weit bis zum Himmel. Wannst überhaupt in Himmel kommst!»

Diese Witzeleien auf Beerdigungen hatten Antonia früher befremdet. Aber heute munterten sie sie ein wenig auf. Eine fröhliche Leich', ein Leichenschmaus in guter Stimmung, erinnerte die Hinterbliebenen daran, dass der Tote nun begraben war und das Leben weitergehen musste.

Presssack und Brot standen schon auf dem Tisch, und die Gespräche verstummten einen Moment, als die saure Lunge mit Knödeln serviert wurde. Der Duft breitete sich aus, und einige Männer bestellten bereits das zweite Bier. Normalerweise liebte Antonia dieses Gericht: den sauren Geschmack des lang gekochten Fleisches und die Semmelknödel, die groß und weich darin schwammen, ganz leicht mit Petersilie abgeschmeckt. Aber heute hatte sie keinen Hunger und stocherte lustlos auf ihrem Teller herum. Bei einem solchen Essen war immer die ganze Familie beisammen gewesen. Der Vater fehlte.

«Die Krise hat ihm zu schaffen gemacht», meinte Nachbar Hinter. «Vor zwanzig, fünfundzwanzig Jahr' war der Pacherhof ein schöner Hof. Aber es wird immer schwieriger. Die Brauereien werden größer, ein kleiner Hof kann sich da kaum halten. Und die Qualität, die muss halt heutzutag auch besser sein als wie früher.»

«So is'», erwiderte Franz Salzmeier. Selbst seine besten Kleider ändern nichts an seinem dummen Gesicht, dachte Antonia. Er sieht immer noch aus, als wäre er mit seinen Kühen verwandt.

In seliger Unwissenheit über derlei respektlose Gedanken nahm Salzmeier einen weiteren tiefen Schluck, mit einer Bedeutsamkeit, als wollte er gleich den nächsten Beschluss des Prinzregenten verkünden. «Die Brauereien in der Stadt wollen aus einer Hand kaufen. So a kleiner Hof kann des net leisten, des rentiert sich nimmer. Deswegen hab ich den Pacherhof übernommen.»

Antonia zuckte zusammen.

Sie starrte in das grobe Gesicht, das nicht einmal zu merken schien, dass er ihr gerade den Boden unter den Füßen weggezogen hatte. Seine schaufelartigen Hände klopften auf den Tisch, als er weitersprach. Die Geräusche verschwammen, flossen mit den anderen Stimmen zusammen, dem Kratzen der Stühle auf dem Boden, dem Klirren von Glaskrügen und Geschirr. Als hätte ihr Verstand plötzlich die Fähigkeit verloren, Wichtiges von Unwichtigem zu trennen. Es dauerte Sekunden, bis Antonia sich wieder so weit in der Gewalt hatte, dass sie sprechen konnte. Langsam wandte sie sich zu ihrer Mutter.

«Du hast den Hof verkauft?»

Anastasia Pacher zupfte ungeduldig an ihrem ergrauten Haarkranz. Früher hatte Antonia gedacht, dass sie die schönste Frau der Welt sein musste, mit ihrem dunklen Haar und den hellen Augen. Jetzt erschien sie ihr wie ein altes Kind, das von einem Moment auf den anderen Entscheidungen treffen sollte, die bisher andere für es gefällt hatten.

«Ich weiß, du denkst anders darüber», erwiderte sie ungeduldig. «Aber ohne den Vater geht es eben nicht.» Sie zögerte, dann fuhr sie fort: «Du kannst beim Salzmeier arbeiten, sagt er. Stimmt's, Salzmeier?»

Der Bauer bejahte und setzte sein Gespräch mit Nachbar Ramsauer fort. Antonia hatte das unangenehme Gefühl, dass er sie trotzdem aus dem Augenwinkel anschielte und bei dem Versuch, dabei nicht aufzufallen, erneut besorgniserregend nach Wiederkäuer aussah. Was die alte Erna gesagt hatte, ging ihr nicht aus dem Kopf.

«Antonia!», bat die Mutter. «Der Salzmeier will uns doch nur helfen. Schau, wir können den Hof nicht allein bewirtschaften. Das Geld hilft uns.»

«Und weil ein reicher Mann das sagt, ist es auch richtig? Wer sind wir denn, seine Sklaven? Das ist erbärmlich! Was hat er denn bezahlt?», zischte Antonia. Am liebsten wäre sie aufgesprungen und hätte ihre Mutter angeschrien. Sie brauchte ihre ganze Kraft, um sich zu beherrschen. «Doch sicher nicht annähernd das, was der Hof wert ist. Mit Hopfen kann man jetzt Geld machen, das hat er doch gerade gesagt!»

Die Trauergäste unterbrachen ihre Gespräche. Der Essensdunst hing schwer über dem Tisch, und Antonia hatte das Gefühl, als würden sie alle auf einmal anstarren.

«Halt den Mund!», zischte die Mutter. «Du bringst uns ins Gerede.»

«Da sind wir doch schon!», erwiderte Antonia schnippisch. «Weil sich meine Mutter von einem reichen Gauner hat über den Tisch ziehen lassen.»

Salzmeier wollte aufspringen, aber Xaver hielt ihn fest. «Jetzt lass doch, das Madl ist in Trauer.»

Heuchler!, hätte Antonia sie alle am liebsten angeschrien und auf Salzmeiers scheinheiliges Gesicht eingeschlagen. Die Wut ließ glühende Wellen durch ihren Leib jagen. Wenn in der

Kirche die Kollekte kam, ließ sich keiner lumpen, aber auf ein lukratives Geschäft verzichten für eine Witwe mit drei Kindern, so weit ging die christliche Nächstenliebe nicht. Der Hof war Antonias Zuhause, ihre Welt. Ihr ganzes Leben hatte sie dort verbracht. Selbst wenn Salzmeier sie weiter dort wohnen ließ, was keineswegs selbstverständlich war, es wäre nicht dasselbe. Für ihren eigenen Hof hätte sie sich die Hände wund gearbeitet, aber jetzt fühlte sie sich einfach nur schäbig verraten. Tränen schnürten ihr die Kehle zu, durften nicht geweint werden. Mit aller Gewalt kämpfte sie dagegen an, zwang sie zurück in ihr Inneres. Ihr Gesicht schmerzte von der Anspannung, sie zitterte am ganzen Körper vor verhaltener Wut. Doch dieser Pharisäer würde sie nicht weinen sehen.

Sie schob ihren Stuhl zurück und stand auf.

In diesem Moment kam das Prickeln.

Es durchlief ihren Leib wie ein Schauer von heißen Nadelstichen. Antonia stockte der Atem. Sie rang nach Luft, aber es fühlte sich an, als wären ihre Lungen plötzlich gelähmt.

Ihr linkes Bein zuckte, sie verlor das Gefühl darin. Taub knickte es nach unten weg. Sie hörte jemanden aufschreien. Ein Stoßgebet rufen.

Ich sterbe!, schoss es ihr durch den Kopf. Sie versuchte, sich irgendwo festzuhalten, vergeblich. Ihre Gliedmaßen versagten den Dienst. Ihre Arme begannen zu zucken, schlugen wild und unkontrolliert um sich, trafen Stühle, die entsetzt aufspringenden Menschen, sich selbst.

Was passiert mit mir?

Ihr Oberkörper bog sich nach hinten und versteifte sich. Langsam rang sich ein Schrei über ihre Lippen.

Ich will nicht sterben!, dachte Antonia.

Dann verschwamm alles um sie herum. Das Letzte, was sie noch in der Gewalt hatte, war, die Augen zu schließen.

Irgendwo in der Dunkelheit waren Laute. Geräusche menschlicher Stimmen, doch ohne Bedeutung. Ihr Geist war orientierungslos in der Schwärze, verloren in Zeit und Raum. Ein kühler Tropfen im Nichts. Dann mehrere. Sie spürte ihre Lippen, ihre Augenlider wieder. Jemand spritzte ihr Wasser ins Gesicht.

Die verschwommenen Flecke wurden klarer, fügten sich wieder zu Bildern zusammen. Sie lag in ihrer Kammer auf dem Bett. Zwei schwarz gekleidete Männer blickten auf sie herab. Doktor Kaiser, der weißbärtige Arzt aus dem nahen Au, in seinem schwarzen Gehrock, an dem das Monokel baumelte, und der junge, braunhaarige Pfarrer Matthias, die Hände fromm gefaltet vor der Soutane. Die Mutter nahm die Wasserschüssel, mit deren Hilfe der Arzt die Patientin offenbar aus ihrer Benommenheit geweckt hatte, und stellte sie auf den Waschtisch. Es musste spät sein, draußen dämmerte es schon, und unten hörte Antonia ihre Geschwister.

«Es ist ein Dämon», sagte Pfarrer Matthias. «Ich weiß einen guten Exorzisten in München. Pater Florian von St. Ursula. Sie muss zu ihm, er kann ihn austreiben.»

Der Arzt schnaubte abfällig. «Es gibt keine Besessenheit. Das ist die Hysterie», widersprach er und griff nach Antonias Handgelenk, um den Puls zu fühlen. Er überprüfte ihn, den Blick auf die goldene Taschenuhr in seiner anderen Hand gerichtet, dann steckte er die Uhr wieder in seine Weste. «Ein sehr verbreitetes Frauenleiden. Wenn der Gebärmutter ihre natürliche Bestimmung versagt wird, wandert sie durch den Körper und verursacht diese Anfälle. Drei Viertel der Frauen leiden in ihrem Leben irgendwann darunter. Das war nicht ihr erster Anfall, aber der schlimmste bisher. Antonia sollte heiraten, bei manchen Frauen wird es nach der Hochzeit besser.»

«Wer heiratet denn so eine?», fragte Anastasia Pacher und sah den Pfarrer an. «Ich will nicht, dass sie nach München geht. Können Sie den Dämon nicht austreiben?»

Pfarrer Matthias überlegte. «Ich kann es versuchen.» Er legte Antonia die Hand auf die Stirn. «Verzweifle nicht, Kind. Du musst beten und die weltlichen Begierden bekämpfen, dann besiegst du die Anfechtung. Vielleicht ist es ein Zeichen, und du bist zur Nonne oder Höherem bestimmt?»

Wohl eher nicht, dachte Antonia, aber sie traute sich nicht, es laut zu sagen. Wäre der Anfall nicht gekommen, hätte ich dem Salzmeier vielleicht doch noch das verlogene Grinsen aus dem Gesicht gewatscht.

«Sie braucht einen Arzt, der sich auf die Hysterie versteht», knurrte der Doktor. «In Paris und Wien und in anderen großen Städten gibt es solche Ärzte.»

«Ich hab doch kein Geld für einen Irrenarzt in Wien!», schnaubte Anastasia Pacher.

«Ein Exorzismus kann gefährlich sein. Versuchen Sie es lieber mit etwas, das beruhigt», schlug Kaiser vor. «Ein Krug Bier am Abend schadet ihr nicht und besänftigt die Nerven. Sie braucht jetzt Ruhe.»

Antonia wartete mit geschlossenen Augen, bis die Stimmen und die Schritte auf der engen Stiege verklungen waren. Eine der Katzen hatte es sich auf ihr bequem gemacht. Antonia richtete sich etwas auf und drückte sie an sich.

Das alles gehörte nun dem scheinheiligen Salzmeier. Das Gefühl der Ungerechtigkeit schnürte ihr die Kehle zu und machte sie fast verrückt. Wenigstens musste sie jetzt ihre Tränen nicht mehr verbergen. Maunzend befreite sich die getigerte Katze aus ihren Armen und stieß dabei das Kissen vom Bett.

Darunter lag der Karton mit den Bildern. Antonia musste durch die Tränen hindurch lächeln. Sie zog ihn heraus und legte ihn auf ihre Knie. Wie so oft, wenn sie allein war, öffnete sie ihn und strich vorsichtig über die Zeichnungen.

Das alte Pferd des Nachbarn, das längst gestorben war. Marius hatte es gezeichnet, wie es unter der Last des Pflugs gebeugt dastand. Er hatte nichts beschönigt: nicht die eingesunkenen Flanken, die hervorstehenden Rippen, das struppige Fell. Die Erna mit ihrem verschmitzten Blick. Sogar eine kleine Stadtansicht von München aus der Ferne war dabei, die Antonia immer mit Sehnsucht erfüllte.

Marius hatte es leichter gehabt. Der war einfach nach München gegangen, um sein Glück zu machen. Wenn sie wenigstens gewusst hätte, wo sie ihn dort finden würde, hätte sie sofort ihr Bündel geschnürt und wäre ihm nachgereist. Aber so war sie hier gefangen, in einem Leben, in dem es nur Unterwerfung gab. In dem Gedanken und Gefühle in ein Korsett geschnürt und Träume in Salzmeiers Kuhstall begraben wurden.

Sie drehte die Bilder in der Hand. Und dabei fiel ihr auf, dass auf die Rückseite der Stadtansicht etwas gekritzelt war.

Sie sah genauer hin.

Quirin Riedleitner, Ainmillerstraße 24, München.

- 2 -

Als Antonia am Münchner Hauptbahnhof aus der keuchenden Dampfbahn stieg, stand sie zunächst orientierungslos auf dem Bahnsteig. Es war heiß und stank nach Öl und Rauch, und sie hatte das Gefühl, der schwarze Qualm, der während der Fahrt ins Abteil geweht war, habe sich direkt auf ihre Lungen gelegt. All die vielen elegant gekleideten Leute, die so zielstrebig an ihr vorbeirannten, schienen ganz genau zu wissen, wo sie hinwollten. Unschlüssig lief Antonia ein Stückchen in dieselbe Richtung. In diesem Moment stieß die Lokomotive einen gewaltigen Dampfstoß aus, der ihr heiß in die Röcke fuhr. Antonia machte einen Satz zur Seite. Der stinkende Dampf umwaberte sie, und von hinten rempelte sie ein Fußgänger im Vorbeigehen an.

Das ist verrückt, schoss es ihr nicht zum ersten Mal an diesem Tag durch den Kopf. Einfach heimlich nach Enzelhausen zu laufen und in den Zug nach München zu steigen! Was, wenn dieser Quirin Riedleitner ihr nichts über ihren Onkel sagen konnte? Dann saß sie hier fest und würde innerhalb weniger Tage ihr bisschen Geld aufgebraucht haben, das sie zur Firmung bekommen hatte und eigentlich in ihre Aussteuer hatte investieren sollen.

Aber wenn es die richtige Entscheidung war, könnte sie ihr Schicksal ändern, gurrte die lockende Stimme in ihrem Kopf. Der Pfarrer hatte sie ohnehin hierher zum Exorzisten schicken wollen. Sie würde geheilt werden. Mit Marius' Hilfe würde sie

Arbeit finden oder gar eine Ausbildung machen können. Sie würde Geld schicken können. Und die Mutter würde ihr verzeihen und sehen, dass sie hier mehr verdiente als bei dem Geizkragen Salzmeier, der seine Pranken nicht bei sich lassen konnte.

Antonia atmete mehrmals tief durch, um ihr wild pochendes Herz zu beruhigen. Dann nahm sie ihren Mut zusammen und trat auf einen der hastig vorbeieilenden Männer zu.

«Bitte, mein Herr … Ainmillerstraße?»

Der ältere Herr im Gehrock blieb tatsächlich stehen. Er zückte ein Monokel und klemmte es sich ins Auge, um die Adresse zu lesen.

«Ah. Das ist in Schwabing. Schlechte Gegend, sage ich Ihnen gleich. Voller Künstler und anderem Gesindel. Es ist weit zu laufen, nehmen Sie besser die Pferdebahn oder die neue Elektrische.»

«Oh», stammelte Antonia. Reiß dich zusammen!, sagte sie sich. Laut fragte sie: «Was kostet denn diese Elektrische?»

Die Frage schien ihn zu überraschen, denn das Monokel fiel aus seinem Auge und hing nun an der silbernen Kette. «Zehn Pfennig», meinte er und schüttelte den Kopf, als wäre es eine Frechheit, arm zu sein.

«Danke», seufzte Antonia. Zehn Pfennige waren zu viel, und sie war sich auch nicht sicher, ob sie sich traute, mit einem elektrisch betriebenen Wagen zu fahren. Besser, sie ging zu Fuß, sie war es schließlich gewöhnt zu laufen.

Der Weg war tatsächlich weit, aber sie bekam Augen und Mund vor Staunen kaum noch zu. Die Straßen waren breit und voller Menschen, viel mehr, als Antonia je in ihrem Leben gesehen hatte. Die ganze Stadt surrte und wimmelte von Leben und ständiger Bewegung. Botenjungen brüllten die Nachrichten oder riefen Zeitungen aus. Karren ratterten in beängstigender Geschwindigkeit durch die Straßen, beladen mit stark riechendem Kohl, Rüben oder Bier. Es roch nach Malz, aber viel stärker als in der heimatlichen Küche, wenn die Mutter Bier braute. Überall rempelte und stieß einen jemand an. Zuerst entschuldigte sich Antonia ständig, aber nach einer Weile merkte sie, dass niemand das erwartete. Wer es sich leisten konnte, trug die elegante Mode der Städter. Die Röcke der Frauen waren schmal und lang, die Bärte der Herren gestutzt und gezwirbelt. Überall stürmten Geräusche und Gerüche auf sie ein: Brot aus den unzähligen Bäckereien, Tiergeruch, Seife. Die Glöckchen der Pferdebahn, Leute, die laut redeten oder sich beschimpften, das Rattern unzähliger Kutschen. Immer wieder musste Antonia nach dem Weg fragen, und es kam ihr wie eine Ewigkeit vor, bis sie endlich ihr Ziel erreichte.

Die Ainmillerstraße war eine belebte Straße voller Baustellen. Antonia wäre mehrmals fast von einer Mietkutsche überfahren worden. Zum Glück hatte sie jemanden gefunden, der ihr das richtige Haus hatte zeigen können. Bei ihr zu Hause gab es zwar auch Hausnummern, aber niemand benutzte sie. Die meisten Höfe kannte man einfach nach ihrem Namen, und hier tat sie sich schwer, sich anhand der kleinen Schilder zu orientieren. Erleichtert, endlich am Ziel zu sein überquerte sie ein letztes Mal die Straße. Die Füße taten ihr weh, und in ihrem Magen bohrte der Hunger ein Loch. Als sie schnell vor einer Kutsche auf den Gehsteig sprang, scheuten die Pferde.

«Deppert's Flitscherl!», schrie ihr der Kutscher hinterher. «Scher di zum Deifi!»

Scher dich zum Teufel, dummes Flittchen. Der Ton hier ist jedenfalls nicht sehr städtisch, dachte Antonia. Sie hatte erwartet, dass die Leute hier alle unglaublich höflich wären, aber das hier unterschied sich nicht sehr von dem, was sie gewöhnt war. Dafür waren die Straßen tatsächlich sehr sauber. Marius hatte erzählt, dass München eine moderne Kanalisation besaß, wie nur wenige Städte sie hatten. Wobei sie nicht so recht wusste, wozu man so etwas brauchte. Bei ihr zu Hause hatte jedes Haus sein Toilettenhäuschen im Hof, und die Hinterlassenschaften landeten wie alles, was nicht mehr gebraucht wurde, auf dem Misthaufen. Feines Benehmen wäre nützlicher als so ein Kanalsystem, dachte sie.

Während sie Quirin Riedleitners Namen an der Tür suchte, hatte sie das Gefühl, das Leben in ihren Adern prickeln zu spüren. Ein Gefühl der Freiheit, wie sie es nie gekannt hatte und das stärker war als ihre Sorgen. Es war Zeit, ein neues Leben anzufangen. Hopfen und Bier hatten ihr nur Unglück gebracht. Sie hatten ihre Familie verarmen lassen, die Gier der reicheren Nachbarn geweckt und schließlich zum Bruch mit ihrer Familie geführt. Es war gut, dass sie damit nichts mehr zu tun hatte.

Antonia entdeckte keinen Namen, also öffnete sie das große Tor.

«Herr Riedleitner?»

Ihre Stimme hallte in dem gemauerten Durchgang zu einem von hohen Mauern umschlossenen Innenhof. Niemand antwortete. Nur ein paar Kinder, die an der Kellertreppe in der hinteren Ecke des Hofs spielten, sahen sie mit großen Augen an. Schwarz verschmiert, wie sie waren, führte die Treppe wohl zum Kohlenkeller. Und der musste gut gefüllt sein, dachte sie mit einem Anflug von Neid.

«Ich will zu Quirin Riedleitner», wiederholte sie. «Könnt ihr mir sagen, wo er wohnt?»

Einer der älteren Jungen fasste sich ein Herz. Er zeigte stumm mit dem Finger auf eine schiefe Holztür neben der Kellertreppe. Sie schien zu einer Wohnung im Souterrain zu führen.

«Danke.»

Die Tür öffnete sich nicht sofort, obwohl Antonia mehrmals geklopft hatte. Das gab ihr mehr Zeit, als ihr lieb war, den Eingang zu betrachten: Verdorrte Blumen standen auf dem Mäuerchen, das den Eingang von der Treppe zum Kohlenkeller trennte. Zeichen- und Malutensilien, die offenbar nicht mehr gebraucht wurden, stapelten sich neben der Tür: eine zerbrochene Staffelei, Pinsel ohne oder mit verklebten Borsten, abgeknickte Bleistifte. Daneben leere Flaschen, die mit einiger Sicherheit alkoholische Getränke enthalten hatten. Sie klopfte noch einmal.

Irgendwo im Innern fiel etwas um. Eine Männerstimme fluchte. «Sakrament!»

Dann hörte man ungelenke Schritte, und wieder fiel etwas um.

Endlich ging die Tür auf.

Ein junger Mann mit wilden schwarzen Locken und dunkel gerändeten Augen blinzelte ins Licht. Sein Hemd war locker und nur halb in die zu weiten Hosen gestopft, und ein Hosenträger hing herab.

Antonia räusperte sich. «Quirin Riedleitner?»

«Der schläft noch. Scheiß Absinth.»

Antonia hob die Brauen und begann sich zu fragen, ob das Bier wirklich das schlimmste aller Übel war.

«Haber», sagte der Mann und streckte ihr eine verschmierte Hand entgegen. Antonia zögerte. Er betrachtete seine Hand, zuckte die Schultern und wischte sie an der Hose ab. «Benedikt Haber. – Quirin!», brüllte er ins Innere.

Ein dumpfer Laut.

«Geh her, Quirin, du hast Besuch. Ein Weibsbild.» Er fuhr sich durch die Locken. «Tschuldigung. Wir sind keinen Damenbesuch gewöhnt. Wir sind einfache Künstler. Also, ich bin Zeichner, genau genommen. Der Quirin malt.»

Antonia wollte gerade sagen, dass sie ein anderes Mal wiederkommen würde. Allein mit zwei Männern in einer höhlenartigen Wohnung, das war vermutlich keine gute Idee. Aber da kam der Gerufene schon an die Tür.

«Wie spät ist es?», fragte er und gähnte. Dann bemerkte er Antonia.

«Nix für ungut. Wir hatten gestern einen lohnenden Auftrag. Da haben wir es wohl ein bisschen übertrieben. Ich bin Quirin Riedleitner.»

Antonia betrachtete ihn zögernd. Blondes Haar und helle Augen, welche Farbe, war im schlechten Licht nicht zu sehen. Eigentlich ein ansehnlicher junger Mann, allerdings war er ebenfalls sehr einfach gekleidet: mehrfach geflickte Hosen und ein fleckiges Hemd, die Weste trug er noch in der Hand. Er hatte keine Schuhe, nicht einmal Strümpfe an den Füßen. Und die Höhle hinter ihm sah nicht gerade einladend aus.

Es war das offene, freundliche Lächeln von Benedikt Haber, das ihr endlich Mut einflößte.

Sie atmete tief durch. «Antonia Pacher. Ich suche meinen Onkel Marius. Marius Pacher.»

Die Wohnung war fast leer, fiel Antonia auf, als sie den Männern hinein folgte. Abgebrannte Kerzen, eine Staffelei, Papier und jede Menge Pinsel und Stifte. Das meiste davon war dicht an die beiden kleinen Fenster gerückt, die zur Straße hin Licht einfallen ließen. Ansonsten gab es nur noch ein großes Bett, in dem offenbar beide Bewohner schliefen, und einen Kohleofen, auf dem man auch kochen konnte. Sie setzten sich an einen grobgezimmerten Tisch.

«Hat er Ihnen nichts gesagt? Marius Pacher ist ausgezogen», erklärte Riedleitner.

«Ausgezogen?», fragte Antonia erschrocken.

Er schenkte ihr Wasser in einen Becher, der aussah, als wäre es schon einige Zeit her, seit er zuletzt gereinigt worden war.

«Im letzten Herbst bekam er einen Auftrag. Es klang wirklich gut, er sollte wohl in einem Privathaus die neue Herrschaft malen und konnte auch dort wohnen. Ich habe leider vergessen, wo das war …»

Scheiß Absinth?

Der andere, Benedikt Haber, musste ihre Miene richtig gedeutet haben. «Also, vielleicht können wir Ihnen trotzdem helfen. Es lässt sich doch rausfinden, wo das war.» Er versetzte seinem Bettgenossen einen Rippenstoß. «Oder nicht?»

«Sicher», beeilte sich Quirin Riedleitner zu sagen. «Ich frage im *Stefanie*. Die wissen alles, jeder Künstler in Schwabing geht dorthin.»

Antonia schüttelte den Kopf. «Sie müssen sich nicht bemühen. Ich kann selbst dort fragen.»

«Nein!», riefen beide wie aus einem Mund.

Benedikt fuhr sich verlegen durch seine Locken. «Also, das ist kein Ort für so ein hübsches Mädchen.»

Jetzt war es Quirin, der ihm einen Rippenstoß verpasste. «Also so ist es auch wieder nicht. Na ja, der Absinth oder das Bier kann schon mal dafür sorgen, dass sich eine Hand wohin verirrt, wo sie nichts zu suchen hat. Lassen Sie uns das besser machen.»

Diese Ritterlichkeit kannte Antonia von zu Hause nicht. Sie gefiel ihr.

«Woher hatten Sie eigentlich die Adresse?», fragte Benedikt Haber. «Der Marius hat nie viel über sein Dorf geredet. Nur, dass sein Bruder ihm den Hals umdrehen würde, wenn er wüsste, wo er jetzt ist.»

Antonia legte ihre abgegriffene Ledertasche auf den Tisch und öffnete sie. Quirin riss die Augen auf, als sie ihm Marius' Bilder reichte.

«Ich dachte es mir gleich, als ich Sie an der Tür gesehen

habe.» Er betrachtete die einfachen Zeichnungen, schüttelte den Kopf. Dann schob er seinen Hocker zurück und holte aus einer Truhe ein weiteres Bild. Eine Kohlezeichnung, aus dem Gedächtnis gezeichnet, aber ganz offensichtlich: Antonias Gesicht, mit Zöpfen und Kopftuch.

Benedikt stand mit einem vernehmlichen Kratzen der Stuhlbeine auf. «Und wo schlafen Sie heute? Es wird bald dunkel.»

Antonia riss die Augen auf. Darüber hatte sie sich noch gar keine Gedanken gemacht. Sie hatte fest gehofft, Marius zu finden.

«Pater Florian von St. Ursula ist mir empfohlen worden. Man hat mir gesagt, er kann mir auch gegen ein Leiden helfen.»

«Ein Leiden?», wiederholte Quirin aufmerksam. Das schien sein Interesse zu wecken. «Brauchen Sie Hilfe? Ich rufe Ihnen einen Arzt, wenn Sie möchten.»

Antonia verneinte lächelnd. «Wenn Sie mir nur den Weg nach St. Ursula sagen könnten? Dort werde ich Unterkunft finden.»

Die Männer wechselten einen ratlosen Blick. Vermutlich gingen sie nicht zu oft zur Kirche. «Also, Sie könnten …», setzte Quirin an.

Antonia lachte. «Oh nein. Auf gar keinen Fall!»

Dieser Quirin hatte etwas Beunruhigendes. Und das Beunruhigendste daran war, dass es ihr gefiel.

– 3 –

Zum Glück hatte Schwabing auch Bewohner, die wussten, wo sich ihre Pfarrkirche befand. Sie lag gar nicht weit von der Ainmillerstraße hinter dem Großwirt, einem Gasthaus, an dem auch die Pferdebahn hielt. Dahinter duckte sich ein altes Pfarrhaus mit windschiefem Zaun. Der Pfarrer würde bald umziehen, es hieß, eine neue Kirche für die schnell wachsende Gemeinde würde bald geweiht werden. Offenbar trieb die Armut noch mehr Bauern in die Stadt.

Pater Florian, erfuhr Antonia von der Haushälterin, die sie ins Sprechzimmer des Pfarrhauses führte, war nicht der reguläre Seelenhirte, sondern lebte in einem nahen Kloster. Aber da die Gemeinde inzwischen so groß war, half er bisweilen aus.

«Ich kann Ihnen eine vertrauenswürdige Familie in meiner Gemeinde nennen, die Schlafmieterinnen aufnimmt», sagte Florian, als sie ihm ihr Anliegen schilderte. Er war ein kleiner, hagerer Mann in einer schwarzen Kutte, mit seltsam fischartigen, hellen Augen. Als hätte er es schon oft getan, schrieb er Namen und Adresse auf ein Blatt und reichte es ihr über den zierlichen Sekretär. «Als Schlafmieterin haben Sie für eine vereinbarte Anzahl von Stunden ein Bett. Es ist nicht besonders komfortabel, müssen Sie wissen, aber günstig. Und für den Anfang wird es wohl genügen.»

«Danke, Vater. Da ist noch etwas …»

Antonia zögerte. Es fiel ihr schwer, die Worte vor dem fremden Mann auszusprechen. «Pfarrer Matthias zu Hause hat gesagt, Sie verstehen sich auf den Exorzismus.»

Pater Florians Fischaugen zeigten zum ersten Mal etwas wie Interesse.

«Sie sind besessen? Können Sie es beschreiben?»

Antonia presste nervös die Lippen aufeinander. «Es war eine Art … Anfall. Zuerst habe ich in den Beinen nichts mehr gespürt, dann verlor ich die Kontrolle über meine Gliedmaßen. Ich glaube, ich habe auch geschrien und mich gekrümmt. Irgendwann wurde ich … nicht ohnmächtig, aber es ist alles verschwommen. Als ob ich gar nicht mehr wirklich da gewesen wäre.»

Er legte den Kopf zur Seite und fixierte sie aufmerksam. «Die Brüste recken sich nach oben? Der Kopf fällt herab?»

Je länger er sie betrachtete, desto unwohler fühlte sie sich. Es war, als ob seine Augen sie abtasteten wie kleine Hände.

«So hat man es mir erzählt», gestand sie mit gesenktem Kopf. «Der Arzt sagt, es ist die Hysterie, aber Pfarrer Matthias meint, es ist ein Dämon.»

«Pfarrer Matthias hat recht. Sie müssen sich nicht schämen», meinte der Priester milde. «Es ist der Dämon, der seine Opfer in schamlose Posen treibt. Nun sagen Sie, haben Sie mit Männern geturtelt?»

«Nein!», stieß Antonia erschrocken hervor. Sie biss sich auf die Lippen. «Nichts Schamloses, Vater, ich schwöre es. Ich … bin mir nur nicht sicher, wo die Grenze ist.»

«Wie so oft.» Pater Florian verzog nachsichtig die breiten, vollen Lippen. «Durch das Turteln mit Männern haben Sie dem Dämon die Tür geöffnet, Ihren Leib zu besetzen. Kommen Sie zur Beichte und beten Sie. Und wenn Sie Buße getan haben, kommen Sie wieder. Ich werde ihn austreiben.»

«Danke, Vater.» Antonia erhob sich und steckte den Zettel

ein. Sie hätte erleichtert sein sollen. Sie hatte eine Unterkunft und Aussicht, bald geheilt zu werden.

Aber irgendwie hatte sie das Gefühl, dass der bohrende Blick des Paters ihr bis auf die Straße folgte.

Familie Eder nahm sie auf die Empfehlung des Pfarrers als Schlafmieterin auf. Das bedeutete, Antonia hatte von abends zehn bis morgens fünf ein Bett in einem winzigen Verschlag, mehr nicht. Das Gestell knarzte bei jeder Bewegung, die Bettwäsche war kratzig und roch muffig. Die erste Nacht fragte sich Antonia, ob es klug gewesen war herzukommen. Es war eiskalt. Wenn sie nicht gerade die Wanzen stachen, schrie irgendwo ein Kind, oder der Familienvater zankte sich mit seiner Frau. Und als sie endlich halbwegs eingeschlafen war, kam ihre Mitmieterin von der Nachtarbeit zurück und scheuchte sie aus den Federn.

Es überraschte Antonia, dass sie gleich am ersten Tag nach ihrer Ankunft in München eine Lohnarbeit fand. Sie hatte sich keine Illusionen gemacht, aber die ersten Tage waren öde und trist und führten sie in Fabriken, wo sie den ganzen Tag wieder und wieder denselben Handgriff tat.

Knapp zwei Wochen waren vergangen, und es war fast zehn, als Antonia in ihrer Unterkunft ankam. Müde stieg sie die engen Stufen in der Mietskaserne hinauf. Hinter der Wohnungstür hörte man das Geschrei der vier Kinder ihrer Vermieter. Als sie eingelassen wurde, bestätigte sich der Eindruck: Die Diele mit dem Kachelofen war ein Chaos aus Spielzeug, Kinderfüßen und Kleidern. Um Platz zu sparen, hatte man dort auch den Esstisch aufgestellt. Sie bahnte sich ihren Weg zu der winzigen, schmucklosen Kammer. Wie üblich war es kalt, denn das einzige schmale Fenster war undicht, und das Zimmer hatte keine eigene Heizung.

Und dann war das Bett auch noch belegt.

Antonia seufzte. «Rosi», sagte sie mitleidig und rüttelte die dritte Bettmieterin sacht an der Schulter. Es fiel ihnen allen schwer, aus den Federn zu kommen, niemand schlief hier gut. «Zeit zum Aufstehen. Es ist gleich zehn.»

Doch Rosi grunzte nur wütend und schubste sie weg.

«Ich bin dran mit Schlafen», sagte Antonia.

«Hau ab, du blöde Schnall'n!»

Das ging nun aber doch zu weit.

«Aufstehen!», schnauzte Antonia nun ihrerseits. Sie war weiß Gott nicht Jesus und bereit, alles Elend der Welt auf sich zu nehmen.

Rosi fuhr aus dem Bett hoch wie eine Furie. «Halt deine Bappn!» Und unversehens landete ihre Hand in Antonias Gesicht.

Antonia schnappte nach Luft. Sie hielt sich die schmerzende Wange, dann stürzte sie sich auf ihre Bettgenossin. Und sofort rollten sich die beiden auf dem Boden.

«Aufhören!», donnerte jemand.

«Weitermachen!», rief eine Kinderstimme. «Juhu!»

Keuchend kamen die beiden Mädchen auseinander. Rosis blonde Haare waren offen und hingen wild um ihr Gesicht, und sie war noch im Nachthemd. Antonia war zwar angezogen, hatte aber Staub überall auf ihrem einzigen guten Kleid, und aus ihrem Dutt hingen Strähnen. Wie zwei begossene Pudel blickten sie zur Tür des winzigen Raums. Der Vermieter stand breitbeinig im Zimmer, neben ihm sein kleiner Sohn. Der Vater im dunklen Anzug mit Taschenuhr und Weste, den Bart gezwirbelt wie ein feiner Herr, der Kleine eine kurzbehoste Kopie davon.

Na großartig, dachte Antonia, deren Herzschlag sich fast ebenso wild anfühlte wie ihr Haar. Das konnte ja eine Nacht werden.

Obwohl Rosi nach ihrem Temperamentsausbruch rasch wieder zu ihrem friedlicheren Selbst zurückgefunden hatte, wälzte sich Antonia im Bett unruhig von einer Seite auf die andere. Es war kalt und zog, und hin und wieder hörte sie unten auf der Straße das Grölen der Künstler, die ihre Eingebung in der Schänke gesucht hatten. Mitten in der Nacht stand sie auf, um ihr Kopftuch um die Ohren zu binden, aber der eisige Hauch schien sogar unter die dünne Decke in ihr Nachthemd zu kriechen. Ihre Zehen waren klamm und steif.

Am Morgen war sie fast ebenso schlecht gelaunt wie Rosi am Abend zuvor. Sie fand eine Lohnarbeit beim Diener der Universität, nicht weit von Schwabing. Den ganzen Tag lang half sie beim Aufräumen und Reinigen der Hörsäle. Als sie den Schreibtisch eines Professors entstauben wollte, wurde sie unter wüsten Beschimpfungen von dem winzigen, weißbärtigen Herrn verjagt, der die Ordnung seiner Papiere gefährdet sah und wie ein wild gewordener Teckel auf sie losging. Mit seinem eigenen Äußeren geht er weit weniger sorgsam um, dachte Antonia mit einem Blick auf das nach allen Seiten abstehende graue Haar und den fleckigen Gehrock. Während sie den Staubwedel im Hörsaal schwang und die Tafel wischte, schnalzten immer wieder vorbeikommende Studenten mit der Zunge. Die ersten beiden hielt sie noch mit zusammengepressten Zähnen aus, aber beim dritten verlor sie die Geduld. Sie wirbelte herum wie eine Furie und klatschte ihm die Hand ins Gesicht. Der Bengel starrte sie mit offenem Mund an und kämpfte mit den Tränen. Weinerlich war er auch noch.

Als sie endlich auf dem Platz vor dem Hauptgebäude an der Ludwigsstraße stand, fühlte sie sich wie gerädert. Dennoch war sie erleichtert, denn sie hatte immerhin keinen weiteren Anfall erlitten. Vielleicht würde es ja nicht wiederkommen, und sie brauchte gar keinen Exorzismus.

Auf dem Heimweg fand sie sich schon besser zurecht, obwohl ihr die hohen Häuser noch immer die Sicht versperrten und die Orientierung erschwerten. Die vielen Menschen und die schönen neuen Villen, zwischen deren kerzengeraden Fronten der Herbstwind ungehindert hindurchfegte, schüchterten sie nicht mehr so ein. Sie hatte sogar angefangen, das Klingeln der Pferdebahn und das Surren und Rattern der Elektrischen zu mögen. Bisweilen führte ihr Weg unter schattigen Kastanien hindurch, aus deren golden verfärbten Blätterkronen hie und da eine der sattbraunen Früchte auf ihr im Nacken geknotetes Kopftuch herabfiel. Trotzdem ging sie gern unter den Bäumen. Die Natur war ihr vertraut.

Wie beinahe jeden Abend schlug sie den Weg zu Quirin ein. Bei ihr gab es nichts zu essen, und ein Krug Bier würde ihr guttun. Außerdem hatte er versprochen, sich nach Marius umzuhören.

Im Innenhof wand sie sich an den Kindern vorbei, die am Kohlenkeller spielten. Heute hatten sie auf den Boden Linien gezeichnet und hüpften darüber. Antonia wäre fast von einem Jungen angesprungen worden, der genau die Linie ansteuerte, auf der sie stand.

«Auf d' Seit'n!», schrie er sie an, und schleunigst machte sie Platz. Auch am Eingang zu Quirins Wohnung herrschte das übliche Chaos, als würden die Bewohner ihren Müll einfach vor der Tür abladen. Schwämme, Farbtöpfe und leere Flaschen bildeten ein bizarres, streng riechendes Durcheinander.

Antonia schob die Tür auf und brachte einen Schwall kalte Herbstluft mit herein.

Quirin sah von seiner Staffelei auf und legte dann ein altes Tuch darüber. Er warf einen Mantel über, der aussah wie von einem Brauereikutscher geerbt, um im Gasthaus schräg gegenüber zwei Krüge Bier füllen zu lassen. Sogar ein Stück Käse hatte er noch.

«Ich werde mir die Figur ruinieren», seufzte Antonia dankbar. «Du wirst mich bald nicht mehr malen können, wenn du mich so mästest.»

Quirin schob ihr Käse und Brot über den Tisch, ein schweres, malzduftendes Brot, das er in langen, schmalen Scheiben von dem Teilstück eines wagenradgroßen Laibs abgeschnitten hatte. «Greif zu. Ist ja nicht viel.» Er warf einen Blick nach dem verhüllten Bild auf der Staffelei.

«Darf ich es sehen?», fragte Antonia, die seinem Blick gefolgt war. «Sonst sitze ich ja immer nur vor der Rückseite.»

Quirin hatte sie gleich in den ersten Tagen gefragt, ob sie ihm Modell sitzen würde, aber das Gemälde hatte er ihr noch nie gezeigt. Zögernd schob er das fleckige Tuch beiseite und ließ sie ihr Bildnis betrachten.

«Du malst mich als Madonna?»

Antonia runzelte die Stirn. Es waren ihre Züge, ihr dunkles Haar, ihre Augen. Aber es war nicht sie. Irgendetwas war anders.

Beunruhigt sah sie ihr Bildnis an. Die Madonna schien völlig unberührt zu sein von menschlichen Ängsten, von Sorgen und Leid. Von Gefühlen. Die Hände gefaltet, blickte sie stumm und ergeben unter ihrem blauen Schleier zum Himmel. Oder zu dem Maler? Das Gesicht war makellos. Nicht einmal das kleine Muttermal, das Antonia über dem linken Wangenknochen hatte, war abgebildet.

«Das … bin ich nicht», sagte Antonia mehr zu sich selbst. Sie spürte, wie Quirin zusammenzuckte, und fügte schnell hinzu: «Ich meine … es ist so schön. So gut. Es ist viel besser als ich.»

Quirin stellte sich hinter sie. «Vielleicht sehe ich etwas, das niemand sonst sehen kann.»

«Vielleicht ...» Es wäre ihr lieber gewesen, er hätte gesagt, dass die Menschen eher ideale Madonnen kauften als menschliche. Am liebsten hätte Antonia Quirin gebeten, das Bildnis wieder abzudecken. Es war ihr unheimlich. Die Heilige auf dem Bildnis hatte nichts Weibliches. Sie war reiner Geist, und mehr als das, sie war reine Hingabe. Sie schien der Welt, diesem Ort, an dem es Kohlenstaub gab und Gestank und Grausamkeit, seltsam entrückt, aber auf eine Weise, als würde sie damit zugleich auch Freude und den Duft von Blumen und den Anblick schöner Dinge ablehnen. Auf seltsame Weise hatte ihre Entrücktheit etwas Brutales.

«Ich bin die reine Magd. Mir geschehe, wie du gesagt hast», zitierte Quirin und bewies damit zu Antonias Überraschung, dass er die Lehren der Kirche, die er kaum besuchte, sehr gut kannte. «Was für eine Hingabe.»

Verwirrt setzte sie sich wieder. Ohne das Bild anzusehen, stopfte sie sich den letzten Käse in den Mund und nahm sich noch Brot. «Und habt ihr etwas herausgefunden?», wechselte sie das Thema.

Quirin nickte zögernd.

Antonia legte das Brot ab. «Ihr habt ihn gefunden?»

Er antwortete nicht, biss sich nur auf die Lippe.

«Er ist tot», sagte sie leise.

«Grippe», bestätigte Quirin Antonias Befürchtung. «Letzten Winter. Er war beim Dramendichter Matthias untergekommen, zwei Straßen weiter. Der hat mir alles erzählt. Es fing harmlos an, aber dann wollte das Fieber nicht aufhören. Es war kein Geld für den Arzt mehr da. Und als dann endlich genug beisammen war, war es zu spät.» Er sah sie an. «Es tut mir leid. Matthias schwört, dass es nicht seine Schuld war.»

Antonia nickte langsam. Das war es nie. Es passierte so oft, dass jemand an einem verschleppten Infekt starb, weil kein

Geld für den Arzt da war. Sie konnte niemandem einen Vorwurf machen. Trotzdem tat es weh. Zu wissen, dass Marius nicht mehr lebte, traf sie fast mehr als der Tod ihres eigenen Vaters. Marius war immer so fröhlich gewesen. Er hatte sie nie geschlagen. Beim Hopfenzupfen, wenn sie die Pflanzen von ihren Stangen rissen, hatte er früher oft gepfiffen oder gesungen. Er war es, der ihr Geschichten erzählt hatte, der Lieder für sie gesungen und ihr kleine Bildchen gezeichnet hatte.

Antonia stand auf. «Danke für das Essen», sagte sie. Obwohl es alles andere als üppig gewesen war, hatte sie keinen Hunger mehr. «Aber ich glaube, ich gehe jetzt besser. Ich möchte allein sein.»

Beim Hinausgehen warf sie noch einen letzten Blick zurück auf das Bild. Und unwillkürlich zog sie die Schultern zusammen und den Mantel fester um die Schultern.

– 4 –

Und? Noch immer glücklich als Zeichner?»
Benedikt Haber grinste. «Freilich. Ich hab mehr Spaß
als du, du dotscherter Lätschenbeni. Und selber? Glücklich als
Braumeister?»

«Freilich. Ich hab mehr Geld als du, du fauler Lackl.»

Einträchtig stießen die Brüder an und tranken ihr Bier. Die
gegenseitigen Frotzeleien gehörten dazu, und jeder wusste,
dass der andere sie nicht krummnahm. Auch wenn Benedikt
sich für eine ungewisse Zukunft als Zeichner entschieden und
Peter als Braumeister im Brucknerbräu den Aufstieg zu einem
angesehenen Handwerker geschafft hatte.

Sie saßen in dem kleinen Wirtshaus in Giesing auf dem anderen Ufer der Isar, wo der Vater als Brauknecht und die Mutter als
Schankfrau gearbeitet hatte. Hier hatten sie beide ihre Kindheit
verbracht. Die dunkel getäfelten Wände ließen den Schankraum
noch kleiner wirken, aber es gab einen mit Kastanien bepflanz-
ten Garten, von dem aus man einen schönen Blick auf die Isar
hatte und in einiger Entfernung die Türme des Mariendoms
erkennen konnte. Es roch nach Steckerlfisch, auf Stäben ge-
grillten Renken, und Feuer. Obwohl Benedikt sich unter den
Schwabinger Künstlern wohlfühlte, kam er immer noch gern
hierher, und das lag nicht nur daran, dass ihm sein Bruder das
Bier ausgab. Das Brauhaus lag am Fuße des sanft ansteigenden
Hanges. Hier traf sich vom Giesinger Arbeiter bis hin zum wohl-
habenden Bürger alles. Jetzt, zu dieser frühen Nachmittagsstun-

de, waren nur ein paar Arbeiter hier, aber die ersten verzogen sich schon ins Haus. Dunkle Wolken über dem Silberband der Isar kündigten Regen an, und vom Giesinger Berg herab wehte ein kühler, böiger Wind, der Benedikts Haare zauste.

«Was macht der Quirin?», erkundigte sich Peter. Er sah seinem Bruder nicht sehr ähnlich. Während Benedikt eher schmal war und sein Gesicht von den wilden dunklen Locken und den lebhaften braunen Augen beherrscht wurde, war Peter ein kräftiger Mann mit hellbraunem Haar. Und er tat sein Bestes, die quirlige Art seines Bruders durch Ruhe auszugleichen. «Noch immer am Weltverbessern?»

Benedikt lachte. «Der hat seine Muse gefunden.»

Peter blickte ihn überrascht an.

«Gerade vom Land gekommen», erklärte Benedikt.

«Es kommen viele zurzeit», bestätigte Peter. «Auf den Dörfern reicht's nicht mehr zum Leben. Die Krise.» Er trank einen bemerkenswerten Schluck Bier und grinste breit. «Und ihr helft ihr, verstehe … hübsch?»

«Oh ja. Dunkle Haare, große Augen, schlank.» Benedikts Gesichtsausdruck veränderte sich von schwärmerisch zu enttäuscht, und er seufzte.

Peter tätschelte seinem Bruder mitleidig die Schulter. «Wirst schon auch noch eine Muse finden.»

Das Wetter half, ihn auf andere Gedanken zu bringen. Die dunkle Wolke, die vorhin schon tief und schwarz über Fluss und Stadt gegangen hatte, entledigte sich unversehens ihrer Last, und eine Sturzflut ergoss sich über den kleinen Biergarten. Fluchend brachten die Brüder ihre Krüge in Sicherheit. Im Innern des Wirtshauses war die Luft weit weniger frisch, aber der Geruch hier drinnen war der Geruch von Benedikts Kindheit: Bier, Schweinebraten, Rotkraut und der Qualm aus dem großen Ofenfeuer.

Beide sahen zur Tür, als sie hinter ihnen noch einmal zögerlich geöffnet wurde und jemand im Rahmen stehen blieb. Er trug sein bestes Gewand, und er war es sichtlich nicht gewöhnt. Ein hübscher Junge, dachte Benedikt, der sofort in Gedanken eine Zeichnung anfertigte, mit diesen hellen Augen und dem braunen Haar. Nur ein wenig ungelenk.

«Wieder einer vom Land», bemerkte Peter. Er setzte sich an einen freien Tisch und schüttelte sich wie ein Hund, der ins Trockene kommt. Benedikt war die kleine Abkühlung ganz gelegen gekommen, er ließ sich ihm gegenüber nieder, ohne sich um die Pfütze zu kümmern, die seine derben Schuhe hinterließen.

«Tür zu, es zieht!», rief jemand, und ein paar Männer lachten.

Der Ankömmling drückte die Tür hastig zu. Dann blickte er sich unsicher um, als würde er etwas suchen.

Peter seufzte. «Kann man dir helfen?»

Sichtlich erleichtert kam der junge Mann an den Tisch. «Ich suche den Wirt.»

«Ich bin der Braumeister.»

Der Ankömmling rang um Worte. Verlegen stand er vor den beiden Männern, die mit diesem Raum von Kindheit an vertraut waren, und sah sich immer wieder nervös um.

«Du suchst Arbeit?», half ihm Peter.

Der Junge nickte verschämt. «Ich wollte Braumeister werden, aber ich habe schon gemerkt, dass das schwierig ist. Aber vielleicht erst mal als Brauknecht?»

Peter musterte den jungen Mann, der nicht gerade wirkte, als könnte er schwere Bierfässer mit einer Hand balancieren.

«Ich kann noch jemanden brauchen», meinte er dann. «Ist aber keine leichte Arbeit.»

«Das macht nichts. Ich komme von einem kleinen Bauernhof, ich kann arbeiten.»

Peter zögerte.

«Ich hab meiner Mutter immer beim Bierbrauen geholfen. Einmal hab ich sogar schon mein eigenes Rezept erfunden.»

Benedikt zwinkerte seinem Bruder zu, und der wurde weich. «Wie heißt du?», fragte er den Ankömmling seufzend.

«Sebastian.»

Benedikt nickte mit einem verstohlenen Lächeln, aber Peter gab sich dem Charme seines Bruders noch nicht geschlagen. «Bist du sicher, dass du in einer Brauerei arbeiten willst? Die Zeiten sind nicht leicht. Es ist ein aufstrebender Markt, aber geschenkt kriegst du nichts. Und hier schon gleich gar nicht.»

Für Sebastian war eine Brauerei vermutlich der Inbegriff des Reichtums. Dass er nicht verstand, worin die schweren Zeiten bestehen sollten, stand ihm ins Gesicht geschrieben.

Benedikt schob ihm einen Stuhl hin. «Jetzt setz dich doch», sagte er und rief dem Schankmädel zu, noch ein Bier zu bringen – auf Peters Kosten, schließlich war der hier sozusagen zu Hause.

Sebastian setzte sich und nahm dankbar, wenn auch etwas ungeschickt das Bier entgegen. Bevor er es berührte, wischte er sich die großen Hände an der Hose ab. «Was ist denn mit der Brauerei?», fragte er.

«Ja, was ist damit?» Benedikt grinste frech. «Gerade hast du noch erzählt, dass du hier gutes Geld verdienst.»

Peter warf ihm einen finsteren Blick zu. «Der alte Meister ist tot», erklärte er. «Die Geschäfte führt jetzt die Witwe Franziska Bruckner. Sie hat es schwer, denn viele Brauer nehmen eine Frau nicht ernst. Schon gar nicht, wenn sie alleinstehend ist.»

«Hat sie nicht einen Sohn?», mischte sich Benedikt ein. «Da war doch der Melchior, und gab es nicht sogar noch einen zweiten?»

«Ja, schon. Aber der Jüngere, Vinzenz, ist noch ein Kind. Und

Melchior, na ja ...» Der Gedanke an Melchior Bruckner schien Peter nicht sehr zu erbauen, denn er runzelte die Stirn.

«Melchior ist zwar schon über zwanzig. Aber er hat kein wirkliches Interesse daran, das Geld zu verdienen, das er so gern ausgibt», erzählte er. «Spielt mit technischen Ideen, anstatt die Rechnungen zu machen. Die Mutter hatte ihn nach London geschickt, damit er was lernt. Aber seit er im Mai zurückgekommen ist, ist es eher schlimmer statt besser geworden. Wer es gut mit ihm meint, nennt ihn einen Feingeist. Wer es weniger gut meint, sagt arroganter Schmarotzer. Kein Wunder, dass er noch keine Frau gefunden hat. Dem ist keine gut genug, und letztlich hat er sowieso keine Lust, sein fröhliches Junggesellenleben aufzugeben. Dabei wäre das so wichtig! Die Konkurrenz schläft nicht, und wenn eine kleine Brauerei nicht mithalten kann, dann ist es ganz schnell vorbei mit dem großen Geld, und man ist wieder nichts weiter als eines von vielen Wirtshäusern, die um ihr Bestehen kämpfen.»

«Ach geh», beruhigte ihn Benedikt. Die Vorstellung, dass das Brauhaus, in dem er seine Kindheit verbracht hatte, diesen Weg gehen würde, erschien ihm absurd. «So übel ist der Melchior nicht. Der wird schon noch seinen Weg finden, und wenn er gar nicht will, sind die Jahre schnell um, bis der Vinzenz großjährig ist. Hat die Familie nicht das schöne neue Haus am Fluss gebaut? So schlecht können die nicht dastehen.»

Er dachte an das erste Mal, als er das Haus gesehen hatte. Verwunschen wie ein Feenschloss inmitten eines Zaubergartens lag es wenige hundert Meter flussabwärts von Brauerei und Wirtschaft am Hang zur Isar. Das Türmchen an der einen Ecke hatte ihm den Namen «Schlösschen» eingebracht. Und vielleicht hatte der Vater Bruckner, wie so viele Bauherren, tatsächlich an eines der Königsschlösser des verstorbenen Königs Ludwig gedacht. Im Sommer, wenn das Türmchen hinter den dichten Hecken über dem glitzernden Fluss und den weißen Kiesbänken aufragte, konnte man fast glauben, in einem Märchen zu sein.

«Das Brucknerschlössl.» Peter lächelte. «Ein schönes Haus. Hier am Fluss ist nicht der beste Ort für eine Brauerei. Aber oben auf dem Giesinger Berg sitzen schon die großen, und der Grund ist teurer geworden. Und so leben wir halt mit der Isar und haben jedes Frühjahr Angst, dass uns das Hochwasser die Fässer und die Kessel davonschwemmt. Mit dem Brucknerschlössl wollte der alte Bruckner ein Zeichen setzen, dass er nach oben will. Aber da konnte keiner wissen, dass er so bald sterben würde. Also, Junge», wandte er sich an Sebastian. «Wenn ich dich einstelle, kann ich dir nicht versprechen, dass du lange bleiben kannst. Wenn es schlecht läuft, müssen wir Knechte entlassen.»

Sebastian nickte beflissen. «Ich würde es trotzdem gern versuchen», meinte er und nahm sein Bier mit diesen großen Händen, für die sein Gesicht viel zu jung schien. «Wenn's recht ist. Die großen Brauereien haben mich schon abgewiesen.»

– 5 –

Der späte September entfaltete die letzte Pracht des Gartens. Die Dahlien waren dabei, sich zu öffnen und ihre verschwenderische Fülle zu zeigen. Die Rosenstöcke an der kleinen Laube hatten noch einmal ausgetrieben und waren voll zarter hellgrüner Knospen, die nur auf die nächsten sonnigen Tage warteten, um endlich aufzubrechen. Wildrosenhecken strotzten von orangeroten Hagebutten und wetteiferten mit den Apfelbäumen. Der Garten fiel nach dem Fluss hin ab, wo Holunderbüsche mit dicken blauschwarzen Beeren den Blick auf die strenge Kieswüste des Laufs abmilderten, durch die sich jetzt zahllose schmale, glitzernde Arme zogen. Die letzten Hochwasser hatten bleiche Astkronen und kleine Bäume auf den Bänken hinterlassen, Zeugen des Todes inmitten all des Lebens.

Franziska Bruckner saß steif und aufrecht auf ihrem Metallstuhl, die Kaffeetasse mit zwei gespitzten Fingern haltend. Der Saum ihres langen schwarzen Kleids reichte fast noch über die eleganten Schuhe, und das zu einer Hochsteckfrisur gewundene graue Haar bedeckte eine Haube. «Nein, Melchior. Du wirst dich nicht an der polytechnischen Schule einschreiben. Das ist mein letztes Wort.»

Ihr Sohn Melchior, der ihr gegenübersaß, richtete sich unwillkürlich auf. Dann hob er die geraden Brauen so herablassend er konnte. «Es heißt jetzt *Technische Universität*, Mutter.»

Ein spöttisches Lächeln kräuselte Franziskas Lippen. «Deine

seltsame Liebschaft kostet dich Zeit. Zeit, die für die Firma fehlt. Und sie ist teuer.»

Melchior fuhr sich durchs Haar. «Das haben Liebschaften so an sich.»

«Du musst lernen, endlich wie ein erwachsener Mann zu denken. Lege einen Termin für die Hochzeit fest.»

«Ich bin durchaus imstande, zu heiraten und gleichzeitig zu studieren.»

Melchior Bruckner stand auf und lief verärgert auf der Terrasse auf und ab. Er hasste diese Art Gespräche. Was immer er tat, seine Mutter würde nie zufrieden sein. Im letzten Jahr hatten sie den Ausstoß um drei Prozent verbessert. Doch in ihren Augen war jede persönliche Vorliebe nur Ablenkung, ein Hindernis, das ihn davon abhielt, es noch besser zu machen.

«Spielerei», bemerkte Franziska abfällig. «Kümmere dich endlich um das, was Geld bringt.»

«Geld!», erwiderte Melchior ungeduldig. «Als ob es im Leben nichts anderes gäbe.»

«Oh, das gibt es», erwiderte Franziska ironisch. «Aber du kennst es nicht. Seit du denken kannst, gab es ja immer genug Geld. Es wird Zeit, dass du Verantwortung übernimmst. Verliert die Brauerei den Anschluss, ist es vorbei mit dem schönen Leben. Und jetzt setz dich, ich will keinen steifen Nacken bekommen, wenn ich mit dir rede!»

Melchior gehorchte, aber er warf unwillkürlich einen Blick zur Seite, wo neben der Leinenserviette seiner Mutter eine Fotografie lag. Das Bild einer jungen Frau, die trotz des mädchenhaften Spitzenkleides und weißen Huts etwas Matronenhaftes hatte. Es war weniger ihr Äußeres als die Art, wie sie den Betrachter ansah. Peinlich berührt, unsicher, beschämt. Wie eine brave Hausfrau, die ihr Leben am Waschbrett und hinter dem Herd verbracht hatte und nicht recht wusste, was sie damit anfangen sollte, dass sie auf einmal Fotomodell sein sollte. «Ich habe mich mit der Dampfnudel verlobt. Was willst du noch?»

«Du ziehst die Verlobung mit Felicitas Hopf in die Länge. Eilig hast du es nicht mit dem Heiraten.»

In einem offenen Zweikampf mit seiner Mutter verlor man immer, das hatte Melchior Bruckner schon vor langer Zeit gelernt. «Sei doch froh. So weißt du, dass ich nicht heiraten muss, weil schon ein Kind unterwegs ist», erwiderte er ironisch.

Franziska lachte trocken auf. «Um das zu wissen, muss ich euch nur zusammen sehen.»

Melchior blickte gen Himmel. In Beziehungsangelegenheiten hatte seine Mutter eine bessere Nase als jeder Spürhund, und nicht einmal der heilige Valentin hätte sich mit ihr angelegt.

«Du weißt, wie wichtig diese Heirat ist», sagte Franziska in dem Tonfall, der verriet, dass Widerspruch keine gute Idee wäre.

«Aber ja, Mutter, das weiß ich. Ich war sogar schon beim Uhrmacher und habe mir eine Uhr bestellt, die ich mir wie weiland der alte Shandy zur Erfüllung meiner ehelichen Pflichten aufziehen kann.» Melchior hob den rechten Mundwinkel und dann das Buch, in dem er zuvor gelesen hatte, und hielt den Titel in ihre Richtung: Lawrence Sternes *Leben und Ansichten des Tristram Shandy, Gentleman.*

Franziska hob die rechte Augenbraue. «Wenn wir uns mit der Brauerei Hopf verbinden, können wir es in dieselbe Riege wie die Familie Pschorr schaffen oder Löwenbräu. Du weißt, wie gut es der Branche gerade geht. Bier ist im Kommen, es ist eine Industrie, kein Handwerk mehr. Aber Hopf hat auch unmissverständlich klargestellt, dass die Heirat Bedingung für eine Zusammenarbeit ist. Er hat mir deutlich gesagt, dass ich ohne ihn nicht auf dem Oktoberfest vertreten sein werde.»

Was sie, ihren gefährlich schmalen Lippen nach zu urteilen,

übel stimmte, dachte Melchior. Na, wenn das keine innigliche Eheverbindung garantierte!

«Wenn er könnte, hätte er sich doch schon längst den großen Brauern angeschlossen, und wir stünden allein da. Deine Position ist nicht so schlecht, wie du tust, Mutter. Er braucht uns, so wie wir ihn brauchen.»

«Er lässt keine Gelegenheit aus, mir zu versichern, dass der Handel nichtig wird, wenn du es nicht endlich zu Ende bringst.»

Melchior verdrehte die Augen. «Warum muss man immer gleich heiraten, wenn man mit jemand zusammenarbeiten will? Ich kann das auch allein schaffen.»

«Hopf ist altmodisch, er gibt nichts auf Verträge, das weißt du. Du wärst der Inhaber einer Firma. Mit etwas Interesse und einer glücklichen Hand könntest du ein kleines Vermögen machen.» Der alte getigerte Kater Fleckerl strich um ihre Beine, vermutlich in der Hoffnung auf ein Stückchen Leberkäse, und sie streichelte ihn liebevoll.

«Ich will doch nur, dass du zur guten Gesellschaft gehörst», meinte Franziska versöhnlicher.

Melchior sah seiner Mutter in die Augen. «Ich bin in den letzten zwei Jahren ein echter Snob geworden. Ich langweile mich, und wenn ich die Dampfnudel heirate, werde ich endgültig an dieser Langeweile sterben. Gibt es sonst noch etwas, das ich für dich tun kann?»

Franziska hüllte sich in beredtes Schweigen. Es ärgerte Melchior.

«Nun gut», lächelte er mit derselben eisigen Ironie, die seine Mutter so oft an den Tag legte. «Im Frühjahr habe ich ein neues Theaterstück gesehen: *Leonce und Lena* hieß es, von diesem Büchner. Die Königskinder Leonce und Lena fliehen darin vor ihrer Heirat, weshalb der König beschließt, sie *in effigie* zu verheiraten. Das wäre doch auch die Lösung für unser Problem, oder nicht? Mit einem Ehevollzug *in effigie* könnte ich mich womöglich noch anfreunden.»

Er stand auf und küsste sie auf die Wange. Melchior konnte nicht sagen, dass es ihn sehr bedrückte, dem Zangengriff und den unerbittlich guten Argumenten seiner Mutter zu entkommen. Doch aus ihren hochgezogenen Augenbrauen war zu lesen, dass ihr der Vorschlag keineswegs so behagte wie ihm.

Im kühlen Hausflur der Villa atmete er durch. Er warf einen schnellen Blick in den Biedermeier-Spiegel und hielt inne. Im Halbdunkel des Flurs blieb seine linke Seite im Schatten. Er sah in große hellblaue Augen unter geraden Brauen und glatt nach hinten gebürstetem Haar, der Anzug war modisch geschnitten. Er war der perfekte Snob. Aber das, was seine Mutter brauchte, war ein Braumeister.

Franziska sah ihrem Ältesten mit gerunzelter Stirn nach. Sie nippte an ihrer Tasse, aber der Kaffee war kalt geworden. Verärgert stellte sie sie ab. Ihre Beine schmerzten immer, wenn das Wetter unvermittelt warm und schwül wurde wie heute. Sie erhob sich und ging den gekiesten Gartenweg entlang, um nach den Rosen zu sehen. Sie selbst hatte den Garten damals angelegt, damals, als Melchiors Vater das Haus gebaut hatte. Ihr seliger Ferdinand war auch so ein Träumer gewesen, dachte Franziska. Es hatte ihm kein Glück gebracht. Zu viel Klugheit schadete nur, ließ einen sich verlieren in Welten, die einem die Kraft nahmen, welche man so dringend für den Kampf da draußen benötigte. Die Konkurrenz träumte nicht, und wer im Wettbewerb nicht auf der Hut war, stürzte und kam unter die Räder.

Die Dahlien hatten ihre faustgroßen Blüten geöffnet, und sie sog den Duft ein. Aus den englischen Rosen ließ der Wind weiße Blütenblätter wie Schneeflocken auf ihr schwarzes Kleid rieseln und sich im Saum verfangen. Nach Ferdinands frühem Tod hatte die ganze Last auf ihren Schultern gelegen. Sie war es gewesen, die das Handwerk an ihre Kinder weitergegeben hatte. Sie hatte den Versuchen der Konkurrenz standgehalten, die dachten, eine Witwe wäre leicht aus dem Wettbewerb zu drängen. Jede Minute hatte sie in die Brauerei gesteckt, in die Kinder, in den Garten. Wenn Melchior das erhalten wollte, brauchte er eine Frau mit Ehrgeiz und Tatkraft, und die Hopf-Töchter hatten alle das Arbeiten gelernt.

Liebevoll ließ Franziska ihre Hand über die Blüten gleiten. Eine alte Hand, dachte sie besorgt, blau geädert, mit pergamentdünner Haut, die überall von Linien durchzogen war, so fein, als würde sie bei jedem Windhauch rascheln. Schwerfällig bückte sie sich, um ein paar Vergissmeinnicht zu pflücken, die in dichten Büscheln unter den Dahlien wucherten. Sie blühten den ganzen Sommer lang. Ein Strauß Vergissmeinnicht würde sie nicht daran erinnern, wie schnell die Zeit verging und die Jugend mit sich nahm. Sie gönnte sich nur wenige Minuten, ehe sie sich mit steifen Gliedern aufrichtete und zurück zur Terrasse ging. Die Rechnungen mussten gemacht werden.

– 6 –

Das Oktoberfest stand bevor, da waren die Zeiten gut für Tagelöhner. Ein paar Tage lang hatte Antonia in einer Mädchenschule die Schuldienerin vertreten. Wenn die Kinder mit ihren Mappen an ihr vorbeiliefen, hatte sie sie ein wenig beneidet. Wie es wohl sein musste, nicht arbeiten zu müssen, sondern Zeit für diese Dinge zu haben?

Heute standen Antonia und eine andere Arbeiterin neben einem der Festzelte auf Leitern. Über ihnen hielt eine seltsame Konstruktion aus Metallstäben ein Gewirr von dicken schwarzen Kabeln, die zu Lichtgirlanden entrollt wurden. Scheu betrachtete Antonia die Gebilde aus feinem Glas, die in die dafür vorgesehenen Halter geschraubt werden mussten.

«Glühbirnen», erklärte der Vorarbeiter, Herr Huber. «Eine Sensation, sag ich Ihnen!»

Neugierig drehte sie das birnenförmige Glas in der Hand. «Erklären Sie es mir?»

Vermutlich um Geld zu sparen, hatte die Firma, welche die elektrische Beleuchtung lieferte, zwei Frauen unter Anleitung des Vorarbeiters angeheuert. Frauen waren billiger als Männer, und die Arbeit war leicht. Der Vorarbeiter hatte versichert, dass es ungefährlich sei. Die andere Tagelöhnerin schien davon nicht so recht überzeugt zu sein. Mit sichtlichem Respekt schraubte sie ihre Birnen in die Fassungen, und dem Schweiß auf ihrer Stirn nach zu urteilen hatte sie Angst, bei der Arbeit mit der neuartigen Technik ihr Leben zu lassen.

«Also, die langen Kabel da, durch die fließt Elektrizität.» Der Vorarbeiter sprach das Wort langsam und stockend aus. «Das ist eine Kraft, wahnsinnig stark. Kann sogar einen Elefanten töten.»

Die andere Tagelöhnerin ließ ihre Birne los. «Was kann die?», rief sie entsetzt. Die Bewegung brachte ihre Leiter ins Wanken, und mit einem Hilfeschrei klammerte sie sich an den Streben fest. Nur einem Brauknecht, der gerade zufällig unten vorbeikam und sie festhielt, war es zu verdanken, dass sie nicht mit Donnerkrach und Glasklirren auf den Boden rauschte, sämtliche Lichtgirlanden mit sich reißend.

Huber lachte sie aus, aber Antonia war dieselbe Frage durch den Kopf gegangen.

«Keine Angst!», beruhigte er sie und wischte sich grinsend mit dem Ärmel seines schäbigen Jankers die Lachtränen aus dem Gesicht. «Im Moment ist alles ausgeschaltet, da kann gar nichts passieren. Später, wenn wir hier fertig sind, lege ich einen Schalter um. Dann strömt die Elektrizität blitzschnell durch die Kabel in den kleinen Faden in der Glühbirne. Der wird heiß und fängt an zu leuchten.»

«Und das alles mit einem Hebel?», fragte Antonia.

Er schien ihre Bewunderung weniger auf die Technik als auf seine Person zu beziehen.

«Genau», versicherte er. «Ich bin der Herr über alle diese Lichter.»

Antonia lachte und schraubte weiter, ehe der Herr der Lichter ihr zu nahe rückte. Sollte er nur denken, sie hätte etwas für ihn übrig, vielleicht gab es dann noch ein gutes Trinkgeld. Zumindest wenn ihm nicht vorher ein Licht aufging, aber das Risiko war gering. Er schien ihr nicht die größte Leuchte.

«Ihr solltet sehen, wenn die alle an sind», schwärmte Huber. «Wie Hunderte goldene Lüster und heller als tausend Kerzen. Man glaubt, man ist in einem Schloss. Einfach unglaublich.»

«Das klingt schön», seufzte Antonia. Zu gern hätte sie dieses Leuchten gesehen, wäre nur ein einziges Mal, nur für eine Stunde, Teil dieses Münchens gewesen. Sie versuchte, sich vorzustellen, wie es aussehen würde, wenn die Lampen an Buden und Zelten und hoch über ihnen an Karussells strahlten. Aber das würde sie wohl niemals zu sehen bekommen. Auf dem Oktoberfest war für eine Tagelöhnerin nur tagsüber Platz, beim Aufbau, und kaum als Gast. Ihr ganzes Leben bestand daraus, an Dingen zu arbeiten, deren Schönheit nicht für ihre Augen bestimmt war. Harte Arbeit zu verrichten, deren Früchte sie nicht ernten konnte. Es war, wie von außen aus der Winterkälte durch beschlagene Scheiben in einen festlich geschmückten Saal zu blicken. Zu beobachten, wie die Leute lachten, Schaumwein tranken und tanzten, in seidenschimmernden Gewändern, geschmückt mit funkelnden Steinen. Und zu wissen, dass man niemals eintreten durfte. Der nächste Hauch ließ die Scheibe wieder beschlagen, und von der Vision blieben nur verschwommene Flecken hinter Fenstern.

Antonia hatte eigentlich gehofft, auf dem Oktoberfest arbeiten zu können. Doch dann erhielt sie kurz vor der Eröffnung einen Auftrag in der Akademie. Anfangs hatte sie gar nicht gewusst, welche Akademie und was das Wort überhaupt bedeutete. Erst als sie davorstand, begriff sie, dass sie an dem Ort war, von dem jeder Künstler in Schwabing träumte.

Mit einigem Herzklopfen zerknitterte sie das Papier in ihren Händen, auf dem die Adresse für die Tagarbeit stand. Das war das München aus ihren Träumen. Das München, in dem selbst die Haustüren Kunstwerke waren, in dem es in den Räumen vor purem Gold funkelte und schillerte und ideale Gestalten von den Wänden lächelten. Das München, in dem der Sonnenschein den weißen Marmor glänzen ließ, in dem römische

Brunnen sprudelten und griechische Säulen strahlten. Das München, in dem die Künstler verehrt wurden wie die neuen Heiligen einer Zeit des Fortschritts und der Schönheit. Mit ehrfürchtiger Scheu wagte sie sich die Freitreppe hinauf zu den hohen Türen des weißen Baus. Sie hatte kaum den Mut zu klopfen.

Allerdings wurde sie dessen auch enthoben.

Die Tür flog auf, sodass sie einen Schritt zurückmachen musste, und eine junge Frau stürmte ins Freie.

«Hol dich der Deifi!», schrie sie in die heiligen Hallen der schönen Künste. Ungebändigte schwarze Haare flogen um ihr Gesicht, ihr Kleid war nur halb zugeknöpft, aber das schien sie nicht im Geringsten zu stören. Sie zog ein Paar elegante Schuhe von den Füßen und warf sie durch die geöffnete Tür. «Und die g'schleckten Flitscherlschuh b'haltst auch!» Im Inneren war ein Krachen zu hören, vermutlich hatten die Schuhe etwas getroffen, das umfiel. Und es war aus Porzellan gewesen, wie Antonia mit einer Grimasse feststellte.

«Mi leckst am Arsch!!», brüllte die wortgewaltige Schönheit inbrünstig. Dann drehte sie sich um und lief, ohne Antonia eines Blickes zu würdigen, die Stufen hinab auf die Akademiestraße. Im Gehen drehte sie das Haar zu einem Knoten und knöpfte das Kleid oben zu. Als ein Handwerker ihr nachpfiff, kreischte sie sofort: «Dreckhammel, dreckerter, schau dass'd weiterkummst!»

Und entschwand.

Mit weit aufgerissenen Augen sah Antonia der hübschen jungen Frau nach, ehe sie vorsichtig eintrat.

Sie stand in einem hellen Raum. Am Boden lagen die Scherben einer Porzellanvase – vermutlich die Folgen des fulminanten Auftritts soeben. Ein kleiner älterer Mann im schwarzen Anzug hatte sich soeben seufzend darangemacht, sie zusam-

menzukehren. Die eleganten Damenschuhe, die für das Mal-
heur verantwortlich waren, hatte er bereits zur Seite gestellt.
Eine Treppe aus Marmor führte nach oben, ansonsten war der
Raum in Weiß gehalten. Überall Flure, nicht enden wollende
Gänge. Ehrfürchtig blickte sie sich um.

«Sie wünschen?», fragte der Mann.

Antonia zuckte zusammen. «Entschuldigung. Antonia Pacher. Ich sollte um sieben Uhr hier sein.» Ungeschickt fischte
sie den Papierbogen aus der Tasche ihres Kittels. «Der Diener
hat mich herbestellt. Malutensilien reinigen bei Professor
Stuck, von heute bis Freitag.»

Er nahm das Schreiben, und die abweisende Miene wurde
etwas freundlicher. «Ach, Sie sind das. Ja, der Schorsch hat mir
Bescheid gesagt. Ich bin der Pförtner, Maximilian. Max.»

Er schüttelte ihr sogar die Hand und wies auf die Scherben.
«Sie müssen entschuldigen, aber hier kommen oft Mädchen
her, die hoffen, als Modell berühmt zu werden. Meistens enden
sie auf der Straße.»

Unwillkürlich sah Antonia nach der Haustür, wo die Frau
verschwunden war.

«Ach das», meinte der Pförtner. «Nein, das war die Anna Maria. Die … eine Bekannte von Herrn Stuck.»

Antonia begriff nicht sofort.

«Bekannt eben», druckste der Pförtner herum und schien
sich tatsächlich fast auf die Zunge zu beißen. «Sie steht ihm
auch Modell, aber eigentlich … ist ja auch egal. Ich bring Sie
ins Atelier.»

«Ach so, seine …» Antonia errötete ein wenig. Benedikt hatte
einmal erzählt, dass erfolgreiche Künstler Geliebte hatten, mit
denen sie wie Verheiratete zusammenlebten. Bei ihr auf dem
Dorf gab es zwar hin und wieder auch Unzucht, aber meistens
waren das reiche Bauern, die ihre Mägde schwängerten – ob

mit oder ohne deren Einwilligung. So offene Liebschaften gab es dort nicht.

Max führte sie die Treppe hinauf ins Atelier. Mit offenem Mund lief Antonia durch das Gebäude. Über ihr und um sie herum waren Bilder und Statuen, überall Figuren und Gestalten. Noch nie hatte sie so viele Bilder gesehen, nicht einmal in ihrer Dorfkirche. Das Gebäude schien sich durch diese Bilder in tausend kleine Fenster zu öffnen, in verschwiegene Kabinette und heimliche Winkel.

Max öffnete eine Tür und verschwand so lautlos, wie er gekommen war. In dem großen saalartigen Atelier stand alles überragend das Bild einer jungen Frau. Oder besser, es würde einmal das Bild einer jungen Frau werden. Das schwarze Haar und die dunklen Augen … es war unverkennbar die Frau von vorhin an der Tür.

Sie lehnte sich auf ein Sims, das mit einem orangefarbenen Seidentuch bedeckt war, und die helle Haut hob sich von dem fast schwarzen Hintergrund ab. Herausfordernd blickten die Augen den Betrachter an. Der Körper war bisher nur angedeutet, doch es war zu erkennen, wie sich die Brüste nach oben und der Unterleib wollüstig nach vorn recken würden. Um ihren nackten Körper, zwischen ihren Beinen hindurch wand sich ein weißes Band – offenbar eine Schlange, deren Kopf, schon fertig, von der Schulter den Betrachter anblickte. Die offensichtliche Jugend der Frau und die verführerische, beinahe dämonische Pose standen in einem seltsamen Widerspruch. Die Versuchung, dachte Antonia unwillkürlich. Eva im Paradies, wie in der Schöpfungsgeschichte, die der Pfarrer oft vorlas. Oder die Schlange selbst, in einer seltsamen Gestaltwandlung als Frau?

Vor dem Gemälde stand auf einem Stuhl ein eleganter Herr im schwarzen Frack. Haar, Augen und der fein gezwirbelte Schnurrbart waren ebenfalls tiefdunkel. Er war vielleicht Mitte dreißig. Pinsel und Staffelei hatte er weggelegt. Mit gerunzelter Stirn starrte er auf die Leinwand, sich immer wieder die erstaunlich hellroten Lippen leckend. Zu seinen Füßen war ein chaotisches Durcheinander von Pinseln, Farbtöpfen und Eimern.

«Professor Stuck?»

Er zuckte zusammen und drehte sich um. Als er Antonia sah, wirkte er erstaunt.

«Ich soll hier aufräumen und die Gerätschaften reinigen.»

Er schien einen Moment überlegen zu müssen. Dann kam er von seinem Stuhl herunter. «Ah, richtig. Ich erinnere mich. Ich wollte entrümpeln.»

Er legte den Pinsel vorsichtig ab. Umständlich rückte er Farbtöpfe, Paletten und weitere Pinsel zusammen und schob zwei nebeneinanderstehende Paravents zur Seite. Dahinter sah es tatsächlich ziemlich übel aus. Farbeimer, Paletten und anderes Malerwerkzeug türmten sich zu einem gefährlich anmutenden Stapel. Geborstene Leinwände, Sperrholz und Rahmen vervollständigten das Gebilde. Antonia verkniff sich ein Seufzen. Das würde sie allerdings ein paar Tage in Anspruch nehmen, umso mehr, da vermutlich laufend für Nachschub gesorgt wurde.

«Werfen Sie Farbeimer und Paletten weg, wenn sie nicht mehr zu gebrauchen sind. Der Rest wird gereinigt, für die Pinsel nehmen Sie bitte diese Lösung hier. Seien Sie vorsichtig damit, sie ist nicht besonders gesund. Wenn Sie sie ins Gesicht bekommen, waschen Sie sich sofort, und auch wenn Sie das Atelier verlassen. Nehmen Sie die Lösung auch zum Reinigen der anderen Gerätschaften. Oh, und können Sie eine Leinwand auf den Rahmen spannen?»

«Ich weiß nicht», erwiderte Antonia verunsichert. «Ich habe es noch nie versucht.»

Was Quirin darum gegeben hätte, an ihrer Stelle jetzt hier zu sein. Vermutlich hätte er die Farbreste mit der Zunge vom Boden geleckt, nur um in der Nähe des Malerfürsten sein zu dürfen.

Antonia begann damit, leere Farbeimer von vollen zu trennen und alte Paletten auszumustern. Sie stopfte alles, was nicht mehr brauchbar war, in einen der Säcke, die der Diener gebracht hatte, und trug ihn hinunter. Dann befeuchtete sie einen Lappen mit der stark riechenden Flüssigkeit und machte sich vorsichtig daran, die ersten Pinsel zu reinigen. Zuerst tauchte sie sie in die Lösung, dann wischte sie sorgfältig die Schäfte ab und trocknete die Haare. Sie war so versonnen über ihre Arbeit gebeugt, dass sie gar nicht bemerkte, dass der Maler seine Arbeit unterbrochen hatte.

«Sie sind schön», bemerkte Stuck

«Wie bitte?» Erschrocken blickte Antonia auf und sah, wie er sie von oben bis unten musterte. Verlegen hielt sie die Arme vor den Ausschnitt, aber der zeigte ohnehin kaum den Hals.

Herr Stuck lachte. «Ich spreche als Maler. Haben Sie schon einmal Modell gestanden?»

«Nein.» Die Lüge kam ihr über die Lippen, ehe sie sich an die Mahnungen des Pfarrers in der letzten Beichte erinnern konnte. Dass dieser fremde Mann sie so unverblümt schön nannte, machte ihr Angst.

«Könnten Sie sich vorstellen, es einmal zu versuchen?»

Antonia stand auf. «Auf gar keinen Fall.»

Stuck zuckte die Schultern. «Ich wollte Ihnen mit der Frage nicht zu nahe treten.»

Aber irgendwie fühlte es sich trotzdem so an. Es schien nicht nur ihr peinlich zu sein, denn ein unangenehmes Schweigen breitete sich aus.

«Es tut mir leid, dass ich gefragt habe», sagte Stuck endlich.

«Es muss für Sie befremdlich sein. Es ist nur so, dass mich mein Modell im Stich gelassen hat.» Die Verzweiflung war so offensichtlich, dass Antonia sich ein erleichtertes Lachen verbiss. Die alte Erna hatte immer gesagt, man solle nie Geschäfte mit Freunden machen. Wenn es schiefgehe, seien gleich zwei Dinge kaputt: das Geschäft und die Freundschaft. Oder eben, wie hier, die Liebschaft.

«Ich glaube, ich habe sie heute Morgen unten am Eingang gesehen», sagte sie stattdessen. «Eine schöne Frau.»

Er blickte auf das halbfertige Gemälde und seufzte.

«Ja, das ist sie. Und ich weiß nicht, wie ich ohne sie das Bild fertig bekommen soll. Das Elfenbeinschwarz ist mir auch ausgegangen.»

«Wenn Sie eine Farbe brauchen, die kann ich doch für Sie kaufen», schlug Antonia vor.

Stuck lachte und schüttelte den Kopf. «Oh nein! Der letzte Tagelöhner, den ich geschickt habe, kam mit Wasserfarben wieder. Schwarz ist schwarz, meinte er, und Wasserfarben seien billiger! Ich würde nicht einmal jeden meiner Studenten schicken. Der eine oder andere würde das Geld mit Liebschaften verjubeln.»

Antonia wurde neugierig. Dass es verschiedene Arten von Schwarz gab, hatte sie auch nicht gewusst, und sie hätte gern erfahren, welche. «Sagen Sie mir, was Sie brauchen, und ich bringe es Ihnen. Ich habe einen Freund, der auch malt. Versuchen Sie es.»

Stuck kratzte sich zweifelnd am Kopf.

Leider zog er es vor, den Akademiediener zu schicken, und Antonia verbrachte den Tag damit, aufzuräumen und Pinsel zu reinigen. Es war fast sieben Uhr abends, als sie endlich seufzend den Haarknoten löste, um ihre Frisur zu richten, ehe sie ging. Stuck hatte sich zum Abendessen in eines der nahegelegenen

Kaffeehäuser begeben und würde vermutlich gar nicht mehr kommen, jetzt, da das Licht weg war.

Sie stand vor dem Spiegel in dem dämmrigen Atelier. Lang und dunkel fiel ihr Haar über die Schultern, und sie sah zu dem Bild hinüber. Stimmte es, dass sie sich ähnlich sahen?

Antonia warf einen Blick zur Tür. Das Atelier war leer und verlassen. Vorsichtig öffnete sie die oberen Knöpfe ihres hochgeschlossenen Kleides und zog es über die linke Schulter herab. Dann legte sie das offene Haar so wie das der Frau auf dem Bild. Mit klopfendem Herzen, das Kleid mit einer Hand festhaltend, betrachtete sie ihr Spiegelbild.

Ihre Augen wirkten im Dämmerlicht dunkel wie die der Frau. Ihre helle Haut hob sich aus dem schwarzen Hintergrund wie die auf dem Gemälde. Selbst ihr Blick schien auf einmal denselben rätselhaften, verführerischen Ausdruck zu haben.

«Verblüffend.»

Antonia schnappte nach Luft. Erschrocken zog sie das Kleid wieder über die Schulter. Mit beiden Händen hielt sie es bis zum obersten Knopf unter dem Kinn fest und drehte sich um.

Franz Stuck hob entschuldigend die Hände. «Mein Gehstock ... Ich wusste nicht, dass Sie noch da sind. Es ist verblüffend, wie ähnlich Sie ihr sind.»

Antonia fingerte mit einer Hand an ihrem Kleid herum, um die Knöpfe zu schließen, mit der anderen hielt sie es zu.

«Mein Modell ist noch nicht bereit wiederzukommen. Mit Ihnen könnte ich das Bild fertigstellen. Ich verlange nichts Unanständiges von Ihnen», beeilte er sich zu versichern. «Nur ich werde da sein. Wenn Sie sich entschließen könnten, wäre ich überglücklich. Und ich würde Ihnen Ihre Mühe gut bezahlen. Sagen wir ... fünfundzwanzig Mark?»

Jetzt hatte Antonia das Gefühl, der Boden würde ihr unter den Füßen weggezogen. «Fünfundzwanzig?», wiederholte sie

66

fast lautlos. Das war ein gutes Drittel mehr als das, was ein Mann in einer Woche verdiente!

Stuck nickte. «Sie sind fast fertig mit der Arbeit, aber Sie können morgen noch einmal kommen, wenn Sie möchten. Wenn Sie sich entschließen – sagen Sie es mir dann. Sie verdienen gutes Geld, und niemand erfährt etwas. Das Gesicht ist schon so weit fortgeschritten, dass niemand Ihre Züge darin erkennen wird.»

Antonia zögerte. «Ich überlege es mir», sagte sie dann endlich.

«Er will einen Akt von dir malen?»

Quirin schrie den Satz fast. «Warum will er dich nackt sehen? Macht man das jetzt so? Die Kunst als Vorwand benutzen, um Frauen auf die Brüste zu gaffen? Für was hält er dich, für eine billige Hure?»

Sie saßen an seinem Tisch, vor ihnen das einfache Essen, das Antonia gerichtet hatte: Brot, Rührei und Äpfel. Eigentlich hatte sie Hunger gehabt und erleichtert das duftende Ei auf ihren Teller gehäuft. Aber jetzt verging ihr der Appetit.

«Er sagte, er würde mich nur als Künstler ansehen, nicht als Mann», erwiderte sie. «Machen das nicht alle Künstler so?»

«Gott, was bist du gutgläubig!» Quirin war aufgesprungen und fuhr sich fassungslos durch die Haare. «Künstler, die ihre Modelle nackt malen und denen dabei nichts durch den Kopf geht als Farben und Pinsel? Was glaubst du denn, wo du bist?»

Antonia biss sich verlegen auf die Lippen. Auf einmal fühlte sie sich wie ein dummes Kind, ein unbedarftes Ding vom Land.

«Aber er sagt, die Nacktheit ist ein Symbol.»

«Symbol!» Quirin spuckte das Wort aus. «Es gibt nur das, was da ist, Symbole sind Illusionen, die wir uns machen, um unserer Lüsternheit ein künstlerisches Gewand zu geben. Das ist kein Künstler, das hast du doch gesehen. Er sucht nur einen Vorwand, um nackte Körper zu malen, an die er dann in seinem Bett denkt.»

«Woher willst du denn das wissen? Du kennst ihn doch gar nicht.»

Quirins Selbstsicherheit verflog. Er biss sich auf die Lippen.

«Oder doch?», fragte Antonia überrascht.

Er ging zum Fenster, wo auf Augenhöhe die Stiefel der Kinder im Hof vorbeistapften, und schien sich plötzlich für ihre Spiele zu interessieren. «Ich habe mich bei ihm vorgestellt, als ich hierherkam», gab er endlich widerwillig zu. «Ich wollte bei ihm studieren.»

«Und er hat dich abgelehnt?»

«Dem feinen Herrn habe ich wohl zu wenig nackte Haut gemalt», zischte Quirin. «Und er ist noch nicht einmal gut. Seine Pinselführung ist schwülstig, und er hat keine Einfälle außer nackten Brüsten. Er malt wie der Müllersohn, der er ist, und verbirgt hinter der Kunst nur niederste Instinkte. Warum ist so einer Professor?»

Und nicht er selbst? Zum Glück hatte sie Quirins Namen nicht erwähnt! Ihn bei Stuck zu empfehlen wäre unter diesen Umständen nicht besonders klug gewesen.

«Ich verstehe, dass du enttäuscht bist. Aber meinst du nicht ...»

«Natürlich will er mit dir huren!» Quirin fuhr herum. «Alle tun das. Und du freust dich auch noch, dass er dich wie eine G'schlamperte behandelt und dich auch noch dafür bezahlen will! Ich habe gedacht, es bedeutet dir etwas, bei mir zu sein!» Er kam an den Tisch und packte sie grob am Kinn. «Was ist? Willst du es womöglich selbst? Fühlst dich besser, wenn es ein reicher, gieriger Mann ist, für den du dich bückst? Glaubst, dass er dich zum Lohn vielleicht in die bessere Gesellschaft einführt, ja?»

Erschrocken sprang Antonia auf. Was war bloß in Quirin gefahren? Sie erkannte ihren Freund nicht wieder. «Der Einzige, der mich im Moment schlecht behandelt, bist du!», schrie sie. «Stuck hat mit keinem Wort angedeutet, dass er irgendetwas anderes vorhat, als sein Bild fertig zu malen. Du bist es, der schmutzige Worte in den Mund nimmt.»

Quirin schubste sie so heftig gegen die Wand, dass ihr die Luft wegblieb. «Du wirst nie wieder dorthin gehen», sagte er leise. Seine Lippen waren bleich, die Augen schmal und eisig. «Du wirst morgen zu Hause bleiben und um die Akademie einen Bogen machen.»

Antonia blieb die Antwort in der Kehle stecken. War das eine Drohung gewesen? Einen Moment starrte sie ihn nur an, die Erkenntnis schnürte ihr die Luft ab. Dann riss sie sich los und raffte ihren Umhang vom Stuhl, auf dem sie ihn vorhin abgelegt hatte.

«Wo willst du hin?», rief er ihr nach.

«Wo ich hinwill?» Antonia drehte sich um und funkelte ihn wütend an. «Ich will irgendwohin, wo man mich nicht als g'schlampert beschimpft.» Sie wollte zur Tür, aber Quirin hielt sie am Arm fest.

«Lass. Mich. Los!»

«Erst wenn du versprichst zu bleiben.»

Antonia lachte trocken. «Um mich weiter beschimpfen zu lassen? Nein danke!»

Auf einmal wurde Quirins Ton versöhnlicher. «Ich mache mir doch nur Sorgen um dich», sagte er. «Der ganze Reichtum, der Ruhm, das ist verlockend. Du weißt nicht, was man über Frauen sagt, die Malern nackt Modell stehen. Du weißt überhaupt so wenig von dieser Welt hier unter Künstlern. Ich habe einfach Angst, dass er dich verdirbt und du erst merkst, was passiert, wenn es zu spät ist.» Er lächelte verlegen, und die steile Falte zwischen seinen Augen verschwand.

Antonia ließ den Arm sinken. Ihre Wut verrauchte so schnell, wie sie gekommen war. Wenn er sie so ansah, hatte er etwas Rührendes, Verlorenes an sich, dass sie ihm nicht länger böse sein konnte.

«Also gut. Ich denke nicht, dass ich es tue.»

Quirin atmete sichtbar erleichtert auf. Im selben Moment kam Benedikt herein, brachte einen Schwall kalter Luft mit und unterbrach vorerst jede weitere Diskussion.

«Lass die Krüge stehen, Benedikt», sagte sie, als er ins Wirtshaus wollte, um sie füllen lassen. «Ich habe etwas für euch.»

Sie förderte eine Flasche Absinth aus ihrer Tasche. Vorhin hatte sie sie spontan gekauft, vielleicht aus einem schlechten Gewissen heraus. Dass Quirin über Stucks Vorschlag nicht begeistert sein würde, war ihr irgendwie klar gewesen.

Quirins Gesichtsausdruck verriet, dass sie ins Schwarze getroffen hatte. Er schien sich beruhigt zu haben und lächelte ihr sogar vorsichtig zu, als sie drei Gläser auf den Tisch stellte. Sie erwiderte das Lächeln.

«Schaut her!»

Sie hatte sich die Zubereitung genau erklären lassen. Auf jedes Glas legte sie einen siebartigen Löffel, in dessen Wölbung ein Stück Zucker kam. Dann goss sie vorsichtig etwas von der schillernd hellgrünen Flüssigkeit über den Zucker. Antonia entzündete einen kleinen Span an der Öllampe auf dem Tisch und hielt ihn an die alkoholgetränkten Zuckerstücke, die sofort zischend Feuer fingen. Ein zarter Duft nach Karamell breitete sich aus.

Antonia holte eine Karaffe kaltes Wasser, goss es vorsichtig über den Zucker und schubste den süßen, karamellisierten Rest in das Getränk. Dann rührte sie um, und das helle Grün wurde milchiger.

«Grüne Stunde», lächelte sie und hob ihr Glas. «Zum Wohl.»

Alle tranken, und die Männer seufzten zufrieden.

«Oh, der ist gut», sagte Benedikt anerkennend. «Woher hast du den?»

«Gekauft, auf dem Rückweg. Ihr habt so oft euer Essen mit mir geteilt, und jetzt, wo ich ein paar Pfennige übrig habe, wollte ich auch etwas für euch tun.»

Ein schlechtes Gewissen hatte sie noch immer. Aber Quirin die ganze Wahrheit zu sagen hätte seine Eifersucht nur weiter befeuert.

Als er sie später zur Tür brachte, fühlte sich Antonia beschwingt vom Absinth. Draußen war es kalt, der Oktober war fortgeschritten. Es war dunkel, und die Kinder im Hof waren längst in ihren Betten. Eine Katze streunte zwischen den leeren Farbtöpfchen beim Eingang zum Kohlenkeller herum. Quirins Gesicht lag im Dunkel, nur von der Seite fiel Licht aus der geöffneten Tür auf seine Brust. Antonia musste an das Bild in Stucks Atelier denken, und auf einmal hätte sie ihn gern geküsst.

«Nun ist es doch noch ein schöner Abend geworden.» Sie entschloss sich, ein Lächeln zu riskieren.

Quirin erwiderte das Lächeln. Sonst nichts.

Antonia musste an die Madonna unter dem schmutzigen Tuch denken, und das ungute Gefühl kam wieder auf. Der Blick, gerichtet auf einen unsichtbaren Gott und Vater, auf den sich ihr ganzes Sein zu konzentrieren schien und jenseits von dem sie nichts wahrnahm. Während Stuck nur vollenden wollte, was er längst begonnen und im Kopf gehabt hatte, fragte sie sich, ob es diese Madonna war, die Quirin in ihr sah. Was, wenn er eines Tages zu dem Schluss kam, dass sie nicht diesem Bild entsprach?

«Du wolltest mich noch nie nackt malen», sagte sie. «Warum eigentlich nicht? Dir könnte ich doch vertrauen.»

Quirins Lächeln erstarrte. «In solch einem Moment kann man niemandem vertrauen», sagte er schroff. «Wir alle sind anständig. Solange man es nicht herausfordert.»

Sprach's, schlug die Tür zu und ließ sie allein im Dunkeln stehen.

Antonia blickte ihm nach und seufzte. Eigentlich hätte sie nichts dagegen gehabt, wenn er manchmal ein bisschen weniger anständig gewesen wäre. Diese Keuschheit hatte etwas Unbarmherziges.

– 7 –

Nein», sagte sie noch in der Tür, als sie am nächsten Morgen ins Atelier kam. «Vergessen Sie, was ich gesagt habe.»
Die Tür fiel ins Schloss, und Stuck, der oben auf einer Leiter gestanden hatte, um den Hintergrund am oberen Bildrand zu überarbeiten, fuhr zusammen. Um ein Haar wäre er abgestürzt.

«Das ist schade. Woher der Sinneswandel?»

Ohne ihn anzusehen, steuerte Antonia auf den Krempel hinter den Paravents zu. Sie packte den Putzlappen und begann verbissen, die alten Rahmen abzustauben, die jemand neu dazugelegt hatte. Das war offenbar schon länger nicht passiert, der Staub wirbelte auf und drang ihr in die Nase, sodass sie niesen musste.

«Weil Sie mich bloß anstarren wollen!», schnaufte sie und wischte sich die Nase.

Stuck schüttelte den Kopf. Dann seufzte er und stieg bedachtsam von der Leiter. In seinem eleganten Frack auf dem wackligen Gerüst wirkte er wie ein Stelzenläufer. Er nahm in dem Sessel aus dunklem Holz Platz, der im Atelier stand, und klopfte mit der Hand auf die Lehne.

«Setzen Sie sich einmal zu mir.»

Antonia starrte ihn misstrauisch an.

«Hier gegenüber», erklärte er.

Zögernd gehorchte sie.

«Es mag Ihnen ungewohnt erscheinen. Aber wenn ich Sie male, male ich im Grunde nicht Sie, sondern das Bild. Das bedeutet, ich sehe nicht Sie an, sondern das, was ich auf der Leinwand haben will.» Er überlegte, suchte offenbar nach einem passenden Vergleich. «Wenn Sie eingelegtes Rotkraut essen, dann denken Sie nicht mehr an die Pflanze, oder?»

Antonia musste wider Willen lachen. Aber überzeugt war sie nicht. Sie hatte Quirin noch nie so erlebt wie gestern, und es machte ihr Angst. Es musste einen Grund geben, warum er sich so vergessen hatte.

Stuck stand auf. «Was halten Sie davon, wenn Sie es einen Tag lang versuchen? Ganz angezogen, nur um zu sehen, wie Sie sich fühlen. Und wenn Sie zufrieden sind, machen wir weiter.»

Antonia zögerte. Die Sorge wegen Quirins seltsamen Verhaltens und die Neugierde, wie es wohl sein mochte, wenn bei einem so berühmten Mann ein Bild entstand, stritten in ihr. Ob er etwas anders machte als ihr Freund? «Ganz angezogen?», wiederholte sie.

«Ganz angezogen. Ich kümmere mich nur um das Gesicht.»

«Ich kann jederzeit gehen?»

«Jederzeit.»

Die Neugierde siegte.

«Also gut», sagte sie und erhob sich. «Aber ich schwöre Ihnen, sobald mir irgendetwas seltsam vorkommt, verschwinde ich, und Sie können sich ein neues Modell suchen.»

«Das war deutlich», lachte er. «Aber keine Sorge. Für den Kopf müssen Sie wirklich nichts ausziehen. Das Gesicht ist im Grunde fertig, ich muss mir nur noch einmal das Licht ansehen.»

Stuck hatte sichtlich Erfahrung mit Modellen, die so etwas zum ersten Mal machten. Er hieß sie sich auf den mit einem orangefarbenen Tuch bedeckten hochlehnigen Stuhl stützen und nur den Kragen so weit öffnen, dass das Kinn gut zu sehen war. Zwei Stunden stand sie so, dann entließ er sie. Das war leicht verdientes Geld, dachte Antonia, wenn man bedachte, wie lange sie sonst für fünfundzwanzig Mark hätte schuften müssen. Niemand wusste davon. Niemand würde ihr Gesicht erkennen. Sie würde es machen, solange es gut ging, und ansonsten konnte sie jederzeit gehen.

Stuck war sichtlich erfreut, sie am nächsten Tag wiederzusehen, und tat sein Möglichstes, um sie nicht zu verschrecken. Ehe er sie bat, das Kleid auszuziehen, schob er einen Paravent vor die Zimmerecke, die am weitesten von der Tür entfernt war.

«Sie können vorerst unterhalb der Hüfte alles anlassen, wenn Ihnen das lieber ist», sagte er. «Wir machen zuerst den Oberkörper. Den anderen Paravent stelle ich hier vor Sie. Um diese Tageszeit geht das ganz gut, das Licht kommt von der anderen Seite. Und so kann man Sie nicht sofort sehen, falls doch einmal jemand plötzlich zur Tür hereinkommt.»

Die er zu Antonias Erleichterung einen Spalt offen ließ.

«Ich will es sehen», sagte sie leise. «Zeigen Sie es mir. Was davon bin ich?»

Stuck schien überrascht über die Frage. Aber dann ließ er sie das Bild betrachten.

«Der Schatten des Haars auf den Augen», erklärte er. «Sehen Sie? Und hier, der helle Schein auf der linken Wange und dem Kinn. Obwohl das Gesicht fast im Dunkeln liegt, schimmert die Haut und fängt jeden Lichtstrahl ein. Sie verrät ihr Geheimnis nicht, aber sie gibt eine Ahnung davon preis.»

Auf einmal begriff Antonia, und die Erkenntnis verschlug ihr den Atem. Stuck hatte recht: Die Nacktheit war nur äußerlich. Das Geheimnis war nicht der Körper, der sich ganz offen ins Licht reckte. Das Rätsel lag in dem, was im Schatten blieb!

Und von diesem Rätsel konnte sie ein Teil werden.

Warum hatte sie das nicht sofort gesehen?

«Ich ... gehe mich ausziehen», sagte sie überwältigt.

Das war allerdings trotz allem leichter gesagt als getan. Seit frühester Kindheit hatte sie niemand mehr nackt gesehen. Umständlich schälte sich Antonia aus dem langen Kleid. Sie klappte nur das Oberteil herunter, unten behielt sie alles an. Die Arme schüchtern vor der Brust verschränkt, trat sie hinter dem Paravent hervor.

«Schön, fangen wir an.»

Stuck schien nicht einmal zu bemerken, dass sie fast nackt war. Er stellte sie an ihren Platz, als wäre nichts dabei, und legte ihr einen Schal um die Schultern. «Anstelle der Schlange», erklärte er.

«So, und nun lassen Sie Ihre Gedanken schweifen. Wohin immer sie wollen: keine Verbote, keine Begrenzungen. Die Beine ein wenig öffnen und das linke in meine Richtung stellen.»

Die Beine öffnen? Antonia biss sich auf die Lippen. Musste das wirklich sein? Ihr ganzes Leben lang hatte man sie davor gewarnt.

Aber nun war sie schon einmal hier. Vorsichtig stellte sie das linke Bein ein wenig in seine Richtung, und sofort reckten sich ihre Brüste von selbst nach oben.

«Genau so. Lassen Sie einfach die Muskeln locker.»

Wenn er so halbnackt vor einer fremden Frau gestanden hätte, die immer wieder prüfend nach seinem Körper sah, hätte er sich vielleicht weniger leicht getan, das zu sagen. Antonia atmete durch und versuchte, sich zu entspannen. Aber das war teuflisch schwer. Umso mehr, wenn sie an Quirins Worte dachte.

Die ersten Minuten waren die schlimmsten. Es zog in ihren Schultern, und sie hatte ständig das Bedürfnis, die Arme vor die Brust zu schlagen und sich wieder anzuziehen. Ihr Gesicht musste feuerrot sein. Stuck sah immer wieder kurz herüber, aber es war seltsam. Sie fühlte sich dadurch nicht entblößt. Sein Blick war der eines Mannes, der seine Arbeit tat. Auf der Straße, vollkommen angezogen, hatte sie sich schon mit sehr viel unangenehmeren Blicken auseinandersetzen müssen.

Nach einer Weile ließ die Hitze auf ihren Wangen nach. Sie stand ruhiger, atmete tiefer. Als ob eine seltsame Energie auf einmal ungehindert ihren Körper durchströmen könnte.

«Gut so», lobte der Künstler. «Wunderbar.»

Und aus einem Grund, den sie nicht so recht verstand, erfüllte es sie mit Stolz. Auch wenn sie halbnackt in einem fast leeren Raum vor einem Mann stand, der sie nur fürs Stillstehen lobte. Es war ein sonderbares Gefühl, jeden Luftzug auf der Haut zu spüren. Jede Veränderung der Temperatur, jeden Sonnenstrahl, der durch das große Atelierfenster fiel. Der Raum war geheizt, sodass sie nicht fror. Das lange offene Haar, das ihr über den nackten Rücken fiel und ihre Haut kitzelte, gab ihr ein ungewohntes Gefühl von Freiheit.

Stuck ließ sie eine gute Stunde stehen, dann entließ er sie.

Beim Anziehen kam ihr das Kleid auf einmal eng und kratzig vor. Auf dem Heimweg fühlte sie sich ungewohnt beschwingt. Irgendwie war ihr ihr eigener Körper plötzlich näher, nun, da sie gezwungen gewesen war, ihn eine Stunde lang so unverstellt zu spüren. Sie schwebte durch die Stadt, fühlte sich so stark und sicher und so frei wie nie.

Beim nächsten Termin fiel es ihr schon leichter, das Kleid herunterzuziehen. Und beim dritten legte sie es ganz ab und stand nur in ihrem leichten Unterrock vor ihm. Antonia schob den Stoff auf die Hüfte herunter und raffte ihn über den Schenkeln nach oben, sodass fast nur noch ihre Blöße bedeckt war. Vorsichtig schob sie das nackte Bein nach vorne und reckte den Unterleib. Wie von selbst öffneten sich auch ihre Lippen ganz leicht dabei. Stuck lächelte verstohlen.

«Wie soll das Bild eigentlich heißen?», fragte sie.

Stuck wirkte überrascht. Offenbar fragten andere Modelle so

etwas nicht. Aber Antonias Körper, der ihr so oft wie ein nötiges, aber im Grunde lästiges Werkzeug erschienen war, schien ihr auf einmal einen eigenen Wert zu haben, den sie zuvor nicht gesehen hatte. Zum ersten Mal spürte sie so etwas wie Stolz darauf.

«Ich habe das Motiv schon früher gemalt, es wird nur eine neue Variante davon. Ich nenne es *Die Sinnlichkeit,* doch es ist eigentlich nur eine Spielart meines Gemäldes *Die Sünde.*»

«*Sünde*?», echote Antonia entsetzt und schob den Unterrock über die Beine. Quirin hatte doch recht gehabt!

Stuck lachte. «Nicht das, was Sie meinen. Oder doch, eigentlich schon. Aber nicht in dem Sinne, wie Sie meinen.»

«Ich bin etwas Böses? Eine Hexe? Eine …» Sie brachte es nicht fertig, das Wort zu sagen. *Das ist Krankheit!,* rief eine Stimme in ihrem Kopf. *Auf ein Stück Fleisch stolz zu sein.*

«Nein, nein.» Stuck legte den Pinsel zur Seite. «Es ist die *Femme fatale.* Das ist Französisch und bedeutet *schicksalhafte Frau.* Eine Frau, die verführerisch ist, die Verderben bringt. Aber eben auch ein Glück, Gefühle, die man sonst nicht kennt.»

«Gefühle, die man nicht kennt?» Antonia spürte, wie sich ihre Muskeln verkrampften.

«Für die meisten Menschen ist das Leben vorherbestimmt. Man spielt züchtige Spiele, man heiratet, wen die Eltern für einen bestimmen, man bekommt Kinder, ohne es zu genießen, sie zu zeugen. Und dann wartet man, bis man älter wird und irgendwann der Tod kommt. Und dann? Glauben Sie an das ewige Leben?»

«Natürlich. Sie … Sie etwa nicht?» Jeder, den sie kannte, glaubte daran.

«Nun, ich weiß, dass unsere Tage hier im Diesseits begrenzt sind. Aber das Leben ist mehr als nur dumpfer Alltag», sagte Stuck. «Kennen Sie das Gefühl, vor Glück weinen zu wollen?

Ganz genau zu wissen, dass etwas verboten ist, es aber dennoch so sehr zu begehren, dass es weh tut? All diese weisen Leute wollen, dass wir unser Leben so wohltemperiert verbringen, ohne Leidenschaft, ohne wirkliches Glück. Das Bild steht für diese Sehnsucht», sagte er und betrachtete es nachdenklich. «Sie ist dunkel. Verboten, wahrscheinlich auch gefährlich. Doch sie verspricht auch ein Leben, das Sie atemlos macht, das die Grenzen Ihrer sittsam zurechtgestutzten und kupierten Gefühle sprengt und Sie mitreißt, in eine Woge von Leidenschaft oder Tod. Und ganz gleich, wohin es Sie führt, es lässt Sie erfahren, was Leben wirklich bedeutet. Würden Sie dafür nicht auch alles aufs Spiel setzen? Tausendfach Ihre Seele verwetten?», fragte Stuck. «Wofür sonst lohnt es sich zu leben?»

Antonia betrachtete das rätselhafte Lächeln der Frau, deren Leib so anmutig und gleichzeitig dämonisch aus dem Dunkel leuchtete. Auf einmal machte ihr das Bild Angst. Genau das, wovon er da sprach, versuchte sie von Kindheit an zu vermeiden. Es brachte nur Unglück und machte einen zum Gespött derer, die die Macht hatten, einen zu vernichten. «Ich weiß nicht … irgendwie klingt es doch, als wäre sie böse.»

Etwas prickelte in ihrem Rücken. Und lief nach unten durch ihren Körper.

Antonia blieb fast das Herz stehen. Keinen Anfall!, beschwor sie sich. Nicht jetzt. Nicht hier. Nicht halbnackt!

«Oh, sie *ist* böse. Der Trick dabei ist, genau das gut zu finden», sagte eine fremde Männerstimme von der Tür her.

Mit einem Satz flüchtete Antonia hinter ihren Paravent.

«Entschuldigung. Ich dachte, Max hätte mich angemeldet.»

«Herr Bruckner. Kommen Sie nur.» Stuck ging dem Ankömmling entgegen und gab Antonia so Zeit, hinter dem Paravent den Umhang überzuwerfen.

Keuchend hüllte sie sich in den Stoff und legte aufatmend

den Kopf zurück. Erst jetzt bemerkte sie, dass das Prickeln nachgelassen hatte.

Einfach so, von selbst.

Antonia öffnete die Augen. Wie hatte das geschehen können? Etwas hatte den Anfall abgewendet. War es die Überraschung gewesen? Der Schrecken, als plötzlich ein Fremder hereinkam? Sie fasste sich ein Herz und riskierte einen vorsichtigen Blick über den Paravent.

«Melchior Bruckner», stellte Stuck den Besucher vor. «Erbe der Brauerei Brucknerbräu. Er interessiert sich für das Bild. – Mein eigentliches Modell ist, nun ja, hmm … verhindert, und die junge Dame war so freundlich einzuspringen. Haben Sie bitte Verständnis, dass sie Sie nicht persönlich begrüßt, ich habe ihr versprochen, dass sie unerkannt bleibt.»

Neugierig musterte Antonia den Besucher. Der junge Mann war elegant gekleidet wie ein Patrizier, groß und sehr schlank. Sein Haar, dunkelblond bis hellbraun, war glatt nach hinten frisiert. Er trug einen eleganten Anzug, neben dem man sich unwillkürlich schäbig vorkam, doch es waren vor allem sein Tonfall und seine Haltung, die ihr unwillkürlich das Gefühl gaben, er würde auf alles und jeden herabsehen. Dabei war er selbst weder auffallend schön noch hässlich. Er hätte durchschnittlich ausgesehen, wären da nicht diese großen blauen Augen unter geraden Brauen gewesen. Sie hatten einen starken Ausdruck, der die Blicke unwillkürlich auf sich zog.

«Ich schätze das Dunkle an dem Bild», führte Melchior Bruckner ungeniert die Unterhaltung fort und ließ somit offen, wie lange er womöglich schon in der Tür gestanden und sie beobachtet hatte. «Und ewig lockt das Weib – zugegeben, vor allem den Mann, der sich an unserem zugeknöpften Jahrhundert zu Tode langweilt. Die Frauen werden das wohl vorerst weiterhin tun müssen. Zumindest bis sich Männer finden, die *sie* locken, die *ihre* verborgenen Lüste ansprechen und sie daran mahnen, dass Jugend und Schönheit durch das Verstecken nicht langsamer vergehen, sondern schneller. Wollen Sie nicht einmal einen Mann in dieser Pose malen, mein lieber Stuck?»

«Sie wollen mich wohl ruinieren», brummte der Maler.

Melchior lachte. «Aber, aber, haben Sie sich nicht so, ich mag das Bild. Der Körper tritt auf schimmernder Seide aus der Nacht hervor, in welche ihn die Religion verbannt hat.» Er erlaubte sich ein ironisches Lächeln und betrachtete ungeniert die Brüste, deren Originale Antonia soeben in ihrem Kleid verstaute. «Nun gut, vielleicht auch nur, um den Betrachter in diese Nacht hineinzuziehen. Wie heißt es doch bei Wilde: *Die Sünde ist das einzig Farbige im Leben.*»

«Sie sind ja heute mal wieder der reinste Dorian Gray», grinste Stuck, der seinen Pinsel aufgehoben hatte und nun an eben diesen Brüsten herumstrichelte. Was die Sache für deren Besitzerin nicht weniger peinvoll machte. «Ihre Reise nach London scheint Ihnen nicht gutgetan zu haben. Ich sollte Sie malen, vielleicht verwandeln Sie sich auch auf der Leinwand in ein Monster, und wir sehen endlich Ihr wahres Gesicht.»

Melchior Bruckner lachte schallend. «Machen Sie sich besser keine Gedanken um mein wahres Gesicht, mein lieber Stuck. Aber wissen Sie, was ich an diesem Bild am meisten schätze? Dass meine Mutter einen Tobsuchtsanfall bekommt, wenn ich es tatsächlich kaufe. Sie hat es nicht so mit schicksalhaften Leidenschaften.»

Antonia hinter dem Schirm musste ebenfalls lachen. Seine Ironie hatte etwas Spielerisches, das machte sie irgendwie abgründig. Zugleich wirkten seine Augen bisweilen abwesend, als verberge er hinter dieser Maske ganz andere, schwere Gedanken.

Melchior ging zu einem der großen Fenster und öffnete es.

Ein warmer Herbstduft nach fauligem Fallobst und späten Blüten wehte herein. Draußen färbten sich die Kastanien feuerrot, und ihre grünen, stacheligen Früchte lagen aufgeplatzt auf dem Gehsteig und gaben die braun glänzenden Kerne frei. Der strahlend blaue Himmel war nur von wenigen seidenfeinen Wolkenschlieren durchzogen. Das Jahr verging spürbar.

«Ein Glas Schaumwein?»

Maximilian brachte, vermutlich anlässlich des zahlungskräftigen Besuchs, eine Flasche und drei Gläser.

«Nur zu», ermutigte Stuck und nahm sich eines.

Antonia hatte noch nie Schaumwein getrunken, bestenfalls in ihren Träumen. Es sah schön aus, wie die Perlen golden im Glas aufstiegen. Andächtig betrachtete sie es und nahm einen vorsichtigen Schluck. Es prickelte auf der Zunge. Machte Schmerz jedes Gefühl intensiver? Der Gedanke an den drohenden Anfall verschwand nun vollends.

«Und haben Sie sich entschieden, ob Sie das Bild kaufen?», fragte Antonia. Vielleicht war es der Schaumwein, jedenfalls knöpfte sie das Kleid ganz zu und wagte sich ein Stück hinter dem Paravent hervor. Melchior Bruckner flegelte mit ausgestreckten Beinen in einem der großen Sessel, die für gelegentliche Besucher hier standen. Als er sie bemerkte, nahm er Haltung an und deutete eine lässige Verbeugung an.

«*What a pleasure.* Nein, ich war zu beschäftigt. Ich habe an meine Zimmerdecke gestarrt und die Holzkassetten dort gezählt. Hundertvierzehn. Und danach versuchte ich, im Garten auf einen Stein zu spucken. Etwa dreihundertzweiundzwanzig Mal, aber nehmen Sie mich nicht beim Wort. Bei zweihundertvierundneunzig kam meine Mutter und unterbrach mich.»

«Was?» Antonia lachte.

«Das dürfen Sie als Angeberei verstehen», mischte sich Stuck ein. «Aber Ihre Worte kommen mir bekannt vor, Herr Bruckner.

Kann es sein, dass Sie sich gerade von Wildes Dorian Gray in Büchners Leonce verwandelt haben? Legen Sie all diese Masken eigentlich auch irgendwann einmal ab?»

«Ach, seien Sie nicht kleinlich, lieber Stuck. Sie klingen ja fast schon mehr wie ein Schneiderlein als wie ein Künstler. Sie sind es doch, der unsere sterbenslangweilige Wirklichkeit mit Symbolen auflädt, bis sie daran zerplatzt wie eine Gans, die man zu sehr gestopft hat. Und ganz ehrlich, ohne das wäre sie ja auch unerträglich. Ist nicht das Symbol auf irgendeine Weise auch real? Schauen Sie mit dem Mikroskop hin: Theater, Realität – wo ist schon der Unterschied?» Melchior verzog spöttisch die schmalen, elegant geschnittenen Lippen.

Antonia lauschte der Unterhaltung mit offenem Mund. So hatte sie nun wirklich noch nie jemanden reden hören. Und dass man überhaupt mehr freie Zeit haben konnte als abends zwischen sieben und zehn Uhr, war schon absonderlich genug.

«Haben Sie sonst nichts zu tun?», fragte sie. «Sie sind doch so eine Art Braumeister.»

«Gott behüte! Der Braumeister ist mein Angestellter.»

«Und haben Sie gar nichts, was Sie tun?»

«Nun ja. Das, was mich befriedigt, nennt meine Mutter Spielerei.»

«Und was ist das?»

«Technik.» Melchior Bruckner richtete sich tatsächlich ein wenig auf. «Es ist das Feld der Zukunft. Elektrizität wird unsere Welt verändern. Menschen fahren schon jetzt in Zügen und Straßenbahnen. Dieses Jahr hat ein Mensch namens Rudolf Diesel in Augsburg einen neuartigen Motor für Automobile hergestellt.»

«Für was?»

«Automobile. Sieht aus wie eine gewöhnliche Kutsche, nur dass es nicht von Pferden gezogen, sondern von einem Motor bewegt wird. Ähnlich wie ein Zug. In Stuttgart soll so etwas inzwischen sogar als Mietdroschke unterwegs sein. Irgendwann wird man mit Motoren auch Luftschiffe bauen, da bin ich sicher.»

«Eine Mietdroschke, die Dampf und Rauch spuckt?» Das war zu absonderlich. «Und fliegen soll sie auch noch? Mit Flügeln?» Antonia musste lachen. Er war wirklich unterhaltsam.

«Hm.» Melchior Bruckner wirkte nachdenklich. «Das bereitet mir auch noch etwas Kopfzerbrechen. Sämtliche Versuche bisher waren enttäuschend. Aber es wäre doch verlockend, oder nicht?»

Es war ein wenig sonderbar, so zwanglos mit jemandem zu plaudern, der gerade vor einem ziemlich lebensechten Bild ihrer weiblichen Reize stand. Aber irgendwie fiel die Scham von ihr ab. In den letzten Tagen hatte sie sich so frei gefühlt wie nie zuvor. Obwohl sie keine Ahnung von Kunst hatte, war es doch für einen Blinden ersichtlich, dass es hier nicht um nackte Brüste für einen Herrenclub ging.

«Dann sind Sie wohl auch ein Student?», fragte sie.

Damit schien sie einen Punkt getroffen zu haben, der ihm unangenehm war, denn seine Miene verdüsterte sich, und er verneinte knapp. Doch Antonias Neugierde war geweckt. «Warum nicht? Sie haben genug Geld und genug Zeit, und Sie sagten gerade, dass Sie eine Schwäche für Technik haben.»

Melchior presste einen Augenblick die Lippen zusammen. Dann hob er die Brauen, und erwiderte spöttisch: «Nun, meine Mutter hält es für wichtiger, sich mit Bierbrauern um den besten Platz im Wettbewerb zu prügeln wie zwei Gossenjungen, daher wird wohl nichts daraus. Sie hält mich für zu klug, um lebensfähig zu sein, also gebe ich mir einige Mühe, unter die Räder zu kommen. Man soll die Erwartungen seiner Eltern schließlich nicht enttäuschen.»

«Aufschneider!», brummte Stuck.

«Das kenne ich», erwiderte Antonia hingegen ernst. «Meine Mutter hält mich für eine schlechte Tochter, obwohl ich ihr diese Woche endlich Geld schicken konnte. Man sollte keine Schwäche haben», sagte sie bitter. «Schwächen machen nur schwach.»

«Oh, ganz im Gegenteil, man sollte nichts als Schwächen haben. Je mehr davon man erliegt, desto weniger Macht hat jede einzelne», unterband Melchior Bruckner jeden Anflug von Vertraulichkeit. Der Ernst, der seine Augen einen Moment überschattet hatte, verschwand. «Wie dem auch sei, ich muss gehen. Es liegt ein wichtiger Termin vor mir. Nachher an der Isar habe ich mir vorgenommen, vierhundert Kiesel ins Wasser zu werfen. Das wird mich einige Zeit in Anspruch nehmen. *I am delighted*, Undine.» Und damit erhob er sich, deutete eine Verbeugung an und entschwand.

Antonia sah ihm nach. Stuck schüttelte den Kopf.

«Eine Märchenfigur», erklärte er. «Eine Nixe, die sich in einen Sterblichen verliebt und so hofft, eine Seele zu bekommen. Aber ihre Liebe ist verderblich. Am Ende küsst sie ihn zu Tode.»

«Nun ja», erwiderte Antonia trocken, «Melchior Bruckner sieht mir nicht aus, als würde er sich vom Todeskuss eines Fabelwesens sonderlich aus der Fassung bringen lassen. Der stirbt nicht aus Liebe. Höchstens, weil er sich an seiner eigenen Hochnäsigkeit verschluckt.»

– 8 –

Melchior Bruckner war in der nächsten Zeit öfter anwesend, wenn Stuck Antonia malte. Es störte sie längst nicht mehr. Er schien sie eher als Kunstwerk zu sehen denn als eine Frau, die zu wenig Kleidung trug – zumindest gab er sich Mühe, diesen Eindruck zu erwecken. Seine scharfsinnigen Bemerkungen machten das lange Stehen richtiggehend unterhaltsam, und er schien es zu genießen, einfach zu plaudern.

«Noch immer nicht unter die Räder gekommen?», fragte Antonia ihn dieses Mal scherzhaft, und er erwiderte:

«Trotz aller Bemühungen, nein, verehrteste Undine.»

«Sie enttäuschen mich. Was ist das Problem?»

«Das Problem, Seejungfräulein, ist, dass es so langweilig ist. Es ist so unsäglich geistlos, tot zu sein. Ergo widme ich mich lieber gleich der hohen Schule des Müßiggangs. Es scheint mir herausfordernder.»

«Einen Brauereibesitzer hatte ich mir anders vorgestellt», lachte Antonia.

Melchior hob auf die übliche blasierte Art die Brauen. «Wie denn?»

«Vermutlich dick, rotgesichtig und stiernackig», erwiderte sie und musste selbst lachen. Es gab kaum etwas, das der hochgewachsene, feingliedrige Melchior Bruckner weniger war.

Stuck verzog schmerzlich das Gesicht, und schleunigst bemühte sie sich wieder, ruhig zu stehen. Aber immer wieder musste sie verstohlen gegen das Lachen ankämpfen.

«Herr Bruckner», sagte Stuck endlich und runzelte die Stirn, «wenn Sie meine *Sinnlichkeit* noch einmal dazu bringen, zu kichern wie ein Schulmädchen, werfe ich Sie hinaus!»

So waren vier Sitzungen vergangen. Antonia hatte Quirin noch immer nicht gesagt, worin ihre derzeitige Arbeit bestand. Nach der fünften Sitzung packte sie das schlechte Gewissen, und auf dem Rückweg ging sie beim Markt vorbei. Es war ein Umweg, und die Taschen waren schwer. Als sie endlich in der Ainmillerstraße ankam, war sie wirklich müde und hatte eigentlich keine Lust mehr, sich in die Küche zu stellen. Aber sie hatte das Gefühl, etwas gutmachen zu müssen.

«Ich habe eingekauft!» Sie lächelte Quirin zu und stellte ihre Taschen auf den Tisch. «Geh schnell ins Wirtshaus und hol uns Bier, während ich das Essen vorbereite.»

Quirin wirkte überrascht.

«Was ist denn?» Sie schluckte ihre Enttäuschung herunter, dass sie gerade seinetwegen durch die halbe Stadt gelaufen war und einen guten Teil ihres Lohns für ihn ausgegeben hatte.

«Schau her, was ich habe: Presssack und Leberwurst. Und Radi, den schneide ich dir auf und bestreue ihn mit Salz – weißt du, dass ich ihn in Spiralen von einem halben Meter Länge schneiden kann? Und hier, Leberkäs und Senf und Zwiebeln und ein Schälchen Obazda.»

Sie breitete die Köstlichkeiten auf dem Tisch aus, holte das schwere, feinporige Brot aus der Pfisterei und fing an, es aufzuschneiden.

«Was ist denn los? Zuerst Absinth, jetzt Essen ... warum das alles?» Quirin wirkte verunsichert.

«Es gibt keinen Anlass.» Antonia legte das Messer hin und legte ihre Arme um seinen Hals. «Ich wollte dich ein bisschen verwöhnen, das ist alles. Ich wollte dir zeigen, dass ich ...» Sie zögerte, lächelte. «... dass ich dich mag.»

Quirin schob ihre Hände von seinem Nacken und blickte sie misstrauisch an. «Du willst mich verwöhnen? Weswegen? Was hast du angestellt?»

Antonia schüttelte den Kopf. Freute er sich denn gar nicht? «Nichts. Ich wollte nur ...»

«Ich war heute in der Akademie», sagte Quirin unvermittelt.

«Du warst wo?» Antonia starrte ihn an.

Quirins Blick war kalt wie Eis. «In der Kunstakademie. Ich stand vor Stucks Atelier und habe eure Stimmen gehört. Und ich habe das Bild gesehen. Dieser Bruckner hat zugesehen. Ihr scheint euch ja blendend zu verstehen, du und der Brauerei-erbe.»

«Herrgott, Quirin! Ich stand hinter einem Paravent! Und Bruckner redet die ganze Zeit nur davon, wie langweilig ihm ist.»

«Ach ja? Er nennt dich Undine!»

Er musste einige Zeit gelauscht haben, wenn er das gehört hatte. Der würzige Duft des frischen Brots hing in dem düsteren Raum, aber auf einmal hatte sie keine Lust mehr zu essen. Ihr Magen war wie zugeschnürt. Sie zwang sich zu einem freundlichen Ton. «Ich wollte dich nicht beunruhigen ...»

«Du wirst das Bild zerstören.»

Antonia starrte ihn an. «Was sagst du da?»

«Zerstör es!»

Antonia lachte trocken auf. «Selbst wenn ich wollte, könnte ich das nicht. Das Bild gehört Stuck, und es steht in der Akademie.»

«Du findest es also auch noch gut, dich der ganzen Welt als verkörperte Hurerei zu präsentieren, die mit den Gefühlen von Männern spielt?»

«Es ist ein Symbol, Qui...»

«Halt den Mund!»

Der Schreck lähmte Antonia für einen Moment. Eine steile Falte hatte sich zwischen Quirins Augenbrauen gebildet. Dann siegte die Wut. Er hatte kein Recht, das zu tun. Am liebsten hätte sie zurückgeschrien, doch sie zwang sich mühsam zur Beherrschung. «Schrei mich nicht an!», zischte sie.

Da schlug er zu.

Antonia taumelte zurück, hielt sich die brennende Wange, wo der Schlag sie getroffen hatte. Fassungslos sah sie Quirin an. Ihr Gesicht glühte. Tränen schossen ihr in die Augen.

«Bist du verrückt geworden?»

Nur nicht weinen.

Statt zu antworten, schlug Quirin noch einmal zu.

Antonia schaffte es gerade noch, sich wegzuducken.

Quirin starrte erst sie an, dann seine zitternde Hand, deren Fläche von dem Schlag ebenfalls rot anlief.

Nicht weinen.

Antonia presste die Zähne so fest aufeinander, dass es schmerzte.

In diesem Moment kam das Prickeln.

Ihr Bein wurde taub und knickte weg. Antonia rang nach Luft. Ihre Arme begannen zu zucken. Dann streckte sich ihr Leib nach hinten, während ihre Gliedmaßen wild um sich schlugen und sie qualvoll nach Luft rang. Wie durch einen Nebel nahm sie wahr, dass sie gestürzt sein musste. Sie sah verschwommen, wie Quirin auf sie herabblickte, während sie sich zuckend und keuchend auf dem Boden krümmte. Dann drehte er sich einfach um und verließ die Wohnung.

Die Heftigkeit des Anfalls hatte Antonia erschreckt, mehr noch als die Tatsache, dass sie ihn diesmal nicht hatte aufhalten können. Obwohl sie Pater Florians Gegenwart unangenehm fand, musste sie einen Weg finden, geheilt zu werden. Und da sie sich die teuren Ärzte nicht leisten konnte, blieb ihr nur der Exorzist. Vielleicht war das ja der richtige Weg, dachte sie reuevoll. Womöglich war sie wirklich zu unanständig gewesen und hatte das alles dadurch erst herausgefordert?

Ein betäubender Geruch nach Weihrauch hing in dem kleinen Bau der alten St.-Ursula-Kirche. Die neue würde bald geweiht werden, und wohl zum letzten Mal standen die Gaben des Erntedankfests noch hier: Getreidegarben mit bunten Bändern, Körbe mit herb duftenden Hopfendolden, Trauben, Äpfeln und Schinken oder gebackenen Lämmern. Eine Mutter mit fünf Kindern erhob sich vom Gebet, als Antonia hereinkam. Die hungrigen Augen der Kleinen waren noch im Vorbeigehen auf die Gaben gerichtet. Aber die waren nicht für sie bestimmt, sondern für Gott.

Pater Florian erwartete Antonia in der Kirche und führte sie hinüber ins Pfarrhaus in das Sprechzimmer, das sie bereits kannte. Doch dieses Mal sperrte er hinter ihnen ab.

«Sie wollen sicher nicht, dass jemand versehentlich hereinkommt, während der Dämon aus Ihnen spricht», meinte er, als er ihren Blick bemerkte.

Am liebsten wäre Antonia wieder gegangen, aber das wäre sehr unhöflich gewesen. Sie hatte ihn um Hilfe gebeten, und er hatte alles vorbereitet. Jetzt musste sie es zu Ende bringen.

Der Pater musterte sie kurz. «Gut, beginnen wir. Ziehen Sie das Kleid aus.»

Antonia schlug die Arme vor der Brust zusammen.

«Wie?»

«Das Hemd können Sie anbehalten. Der Dämon muss sich frei bewegen können.»

Nachdem sie es bei Stuck schon mehrmals getan hatte, hätte sie nicht gedacht, dass es ihr hier so schwerfallen würde. Umständlich schälte sich Antonia aus dem Kleid und stand endlich im langen Hemd vor dem Priester.

«Gut.»

Ein schwerer Atemzug.

«Im Namen des Vaters, des Sohnes und des Heiligen Geistes ...»

Er begann seine Gebete zu murmeln. Antonia kannte die Formeln. Bevor sie ihren ersten richtigen Anfall gehabt hatte, hatte der Dorfpfarrer sie schon einmal exorziert, weil sie ihr Kleid hoch über die Knie geschürzt hatte. Doch die erhoffte Linderung stellte sich nicht ein. Pater Florians Blick schien vor allem auf ihren Knöcheln und ihrem Ausschnitt zu ruhen. Es war ihr unangenehm, aber sie zwang sich stillzustehen.

Das Prickeln überlief sie urplötzlich.

Die monotone Stimme des Priesters schien keine Notiz davon zu nehmen, dass ihr plötzlich eiskalte Schauer über den Rücken jagten. Geschüttelt von Hitze und Kälte, begann sie zu zittern. Nein!, dachte sie verzweifelt. Ich darf mich nicht verlieren. Ich muss es kontrollieren.

«Sprich, Dämon!», rief der Pater. «Wie lautet dein Name?»

«Antonia. Pater ... könnten Sie aufhören, bitte?»

«Nicht Ihr Name. Deiner, du Dämon. Sprich!»

«Antonia. A...»

Der Schrei kam so plötzlich, dass ihre Beine nachgaben. Sie stürzte zu Boden, und ihr Körper bog sich nach hinten. Sie hörte die Laute aus dem Mund des Priesters, doch sie kamen ihr nicht mehr wie Gebete vor.

War es Bewusstlosigkeit, die nach ihr griff? Das Gefühl verließ sie, gaukelte ihr Hände vor, die das Hemd öffneten, Augen, die auf ihre Schenkel starrten, ihren gekrümmten Leib. Aber sie spürte nichts. Alles war verschwommen.

«Und befreie uns von ... der Sünde.»

Sünde. Das Gefühl der kühlen Luft auf ihrer nackten Haut. Die Berührung eines Windhauchs durch das offene Fenster, die einen leichten Schauer über ihren Rücken laufen ließ. Das Kitzeln ihres Haars auf den Schultern, die kühlen Holzdielen unter den nackten Füßen. *Oh, sie ist böse. Der Trick dabei ist, genau das gut zu finden.*

War es der Gedanke an die Sitzungen im Atelier? Auf einmal gelang es ihr, den Arm zu bewegen. Die Bilder wurden klarer. Keuchend rang Antonia nach Luft und rollte sich auf den Bauch.

Das Gefühl kehrte langsam in ihre Glieder zurück. Sie kam auf alle viere und sah an sich hinab. Die obersten Knöpfe ihres Hemds waren tatsächlich geöffnet. Sie hörte jemanden schwer atmen und blickte auf.

Pater Florian starrte sie an. Dann zog er hastig die Hand aus der Soutane.

Antonia kam auf die Füße, raffte ihr Kleid auf und stürzte an ihm vorbei zur Tür. Der Schlüssel steckte zum Glück. Mit zitternden Händen drehte sie ihn herum. So schnell sie konnte, warf sie das Kleid über und floh ins Freie.

Als sie auf der Straße stand und der Verkehr an ihr vorbeitrabte, atmete sie tief durch. Ihr Herz raste noch immer, und am liebsten hätte sie sich übergeben. Keiner ihrer glitzernden Träume von München hatte mit dieser Wirklichkeit zu tun.

Noch immer zitternd, machte sich Antonia auf den Weg nach Hause. Eine Kutsche, die plötzlich aus einer Seitenstraße kam, hätte sie fast überfahren. Der Kutscher brüllte ihr eine Unflätigkeit nach, aber sie war so durcheinander, dass sie es kaum hörte. Alles schien auf sie einzustürmen, das Klappern der Hufe auf dem Pflaster, das Rattern der Räder, das Rufen und Lachen von Menschen.

In der Wohnung setzte sie sich in dem winzigen Schlafzimmer auf den Boden neben die schnarchende Rosi. Sie umklammerte die Knie mit den Armen und wartete reglos.

Es war schon dunkel, als Rosi wach wurde. Sie richtete sich auf, bemerkte die zusammengekauerte Gestalt am Boden neben ihrem Bett – und prallte mit einem Schrei zurück.

«Herrschaftszeiten, hast du mich erschreckt! Was ist denn mit dir passiert? Du siehst ja aus als wärst du dem Leibhaftigen begegnet.»

Antonia wusste wirklich nicht, ob sie einer Frau, die sie kaum kannte, anvertrauen wollte, was geschehen war. Langsam setzte sie sich auf das Bett und löste mit fahrigen Fingern den Haarknoten. Umständlich griff sie nach der Bürste und begann, sich zu kämmen. Sie hatte auch das Bedürfnis, sich zu waschen, aber das Wasser in dem Krug bei ihrer Schüssel brauchte sie für die Abendtoilette.

Zögernd erzählte sie endlich doch, was geschehen war.

«Das Schlimmste ist, dass ich mich die ganze Zeit frage, ob es meine Schuld war», sagte Antonia. «Obwohl ich mir ganz sicher bin, dass ich nichts getan habe, was das herausgefordert hätte.»

Rosi setzte sich auf, und nebeneinander hockten sie auf dem schmalen Bett in der kalten dunklen Kammer. «Deswegen gehe ich nicht gern zu ihm», sagte sie. «Er hat das so ähnlich auch bei mir gemacht. In der Beichte.»

Entsetzt sah Antonia sie an. «Warum ...»

«Wenn der Pfarrer etwas Schlimmes tut, dann muss man ein Tuch darüberbreiten», erwiderte Rosi. «So habe ich das gelernt.» Sie lachte bitter. «Niemand glaubt einer Tagelöhnerin, dass sie es nicht herausgefordert hat, und das weiß er. Wer einen Priester beschuldigt, wird doch sofort verdächtig, ein Atheist zu sein. Niemand will als Aufrührer dastehen, deshalb halten alle den Mund.» Sie legte den Arm um Antonia. «Es war nicht

deine Schuld. Er hat es nur aus einem einzigen Grund getan:
weil er es kann.»

Und sie war zu ihm gegangen, weil sie anständig sein wollte!
Das kam also dabei heraus, dachte Antonia bitter und stützte
den Kopf in die Hände. Ob es nun um die Ehe ging oder um
die Keuschheit, in dieser Welt schien jeder Mann zu glauben,
mehr Recht auf den Körper einer Frau zu haben als sie selbst.

Antonia wusste nicht, wie lange sie so dagesessen hatte, als
sie plötzlich tonlos sagte: «Ich muss von hier weg, und wenn ich
für den Teufel selbst arbeiten muss. Und ich werde nie wieder
jemandem vertrauen. Nie wieder.»

– 9 –

Nur der Sonntag hatte sie einen Tag von der Akademie ferngehalten, doch Antonia war es vorgekommen, als hätte sich in der Zwischenzeit alles verändert. Als sie sich wieder auf den Weg dorthin machte, spürte sie stärker denn je den unüberbrückbaren Spalt zwischen der Welt, in der sie lebte, und der des Malers. Der leichte Herbstwind ließ die Kastanienblätter von den Bäumen trudeln wie einen bunten Regen, auf den die Sonne Goldtöne zauberte. Überall trat man auf die reifen Früchte, Kinder sammelten sie auf, um damit Ball zu spielen. Die Akademie, die sich strahlend weiß hinter den Bäumen erhob, schien Antonia prunkvoller denn je und ihr eigenes Äußeres, obwohl sie saubere Kleider trug und ihr Haar ordentlich zu einem Dutt gewunden hatte, ärmlich.

«Ich habe eine gute Nachricht», begrüßte sie Stuck, der ihr am Eingang zum Atelier entgegenkam. «Meine … mein Modell hat sich versöhnen lassen und wird ab morgen wieder übernehmen. Ich brauche Sie nicht mehr.»

«Was?», fragte Antonia erschrocken.

Der Künstler schien überrascht. Offenbar hatte er erwartet, dass sie sich freuen würde. «Ach so!», sagte er endlich und fasste sich an den Kopf. «Ihr Geld bekommen Sie natürlich trotzdem. Wie wir es besprochen hatten.» Er kramte in seinem Frack und förderte ein paar zerknitterte Geldscheine zutage. Zählte sie bedachtsam und reichte sie ihr dann. «Erledigen wir das ruhig sofort, dann muss ich nachher nicht mehr daran denken.»

Antonia hätte zufrieden sein können, doch aus irgendeinem Grund erfüllte sie die Aussicht, dass heute der letzte Termin war, mit noch mehr Traurigkeit. Sie nickte, steckte das Geld ein und verschwand hinter ihrem Paravent.

Melchior Bruckner saß in einem Sessel und hatte sie nur kurz begrüßt. Während sie sich auszog, unterhielt er sich im üblichen gelangweilten Ton mit Stuck. Sonst fühlte es sich gut an, das enge, kratzende Kleid loszuwerden und ihre Position einzunehmen, aber heute fiel es ihr wieder schwer. Als ob die Augen des Paters sie bis hierher verfolgten.

«Nicht den Mund verziehen!», rief Stuck ungeduldig. «Es ist der letzte Tag heute, was ist denn los mit Ihnen?»

«Wenn Ihre *Sinnlichkeit* heute wenig Sündiges an sich hat, langweilt sie sich vielleicht», bemerkte Melchior. «Die höchste Steigerung der *aristokratischen Kunst des Nichtstuns*, wie Wilde sagte.»

Das war mehr Arroganz, als Antonia in ihrem Zustand zu ertragen fähig war. «Ich wünschte mir wirklich einen Tag lang Ihre Sorgen!», fuhr sie ihn an. «Dass mein größtes Problem die Langeweile wäre! Der einzige Grund, warum Sie sich langweilen, ist doch, dass Sie es nicht wagen, endlich ein Studium anzufangen! Sie haben keine Vorstellung, was es bedeutet, nicht zu wissen, was Sie am nächsten Tag essen sollen und ob Sie überhaupt etwas zu essen bekommen! Wie es ist, nicht einmal so lange zur Schule gehen zu dürfen, wie Sie gerne gewollt hätten. Niemanden zu haben, der Sie auffängt, im Gegenteil, wenn Sie sich jemandem anvertrauen …» Sie unterbrach sich. Sie hatte nicht einmal gemerkt, dass ihr die Tränen gekommen waren und ihr unaufhaltsam übers Gesicht rannen.

Stuck seufzte. Aber dann holte er den schweren Umhang, reichte ihn ihr und füllte ein Glas mit Schaumwein. «Wir machen eine Pause.»

Dankbar hüllte sich Antonia in den Umhang und kam hinter dem Paravent hervor. Sie nahm das Glas und trank es in einem Zug leer.

Melchior Bruckner hatte, sichtlich überrascht von dem Ausbruch, die Augen aufgerissen. Jetzt, da er sie nicht gelangweilt halb geschlossen hielt, sah man, wie groß sie eigentlich waren.

«Was ist denn geschehen?»

Antonia wusste nicht so recht, ob sie sich ausgerechnet diesem arroganten Schnösel anvertrauen wollte. Aber seine Art tat ihr auf eine seltsame Weise gut. Sie schuf eine Distanz, die hoffen ließ, dass er wenigstens die Lösung ihrer Probleme nicht in seinem Hosenlatz zu suchen gedachte.

«Sie brauchen eine Anstellung? Das ist alles?» Melchior schien ehrlich verblüfft.

«Ihr Liebhaber hat sie verlassen, und der Pfarrer hat ihre Lage ausgenutzt», half Stuck. «Es gibt Menschen, denen so etwas zu schaffen macht.»

«Danke für den Hinweis. Es mag nicht so aussehen, aber das habe ich durchaus verstanden. Die Sache ist nur die, einen Liebhaber oder Gerechtigkeit vor dem Gesetz kann ich ihr nicht verschaffen. Eine Anstellung schon.»

«Das können Sie?», fragte Antonia ungläubig.

«Warum nicht? Sind Sie fähig, im Haushalt zu helfen?» Er meinte es ernst.

«Ja, natürlich», versicherte Antonia. Ausgerechnet beim Sohn eines Bierbrauers!, dachte sie. Aber dann erinnerte sie sich an das, was sie gestern gesagt hatte: Sie hätte selbst das Angebot des Teufels angenommen. «Aber ... warum wollen Sie mir helfen?»

«Nun, sicher nicht aus Wohltätigkeit. Wie Wilde zu sagen pflegt: *Wohltätigkeitsfanatikern kommt jedes Gefühl für Menschlichkeit abhanden.*» Er garnierte das Zitat mit einem Lächeln, als hätte er Spaß an seiner eigenen Boshaftigkeit.

Antonia musste ein verwirrtes Gesicht gemacht haben, denn er erklärte ohne die komplizierten Dichterworte: «Unsere Hausfrau wird älter und braucht Unterstützung. Sie selbst sieht das natürlich anders, und meine Mutter auch. Ein Grund mehr.» Er grinste verstohlen, und auf einmal hatte er etwas Jungenhaftes, das beinahe sympathisch war.

Vermutlich würde er gleich wieder etwas Furchtbares sagen, aber für den Moment konnte man ihn fast ein wenig mögen.

«Aber Ihre Mutter …»

«Wird Sie zweifellos hassen, Seejungfräulein.» Und er lächelte, als sei das etwas Wunderbares.

Wenigstens auf seine Gemeinheiten konnte man sich verlassen. Es war fast schon beruhigend.

«Es kann sein, dass Sie hin und wieder im Ausschank aushelfen müssen. Das ist nicht immer angenehm, und nicht jede macht das gern.»

Antonia zögerte. Eigentlich hatte sie nicht mehr viel übrig für alles, was mit Bier zu tun hatte. Der verdammte Hopfen war schließlich an allem schuld. Aber sie konnte es sich im Moment wirklich nicht leisten, allzu wählerisch zu sein.

«Es wäre nicht ständig, sondern nur hin und wieder?»

«*Definitely*, Seejungfräulein. Allein schon, damit meine Mutter Sie jeden Tag vor Augen hat.»

Ein reizendes Söhnchen, dachte Antonia. Aber immer noch besser als das Armenhaus. Und eine wider Erwarten schnelle Möglichkeit, aus der Herde des Pfarrers mit der gelenkigen rechten Hand wegzukommen.

– 10 –

Antonia betrachtete verzaubert die Villa. Sie hatte sich von der Adresse, die Melchior ihr genannt hatte, nichts erwartet, doch das Haus schlug sie vom ersten Moment an in seinen Bann.

Es musste hundert Jahre oder älter sein. Oder sollte es nur so wirken? Eine Kastanie überschattete den Eingang, zu dem man über wenige Stufen hinaufgelangte. Der Weg zu dem kleinen Vorplatz führte durch einen Garten, der sich hinter dem Haus weit bis zum Fluss hinab erstrecken musste. Englische Rosen wucherten wild über den Zaun und reckten ihr die spät aufbrechenden Knospen entgegen wie einen Willkommensgruß. Gelb und weiß gestrichene Mauern erhoben sich dahinter, umrankt von Efeu und Wildem Wein, der jetzt im Herbst feuerrot glühte. Auf der linken Seite an der Ecke ragte ein turmartiger Erker hervor, welcher der Villa vermutlich den Namen «Schlösschen» eingebracht hatte. Überall rahmten Rosenstöcke die Fenster. Wenn man im Haus stand und ins Freie sah, musste man das Gefühl haben, in einer einzigen Rosenlaube zu stehen.

Als sie durch den Garten zum Haus ging, hatte sie das Gefühl, durch eine verzauberte Welt zu wandeln. Überall reckten sich Dahlien und Rittersporn in gewundene Pfade, an deren Enden kleine Bänke oder halb überwucherte Statuen warteten. Efeu überrankte laubenartige Nischen, und irgendwo hörte sie sogar das Plätschern eines Brunnens.

Eine ältere Magd öffnete auf ihr Klopfen. «Antonia Pacher? Man hat Sie angekündigt. Ich bin Kreszenz.»

So entgegenkommend ihre Worte auch waren, so abweisend sah sie aus. Die Augen in dem breiten Gesicht waren klein und musterten sie misstrauisch von oben bis unten. Der tadellos gestärkte weiße Kragen verstärkte den strengen Eindruck, und sie hatte alles in allem besorgniserregend viel von dem Wachhund auf Bauer Salzmeiers Hof, vor dem Antonia seit ihrer Kindheit Angst gehabt hatte.

Durch eine einschüchternde dunkle Halle mit mehreren Spiegeln und einer schweren geschnitzten Truhe wurde Antonia in den ersten Stock gebracht. Sie hatte erwartet, Melchior Bruckner zu sehen. Irgendwie hätte ihr selbst der arrogante Schnösel das Gefühl gegeben, wenigstens jemanden zu kennen, jemandem willkommen zu sein. Indes glänzte er durch Abwesenheit. Vermutlich hatte er zu tun, dachte Antonia ein wenig boshaft. Es gab viele Kiesel an der Isar, die ins Wasser geworfen werden mussten.

Nach der breiten dunklen Holztreppe ging es einen Flur entlang. Neugierig sah sich Antonia um, als Kreszenz die geschnitzte Eichentür am Ende öffnete.

Durch schmale, halb vom Efeu zugewucherte Fenster fiel Licht herein. Die Wände säumten schwere Regale aus dunklem Holz, die gefüllt waren mit Büchern und säuberlich geordneten Papieren. In der Mitte stand ein Ehrfurcht gebietender Schreibtisch mit mehreren Schubladen, auf dessen breiter Fläche eine drehbare Kugel thronte.

«Ein Globus», erklärte die Magd. «Die ganze Welt ist darauf zu sehen.»

Die ganze Welt auf dem Schreibtisch. Der Mann, dem das hier gehörte, musste ein großer Herr mit weitreichenden Ambitionen sein. Melchior Bruckner?

«Nicht anfassen!»

Erschrocken zog Antonia die Hand zurück.

«Frau Franziska Bruckner», sagte die Magd. «Das ist Fräulein Antonia Pacher.»

Die Hausherrin war eine kleine, drahtige Frau in einem schwarzen Kleid. Aus dem hochgeschlossenen Kragen ragte eine sauber gefältelte Bluse. Die straff zurückgekämmten, zu einem Dutt gewundenen grauen Haare betonten ihr schmales, faltiges Gesicht. Dazu trug sie schlichte Zwirnhandschuhe, was sie erst recht wie eine strenge Gouvernante wirken ließ. Mit dem dauergelangweilten Melchior hatte sie nicht viel gemeinsam.

Bis auf die Augen. Große blaue Augen, die ungewöhnlich wach blickten. Die Augen hatte Melchior eindeutig von ihr.

«Ich war dagegen, Sie einzustellen», begrüßte sie Antonia mit kühler Stimme. Sie nahm in dem Stuhl mit den lederbezogenen Armlehnen Platz. Offenbar war es tatsächlich ihr Schreibtisch.

Mit einer Mischung aus Neugierde und Unbehagen sah sich Antonia um. Es war ein ungewohnter Anblick, diese kleine alte Frau in diesem Zimmer, an so einem Tisch zu sehen, die für einen Mann gemacht schienen. Wie konnte eine Frau das schaffen?

«Es war der Wunsch meines Sohnes, Sie einzustellen, und er setzte den Vertrag ohne mein Wissen auf. Ich habe nichts übrig für das Gesindel, das er hin und wieder aufliest, und das weiß er.»

Antonia schluckte. Hieß das, dass man sie loswerden wollte?

«Ich will offen mit Ihnen reden: München ist voll von g'schlamperten Flitscherln, die sich vor den Söhnen reicher Häuser auf den Rücken werfen und hoffen, sich so ins gemachte Nest setzen zu können. Sollte ich das geringste Anzeichen bemerken, dass Sie so eine sind, stehen Sie auf der Straße, ehe

Sie bis drei zählen können. Die Position einer Dienstmagd ist eine verantwortungsvolle Stellung mit harter Arbeit und kein Heiratsmarkt für dumme Weiber mit dem Kopf voller Märchen und ohne jeden Stolz.»

Offenbar hatte sie damit einschlägige Erfahrungen. Also deshalb hatte Melchior Bruckner sie geholt! Es war nicht nur dahingesagt gewesen, dass seine Mutter die neue Dienstmagd hassen würde. Jetzt verstand Antonia auch, warum er sich nicht blicken ließ. So vermied er elegant, deswegen zur Rede gestellt zu werden. Sie wusste nicht, ob sie lachen oder wütend sein sollte über diese Schurkerei.

«Mein Sohn interessiert sich nicht für Putzmädel», fuhr Frau Bruckner fort und ließ keinen Zweifel daran, dass dies auch gar nicht in seiner Entscheidungsgewalt lag. Auch in ihren Gemeinheiten war sie ihrem Sohn offenbar ähnlich. «Und ganz abgesehen davon ist er mit Felicitas Hopf verlobt, der Tochter eines angesehenen Brauereibesitzers.»

Was er Antonia auch nicht mitgeteilt hatte. In ein schönes Wespennest hatte er sie da gesetzt! Er hätte sie wenigstens vorwarnen können! Aber vermutlich hatte er das ganz bewusst nicht getan.

«Seien Sie unbesorgt, gnädige Frau», versicherte sie. Sie musste das Beste aus der Situation machen. «Meine einzige Absicht ist es, Ihre Erwartungen zu erfüllen.»

Franziska Bruckner fasste sie schärfer ins Auge, als es der strenge Dorflehrer je getan hatte. «Woher kennen Sie Melchior?»

Dieser Blick gab ihr das Gefühl, dass Lügen zwecklos wäre. Aber wenn sie jetzt die Wahrheit sagte, konnte sie gleich wieder gehen. «Über einen Bekannten Ihres Sohnes, bei dem ich arbeitete. Er hat mich empfohlen. Ich habe auch dort schon Hausarbeiten erledigt.» Das war nicht ganz die Wahrheit, aber auch nicht völlig gelogen.

Franziska Bruckner musterte sie so scharf, dass sie das Gefühl hatte, sie könnte ihr sämtliche Sünden seit ihrer Erstbeichte von der Stirn ablesen. «Sie können auch im Ausschank helfen, steht hier.» Sie überflog einige Papiere auf dem Schreibtisch. War das ein Vertrag?

«Aushilfsweise, ja.»

Franziska Bruckner erhob sich. «Also gut. Ich gebe Ihnen eine Woche. Sie bekommen ein Bett im Mägdezimmer, eine abschließbare Schublade. Essen werden Sie in der Küche bei den Dienstboten, morgens um sechs, mittags um halb zwölf und abends um fünf. Um zehn ist Bettruhe. Sie haben im Wechsel mit den anderen einen Tag frei. Ihre Aufgaben bewegen sich im Bereich des Hauswesens: Betten machen, waschen, putzen, in der Küche vorrichten, servieren. Bei Bedarf Gänge besorgen und Aushilfe im Schankbetrieb. Wenn Sie sich gut anstellen und hart arbeiten, werden Sie hier alles bekommen, was Sie brauchen. Wenn nicht, landen Sie wieder da, wo Sie hergekommen sind.»

Ein Knuff von Kreszenz in den Rücken belehrte Antonia, dass das Gespräch beendet war.

«Vielen Dank», brachte sie hervor. Aber da war Franziska Bruckner schon aus dem Zimmer, und Kreszenz schubste sie auf den Gang.

«Du nennst mich Frau Kreszenz. Du unterstehst mir», ging sie nun, da Antonia eingestellt war, zum Du über.

Antonia nickte.

Kreszenz warf ihr einen misstrauischen Blick zu. «Um eins klarzustellen: Wenn du stiehlst, werfe ich dich hinaus. Wenn du faul bist, werfe ich dich hinaus. Und wenn ich dich mit Männern erwische, auch wenn es nicht der gnädige Herr ist ...»

«... werfen Sie mich hinaus?»

Ein strafender Blick belehrte Antonia, dass Aufmüpfigkeit auch keine gute Idee war.

«Ich will nur sagen: Ich habe verstanden», beeilte sie sich zu versichern. «Ich werde mein Bestes geben.»

«Morgen um sieben meldest du dich.»

«Hier?»

Jetzt hatte sie es tatsächlich geschafft, die alte Magd aus der Fassung zu bringen.

«Nein! Auf gar keinen Fall. Bei mir oder der Köchin, in der Küche. Hierher kommst du nur, wenn du gerufen wirst.»

Das Brucknerschlössl war größer, als es von außen den Anschein gehabt hatte. Kreszenz zeigte Antonia das Mägdezimmer: ein niedriges Dachkämmerlein, in dem mehrere weiß bezogene Betten und zwei schwere Kommoden standen. Unter den Deckenbalken musste sie sich ein wenig bücken, aber die Holzdielen waren tadellos gefegt, und zwei kleine Fenster ließen Licht und Luft herein, ohne im Winter zu viel Wärme abzugeben. Eine Heizung gab es nicht, aber die Decken waren warm gefüttert. Für ein Kommodenfach bekam Antonia einen Schlüssel. Besonders gut gefiel ihr, dass der oberste Teil des kleinen Türmchens offenbar knapp unterhalb des Fensters endete. Es erlaubte einem den Blick in den Garten bis hinunter auf das glitzernde Band der Isar.

«Nebenan schlafen die Männer. Für dich heißt das: Dort gehst du nicht hin. Niemals und unter keinen Umständen. Und abends wird die Tür hier abgeschlossen!»

Ein schmale Holzstiege führte hinunter in den Bereich der Herrschaft. Der Flur hier im zweiten Stock war um einiges breiter, Gemälde hingen an den Wänden, und auf einer Konsole stand eine Vase mit frischen englischen Rosen, die alle zwei Tage neu gefüllt werden musste, wie Antonia erfuhr. Ganz am Ende des Ganges lag der Bereich der Hausherrin: ein spartanisch eingerichtetes Gemach, in dessen Mitte ein schweres Himmelbett thronte.

Daran schlossen sich die Zimmer ihrer Kinder an. Das Mädchen Resi, die Jüngste, hatte ein kleines, ganz in Weiß gehaltenes Zimmer. Der jüngere Sohn, Vinzenz, erfuhr Antonia, besuchte die Lateinschule. Wie vom Zimmer eines Zwölfjährigen zu erwarten herrschte ein gewisses Chaos. Zwar war das Bett gemacht und auch die Kleider im Schrank verstaut, doch danach hatte jemand Zeitungsausschnitte auf dem Boden verteilt, in denen es fast sämtlich um den TSV München 1860 ging. Außerdem hob Kreszenz mit einem Stirnrunzeln einen alten Käse auf, der möglicherweise aus einer hastig aufgenommenen Schultasche gefallen war.

Melchiors Zimmer schloss sich daran an. Wie sein Bruder hatte auch er das Bett durch einen schmalen Durchgang ein wenig abgeteilt stehen. Aber er verfügte über einen kleinen Holzbalkon. Dafür sah sein Schreibtisch fast noch schlimmer aus als der seines Bruders. Nur dass hier statt Zeitungsartikeln jede Menge Bücher und verschmierte Zettel mit seltsamen Formeln verteilt waren. Insgesamt schien er etwas übrigzuhaben für Bücher: Das gesamte Zimmer war mit Regalen förmlich zugestopft.

Im ersten Stockwerk, wo sich das Kontor befand, gab es noch zwei kleine Gästezimmer und ein Herrenzimmer mit Kamin, wo man noch einen weiteren Gast unterbringen konnte, wie Kreszenz stolz verkündete.

«Hier ist der Wäscheschrank.» Kreszenz zeigte auf einen schweren Eichenschrank im Flur. «Bettwäsche und Handtücher. Wir fangen nachher gleich mit dem einen Gästezimmer an.»

«Sie erwarten Besuch?»

«Ein junger Mann, der mit Herrn Melchior das Gymnasium

besucht hat. Leider hat er sehr schlechte Manieren gehabt. War wohl aufmüpfig und hat die anderen angesteckt.»

Na, dann würde dem Haus etwas Abwechslung bevorstehen, dachte Antonia.

«Lebt jetzt in der Schweiz. Sie werden servieren, wenn er da ist.» Auf einmal machte sich tatsächlich so etwas wie ein versonnenes Lächeln auf Kreszenz' sonst so grantigem Gesicht breit. «Hübscher Bub, der Albert. Mei, die Juden sind halt schneidig.»

Juden kannte Antonia nur aus den Bibelgeschichten in der Kirche, über ihr Äußeres stand dort nichts. Aber Schönheit war ja keine schlechte Eigenschaft.

Kreszenz blickte sofort wieder streng. «Aber den Kopf voll mit Wissenschaftszeugs. Der kriegt keine Frau, wenn er so gescheit ist. Da kann er hübsch sein, wie er mag. Egal. Noch eins …» Sie öffnete ein kleines Türchen direkt neben der breiten Treppe ins Erdgeschoss.

«Der Abort. Er hat eine neumodische Wasserspülung, und ich möchte, dass du dir die Handhabung genau merkst. Wenn ich dich erwische, wie du vergisst, deinen Dreck runterzuspülen …»

«… werfen Sie mich hinaus. Selbstverständlich. Wie funktioniert es?»

Neugierig warf Antonia einen Blick hinein. Der Abort sah ganz ähnlich aus wie der im Häusl neben ihrem Bauernhof. Aber er war nicht aus Holz, sondern aus feinem, weißem Porzellan gefertigt und roch kein bisschen. Kreszenz betätigte einen Schalter, und Wasser rauschte hinein und spülte alles lustig und klar nach unten in das Rohr. Antonia lachte. «Das ist hübsch!»

«Schön, dass es dir gefällt. Es gehört zu deinen Aufgaben, es zu reinigen. Die Brille abwischen und innen mit der Bürste hier scheuern. Die auch nach jedem Besuch unaufgefordert zu benutzen ist, wenn es Dreckspuren gibt!»

«Und der Garten?», fragte Antonia. Auf den freute sie sich besonders.

Kreszenz runzelte die Stirn. «Dort hast du nichts zu suchen. Die Blumen bringt morgens der Bursche, und wenn dort ein Botengang zu erledigen ist, mache ich das. Franziska Bruckner will kein Gesinde im Garten. Von dort hältst du dich fern, sonst ...»

«... werfen Sie mich hinaus. Verstanden», beendete Antonia den Satz und seufzte.

− 11 −

Beim Mittagessen lernte Antonia noch andere Dienstboten kennen: den Burschen Bartl, einen vierzehnjährigen Blondschopf, der sich in seiner ersten eigenen Anstellung blähte und plusterte und aufgeregt war wie auf einem Ministrantenausflug; die Köchin Marei, eine füllige Bauernrose; und den Brauknecht Xaver, der sich, statt in eine der Mietskasernen unten am Fluss zu ziehen, gleich ein Bett im Brucknerschlössl angemietet hatte. Da er auch für die Pferde und Wagen zuständig war, betrachtete er das als sein Vorrecht.

Nach ihrem ersten langen Arbeitstag stapfte Antonia müde die enge Treppe ins Dachgeschoss und zur Mägdekammer hinauf. Aber als sie die Tür öffnete, war sie sofort wieder hellwach.

Kreszenz hockte an der Kommode. Sie hatte eine der Schubladen aufgezogen und hielt ein Blatt Papier in der Hand.

«Ist das meine Schublade?»

Antonia musste wohl vergessen haben, sie abzuschließen. Der Schlüssel steckte noch.

Kreszenz drehte das Blatt und betrachtete es von allen Seiten. Es war tatsächlich das Bild von Marius! Bedächtig wendete sie es und las die Adresse auf der Rückseite.

«Professor Franz Stuck, Kunstakademie, Akademiestraße? Du sagtest, dass du vorher Hausarbeiten erledigt hast.»

«Das ist richtig.»

Kreszenz drehte das Porträt, das Marius von ihr gezeichnet

hatte, und hielt es ihr triumphierend entgegen. «Sieht aber nicht so aus.»

Wütend nahm Antonia ihr das Blatt aus der Hand und legte es zurück in die Schublade. «Bei Professor Stuck habe ich ein paar Tage lang das Atelier gereinigt. Das Bild ist nicht von ihm, ich habe mir nur die Adresse auf der Rückseite notiert. Gezeichnet hat es mein Onkel Marius.»

«Onkel Marius, aha. Wer soll das denn glauben?»

Antonia seufzte. «Jeder, der Augen im Kopf hat! Wissen Sie, wie Professor Stuck malt? Das da ist eine Kinderzeichnung dagegen!»

Kreszenz wollte erneut nach dem Bild greifen, aber Antonia schlug die Schublade zu und zwickte dabei Kreszenz' Hand ein.

Die Magd schrie auf.

«Das wirst du bereuen!»

Antonia hatte nicht lange Zeit, darüber nachzudenken. Im selben Moment klatschte die andere Hand der Obermagd in ihr Gesicht. Es brannte und schmerzte höllisch.

Auch wenn Antonia das dringende Bedürfnis hatte zurückzuschlagen, es wäre wohl keine gute Idee gewesen. Stattdessen schloss sie ihre Schublade mit zitternden Fingern ab und verzog sich ins Bett.

Wenn Antonia Angst gehabt hatte, Gerüchte würden sich verbreiten, so bestätigte sich die Befürchtung zunächst nicht. Offenbar hatte Kreszenz noch nichts verraten. Was sie aber jederzeit, in einem geeigneten Moment, tun konnte. Sie hatte sicher nicht aus Freundlichkeit geschwiegen.

Der Besucher, den Kreszenz Albert Einstein nannte, traf zwei Tage später ein. Antonia hörte die Mietdroschke vor dem Haus und rannte zu den anderen Dienstboten hinunter, die sich in der kleinen Halle im Erdgeschoss versammelten. Neugierige Blicke richteten sich auf den Ankömmling.

Melchior Bruckner lief ihm entgegen und umarmte ihn. Ein wenig böse war Antonia noch auf ihn, weil er sie wegen seiner Mutter nicht vorgewarnt hatte, aber sie wusste auch, dass sie froh sein konnte, überhaupt hier zu sein.

Der Ankömmling war vielleicht achtzehn Jahre alt. Ein dunkellockiger junger Mann mit großen dunklen Augen und vollen Lippen. Tatsächlich ein hübscher Junge, nur ein wenig blass.

«Wie war deine Reise?»

Der junge Einstein reckte die geschundenen Glieder. «So wunderbar, wie es mit antiquierten Verkehrsmitteln eben möglich ist. Bis auf das kleine Stück, das ich die neue Elektrische nahm.»

Melchior lachte. «Du weißt nicht, wie wohltuend deine Worte in diesem Haus sind, mein Freund. Wie ergeht es dir in Zürich?»

«Ach, die *Schule für Fachlehrer* ist ein Haufen ins Abstrakte verliebter Narren. Formeln auswendig lernen nennen sie da Mathematik. Ich gehe nur hin, wenn es sich gar nicht vermeiden lässt. Die anderen schreiben schließlich mit in den Vorlesungen, da muss ich meine Zeit nicht in den Hörsälen verschwenden. Aber besser als die Elektrotechnik, die mein Vater für mich vorgesehen hat, ist es allemal. Ich bin schließlich kein Handwerker!»

«Ganz der Alte, wie ich sehe.»

Albert erwiderte das Lächeln, und es gelang ihm, fast ebenso hochnäsig dreinzublicken wie Melchior. «Und du bist zwar noch immer nicht Euripides, aber immerhin die erste vernunftbegabte Kreatur nach all den Mietkutschern und Fuhrknechten!»

Antonia sah die anderen Diener an: den Jungen Bartl, die Köchin Marei, Frau Kreszenz. Irgendwie schienen alle dasselbe zu denken: das konnte ja ein heiterer Aufenthalt werden. Melchior hingegen legte einen Arm um Albert, und sein Lachen klang, als wäre er wirklich amüsiert. Die beiden jungen Männer hielten an der Treppe inne, als Franziska Bruckner erschien.

«Herr Einstein also», begrüßte sie den Ankömmling kühl. «Willkommen in meinem Haus. Sofern Sie nicht in alte schlechte Gewohnheiten zurückfallen.»

«Seien Sie unbesorgt», versicherte Albert mit verlegenem Grinsen. Seine Frechheit stritt sichtlich mit der Scheu, die jeder vor Franziska Bruckner hatte. «Sofern Sie nicht versuchen, meine schöpferischen Kräfte in den Niederungen der mathematischen Formeln festzuhalten. Aber da mache ich mir bei Ihnen keine Sorgen, gnädige Frau.»

Sprach's und küsste ihr so charmant die Hand, dass es selbst Franziska Bruckner für einen Moment die Sprache verschlug.

Die Ankunft des jungen Einstein hatte einigen Wirbel ausgelöst. Überall schnatterte und summte es im Haus, wurden frische Blumen geholt, Betten gemacht. Antonia wurde zum Aushelfen in die Küche geschickt. Der Raum war dunkel, an den Wänden hingen Pfannen und Zinnteller, und in der Mitte erschlug ein wuchtiger Tisch, an dem die Dienerschaft auch aß, alles andere. Bei der Köchin Marei hatte sie sich sofort wohlgefühlt, einer fülligen, rosigen Person mit einem dicken blonden Dutt und vollen Lippen.

«Vor der Kreszenz würd ich mich in Acht nehmen», meinte Marei und hackte die Zwiebeln so schnell, dass jede andere Angst um ihre Finger gehabt hätte. «Die hat ihre Augen und Ohren überall, und sie tratscht gern, um sich bei der Herrschaft beliebt zu machen.»

«Ja, den Eindruck habe ich auch.» Antonia schnitt Gelbe Rüben und eine Tomate, die als Grundlage für die Sauce dienen würden. Gemeinsam mit Zwiebeln, Knoblauch, einem Lorbeerblatt und ein paar der kostbaren Nelken sollten sie das Schweinefleisch beim langen Garen im Ofen aromatisieren.

Wenn man Kreszenz glaubte, war Marei das Verhängnis für die Jungfräulichkeit so manch eines Küchenjungen oder Laufburschen gewesen. Möglicherweise war sie sogar für den Exitus des Herrn verantwortlich, den man eines Morgens tot in der Küche gefunden hatte. Wo den alten Herrn, wie man munkelte, zwischen ihren strammen Schenkeln der Schlag getroffen hatte. Zwar war sein Hosenlatz sorgfältig geschlossen worden. Doch angeblich hatte jemand nach seinem Tod versucht, den schweren Körper aus der Küche zu schleifen, war allerdings am Gewicht des würdigen Braumeisters gescheitert. Und Kreszenz war der festen Überzeugung, dass dies die Köchin gewesen war, welche die Spuren ihrer nächtlichen Unzucht hatte verwischen wollen.

Mit ihren üppigen Brüsten, die munter im Ausschnitt wippten und im Takt des schnellen Zwiebelhackens geradezu in Vibrationen versetzt wurden, und mit ihren wiegenden Hüften machte Marei tatsächlich keinen besonders asketischen Eindruck. Antonia fragte sich, ob auch der junge Herr des Hauses seine Unschuld an sie verloren hatte. Aber womöglich, dachte sie ein wenig boshaft, war der mit den Kieselsteinen an der Isar viel zu beschäftigt für so etwas.

«Melchior Bruckner scheint seine Mutter nicht sehr zu mögen», meinte sie. «Er war vorhin ganz anders, wie verwandelt.»

Marei holte den Schweinebraten, knallte ihn auf ein Brett und fing an, mit einem großen Messer die Schwarte kreuzweise einzuritzen. «Ja, der Melchior», meinte sie, während sie Kümmel in die Ritzen streute. «Der Vinzenz ist auch ein Kind mit

Eigenheiten, aber der ist gewinnend. Der Melchior mit seiner ernsten, nachdenklichen Art, das ist schwierig zwischen den beiden. Na ja, und sie will, dass er endlich heiratet.» Sie schob den Braten in den Ofen.

«Darf man fragen, ob man ein Schmalzbrot bekommen kann?»

Melchior und Albert standen in der Küchentür. Der freche Albert schien irgendetwas an Melchior Bruckner zu verändern. Einen Moment funkelte sogar etwas in seinen Augen auf. Als ob die schweren Gedanken, die ihn sonst zu bedrücken schienen, verflogen wären.

«Schmalzbrot!», wiederholte Marei. «Verbietet das nicht Ihre Religion, junger Herr Einstein?»

«Ich bin zurzeit offiziell religionslos», versicherte Albert in einem Ton, als wäre das eine Beruhigung. Bisher hatte Antonia gar nicht gewusst, dass es überhaupt Menschen ohne Religion gab. Sie hätte gern gefragt, ob das bedeutete, dass er Kommunist war, aber sie traute sich nicht.

«Der hungrige Student, was?» Marei lachte. «Fleischpflanzerl hätte ich noch da.»

Der Junge legte unversehens den Arm um sie und schmatzte ihr einen scherzhaften Kuss auf die Wange. «Ich liebe Sie, Marei.»

«Lieben Sie mich nicht zu sehr. Sie sind von gestern.»

Marei grinste trotzdem geschmeichelt, und das Kompliment wirkte sich sichtlich auf die Mahlzeit aus. Die Köchin wärmte die Hackbällchen in der Pfanne auf, schöpfte sie aus dem puren Fett und setzte sie kaum abgetropft auf Teller. Dann holte sie einen Laib schweren, feinporigen Brots von der Größe eines Wagenrads und schnitt mehrere Scheiben ab.

«Oh!», strahlte Albert. «Ich liebe Sie doch, Marei. Komm, Melchior!»

Melchior setzte sich zu ihm, lehnte aber einen Teller dankend ab. Antonias Magen hingegen knurrte. Ihr eigenes Mittagsmahl war recht spärlich ausgefallen.

«Setzen Sie sich.» Albert waren Antonias Blicke offenbar aufgefallen, er machte eine einladende Handbewegung und schob ihr Melchiors Teller mit einer Scheibe Brot und einem der Bällchen herüber. Das ließ sie sich nicht zweimal sagen.

«Oh, das ist gut! Was ist da drin?» Das Fleischpflanzerl war mit dem Hauch eines fremdartigen Gewürzes abgeschmeckt.

«Zimt», verriet Marei. «Teures Zeug, kommt aus Indien. Der Kolonialwarenhändler hat es neuerdings. Aber erzählen Sie von sich, Albert! Wie geht es Ihren Eltern?»

«Danke der Nachfrage. Sie haben die Firma ganz neu aufgebaut. Geht das elektrische Licht noch?»

«Die Firma seiner Eltern hat es eingebaut», erklärte Melchior, als Antonia fragend von einem zum anderen sah. «Wir waren auf derselben Schule, aber so richtig kennengelernt haben wir uns erst, als er hier bei uns die Glühbirnen einschraubte.»

«Elektrische Beleuchtung kann mit Gaslampen nicht nur mithalten, sie ist sogar erfolgreicher», erklärte Albert eifrig kauend. «Elektrizität wird inzwischen auch zum Betrieb der Tram eingesetzt – darf ich dir sagen, mein Freund, dass München in dieser Hinsicht äußerst fortschrittlich ist? Bereits mehrere elektrifizierte Trambahnlinien, das ist revolutionär. Ich musste es ausprobieren, mit einer davon zu fahren, es war großartig!» Seine Augen leuchteten.

Melchior hingegen erwiderte trocken: «Wann denn, um ein Uhr nachts? Ansonsten ist das grässliche Ding so voll, dass man nur mit Schutzweste einsteigen kann wie beim Fechten, wenn man nicht sämtliche Rippen voll blauer Flecken haben will. Ob elektrisch betrieben oder von Pferden gezogen, ein Rüpel bleibt ein Rüpel.»

«Es ist der Fortschritt», erwiderte Albert. Aber er rieb sich unwillkürlich eine Stelle am Brustkorb.

«Auf der Wiesn habe ich dieses Jahr Glühbirnen einge-schraubt», mischte sich Antonia ein. «Ich hätte sie gern leuchten gesehen.»

«Es ist spektakulär!», bestätigte Einstein. «Nicht annähernd zu vergleichen mit billigen Ölfunzeln, nicht einmal mit moder-nen Gaslaternen. Unsere Firma hat übrigens die erste elek-trische Beleuchtung überhaupt für die Wiesn geliefert. Schade, dass Sie vor ein paar Jahren noch nicht hier waren, sonst hätten wir zusammen auf der Leiter gestanden!» Er zwinkerte, und Antonia musste lachen.

«Ich weiß, dass Strom durch diese Kabel fließt und die Lam-pen zum Leuchten bringt», wechselte sie das Thema. «Aber wie genau funktioniert das eigentlich?»

«Oh nein!», stieß Marei hervor. «Jetzt hast du was angesto-ßen.»

Albert schien sich über die Frage zu freuen. Lebhaft rückte er seinen Stuhl in Antonias Richtung und sprach mit doppelter Geschwindigkeit, als würde er selbst plötzlich mit Elektrizität angetrieben. «Es ist ein einfaches Prinzip: Strom, also Energie, gelangt über Kabel in die Birne. Im Inneren befindet sich ein elektrischer Leiter, der durch den Strom aufgeheizt und so zum Glühen gebracht wird.»

«Aber wieso wird daraus Licht?»

«Eine ausgezeichnete Frage: Was ist überhaupt Licht?» Seine dunklen Knopfaugen funkelten. «Gemäß dem, was Maxwell 1867 bewiesen hat, ist das Licht eine elektromagnetische Welle. Er baute damit auf den Doppelspaltexperimenten von Thomas Young von 1802 auf. Schickt man Licht durch zwei Spalten, bildet sich auf der dahinterliegenden Fläche ein klassisches In-terferenzmuster, charakteristisch für eine Welle. Allerdings gibt es da ein paar Unstimmigkeiten. Der Hallwachs-Effekt zeigt, dass Licht eigentlich auch Teilchencharakter haben muss. Ich denke, die Frage nach der Natur des Lichts ist noch lange nicht so eindeutig gelöst, wie es den Anschein haben mag.»

«Und schon redet er unverständliches Zeug. Geht er dir auf die Nerven?», grinste Marei in Antonias Richtung. Sie tauchte Apfelringe in einen Teig und briet sie in heißem Schmalz. Dann streute sie Zucker darüber und stellte den dampfenden Nachtisch neben die Teller.

Antonia schnupperte. «Nicht solange das so wunderbar duftet.» Sie zog sich einen der beiden Teller heran. Der heiße Zucker war ebenfalls mit dem Gewürz gefärbt. Ganz leicht spürte sie den Zimtgeschmack auf dem Apfel. Leicht, aber gegenwärtig, wie die Sehnsucht, nur einmal dieses Leuchten unzähliger Glühbirnen sehen zu dürfen.

«Wenn einer die Natur des Lichts erforschen wird, dann zweifellos du, mein lieber Albert», bemerkte Melchior. «Wenn es so weit ist, denk daran, dass ich immerhin eine dezent vernunftbegabte Kreatur bin, und schick mir ein Exemplar deiner Arbeit. Aber richte dich darauf ein, dass du wieder ins Exil musst, wenn es dir gelingt. Die Menschen haben es nicht gern, wenn ihnen ein Licht aufgeht. Deshalb nennen sie den Teufel auch Luzifer, zu deutsch *Lichtträger*. Niemand mag Aufklärer, es ist einfach zu gemütlich im Finstern.»

Einstein fuhr sich mit beiden Händen durch die dunklen Locken und sog den Duft der Apfelringe ein, ehe er sich darüber hermachte. «Unbesorgt», erwiderte er kauend. «Ich will niemanden erleuchten, sondern nur klären, ob das Licht für die Erleuchtung aus elektromagnetischen Wellen oder aus Teilchen besteht.»

«Armer Junge», lachte Melchior. «Du wärst besser dumm geboren, das würde dein Leben erheblich erleichtern.»

«Wenn der Bub mal in der Schule so fleißig gewesen wäre wie mit dem grauslichen Palaver, hätte er schon in München seine Matura machen können!» Marei kniff ihn in die Wange und zog ihn auf: «Wenn Sie weiter so kurzweilig plaudern, wird noch ein richtiger Frauenheld aus Ihnen, Albert.»

Albert grinste wieder verstohlen, während er sich die Backen vollstopfte. «Ja, die meisten Frauen haben es nicht so mit dem Denken, aber ob Sie es glauben oder nicht, Marei: Ich habe tatsächlich eine kennengelernt. Sie heißt Mileva und studiert mit mir am Polytechnikum.»

«Was?» Kopfschüttelnd widmete sich Marei wieder den Apfelringen. «Noch so was wie Sie und auch noch in weiblich? Herr Jesus Christus, verschone uns!» Sprach's und schlug das Kreuz.

«Als einzige Frau ihres Jahrgangs am Polytechnikum! Vermutlich kann sie sich vor Verehrern nicht retten, und allesamt mit dicken Brillen und schlecht sitzenden Hosen. Wie macht sie sich?», wollte Melchior wissen.

«Nicht übel. Ganz und gar nicht übel.» Einstein setzte ein wissendes Lächeln auf und ließ offen, ob er das auf das Studium am Polytechnikum oder auf die Verehrer bezog.

«Sie sind ja doch ein Frauenheld», lachte Antonia.

Albert setzte eine sichtlich verlegene Miene auf, und alle lachten. Selbst Melchior Bruckner.

Verstohlen blickte Antonia zu ihm hinüber. Überhaupt war dieser Melchior heute ein ganz anderer als der gelangweilte Schnösel, den sie bei Stuck kennengelernt hatte.

Später beim Abendessen war der andere Melchior wieder verschwunden, und die Spannung zwischen ihm und seiner Mutter war förmlich mit Händen greifbar. Die beiden saßen sich wie zwei Kontrahenten an den Schmalseiten des Tischs gegenüber. Wie als Puffer hatte man die jüngeren Geschwister und den Gast dazwischengesetzt.

«Du warst in Italien? Und wie ist es da?», fragte Vinzenz gerade, als Antonia mit dem schweren Tablett mit dem Braten hereinkam. Während sie das Fleisch auf dem Beistelltisch schnitt und mit Rotkraut und Knödeln anrichtete, hörte sie der Unterhaltung zu.

Franziska gab ihrem Jüngeren einen kleinen Klaps auf die Wange, der liebevoll wirkte, wenn man verglich, wie sie mit ihrem älteren Sohn umging. Der offene, ständig plaudernde Vinzenz stand ihr sichtlich näher.

«Warm. Wusstest du, dass der hiesige Föhn ein Wind aus Italien ist, der den Gesetzen der Thermik folgend sich über den Alpen abkühlt und dann beim Herabsinken durch Wiedererwärmen die typischen Stürme erzeugt?»

«Äußerst unterhaltsam», meinte Franziska trocken. «Hat sich denn Ihr Französisch verbessert, Albert?»

Man musste ihr zugestehen, dass sie ein todsicheres Gespür für die Schwachstellen anderer Menschen hatte. Albert verstummte und blickte sichtlich verärgert auf seinen Platzteller.

«Du sagtest, du überlegst, ob du Schweizer werden willst», versuchte Melchior das eisige Schweigen zu brechen und das Thema zu wechseln. Bisher hatte er noch kaum etwas gesagt. Es war, als hätte die Gegenwart seiner Mutter ihm die Zunge gefesselt. «Was gibt es da Neues?»

«Noch nichts weiter.»

«Hast du nicht die württembergische Staatsangehörigkeit verloren?»

Albert verdrehte die Augen. «Abgelegt, mein Lieber. Ich gehe doch nicht zum Militär und spiele den gehorsamen Zinnsoldaten. Euer Problem hier ist dieser blinde Gehorsam, dass ihr alles glaubt, was die Regierenden euch erzählen: der Kaiser, der

Prinzregent oder wer auch immer. Und die Tatsache, dass ihr sofort auf alles dreinschlagt, was anderer Meinung ist.»

Melchior verzog die Lippen zu einem hochnäsigen Lächeln, und er lachte. «Na gut. Du bist nicht gerade ein Musterbeispiel dafür.»

«Sie haben derzeit keine Staatsangehörigkeit?», wiederholte Franziska pikiert.

Der junge Mann schien es geradezu zu genießen, andere zu schockieren. Antonia verstand, warum er an der Schule wohl nicht gerade der Liebling aller Lehrer gewesen war. «Keine. Und übrigens auch keine Religion.»

Franziska bekreuzigte sich, und Albert grinste. «Tut nicht weh. Na gut, höchstens an der Grenze. Es war ein rechter Aufwand, bis ich durch war.»

Er sah in die Runde, aber die Stimmung schien mit einem Mal noch eisiger zu sein als zuvor. Es war offensichtlich, dass Franziska Bruckner die Gesellschaft ihres Sohnes missbilligte und ihn lieber in der von Brauern gesehen hätte. Und Albert machte sich einen Spaß daraus, sie in dieser Ansicht zu bestärken. Er schien sich fast noch weniger Gedanken zu machen als Melchior, was sein Umfeld von ihm hielt. In ihrem Dorf konnte ein schlechter Ruf das Ende bedeuten, aber er schien ihn geradezu herbeizusehnen. Wie es wohl sein muss, dachte Antonia, so gar nichts auf die Meinung anderer zu geben – so frei zu sein?

«Sie werden sicher bald zu Erfolg kommen», bemerkte Franziska endlich kühl. «Sie müssen sich bemühen. Sicher möchten Sie nicht mit irgendwelchem Gesindel verwechselt werden – ein junger Mann aus guter Familie wie Sie.»

«Ja, für meine Mutter ist jede Art von Eigenständigkeit Gesindel», bemerkte Melchior mit einem knappen Lächeln in deren Richtung. Sie rümpfte die Nase, beließ es aber dabei.

Nur ihr Blick schien zu sagen, dass sie Melchiors vorheriges Schweigen bevorzugt hatte.

Antonia begann, die ersten Teller zu servieren. Der Braten duftete köstlich. Aber während Albert und die Kinder zulangten, schien es, als sei Melchior und seiner Mutter der Appetit vergangen.

«Da wir von Gesindel sprechen», bemerkte Franziska spitz, «mir ist da etwas zu Ohren gekommen. Woher genau hast du eigentlich unsere Antonia?»

Der Schreck fuhr Antonia so heftig in die Glieder, dass sie fast den Teller für Albert Einstein hätte fallen lassen. In letzter Minute griff er zu und hielt ihre Hand fest. Antonia wollte den Saucenspritzer vom Tischtuch wischen, aber er schüttelte den Kopf und schob seine Serviette darüber. Und zwinkerte ihr zu.

Melchior hatte das Besteck abgelegt. «Was soll das? Du hast sie eingestellt, sie arbeitet gut, es gibt keinen Grund für diese Frage.»

«Warum? Hast du etwas zu verbergen?»

Melchior hob die geraden Brauen. «Ich erkenne nicht den Sinn dieses Gesprächs.»

Die beiden sahen sich über den Tisch hinweg an, als wollten sie sich gegenseitig durchbohren.

«Stuck», sagte Antonia hastig. Was immer Kreszenz der Herrschaft erzählt hatte, besser, sie ließ Gerüchte gar nicht erst aufkommen. Wenn die Gnädige ihrem Sohn eine Lektion erteilen wollte, sollte sie sich ein anderes Thema suchen. «Mit Verlaub, gnädige Frau … Franz Stuck. Ich habe dort gearbeitet … aufgeräumt, im Atelier … geputzt. Es war zeitlich begrenzt. Ich suchte eine feste Anstellung, und Herr Bruckner war so freundlich, mich zu empfehlen.»

Überrascht sahen beide sie an. Melchior runzelte fragend die Stirn.

«Franz Stuck, so, so. Der Skandalkünstler der Stadt. Immer gut für einen Eklat, und meistens geht es dabei um das, worüber in anständigen Haushalten nicht gesprochen wird.»

Antonia hätte am liebsten ihre eigene Zunge verschluckt. Dass Stuck dieser Ruf vorauseilte, hatte sie nicht gewusst. Der Skandalkünstler der Stadt? Und sie gab offen zu, für ihn gearbeitet zu haben!

«Ich … weiß nichts von seinem Ruf», sagte sie hastig.

«Sie haben also nicht als Modell gearbeitet?», fragte Franziska direkt.

Bei dem Wort «Modell» erstarrten alle: Melchior, Vinzenz, Resi und sogar Kreszenz, die in diesem Moment mit der Sauciere hereinkam. Nur Albert betrachtete sie anerkennend.

Antonia wollte antworten, aber sie schaffte es nicht. Wenn sie die Wahrheit sagte, würde Franziska sie sofort hinauswerfen. Wenn sie log, erst recht.

Melchior Bruckner begann zu lachen. Kein Lachen wie vorher in der Küche, sondern ein hartes, dunkles Lachen. Er schüttelte den Kopf, als fände er die Vorstellung, Antonia könnte Modell stehen, unglaublich amüsant.

«Wie du zu sagen pflegst, liebe Mutter, sollten gewisse Themen in Gesellschaft nicht angesprochen werden, schon gar nicht in der Gegenwart von Kindern», tadelte er dann. «Darf ich dich daran erinnern, dass du selbst für gewöhnlich derartige Worte als vulgär erachtest?» Aber unter seinen geraden Brauen warf er ihr einen warnenden Blick zu.

Franziska erwiderte den Blick, ohne mit der Wimper zu zucken. Dann nickte sie kurz und widmete sich wieder dem Essen. Ihr Rücken war so gerade, als hätte sie einen Besenstiel im Kleid stecken.

Was für ein Schauspieler ist an dem verloren gegangen, dachte Antonia mit einem Hauch Bewunderung. Franziska Bruckner mit zwei Sätzen mundtot zu machen, das musste man erst einmal schaffen. Diesen Machtkampf hatte Melchior Bruckner gegen seine Mutter gewonnen. Und bewiesen, dass man sich vor ihm besser in Acht nahm. Denn offenbar war er nicht nur gelangweilt, sondern auch mit allen Wassern gewaschen.

Ganz offensichtlich fand er es amüsant, seiner Mutter das Aktmodell eines stadtbekannten Skandalmalers als Dienstmädchen unterzujubeln, sonst hätte er Antonia kaum davor bewahrt, vor allen gedemütigt zu werden. Was die beunruhigende Frage aufwarf, worüber Melchior Bruckner sich noch zu amüsieren gedachte.

– 12 –

Nach diesem Auftritt war Antonia beinahe dankbar, dass sie am nächsten Tag in der Gaststätte aushelfen sollte. Die Brauereigaststätte war kleiner, als sie erwartet hatte, durchwölkt von Gerüchen nach Malz und Essig. Die Stammkundschaft bestand vor allem aus Giesinger Arbeitern, die zur Mittagszeit herkamen. Antonia hatte von früher ein gewisses Misstrauen gegenüber Gaststätten, das sie noch nicht losgeworden war. Aber schlimm wurde es gewöhnlich erst gegen Abend.

Sie zapfte Bier aus dem Fass – ganz langsam und das Glas schiefgestellt, damit so wenig Schaum wie möglich entstand. Dann griff sie die vier Krüge, je zwei mit einer Hand, und beeilte sich, an die Tische zu kommen.

«Neu hier?», fragte einer, als sie das Bier abstellte.

«Ja. Und das war's auch schon.» Antonia hatte keine Lust auf Tändeleien. Sie trocknete sich die Hände an der Schürze und wollte zum nächsten Tisch, wo soeben der Braumeister mit einem jungen Mann Platz nahm. Sie erkannte ihn sofort.

Benedikt.

Antonia blieb stehen. Jetzt fiel ihr wieder ein, dass er erwähnt hatte, sein Bruder sei Braumeister in Giesing. Aber dass es ausgerechnet im Brucknerbräu sein könnte, der Gedanke war ihr nie gekommen.

Unschlüssig sah sie von ihm zur Theke. Eigentlich war sie froh gewesen, die Sache mit Quirin und vor allem Pater Florian hinter sich zu lassen. Aber jetzt war sie sich nicht mehr sicher, ob sie nicht doch hören wollte, wie es Quirin ging. Hastig schlängelte sie sich durch die Wirtschaft zurück zum Tresen.

Marei hatte sich zuerst um das Mittagessen für die Herrschaft gekümmert und war dann herübergekommen. Nun schnitt sie in der Küche des Gasthauses rote Zwiebeln für Wurstsalat. Durch die große Durchreiche überblickte sie die gesamte Gaststube.

«Kannst du für mich den Tisch dort drüben übernehmen?», fragte Antonia. «Ich kann so lange hier für dich weitermachen.»

«Wieso, was ist denn mit dem Braumeister?» Marei blickte von ihrer Arbeit auf und sah in Richtung der Brüder, als vermute sie irgendeine ansteckende Krankheit.

Antonia gab ihr eine knappe Erklärung. Damit es nicht aussah, als trödle sie, holte sie sich eine Schale und arrangierte getrocknete Hopfendolden darin. In dem niedrigen Raum unter den schweren, fast schwarzen Dachbalken war der vertraute Geruch betäubend – und der starke, herbe Malzduft, der heute von der direkt anschließenden Brauerei herüberwehte, machte es nicht besser. Um ihre Füße strich eine der halbwilden Katzen, die hier in der Küche auf ein Stück Wurst hoffte.

«Aber eigentlich würdest du schon gern wissen, wie es diesem Quirin geht», konstatierte Marei und malträtierte scharf riechenden Rettich für den nächsten Teller so sehr, dass Antonia schon vom Zuschauen die Tränen kamen. «Na, dann hast du zwei Möglichkeiten. Erstens: Verkriech dich und grüble den Rest des Tages, was er gesagt hätte. Oder zweitens: Geh hin und frag ihn. Ich behalte dich im Auge.»

Vor allem schien sie den gutgebauten Flößer am Tisch ganz vorn im Auge zu haben, denn während sie mit Antonia redete, warf sie ihm immer wieder Blicke zu. Antonia zerpflückte die getrockneten Dolden langsam zwischen den Fingern. Marei hatte recht.

«Also gut.» Sie überließ Marei ihren Koketterien und nahm die fertigen Teller mit Rettich und Wurstsalat.

Benedikt war mindestens so überrascht wie sie zuvor. Seine dunklen Augen unter den schwarzen Locken strahlten, als er sie erkannte.

«Das ist ja was!», begrüßte er sie. «Du arbeitest hier?»

«Na ja, genau genommen helfe ich heute nur aus, ich arbeite im Haus.» Antonia stellte die Teller vor die Männer hin, und irgendwie freute sie sich jetzt doch, ihn zu sehen. Ganz gleich, was mit Quirin war, Benedikt hatte sie immer gemocht.

«Franziska Bruckner hat dich eingestellt? Die ist ja sonst nicht so schnell zu überzeugen.» Benedikt grinste den Braumeister an.

Ganz der Alte, dachte Antonia. Es tat gut zu sehen, dass sich nicht alles plötzlich zum Schlechten verändert hatte. «Genau genommen war es Melchior Bruckner. Und wenn er ausnahmsweise mal die Wahrheit sagt, dann vor allem, um sie ins Grab zu bringen. Aber wie geht es dir?»

«Ich besuche hin und wieder meinen Bruder.» Er zeigte auf Peter. «Ja, es geht mir gut. Ich zeichne Speisekarten. Natürlich will ich mehr erreichen, aber es ist mal ein Anfang.»

Antonia zögerte, ehe sie die Frage stellte, die sie wirklich interessierte: «Und wie geht es Quirin?»

Die Frage schien Benedikt unangenehm zu sein. «Nicht schlecht», erwiderte er schnell. «Er hat gerade erst zwei Bilder verkauft ... du weißt schon, das mit dem kleinen Hund, von dem er schon dachte, er kriegt es nie los.»

«Und sonst?»

Benedikt wich ihrem Blick aus. «Gut. Sehr gut. Er war ein

125

paarmal auf Abendgesellschaften eingeladen, die Herrschaften, die seine Bilder gekauft haben, haben ihn eingeladen. Er kam ganz glücklich zurück.»

«Oh», sagte Antonia leise. «Na, dann ist es ja gut.»

Zurück in der Schwabinger Wohnung, warf Benedikt seine Schultertasche auf den Boden und schälte sich aus seiner abgewetzten Jacke. Ächzend zog er die Schuhe aus und ließ sich in den Kleidern aufs Bett fallen. Er war den ganzen Weg von Giesing herübergelaufen, anderthalb Stunden. Mit verzogenen Lippen betrachtete er seine geröteten Zehen und rieb sich die schmerzenden Fußballen.

«Du errätst nie, wen ich in Giesing getroffen habe.»

Quirin, der starr vor einer Leinwand hockte, blickte kaum auf. Mit gerunzelter Stirn fügte er ein paar dunkle Striche hinzu, die das ohnehin schon recht düstere Gemälde – eine Kreuzigungsszene – noch eine Spur finsterer machten.

«Die Antonia», platzte Benedikt heraus, ehe er gefragt wurde. Ächzend streckte er die Beine aus. «Und du rätst nie, wo.»

«Beim Brucknerbräu?»

Benedikt richtete sich wieder auf. «Woher weißt du denn das?»

Quirin verdrehte die Augen. «Du warst bei deinem Bruder, der dort arbeitet, und sie hat letzte Woche bei Stuck dem Bruckner schöne Augen gemacht.»

«Sie hat ihm doch keine schönen Augen gemacht, red keinen Schmarr'n, Quirin. Gut schaut sie jedenfalls aus.»

Erwartungsvoll sah er in Quirins Richtung. «Ich habe ihr gesagt, was du wolltest. Dass es dir gut geht und so. Herrgott, Quirin, ich hab sie für dich angelogen! Muss das wirklich sein? Magst sie nicht mal besuchen? Mit ihr reden oder so?»

Quirin zuckte kalt die Achseln. «Wozu?»

«Jetzt sei kein Depp! Ihr seid doch fast ein Paar. Oder vielleicht auch ganz.»

«Wir sind kein Paar!»

Benedikt hob entschuldigend die Hände. «Hat halt so ausgesehen. Aber das musst du wissen.»

«Und?», fragte Quirin, nachdem sie sich eine ganze Weile angeschwiegen hatten, er vor seiner Leinwand und Benedikt vor seinen Papieren. «Erfolg gehabt?»

Benedikt angelte nach seiner Tasche. «Absolut. Speisekarten. Postkarten. Alles. Nur nicht das, was ich will. Die Zeitschriften sind der Markt der Zukunft. Aber es ist so schwer, da unterzukommen.»

Quirin setzte sich an den Tisch und stützte den Kopf in die Arme. «Ja, wenn man niemanden kennt, ist es aussichtslos. Die Großkopferten machen das alles unter sich aus. So ein Stuck … Seine Schüler, also die sich leisten können, bei ihm zu studieren, die kommen unter, da ist immer ein reicher Kunde, an den er sie empfehlen kann, oder ein Freund, der ihnen weiterhilft. Als einfacher Mann hast du keine Chance.» Es klang verbittert.

«Wieder nichts verkauft?»

Quirin schüttelte den Kopf. Neben ihm stand eine Flasche Absinth, die es gestern noch nicht gegeben hatte. Dafür, dass Quirin offenbar allein und erst seit heute daran arbeitete, war sie schon ziemlich leer.

«Der Winter kommt», meinte Benedikt und ging zum Tisch, auf dem nur noch ein trockenes Stück Brot lag. «Wir müssten Kohle kaufen. Jetzt ist sie noch billig, aber je kälter es wird, desto teurer wird sie.»

Sie mussten dringend Geld verdienen. Sonst würde der Winter sehr kalt werden. Ohne ein warmes Zuhause drohten Krankheiten, und sie hatten kein Geld für einen Arzt.

Benedikt streckte sich, um an das Blatt zu gelangen, das am anderen Ende des Tisches lag. Er las es und runzelte die Stirn.

«Du warst beim *Alldeutschen Verband*?»

Er interessierte sich nicht besonders für Politik, aber die *Alldeutschen* waren eine der großen Parteien, die auch er kannte. Neu war ihm nur, dass sich Quirin für sie interessierte.

Der blickte kurz über die Schulter und nickte. «Vielleicht springt ein Auftrag dabei heraus. Die suchen einen Maler, der ihnen ein Porträt des Parteivorsitzenden macht.»

Benedikt legte die Füße auf den Tisch, kippte den Stuhl zurück, sodass er bequem saß, und überflog das Papier.

«Schmach von Sansibar?», las er etwas undeutlich, denn er kaute angestrengt an dem Brot. Es war steinhart und schmeckte nach nichts. «Hilf mir mal auf die Sprünge, von der Schmach hab ich gar nix mitgekriegt.»

«Sansibar wurde abgegeben und gegen Helgoland eingetauscht. Eine blühende Insel gegen einen Felsen in der Nordsee.»

«Hm», kaute Benedikt, während er weiterlas. «Habe gar nicht gewusst, dass Sansibar überhaupt zum Reich gehört hat. Was haben die gegen die Juden, bei den *Alldeutschen*?»

Quirin zuckte die Achseln.

«Ich dachte immer, du warst ein Sozi. Nicht irgendwelche Inseln, sondern die Armut in den Städten und gleiches Wahlrecht für alle, sogar für Frauen?»

«Zum Teufel mit den Weibsleuten!», zischte Quirin. «Und ich war bei den Kommunisten, nicht bei den Sozis!»

Aber die hatten vermutlich keine Aufträge für einen unbekannten Maler. «Gut, gut. Lassen wir die Frauen.» Ein Mann, der gerade sitzengelassen worden war, war vielleicht nicht der feurigste Anwalt des Frauenwahlrechts. Benedikt zog sich frierend die Jacke fester um die Schultern, während er weiterlas.

«Das Bild hat sie verdorben», sagte Quirin plötzlich.

Benedikt blickte auf. «Was?»

«Das Bild. Stuck malte sie nackt.»

Von einem Aktmodell sitzengelassen, korrigierte sich Benedikt in Gedanken. Gut, das erklärte noch mehr. «Seit wann bist du prüde?», fragte er.

«Ist es Prüderie, wenn man sich nicht vor jedem auszieht?», erwiderte Quirin scharf. «Die Schlampen, die wir sonst malen, sind mir gleich. Aber eine Frau, die …»

Die er hatte heiraten wollen?

«Es ist absurd, einer Frau den Hof zu machen, die ihre Reize für alle sichtbar auf die Leinwand malen lässt!», schnaubte Quirin, ohne den Satz zu beenden. «Er hat ihr beigebracht, mit Männern zu spielen, und jetzt genießt sie es, sie zu willenlosen Sklaven zu machen. Nackte Frauenhaut ist verführerisch und macht Männer ergeben.»

Benedikt zuckte die Schultern. «Das nennt man Liebe, Quirin.»

«Es ist Hurerei. Weiber, die dieselben Freiheiten wollen wie Männer, setzen nicht nur ihre Ehrbarkeit aufs Spiel, sondern auch den Respekt der Männer. Wer soll denn eine Frau achten, die sich nackt zeigt? Keuschheit beschützt in Wahrheit die Freiheit der Frauen.»

«Also», kaute Benedikt, «macht es die Frauen frei, wenn sie es gut finden, nicht frei zu sein?»

Quirin antwortete nicht und starrte nur trotzig auf seine Staffelei. Möglicherweise fragte er sich, ob er gegenüber Antonia einen Fehler begangen hatte, und es fiel ihm schwer, das zuzugeben. Es tat sicher weh zu hören, dass es ihr gut ging, nachdem sie ihn verlassen hatte. Benedikt zuckte die Achseln und kaute weiter. Er war zu müde, um sich auf eine Diskussion einzulassen. Also klopfte er ihm nur kurz auf die Schulter und meinte:

«Ich gehe ins Bett. Vielleicht hättest du Pfarrer werden sollen, wo du so gern predigst.»

Er verkroch sich in die Federn, ohne seine Kleider auszuziehen, schon allein, um es warm zu haben. Es ist wohl ein Gefühl der Erhabenheit, dachte er, während er die Beine unter der Decke ausstreckte, das einen angesichts der Schlechtigkeit anderer ergreift.

Vor seinem inneren Auge erschien plötzlich eine kleine Karikatur. Ein hässlicher kleiner Mann, der auf einen Teufel zeigte und jubelte: *Er ist noch hässlicher als ich*! Der Teufel war jedoch bei näherem Hinsehen nur eine Vorstellung im Kopf des Mannes. Unterschrift: *Die Erkenntnis, dass andere boshafter sind als man selbst, hilft einem aus so manch bösem Gewissen heraus.*

Benedikt richtete sich noch einmal auf. Vielleicht konnte er das als Karikatur verkaufen? Eilig kramte er nach Papier und Bleistift und zeichnete einen Entwurf auf das Papier. Er warf Quirin einen Seitenblick zu, aber der leerte nur seinen Absinth und kümmerte sich nicht um ihn. Benedikt rollte das Papier zusammen und barg nun endgültig seine eiskalten, schmerzenden Füße unter der dünnen Decke.

− 13 −

Antonias erster freier Tag fiel auf einen Samstag, und sie beschloss, ihn für einen Besuch in Schwabing zu nutzen. Vielleicht war es die Begegnung mit Benedikt gewesen, aber irgendwie hatte sie das Bedürfnis, mit Quirin zu sprechen. Ihre Mutter hatte immer gesagt, dass man es hinnehmen musste, wenn Männer Frauen schlugen. Es sei die Strafe Gottes für Evas Schuld beim Sündenfall. Man müsse sich bemühen, dem Mann keinen Anlass zu geben. Es widerstrebte Antonia, sich damit abzufinden, aber vielleicht tat es ihm ja inzwischen leid. Außerdem machte sie sich Sorgen um ihn.

Sie hatte von ihrer Arbeit bei Stuck noch Geld übrig, also leistete sie sich mit einiger Überwindung zehn Pfennige für eine Fahrt mit der Elektrischen. Man sah noch immer viele Pferdebahnen und Menschen, die einfach irgendwo auf der Straße den Kutschern zuwinkten, wenn sie einsteigen wollten. Die Strecke von Giesing zum Hauptbahnhof war allerdings schon elektrifiziert.

Antonia hatte ziemliches Herzklopfen, als sie den neuartigen Wagen der Weißen Linie bestieg. Sie musste an Albert Einstein denken, der bereits damit gefahren und mit glänzenden Augen zurückgekehrt war, und wünschte sich seinen Optimismus. Mit flauem Magen betrachtete sie die Oberleitung. Ein wenig unheimlich war ihr der elektrische Strom noch immer.

Der Wagen sah nicht viel anders aus als die der Pferdebahn, und hinten angehängt war sogar noch einer der alten Waggons.

Antonia stieg auf die Plattform, griff nach dem kühlen Metallgeländer und warf einen scheuen Blick ins Innere.

«Einsteigen!», herrschte der blau uniformierte Billeteur sie an, und hastig raffte sie ihren langen Rock und kletterte die Stufen empor.

Es gab nur wenige Sitzplätze, und sie hatte Glück, noch einen zu ergattern. Unterwegs würde sich die Tram sicher noch weiter füllen. Sie achtete darauf, sich nicht aus dem Fenster zu lehnen, um nicht von außen einen anstößigen Anblick zu bieten.

Der Schaffner betätigte die Glocke, und ruckelnd setzte sich die Tram in Bewegung. Dann wanderte die silberne Mütze des Billeteurs durch den Mittelgang.

«Noch jemand ohne?»

Antonia bezahlte die zehn Pfennige und erhielt eine Fahrkarte.

Es war zauberhaft, so durch die Stadt gefahren zu werden, und einen Moment fühlte sie sich wie eine große Dame. Sie überquerten die Isar, und atemlos reckte sich Antonia nun doch nach dem nächsten Fenster. Es war kalt, aber sonnig, und die weißen Kiesflächen und der breit verzweigte Fluss boten einen wunderschönen Anblick. Sie wunderte sich, warum die Menschen im Wagen so schlecht gelaunt wirkten.

Als sich die Tram nach und nach füllte, wurde es ihr klar. Denn der zauberhafte Ausflugswagen verwandelte sich in kürzester Zeit in einen Höllenpfuhl drängelnder und schimpfender Bürger.

«In die Mitte gehen!», rief der Schaffner. «Herrschaftszeiten!»

Von draußen drückten und schoben sich die Leute herein, noch ehe alle, die hinauswollten, ausgestiegen waren. Rippenstöße wurden zunehmend herzhafter ausgeteilt, die Zungen lösten sich, und die Schimpfwörter wurden derber. Ein altes Mütterchen zeterte wie ein Rohrspatz über die verspätete «Verdrusslinie», und zwei Männer echauffierten sich über eine geschminkte junge Frau im Pelzkragen.

Antonia wollte sich wegdrehen – und sah genau in den Schritt eines Mannes, der neben ihr im Gang Position bezogen hatte und ihr nun unverfroren sein Gemächt präsentierte. Und als die Tram ruckelnd anfuhr, taumelte er auch noch in ihre Richtung und bekam wie versehentlich ihre Brust zu fassen.

«Pratz'n weg, Dreckhammel!», schrie sie ihn an und fegte die Hand beiseite.

«Öha», entschuldigte er sich scheinheilig, verschwand aber immerhin ein paar Schritte weiter nach hinten.

Kurz vor dem Marienplatz kontrollierte der Schaffner dann noch einmal die Fahrscheine. Die Tram legte sich in eine leichte Kurve, und zwei Burschen auf der Plattform verloren das Gleichgewicht und stürzten ab.

Erschrocken reckte sich Antonia nach dem Fenster und sah ihnen nach. Doch die beiden waren wohlbehalten auf der Straße gelandet und schüttelten sich lachend die Hände.

«Schon wieder welche ohne Billett!», knurrte der Schaffner.

Beim Aussteigen drängelten wieder alle gleichzeitig, und Antonia bekam Puffe und Knuffe ab. Zuerst versuchte sie noch, höflich zu sein, aber sie begriff schnell, dass sie es so nicht aus dem Wagen schaffen würde. Also rammte sie ihrerseits ihrem Nachbarn ungeniert den Ellenbogen in die Rippen – erfreulicherweise war es der Grapscher von vorhin – und erkämpfte sich den Weg ins Freie. Aufatmend blieb sie draußen stehen, in sicherer Entfernung, um nicht noch im letzten Moment von einem Rempler auf die Gleise gestoßen zu werden.

Nach diesem Erlebnis beschloss sie, den Rest des Weges zu laufen. Die Ludwigstraße und die Schwabinger Landstraße bildeten eine fast gerade Linie, und kurz vor dem Großwirt ging es schon in die Ainmillerstraße.

Als sie an der Kunstakademie vorbeikam, verlangsamten sich ihre Schritte unwillkürlich. So froh sie war, dass niemand erfahren hatte, was sie hier wirklich gemacht hatte, so sehr erinnerte sie sich auf einmal an das, was ihr an der Arbeit bei Stuck gefallen hatte.

Sie zögerte. Eigentlich war sie wegen Quirin nach Schwabing gekommen, aber als sie jetzt hier stand, hatte sie das dringende Bedürfnis hineinzugehen. Und fragte sich, ob nicht etwas in ihr ihre Füße genau hierher gelenkt hatte.

«Willkommen, Fräulein Pacher», begrüßte sie der Pförtner wie eine alte Bekannte.

Lächelnd und doch auch mit klopfendem Herzen, ging sie den bekannten Weg zu Stucks Atelier. Vorsichtig klopfte sie und trat durch die halbgeöffnete Tür.

«Antonia!», rief Stuck überrascht. Er stand wie immer im Frack auf einem Stuhl und hatte einen blauschwarzen Fleck auf der Nase. Offenbar war er allein. Er arbeitete noch immer an der *Sinnlichkeit*, der Schlangenleib wurde allmählich von einem weißen Band zu einem erkennbaren Wesen.

«Ich war in der Gegend und wollte nur kurz guten Tag sagen», meinte Antonia und trat näher, um das Bild zu betrachten. Atemlos blieb sie stehen.

«Unglaublich.»

Ihre Züge waren kaum zu erkennen, er hatte ihr Gesicht vor allem benutzt, um die Lichtverhältnisse zu korrigieren. Allerdings waren die Brüste, die so vorwitzig aus dem Dunkel ragten, eindeutig ihre.

Es war, als hätte Stuck Dinge an ihr gesehen, die sie selbst noch nie bemerkt hatte. Hatte sie ihren Körper wirklich so selbstbewusst ins Licht gereckt? So herausfordernd mit dem Widerstreit von Furcht und Begehren gespielt? Auf einmal erschien ihr die Pose aufreizend und fast unheimlich.

«Sie sehen etwas anderes als zuletzt.» Das war keine Frage, sondern eine Feststellung.

«Habe ich mich wirklich so … angeboten?»

Das musste Quirin verletzt haben.

Stuck zuckte die Achseln. «Für mich sieht es genauso aus wie immer. Vielleicht haben Sie sich ja verändert?»

«Ich?»

«Nun ja, die Kunst spiegelt uns, die wir sie betrachten, nicht wahr? Wenn Sie das Bild heute anders sehen, kann es sein, dass sich bei Ihnen etwas verändert hat.»

«Bei mir?», echote Antonia wieder.

«Was Sie hier sehen, ist die Kunst», beruhigte Stuck. «Nicht Sie. Ich könnte Sie im selben Bild als Heilige oder als Hure malen und dafür eine Pose wählen, sodass Sie beim Modell-sitzen nicht einmal wissen, an welcher von beiden wir gerade arbeiten.»

Antonia musste an Quirin und seine Madonna denken. Da war etwas dran.

«Wie dem auch sei, ich wollte ohnehin gerade Mittagspause machen. Darf ich Sie einladen?»

Antonias Aussichten, anders zu einem guten Essen zu kommen tendierten gegen null, und so sagte sie gern zu.

Stuck führte sie die benachbarte Amalienstraße hinunter bis zu der Stelle, wo sie die Theresienstraße kreuzte. *Stefanie* stand auf dem Eckhaus, große Fenster öffneten sich zur Straße hin, sodass man die Leute, die drinnen an den Tischen saßen, sehen konnte, auch die Damen. Offenbar schien sich niemand daran zu stören. Antonia wusste, dass hier viele Künstler verkehrten, aber sie war noch nie drinnen gewesen.

Als Stuck die Tür öffnete und ihr den Vortritt ließ, verschlug es ihr den Atem. Überall hingen schwere Samtvorhänge mit dicken goldenen Kordeln. Die Wand war etwa mannshoch getäfelt und darüber reich verziert. Riesige Lüster hingen von den Kassettendecken. Die Gaststube mit den teils runden, teils eckigen Tischen wurde von niedrigen Holzgeländern und Blumenvasen mit üppigen Sträußen von orangefarbenen Herbstrosen unterteilt, sodass man das Gefühl haben musste, nicht in einem großen Raum, sondern in einem von vielen intimen Kabinetten zu sitzen. Die Gefäße selbst waren Kunstwerke: Um eine blaue Glasvase ringelten sich goldfarbene Messingglocken, und wenn man genau hinsah, konnte man erkennen, dass sie tatsächlich von einem weiblichen Gesicht ausgingen. Eine andere bestand aus blau und grün mit Nixen und Wasserpflanzen bemaltem Glas, das von einem auffällig geschwungenen Ständer aus Messing gehalten wurde. Das Kaffeehaus war jetzt um die Mittagszeit gut besucht, und überall sah man Männer in abgewetzten Hosen angeregt diskutieren. Auch einige Damen waren anwesend. Sie lachten und sprachen genauso laut wie die Männer.

«Und, gefällt es Ihnen im Brucknerschlössl?», fragte Stuck, als sie einander gegenüber an einem der kleineren, runden Tische Platz nahmen.

«Ich verdiene nicht viel, aber regelmäßig. Und man behandelt mich gut.» Die Gnädige war zwar streng, doch Antonia hatte von anderen Herrschaften schon Schlimmeres gehört.

«Aber, lassen Sie mich raten, man denkt schlecht über Frauen, die sich nackt auf Bildern zeigen?»

Antonia musste lächeln.

Stuck grinste. «Das war nicht schwer zu erraten. Sie haben Ihr eigenes schlechtes Gewissen gesehen, das Sie aus dem Bild anblickt.»

Antonia schüttelte heftig den Kopf, aber dann musste sie auch lachen. Er hatte recht.

«Ja, die Kunst ist gefährlich», scherzte Stuck. «Sehen Sie,

wenn man sich in ihrem klaren Spiegel selbst erkennt, dann ist das nicht immer ein angenehmer Anblick. Sich auf ein Symbol einzulassen, ist immer ein Wagnis, weil einem niemand sagen kann, was man finden wird. Sehen Sie mich an: Selbst wenn ich bloß eine Stadtansicht von München malen würde oder eine Szene aus dem Haushalt, in dem Sie, liebes Mädchen, arbeiten, würden die einen darin ein Meisterwerk des Symbols sehen, die anderen eine triviale Ansicht von Häusern oder Münchner Bürgern. Und so ist es auch mit der *Sinnlichkeit*. Für die einen nackte Brüste für einen Herrenclub, für die anderen ein Symbol des Lebens selbst. Es sagt nichts über mich – sondern nur über die Betrachter. Denken Sie an das, was Sie fühlten, als ich Sie malte.»

Antonia verstand, was er ihr sagen wollte, und es erleichterte sie: Sie sollte sich keine Gedanken machen, was andere denken würden. Für sie bedeutete die *Sinnlichkeit* ein Gefühl von Freiheit, von Vertrautheit mit ihrem Körper, die sie nie zuvor gekannt hatte. Schämen sollte sich nicht, wer auf dem Bild zu sehen war, sondern wer bei dem Anblick böse Gedanken hatte.

Ein blasierter Kellner, der sich seinen Gästen offenkundig überlegen fühlte, fragte nach ihren Wünschen. Stuck bestellte Schaumwein und ein leichtes Mittagessen aus Forelle und Brot.

Der Kellner verbeugte sich und berührte im Gehen dezent seine Nase.

Stuck sah Antonia fragend an.

«Himmel, der Farbklecks! Ich hätte Ihnen das sagen müssen!»

Stuck runzelte die Stirn, aber dann musste er lachen. Antonia lachte mit. Sie beugte sich über die Tischplatte und versuchte, ihm die Ölfarbe mit der Serviette aus dem Gesicht zu kratzen.

«Tut mir leid!»

«Schon gut, lassen Sie die Haut dran. Ach du meine Güte, da drüben sitzen die Schriftsteller, hoffentlich kommt meine Nase nicht in ihr nächstes Buch. Sehen Sie? Frank Wedekind, herrje. Der schreibt für den *Simplicissimus*. Führt eine sehr spitze Feder.»

Antonia bot ihm an, die Plätze zu tauschen, sodass er mit dem Rücken zu diesem Wedekind saß, und Stuck nahm dankbar an. Sie warf einen Seitenblick zu dem jungen, dunkelhaarigen Schriftsteller mit dem feinen Schnurrbart, der in eine angeregte Unterhaltung vertieft schien und sie kaum zur Kenntnis nahm. So bedrohlich wirkte er gar nicht, er war sogar recht schmuck. Sie ertappte sich dabei, ihm ein kleines Lächeln zu schenken, das er erwiderte.

«Wer ist die Frau an seinem Tisch?», fragte Antonia neugierig.

Stuck blickte über die Schulter. «Das ist die Gräfin. Franziska zu Reventlow.»

«Noch eine spitze Feder?»

«Wer weiß das schon? Die einen nennen sie die Muse von Schwabing, andere meinen, sie sei eher die Hure von ganz Schwabing.» Er rümpfte die verunstaltete Nase und hüstelte, als wollte er sich einen weiteren Kommentar verkneifen.

«Alles eine Frage des Betrachters also?»

Stuck stutzte, dann musste er lachen. Er hielt sich die Serviette vor, um es zu unterdrücken. «Sie haben Witz!»

Glücklicherweise kam in diesem Moment der Schaumwein.

«Wie dem auch sei, Dienstmädchen werden schlecht bezahlt. Wenn Sie sich etwas dazuverdienen wollen, lassen Sie es mich wissen», meinte der Maler, als sie anstießen. «Ich suche immer wieder jemanden, und meine Kollegen, die in der Damenakademie unterrichten, brauchen Mädchen, die den Elevinnen beim Aktzeichnen Modell stehen können.»

«Sie wollen wohl, dass Franziska Bruckner mich hinauswirft!», erwiderte Antonia trocken. «Ich bin schon heilfroh, dass sie nicht mitbekommen hat, was ich bei Ihnen gemacht habe.»

«Muss sie das denn wissen?», erwiderte Stuck. «Sie könnten an Ihren freien Tagen kommen. Aktzeichnen steht ohnehin nicht jeden Tag auf dem Programm.»

Antonia blickte ihn nachdenklich an. Es war ein verlockender Gedanke, der prickelte wie der Schaumwein.

«Nein», sagte sie dann. «Ich habe Glück, dass sich bisher nichts davon herumgesprochen hat. Ich will das Schicksal nicht herausfordern.»

Am Nachmittag im Brucknerschlössl hielt Herr Einstein sie auf, als sie gerade die Treppe zur Mägdekammer hinaufsteigen wollte.

«Darf ich Sie um einen Gefallen bitten? Antonia, so heißen Sie doch?»

Antonia sah sich unwillkürlich um. Aber niemand außer ihnen war hier. «Was gibt es denn?» Sie hatte einen langen Weg hinter sich und wollte endlich aus den Schuhen heraus und die Beine ausstrecken.

«Ich reise morgen ab», erklärte Einstein. «Und heute ist das letzte Wochenende des Oktoberfests. Nun, da ist eine junge Dame …»

Antonia musste lachen. Marei hatte nicht gelogen, der Bursche hatte es faustdick hinter den Ohren!

«Sie möchten sie ausführen?»

Er bejahte mit einem leichten Erröten. «In aller Unschuld, versteht sich. Ich kenne sie von früher, als ich noch hier zur Schule ging. Aber ohne Anstandsdame darf sie nicht mit, und ihre Mutter will nicht gehen.»

«Herr Bruckner möchte nicht mitkommen?»

Albert verdrehte die großen dunklen Augen und hatte auf

einmal etwas von einem lebhaften Welpen. «Antonia! Wenn sie mit einem Mann nicht gehen darf, dann doch erst recht nicht mit zweien! Ich brauche eine Dame, aber seien Sie ehrlich, wen soll ich denn fragen? Frau Bruckner? Die alte Kreszenz?»

Nicht gerade die vergnüglichste Gesellschaft, wenn man sich amüsieren wollte, das musste Antonia zugeben. Dennoch zögerte sie. «Was ist mit Marei?»

Albert riss die Augen auf. «Ich bitte Sie! Marei ist ein Schatz, aber sie würde uns nach zehn Minuten wegen eines Schützen oder eines Pferdeknechts stehenlassen, und ich müsste mir das Gezeter der Mutter anhören, wenn ich das Mädchen allein nach Hause bringe.»

Antonia lehnte sich ans Geländer. «Sie laden mich aufs Oktoberfest ein?»

«Genau das tue ich.»

«Und Sie werden mich in keine kompromittierende Situation bringen?»

«Ich schwöre Ihnen hoch und heilig, meine Absichten gegenüber der Dame sind ehrenhaft. Ich möchte nur eine alte Freundin treffen. Sie werden sich keinerlei Tadel aussetzen, wenn Sie uns begleiten.»

«Als ob Tadel einen wie Sie groß schrecken würde!» Antonia dachte nach. Es war ihr freier Tag, und sie konnte sich vorher noch etwas ausruhen. Herr Einstein würde sicher eine Mietdroschke nehmen, sodass sie nicht mehr weit laufen musste.

«Also gut», sagte sie. Aber ihr Herz pochte heftig. Sie würde es sehen. Sie würde das Leuchten sehen!

Es wurde allmählich dunkel, als sie in die Droschke stiegen. Die junge Dame, die sie ein paar Straßen weiter abholten, hieß Josefa und war fast noch aufgeregter als Antonia. Wagen ratterten an ihnen vorbei, und die Sonne verschwand langsam hinter den hohen Dächern, als sie die Festwiese erreichten. Als Antonia hinter Albert und Josefa aus dem Wagen stieg und er ihr die Hand reichte, fühlte sie sich wie eine richtige Dame.

Atemlos blieb Antonia stehen. Sie selbst hatte geholfen, die Lampen anzuschrauben. Aber mit diesem Anblick hatte sie nicht gerechnet.

So weit das Auge reichte, strahlte helles Licht in die Dämmerung. Lampen funkelten an Buden und Zelten, sogar hoch über ihnen an Karussells. Lichtgirlanden spannten sich in anmutigen Ketten über Wege und hinauf in das nachtdunkle Firmament. Golden erhellte der Schimmer Tausender Glühlampen den kühlen Abend, wurde von stählernen Stangen hoch in den Himmel getragen, wo er glühende Kreise zog, fesselnd wie der Zauber eines Hypnotiseurs. Musik, lachende Menschen, wohin man auch blickte, und überall der köstliche Duft gebratener Hähnchen und heißen Zuckers. Die Wiesn leuchtete.

«Das ist wunderschön», flüsterte Antonia überwältigt.

Es war ein Zauber, der sich aus einer unsichtbaren Kraft speiste: Strom. Unendlich schien das Leuchten sich auszudehnen, erhellte die Stadt weit über das Feld hinaus, strömte wie eine mächtige Welle in die Ferne, ehe es endlich im Dunkeln verebbte wie eine Woge am Strand. In der Dämmerung glühten funkenartig Staubpartikel, vielleicht aufgewirbelt von den schweren Brauereirössern, die überall ihre Last mit klingelnden Glocken über die Wege zogen.

«Wollen wir?», fragte Albert. «Es soll ein Fahrgeschäft geben, das ebenfalls mit Elektrizität betrieben wird. Ich spendiere eine Runde für alle.»

Und jetzt wetteiferte Antonias Strahlen mit dem der leuchtenden Festwiese.

Zwischen den hölzernen Buden und den großen Bierburgen hatte sie das Gefühl, durch eine eigene Stadt zu laufen. Nur dass die Wirtshäuser nicht aus Stein gemauert waren, sondern nur aus Holz und Stoff und Metallstreben bestanden. Obwohl Antonia schon bei Tag hier gewesen war und immer wieder aufpassen musste, Josefa und Albert nicht zu verlieren, bekam sie den Mund nicht mehr zu.

Das Fahrgeschäft, von dem Albert gesprochen hatte, lag nicht weit entfernt. Von außen war es ein riesiges, bunt bemaltes Holzgebäude. Blaue Säulen, mit Gold verziert, und ein ebensolches Eingangstor gaben einem das Gefühl, einen Palast zu betreten. Mit offenem Mund sah sich Antonia nach allen Seiten um, um nur ja nichts zu verpassen. Einstein bezahlte den Eintritt, nahm Josefas Arm und sogar den von Antonia auf der anderen Seite, und dann ging es hinein.

Man betrat die «Hexenschaukel» durch einen finsteren Gang aus Holzwänden, die mit seltsamen Figuren bunt bemalt waren: mit Engeln, Dämoninnen und monströsen Kreaturen. Gemeinsam mit einigen anderen Besuchern ließ sie der Schausteller in einem Wagen Platz nehmen. Sie schienen im Inneren einer gewaltigen Trommel zu sitzen: Auf allen Seiten grinsten die Bilder zu ihnen herab und herauf. Antonia lief ein angenehmer Schauer über den Rücken.

Langsam setzte sich die Schaukel in Bewegung. Auf einmal begann sich auch die Trommel um sie herum zu drehen. Schneller und schneller wirbelte alles um sie herum, ließ die Grenze zwischen Illusion und Wirklichkeit verschwimmen. Und Antonia hatte das Gefühl in einem Hexenkessel zu sitzen, der, sich wild überschlagend, immer schnellere Runden drehte. Ihr wurde schwindlig. Ihr Bauch begann zu kribbeln, und sie kreischte. Lachend und johlend ließen sie sich herumwirbeln.

Als sie herauskamen, fühlte sie sich ganz wacklig auf den Beinen. Den anderen ging es offenbar ähnlich, und Josefa griff wieder nach Alberts Arm. Schon bald zogen sie weiter.

An einer Schießbude holten Männer mit Gewehren metallene Figuren von der Stange. Jedes Mal, wenn einer traf, ertönte ein Pfeifton.

«Kannst du schießen?», fragte Josefa.

Albert verneinte lachend, stattdessen versuchte er, den Betreiber über den Mechanismus des Pfeiftons auszufragen. Auf Antonias Dorf hatte es Schützen gegeben, jedes Dorf hatte seine eigenen. Man wusste nie, ob man den königlichen Soldaten trauen konnte: ob sie kamen, wenn man sie brauchte, und wenn ja, ob sie dann gegen die Richtigen kämpften. Die Dorfschützen hatten zwar gern mit ihren Flinten angegeben, ihr jedoch nie gezeigt, wie man sie benutzte.

«Überlassen wir die schlichten Gemüter ihrem einfachen Vergnügen», schlug Albert schließlich vor, sichtlich zufrieden mit dem, was er erfahren hatte. «Ich weiß, wo der Tanzboden ist!»

Sie mussten sich nur ein kleines Stück weiter durch die Buden drängen. Der Tanzboden war unter freiem Himmel aufgebaut, und darüber funkelten ebenfalls Lichtgirlanden. Antonia hatte das Gefühl, tausend hell strahlende Sterne schwankten über ihr im leichten Wind. Auf dem Podest spielte die Kapelle, und drei oder vier Paare drehten sich im Takt zur Musik. Albert half beiden Mädchen hinauf, und dann schwenkte er sie mit den anderen im Kreis herum, zuerst Josefa und dann sogar einmal ganz kurz Antonia.

«Wir fliegen!», rief Antonia begeistert.

Sie schwebte durch das wirbelnde Lichtermeer, hielt sich fest an seinen Armen, spürte seine Hände an ihrer Taille, wenn er sie hochhob, lachte und kreischte mit den anderen Mädchen. Für einen Moment stellte sie sich vor, sie wäre mit ihrem Liebsten hier.

Es war spät geworden, als sie wieder in eine Droschke stiegen. Antonia sah aus dem Fenster, wo die monumentale Bronzestatue der Bavaria in den Himmel ragte. Zu ihren Füßen war das erleuchtete Gewimmel der Zelte und Buden ausgebreitet, und Düfte nach Hendl und Brot, nach Rauch und heißem Zucker wehten ihnen noch nach, als sie den Festplatz längst hinter sich gelassen hatten.

Eines Tages will ich ein richtiger Teil davon sein, sagte Antonia sich, während die Kutsche losratterte und das glitzernde Lichtermeer langsam in der Ferne verschwand. Von diesem München. Dem glitzernden München mit vergoldeten Türstürzen und blauen Fliesen im Eingang und Tanz und Musik. Nicht immer nur zu Besuch dort sein oder durch den Hintereingang kommen.

Albert begleitete seine Freundin galant bis zu ihrer Haustür, während Antonia in der Droschke wartete. Er redete noch ein wenig im Dunkeln mit Josefa, die immer wieder verstohlen zum Wagen blickte, und Antonia hörte sie lachen.

«Danke, dass Sie mich mitgenommen haben», sagte sie, als Albert endlich mit gerötetem Gesicht wieder zu ihr in den Wagen stieg.

Er winkte Josefa noch einmal aus dem Fenster zu und lehnte sich dann wieder in den unbequemen Sitz, während der Wagen sich auf dem Kopfsteinpflaster in Bewegung setzte.

«Ich habe zu danken.»

Antonia hätte gern noch mehr gesagt. Dass er ihr das schönste Geschenk gemacht hatte, das sie sich hätte vorstellen können. Dass er ihr einen Abend lang einen Traum gezeigt hatte, den sie nicht zu träumen gewagt hatte. Der ihr jetzt, in der dunklen Kutsche, wo sie bei jeder Unebenheit hin und her geschleudert wurde, schon wieder seltsam unwirklich vorkam.

«Wie machen Sie das eigentlich?», fragte sie stattdessen. «Sie scheinen immer genau das zu tun, was Ihnen Spaß macht, und sich nie zu fragen, ob Sie damit Ihrem guten Ruf schaden.» Wenn er Lust darauf hätte, würde er vermutlich so oft nackt Modell stehen, wie es ihm beliebte. Die Vorstellung war ziemlich komisch, und sie musste verstohlen lächeln.

Einstein schien es anders zu deuten, denn er grinste wieder sein freches Welpengrinsen. «Guter Ruf», wiederholte er spöttisch. «Das ist dumm, so dumm. Wieso sind nur immer alle auf den guten Ruf bedacht? Den reden sich die Leute doch ebenso ein wie den Alten da oben im Himmel. Wenn sich keiner mehr drum scheren würde, würden Sie es nicht einmal merken, wenn er weg ist.»

Der Wagen erreichte das Brucknerschlössl und fuhr vor dem großen Tor vor. Antonia nahm die dargebotene Hand und stieg aus. Doch von der Seite betrachtete sie Albert nachdenklich. Hatte er recht? Und wenn es so einfach war, was hinderte sie dann eigentlich, gleich morgen früh eine telegrafische Depesche an Stuck zu schicken?

− 14 −

Der starke Geruch von Malz nahm einem den Atem. In den wenigen Wochen, seit er von seinem Chiemgauer Bauernhof gekommen war, hatte sich Sebastian noch immer nicht ganz daran gewöhnt. Gemeinsam mit dem Altknecht Hans und einem weiteren Neuen, Ferdi, stand er an einem der großen Bottiche, in denen die warme Maische einen graubraunen, übelriechenden Schaum bildete. Auf hölzernen Podesten stehend, rührten die Brauknechte mit großen, schweren Holzstielen in den gemauerten Maischebottichen. Wasser, Hopfen und Gerstenmalz, mehr durfte ein Bier nach dem Reinheitsgebot nicht erhalten.

Sebastian unterbrach sein Gespräch mit den anderen. Er warf einen neugierigen Blick nach dem jungen Mann, der mit Peter Haber durch das Sudhaus ging und sichtlich gelangweilt den Ausführungen des Braumeisters lauschte. «Ich habe Melchior Bruckner noch nie hier gesehen», meinte Sebastian.

«Ja, er interessiert sich nicht für Bier», flüsterte Hans. «Der ist nur verrückt nach technischem Zeugs.»

Groß und schlank, mit der hohen Stirn und dem schmalen Gesicht hatte der Besucher tatsächlich mehr von einem Wissenschaftler als von einem Braumeister. Das war also der Mann, für den sie hier schufteten. Sein Name stand am Ende auf den Früchten ihrer schweren Arbeit, die ihnen keine moderne Maschine abnahm, und er interessierte sich noch nicht einmal dafür. Sebastian schüttelte den Kopf. Er selbst hatte sich jeden Groschen vom Mund abgespart, um die Ausbildung zum Braumeister zu machen, und jetzt konnte er froh sein, überhaupt eine Anstellung zu haben. Sie bot ihm Möglichkeiten, die er auf dem Land nicht gehabt hatte. Vielleicht würden seine Kinder eine höhere Schule besuchen können und eines Tages angesehene Bürger sein. Aber ein Leben wie Melchior Bruckner würden auch sie nie führen können. Achselzuckend nahm er die unterbrochene Unterhaltung wieder auf.

«Wir brauen hier fast nur das Münchner Dunkelbier», erklärte er dem Neuen. «Dem macht es nichts, dass das Brauwasser so viel Kalk hat. Die Kunst des Brauens macht das Bier besonders, nicht die Zutaten.»

«Auch das Festbier, das es am Oktoberfest gibt?», fragte Ferdi.

«Schön wär's!», meinte Hans. «Nein. Wir haben zwar ein Märzenbier, das wir noch im Frühjahr brauen, aber es ist kein rein untergäriges Bier. Die Frau Bruckner wäre natürlich gern auf dem Oktoberfest vertreten. Aber daraus wird wohl nichts, denn dort wird rein untergäriges Bier ausgeschenkt.»

«Ich habe gehört, dass es neue Hefen geben soll», meinte Sebastian, «mit denen man so etwas herstellen kann.»

Hans wischte sich mit dem hochgekrempelten Ärmel den Schweiß von der Stirn. Aber da er auch an den Armen schwitzte, verteilte er den Schweiß nur. «Ja, der junge Bruckner hat das mal vorgeschlagen. Aber für diese Hefe braucht man die neuartigen Kühlmaschinen. Und wir sind nur eine kleine Brauerei. Die Frau Franziska sagt, die Investition ist zu riskant. Außerdem muss alles authentisch sein. Das Vertrauen in ein Produkt bleibt nur, wenn man sich darauf verlassen kann, dass es genauso gut ist wie immer.» Er zuckte die Schultern. «Ihr Gatte selig hat sich früher selbst um alles gekümmert. Dass sie einen Braumeister hat einstellen müssen, weil der Sohn sich zu fein fürs Handwerk ist, hat sie schwer getroffen. Jetzt will sie halt alles so machen wie ihr Seliger. Na gut. Ich schau mal nach dem Malzsilo.» Ächzend kletterte er von dem Podest und überließ die Rührstäbe den beiden anderen.

«Und damit hat sie recht», mischte sich der oberste Brauknecht Xaver ein. Er hatte die Aufsicht über die Knechte und war stehen geblieben, als er die Unterhaltung im Vorbeigehen gehört hatte. «Wir brauen hier auf die alte Art. Untergäriges Bier ist was für eiskalte Winter. Die haben wir ja genug. Wenn der junge Bruckner eins will, soll er's im Winter brauen, wie es sich gehört.»

«Das Besondere an so einer Kältemaschine soll ja gerade sein, dass es damit so kalt wird, als wäre es mitten im Winter», warf Sebastian ein.

«Das ist nicht dasselbe», erwiderte Xaver. «Davon verstehst du nichts. Das künstliche Zeug ist ein Schwindel, echtes Brauen ist Handwerk und Arbeit. So hab ich's gelernt, und so wird das hier gemacht. Also, besser du hältst dich dran.»

«Ich will keinen Ärger», sagte Sebastian schnell. «Ich wollte nur lernen.» Gern hätte er den Rührstab einen Moment abgelegt. Seine Schulter schmerzte, und allmählich wurden nicht nur seine Finger steif, sondern auch der Nacken. Aber gerade jetzt näherte sich Melchior Bruckner seinem Podest.

«Und wie machen sich unsere neuen Brauknechte?», fragte er Xaver, der ihm dienstfertig entgegeneilte. «Nicht, dass es von Bedeutung wäre, aber nachdem ich ihre Verträge unterzeichnet habe, sollte ich das wohl fragen.»

«Die arbeiten gut», hörte Sebastian Xaver antworten. «Der Ferdi muss noch Muskeln ansetzen. Und der Sebastian hat den Kopf voller Flausen. Meint, wir könnten rein untergäriges Bier brauen, und spielt sich auf, weil er meint, er wäre auch ein Braumeister.»

«Gut, gut.» Melchior Bruckner sah nicht aus, als hätte er überhaupt zugehört. An Peter gewandt, meinte er: «Meine Mutter erwartet heute Abend Gäste. Können wir diesen stinkenden Ort jetzt verlassen?»

Sebastian widmete sich wieder dem Rührholz, beobachtet von Xavers misstrauischen Augen. Das Klappern der schweren Hölzer, das gelegentliche Lachen der Brauknechte und das Brodeln in den Kesseln erfüllten die Luft. Der Malzgeruch drückte ihm die Lungen zusammen.

Als Xaver ihnen endlich den Rücken kehrte, um den Herrn zur Tür zu begleiten, holte Sebastian eine Fotografie aus seiner Jackentasche. Sie zeigte eine hübsche dunkelhaarige Frau. Sie lächelte erwartungsvoll, und ihre Augen schienen jemanden hinter dem Fotografen anzusehen, denn ihre Lippen waren leicht geöffnet. Eine ganze Weile betrachtete Sebastian das Bild. Er spürte eine dumpfe Traurigkeit, doch noch hatte er Hoffnung. Erst als Xaver zurückkam und ihn anschrie, er solle gefälligst weitermachen, steckte er es seufzend wieder ein und begann mit langsamen Bewegungen zu rühren.

– 15 –

Nachdem Albert Einstein am Montag abgereist war, herrschte im Brucknerschlössl eine Stimmung, die bestens geeignet war, Antonia sämtliche Flausen vom Großstadtleuchten auszutreiben. Franziska Bruckner plante offenbar, wichtige Geschäftsfreunde zu empfangen. Und entsprechend drehte sich alles nur darum, diesen Besuch vorzubereiten.

«Der Abort ist nicht richtig sauber!», nörgelte Franziska Bruckner. «Der muss noch einmal gemacht werden.»

Antonia verdrehte hinter ihrem Rücken die Augen.

«Die Blumen im Flur sind auch nicht frisch. Herrgott, wo ist der Bartl!»

«Ich könnte frische Blumen holen», schlug Antonia vor.

Franziska richtete sich auf und starrte sie an, als hätte sie vorgeschlagen, eine Kirche zu entweihen. Sie presste die Lippen aufeinander, und die schmalen Brauen hoben sich.

«Der Garten wird von Ihnen nicht betreten», sagte sie gepresst. «Hat man Ihnen das nicht gesagt?»

«Ich wollte nur behilflich sein.»

Die Brauen hoben sich noch etwas mehr. «Und sich davor drücken, den Abort zu putzen.» Sie hob einen Mundwinkel, als wolle sie ein ironisches Lächeln andeuten. Dann rauschte sie davon.

Antonia zog eine Grimasse.

«Was stehst du hier noch herum und hältst Maulaffen feil? Tu, was die Gnädige sagt!»

Kreszenz gab ihr Bestes, um Franziskas schlechte Laune noch zu übertreffen. Kater Fleckerl verjagte sie mit heftigem Klatschen aus dem Flur, und als die Tochter des Hauses mit einem Ball aus ihrem Zimmer kam, schickte sie sogar die barsch zurück. Antonia hatte keine Lust, sich mit ihr anzulegen. Sie holte ihren Eimer und begann von vorn.

Sie war heilfroh, als sie endlich zum Essen gehen konnte. In der Küche verhalf sie sich zu einem Brot mit Käse.

«Kreszenz ist unerträglich heute», machte sie sich Luft. «Was hat sie bloß gegen mich?»

Marei stellte Apfelmost vor sie hin und gab ihr einen liebevollen Klaps auf die Wange. «Wahrscheinlich hat sie Angst, dass du sie eines Tages ersetzen wirst. Sie wird älter, und für manche Arbeiten braucht es halt jüngere Hände.»

Antonia verdrehte die Augen. «Da muss sie sich keine Sorgen machen. Die alte Bruckner hat mich angesehen, als würde sie mich am liebsten aufspießen. Und das bloß, weil ich vorgeschlagen habe, frische Blumen zu holen.»

Die Köchin grinste. «Ja, mit dem Garten ist sie eigen. Den hat sie selber angelegt, es ist ihr persönlicher Rückzugsort.»

«Sieht eher so aus, als hätte sie dort ein paar Leichen vergraben», brummte Antonia. «Zutrauen würde ich es ihr, und wenn Blicke töten könnten, hätte sie mich jedenfalls schon auf dem Gewissen.»

Marei lachte. «Sie ist ein bisserl durcheinander. Dieser Besuch ist wichtig für sie. Es geht um ein Grundstück, glaube ich, das sie oben auf dem Berg kaufen will. Hier unten muss man jedes Jahr Angst haben, dass einem das Hochwasser die ganze Produktion lahmlegt. Nicht so gut, wenn man mit der Brauerei aufs Oktoberfest will. Stell dir vor, du hast deinen Platz dort, und dann kannst du nicht liefern.»

«Und wen erwartet sie, den Prinzregenten?»

Marei grinste. «Du bist ja heute ganz schön frech. Nein, sie hat ein paar berühmte Brauereibesitzer eingeladen, stellvertretend für die andern großen Brauereien. Die sollen sie endlich in ihre Riege aufnehmen, damit sie oben mitspielt. Bisher wollten sie nicht.»

«Ich würde die alte Bruckner auch nicht mitspielen lassen. Egal wobei.» Antonia verputzte das Brot in enormer Geschwindigkeit. Sie hatte gar nicht gemerkt, dass sie solchen Hunger gehabt hatte. «Kann ich noch eins haben?»

Erwartungsvoll schnupperte sie, während Marei ein weiteres Stück Käse auf den Teller legte und Brot schnitt.

«Sie hat eine halbe Ewigkeit auf diesen Besuch hingearbeitet. Wenn etwas schiefgeht, wäre das eine Katastrophe.» Mit dem Rücken zur Tür stehend, bekam sie gar nicht mit, dass die kleine Resi mit hochrotem Gesicht hereinschlich. Sie legte den Finger auf die Lippen, und Antonia zwinkerte ihr zu. Das Objekt der Begierde war die Blechdose mit dem Sonntagsgebäck, die auf dem Schrank stand. Resi stieg auf den Stuhl und streckte sich danach. Vorsichtig zog sie die Dose vom Schrank und griff hinein.

In diesem Moment drehte sich Marei um. «Du Bazi!», schrie sie.

Einen Honigkringel zwischen den Zähnen, schubste Resi die Dose wieder auf den Schrank zurück und sprang vom Stuhl. Der kippte um und krachte auf den Boden. Die Kleine fegte hinaus und Marei mit geschwungenem Kochlöffel hinterher, während Antonia lachend den Teller zu sich heranzog.

Der Aufwand, den Franziska Bruckner für ein einziges Essen mit den Brauereibesitzern betrieb, war weit größer als der für den gesamten Besuch des jungen Herrn Einstein. Silberbesteck wurde poliert, Servietten strahlend weiß gekocht und gebügelt, gestärkt und auf dem Damasttischtuch arrangiert. Marei zauberte etwas, das nach gebratener Ente roch, und wie die Düfte verrieten, waren auch Zimt und Nelken darin.

Als gegen Abend endlich eine Kutsche vor der Tür hielt, rannte das ganze Personal zusammen. Franziska Bruckner und ihre Kinder standen auf halber Höhe der Treppe, um dem Besuch so weit entgegenzukommen, dass dieser nicht aufblicken musste. Selbst Melchior hatte neben seinem üblichen gelangweilten Gesichtsausdruck auch einen eleganten Anzug angelegt, in dem er ziemlich gut aussah.

Bartl öffnete schwungvoll die Tür, um den hohen Besuch einzulassen.

Franziska schritt würdevoll die Treppe hinab – und blieb wie angewurzelt stehen.

Eine steile Falte bildete sich zwischen ihren Augen. Sie schnappte nach Luft, und ihre Finger krallten sich ineinander. Selbst Melchior hob interessiert die Brauen.

In der Tür stand nur eine einzelne alte Frau.

Sie musste um die sechzig sein. Auf dem schütteren grauen Haar, das zu einem Knoten gewunden war, saß ein schwarzes, weiß gesäumtes Häubchen. Aus derselben weißen Spitze bestand auch das Brusttuch über dem hochgeschlossenen dunklen Kleid. Die Lippen waren vom Alter dünn, doch die Augen in dem einst runden Gesicht hatten einen Ausdruck, dessen Selbstvertrauen auffiel.

«Oh mein Gott!», flüsterte Marei und bekreuzigte sich. «Das ist Josephine Strauss – die Schwester vom Brauereibesitzer Pschorr. Keiner der reichen Brauereibesitzer ist selbst gekommen. Sie schicken nur eine Schwester, die einen Musikus geheiratet hat! Das ist ein Affront!»

Na großartig, dachte Antonia. Und dafür hat mich die Gnädige wie eine Sklavin das Haus hinauf und hinunter putzen lassen! Ich hätte doch Aktmodell bleiben sollen.

Es war ausgerechnet Melchior, der das peinliche Schweigen brach.

«Frau Strauss, es ist uns eine Ehre. Bitte treten Sie ein. – Sie möchten sicher ablegen.» Er half ihr aus dem Mantel, nahm ihr den Schirm ab und reichte beides dem Burschen. «Wir sind hocherfreut. Erlauben Sie mir, dies auch im Namen meiner Mutter zu sagen.»

Der er jetzt einen auffordernden Blick zuwarf.

Das brachte die Brucknerin wieder zu sich. Mit einem Lächeln begrüßte sie den unerwarteten Gast. Einem Lächeln, das allerdings ein wenig angespannt wirkte.

«Die Herren lassen sich entschuldigen und senden beste Grüße», sagte Josephine höflich. «Sie meinten, wir sollten erst einmal unter Frauen reden.»

Als sie im Esszimmer Wasser und Bier servierte, hatte Antonia das Gefühl, dass die Stimmung sogar noch eisiger war als beim Besuch von Albert Einstein.

«Ihr Sohn hat mit seinen neuesten Werken einige Aufmerksamkeit erregt», versuchte Melchior offenbar gerade ein Gespräch anzufangen. «Ich habe *Also sprach Zarathustra* letztes Jahr gehört. Äußerst scharfsinnig – mit eine der unterhaltsamsten Arten, am kleinbürgerlichen Philistertum zu verzweifeln.»

«Danke, mein Lieber. Inzwischen dirigiert mein Richard ja auch schon in Bayreuth. Ich weiß nicht, was ihm mehr Aufmerksamkeit verschafft hat, das Dirigieren oder das Komponieren.»

«Nun, beides hilft uns Normalsterblichen, diese Welt zu ertragen. Gäbe es nicht die Kunst und die Wissenschaften, müsste man sich eine Kugel in den Kopf schießen, damit wenigstens irgendetwas drin ist.»

Auch der scherzhafte Tonfall konnte die leichte Bitterkeit in seiner Stimme nicht übertönen.

Antonia verschwand lautlos wieder in der Küche. Sie hätte gern mehr gehört, es war ihr neu, dass die Schwester eines Bierbrauers einen berühmten Künstler zum Sohn hatte. Auf den sie ganz offensichtlich auch stolz war. Doch als sie das Essen servierte, hatte Franziska das Thema gewechselt und fragte den Gast über einen gewissen Hopf aus, während ihr Ältester alle Möglichkeiten auslotete, die Augen zu verdrehen. Antonia erinnerte sich, dass Hopf auch der Nachname seiner Verlobten war. Allzu herzliche Gefühle hegte er wohl nicht für sie.

Es war spät, als Antonia endlich aus der Küche kam. Zehn Uhr war längst vorbei, aber sie hatte Marei nicht mit dem Abwasch allein lassen können. Müde legte sie die Schürze ab, trocknete sich daran die Hände und stieg die Treppe hinauf. Der obere Flur war schon dunkel, und sie ahnte den Weg zu der schmalen Stiege am Ende des Ganges mehr, als sie ihn sah.

«Sie haben mir nie gesagt, ob es das erste Mal war.»

Antonia fuhr zusammen und prallte gegen das Treppengeländer. Die Gestalt, die offenbar im Türrahmen zu Melchiors Zimmer gelehnt hatte, schälte sich aus der Dunkelheit und trat in den spärlichen rötlichen Schimmer, der vom Feuer unten heraufkam.

«Herr Bruckner! Sie haben mich erschreckt.»

«Sind Sie verletzt?» Melchior nahm ihren Arm und hielt sie fest.

«Nein, nein. Danke.» Antonia strich sich die Strähne zurück, die sich gelöst hatte, und richtete sich auf. Ihr Schienbein war gegen eine Stufe geprallt und schmerzte, aber es war ihr peinlich, das zuzugeben. «Ihre Mutter wird enttäuscht sein von dem Abend. Sie hatte sich bestimmt mehr erwartet.»

«Sie wird Hopf und mir die Schuld geben, wie üblich.» Da war ein kaum sichtbares Lächeln, als er sie losließ. Aber es war nicht vertrauenerweckend. Eher so, als mache er sich insgeheim lustig. «Beantworten Sie nun meine Frage?»

Antonia hätte gern ihr schmerzendes Schienbein betastet, aber sie bezwang das Bedürfnis. «Ob was das erste Mal war?»

Wieder ein angedeutetes Lächeln. «Sie wissen, was ich meine. Dass Sie Modell standen.»

Sie richtete sich auf. «Warum interessiert Sie das? Ich habe damit aufgehört, als ich hierherkam.»

Nur das amüsierte Zucken der Brauen verriet, dass er nicht aus Sorge um die Moral gefragt hatte. «Zweifellos ein Verlust für die Kunst. Wer Angst vor Nacktheit hat, hat auch Angst vor der Wahrheit. Dieses Jahrhundert ist indes so tugendsam, dass es sich eher mit seinen eigenen langen Unterhosen zu Tode würgt, als sich zu fragen, ob die Tugend nicht eine Form der Hysterie ist, die man mit Laudanum behandeln sollte.»

«War das womöglich ein Kompliment?»

Jetzt verzog sich der linke Mundwinkel doch ein wenig nach oben. «Ich wollte mit meiner Indiskretion nur in Erfahrung bringen, ob es noch mehr Bilder von Ihnen gibt, Undine.»

«Keine als Seejungfrau.»

«Oh. Es gibt also welche.»

In seinem eleganten Anzug hätte er selbst ein gutes Modell abgegeben, dachte Antonia unwillkürlich. Das straff zurückgekämmte Haar betonte die hohe Stirn. Die Augen, die im Dämmerlicht keine eindeutige Farbe zu haben schienen, hätten einen Maler reizen können, ebenso wie das Lächeln, das keines war.

«Und Sie?», fragte Antonia. Ständig trieb er sein Spiel mit

anderen, aber was, wenn man ihm mit gleicher Münze heimzahlte? Einen Versuch war es wert. Herausfordernd lehnte sie sich an das Treppengeländer. Wie in der Pose als *Sinnlichkeit* richtete sie den Oberkörper auf, stellte ein Bein leicht nach vorne und sah ihn direkt an. «Gibt es kein Porträt von Ihnen? Vielleicht als dieser Dorian Gray oder als Vampir?»

Melchior lachte leise. «Wäre es so, dann könnte ich es Ihnen nicht zeigen, ohne Sie gleich darauf zu töten.»

«Tragen Sie jetzt nicht ein wenig dick auf?»

Er zuckte die Achseln. Gefiel es ihm einfach, andere im Ungewissen zu lassen, sie an unsichtbaren Fäden tanzen zu lassen wie Marionetten?

«Wissen Sie», meinte Antonia, «als männliche *Sünde* sind Sie eine Katastrophe. Sie geben gern den Teufel, aber ich glaube Ihnen nicht einmal, dass Sie Ihre Mutter wirklich ärgern wollen. Das behaupten Sie zwar oft, aber dennoch würden Sie nicht einmal gegen ihren Willen studieren.»

«Was?» Melchiors Augen verengten sich fast unmerklich. Dann lachte er trocken auf. «Nun, wir haben alle unsere dunklen Seiten.»

Aber die Leichtigkeit war aus seiner Stimme verschwunden.

«Das ist wahr», erwiderte Antonia. «Gute Nacht.» Sie wollte die Treppe hinauf, aber sie zögerte und sah sich, die Hand auf dem Geländer, noch einmal um. Melchior blickte ihr nach, mit einem sonderbaren Ausdruck, der irgendwo zwischen Berechnung und Traurigkeit zu schwanken schien.

«Was sehen Sie mich so an, Seejungfräulein?», fragte er, als er ihren Blick bemerkte. Seine Stimme klang dunkel, und er lächelte spöttisch. «Trauen Sie mir etwa noch immer nicht?»

«Ich vertraue niemandem», erwiderte Antonia ernst. Dann ging sie die Stiege hinauf.

– 16 –

Seit dem nächtlichen Gespräch an der Treppe waren einige Tage vergangen, und der Oktober hatte seinen Höhepunkt erreicht. Die Herbstfarben hatten ihre Töne intensiviert und erstrahlten in allen Schattierungen zwischen einem leuchtenden Rot, Goldbraun und einem dunklen, holzigen Grün.

Melchior trat aus dem Hauptgebäude der Technischen Hochschule und atmete tief durch. Ein erster Winterhauch wehte durch die Straße und kühlte sein Gesicht.

«Bis bald dann», rief ihm der junge Mann zu, der vorhin bei der Einschreibung hinter ihm gestanden hatte. «Wir sehen uns dann in der Vorlesung von Professor Linde!»

Melchior winkte ihm zu und setzte sich auf die Stufen. Ein seltsames Hochgefühl stieg in ihm auf. Er war jetzt ein Student. Es war ein Gefühl wie ein heimliches Treffen mit einer Geliebten. Ein Lächeln breitete sich auf seinem Gesicht aus, und er spürte, dass er auch innerlich lächelte. Zum ersten Mal seit so langer Zeit.

Braungrüne Kastanienblätter wehten durch die Straße, getrieben vom Wind. Die Bäume in den Parkanlagen vor den Pinakotheken warfen nach und nach ihre Blätter in die wirbelnde Luft. Zu ihren Füßen blühten die Herbstzeitlosen wie ein hauchfeiner violetter Schleier, der auf den Grasflächen lag. Die späte Herbstsonne wärmte noch ein wenig.

«Du hast es also getan. Gegen meinen ausdrücklichen Wunsch.»

Melchior schlug die Augen auf. Ein langes schwarzes Kleid mit Schürze füllte sein Blickfeld. Noch ehe seine Augen nach oben wanderten, wusste er, dass seine Mutter ihn gefunden hatte.

Er erhob sich. «Ich bin großjährig, Mutter. Ich kann mich einschreiben, wann immer ich will.»

«Auch wenn dringendere Aufgaben deiner Aufmerksamkeit bedürfen?»

Er hob die Augenbrauen. «Es wird dich überraschen, aber das, was du *dringend* zu nennen beliebst, ist mir durchaus präsent. Und ein weiterer Grund, warum ich heute hier bin.»

Franziska Bruckner wies mit dem Kopf auf die wartende Droschke.

Melchior sah ihr herausfordernd ins Gesicht und bewegte sich keinen Zoll.

«Steig ein!»

Ein hauchdünnes, zynisches Lächeln zuckte um seinen Mund. «Mutter, du vergisst deine Manieren. Hast du mich nicht gelehrt, immer schön anständig *bitte* zu sagen?»

Franziska Bruckner sah einen Moment so aus, als wolle sie ihrem Ältesten auf den Stufen seiner *Alma Mater* eine Ohrfeige geben. Aber dann atmete sie nur tief ein und sagte: «Nun gut. Ich darf meinen Sohn höflichst bitten, in diese Droschke zu steigen.»

«Warum hast du mir nicht gesagt, dass du dich an der polytechnischen Schule einschreibst?», fragte sie, als sich die Räder ratternd in Bewegung setzten.

«Es heißt jetzt *Technische Universität*, liebste Mutter. Wie überaus freundlich von dir, auf deinen studierenden Sohn stolz zu sein.»

Sie presste die bleichen Lippen zusammen und starrte wütend aus dem Fenster. Die Kutsche ruckelte und warf sie mal in diese, mal in jene Richtung, und immer wieder mussten beide peinlich darauf achten, nicht gegeneinander zu stoßen.

«Es ist mir ernst», sagte Melchior versöhnlicher, nachdem sie sich einige Minuten angeschwiegen hatten. «Ich möchte studieren. Das wollte ich immer. Nur deinetwegen habe ich darauf verzichtet. Du musst es nicht verstehen. Es genügt mir, wenn du es nicht mehr bekämpfst.»

Die wasserblauen Augen unter den hochgezogenen, dünnen Brauen waren kalt. «Du sollst dich um die Firma kümmern. Ich brauche dich.»

«Aber ich bin doch da. Und die Firma wird davon profitieren. Ich werde Vorlesungen von Professor Carl von Linde hören. Er hat ein Gerät erfunden, mit dem man Bierhefe bei gleichmäßig kühlen Temperaturen gären lassen kann.»

«Du weißt, dass der Vater sich mit dem Haus übernommen hat. Jetzt auch noch die Brauerei zu modernisieren, wäre zu teuer.»

«Wäre es nicht gut, wenn wir ganzjährig untergäriges Bier brauen könnten? Zwei Brauer haben Linde bei der Entwicklung geholfen, sie sind auf dem neuesten technischen Stand. Wir sollten mitspielen, wenn wir nicht abgehängt werden wollen. Was hast du gegen einen Kühlschrank?»

Franziska stieß einen verächtlichen Laut aus. «Nicht jede technische Neuerung setzt sich durch. Wenn wir jetzt investieren und sich das Ganze als Humbug herausstellt, verlieren wir sehr viel.»

Melchior blickte aus dem Fenster, als sie gerade die Isarbrücke überquerten. So schön die silbrigen Schaumkronen auf dem Fluss unter den Herbstbäumen auch waren, er wollte den Erfolg eines Geschäfts doch nicht allein den Jahreszeiten und den Launen der Natur überlassen.

«Mutter, du verwendest Gasleuchten, elektrisches Licht und

selbst das Wasserklosett. Von alldem steht auch nichts in der Bibel.»

«Die Bibel ist nicht der Grund für meine Ablehnung, sondern die Kosten.»

«Aber wenn du in Zukunft Gewinn machen willst, kannst du die Entwicklung der Technik nicht ignorieren. Ein Dienstmädchen wie Antonia würde das begreifen.»

Franziska hob alarmiert die Brauen. Ihre eisblauen Augen richteten sich durchbohrend auf ihren Sohn.

Melchior durchlief blitzartig die Erkenntnis, dass er besser den Mund gehalten hätte. Seine Mutter witterte jede Schwäche, noch bevor man sich ihrer selbst bewusst war.

«Du interessierst dich für ein Hausmädel?»

Melchior schlug mit der flachen Hand gegen die Wand der Kutsche. «Nein!»

Überrascht von dem Ausbruch, starrte Franziska ihn an. Melchior holte tief Luft, schloss die Lippen fest und blickte wieder aus dem Fenster.

«Ich bitte um Entschuldigung», sagte er gepresst.

«Nun», meinte Franziska kühl, «ich werde das überprüfen. Sollte hier wieder einmal ein Dienstmädchen versuchen, sich einen reichen Erben zu angeln, weißt du ja, was geschieht.»

«In der Tat», erwiderte er abweisend. Er legte sein arrogantes Lächeln an wie eine Maske und meinte: «Ich sollte die Emanzipation der Frauen unterstützen. Es ist die einzige Möglichkeit, eure Gegenwart für uns Männer erträglich zu machen. Solange ihr kein anderes Thema habt als das Liebesleben anderer Leute, seid ihr eine Zumutung!»

Jetzt war es Franziska, die wütend aus dem Fenster starrte. Den Rest der Fahrt hing eisiges Schweigen zwischen ihnen. Aber das, dachte Melchior zynisch, war immer noch besser als alles andere vorher.

Als die Kutsche auf dem gekiesten Platz vor dem Bruckner-schlössl hielt, übersah Franziska die höflich ausgestreckte Hand ihres Ältesten und stieg wortlos aus der Kutsche.

Vinzenz, der draußen mit seinem Ball spielte, winkte ihnen zu, und ihr strenges Gesicht wurde milder.

Melchior spürte, dass dies auch ihm galt. Und es machte ihn wütend, dass die Rechnung seiner Mutter aufging. Die Wut galt auch Vinzenz, der ganz genau wusste, dass er in den Augen ihrer Mutter der angenehmere Sohn war.

«Du bist erwachsen.» Mit frostiger Miene wandte sich Franziska wieder an Melchior. «Aber eins sage ich dir: Ich will die Heirat mit Felicitas Hopf, und ich werde nicht zulassen, dass du das verpatzt.»

Melchior sah seiner Mutter nach, als sie im Haus verschwand. Im Vorbeigehen zauste sie Vinzenz liebevoll den dunkelblonden Schopf. Er schloss die Augen und überlegte.

Dann schlug er auf einmal den Weg zur Brauerei ein, die wenige hundert Meter vom Wohnhaus entfernt am Hang lag.

Als Melchior das große Sudhaus betrat, schlug ihm der betäubende Malzgeruch mit voller Wucht entgegen, der ihm schon die ganze Zeit entgegengeweht hatte. Er ließ den Blick durch das hohe, mit Eisenstangen abgestützte Gewölbe schweifen. Die Kessel dampften heftig, und der aufsteigende Dunst machte es schwer, in dem hohen Raum jemanden ausfindig zu machen. Überall rührten schwitzende Brauknechte, heizten die Feuer an oder schleppten neue Malzsäcke herein. In ihrer Arbeitskleidung sahen sie alle gleich aus: über die Unterschenkel hochgekrempelte Hosen, sodass die Waden und nackten Füße frei blieben, einfache Hemden, deren Ärmel ebenfalls bis über die Ellbogen hochgekrempelt waren.

«Auf d' Seit'n! – Ah, der Herr Bruckner. Nix für ungut.»

Melchior hatte einen Schritt zurück gemacht, als ihn der kräftige Brauknecht angerempelt hatte. Dass er sich hier blicken ließ, nun schon zum zweiten Mal innerhalb kurzer Zeit, musste in der Tat ein Schock für die Belegschaft sein. Er rümpfte die Nase. Das hier war alles andere als sein Element, und für seinen Geschmack hatte es bei weitem zu viel Arbeiterromantik. Der Malzgestank und die kohlähnlichen Ausdünstungen beleidigten seine Sinne, die sich weit lieber an dem fertigen Produkt erfreuten. Von den Düften des Herbstes war hier nichts zu spüren.

«Kann ich Ihnen helfen?»

Immerhin hatte der Bursche so viel Verstand, dass er das Richtige sagte.

«Ich suche den, der immer Fragen stellt.»

«Ah, der Sebastian. Der ist da drüben.»

Melchiors Blick folgte dem schmutzigen Zeigefinger mit dem abgebrochenen Nagel. Er nickte dem Mann zu und schlug sich zu dem Gesuchten durch.

«Sind Sie Sebastian?»

Der Junge fuhr erschrocken hoch, als hätte man ihn bei einer Missetat ertappt.

Melchior lächelte kühl. «Ich möchte mich mit Ihnen unterhalten. Begleiten Sie mich einen Augenblick nach draußen?»

Sebastian sah unschlüssig nach dem Vorarbeiter. Melchior seufzte. Er rief Xaver zu sich heran.

«Ich muss Ihnen den Mann für einen Moment entführen. Sie bekommen ihn gleich zurück.» Und winkte dem überraschten Sebastian, ihm zu folgen.

Sie drängten sich durch Arbeiter und Kessel ins Freie. Sebastian atmete hörbar auf, als er an die frische Luft kam. Zwar musste er mit den bloßen Füßen frieren, aber lange würde die

Unterhaltung nicht dauern. In einer plötzlichen Anwandlung von Edelmut ging Melchior mit ihm in die Sonne, wo es etwas wärmer war.

«Sie interessieren sich für technische Neuerungen», begann er.

Sebastian riss die Augen auf. «Ich wollte nicht vorlaut sein», versicherte er hastig. «Es gefällt mir gut hier, sehr gut sogar.»

«Du lieber Himmel, Xaver muss ja ein übles Regiment führen», erwiderte Melchior amüsiert. «Deswegen bin ich nicht hier. Es geht mir um die Frage nach einer Kühlung für den Gärungsprozess, und man sagte mir, Sie interessierten sich dafür, als Braumeister zu arbeiten. Angeblich verfügen Sie auch schon über einige Kenntnisse.» Wenn es seine Absicht gewesen wäre, einen Brauknecht sprachlos zu machen, dachte er, so war es ihm vollauf geglückt.

«Es ist jetzt fast fünfzehn Jahre her, seit es einem gewissen Emil Christian Hansen zum ersten Mal gelungen ist, reinsortige Hefe herzustellen. Damit hätten wir die Möglichkeit, rein untergäriges Bier zu produzieren.»

Sebastian nickte eifrig. Es wirkte, als freue er sich, endlich mit jemandem über dieses Thema sprechen zu können. «Die großen Brauereien machen das längst. Aber Xaver will nichts davon hören. Er sagt, das Vertrauen geht verloren, wenn man herumprobiert.»

Melchior zuckte die Achseln. «Es ist in der Tat ein Glücksspiel, aber man kann dabei viel gewinnen. Ich studiere bei einem Erfinder, der ein Kühlsystem entwickelt hat.»

Sebastian riss die Augen auf. «Sie wollen ein neues Bier machen?»

«Na also, mit Ihnen kann man ja reden. Und hier, mein Lieber, kommen Sie ins Spiel. Peter ist mit der alltäglichen Produktion beschäftigt, und ich brauche jemanden, der mir eine

Rezeptur entwickelt. Am besten für den internationalen Geschmack, wir wollen schließlich ins Ausland verkaufen.»

Es machte ihm beinahe Spaß, darüber nachzudenken, jetzt, da er das Erbe seines Vaters mit einer neuen Technologie verbinden konnte. Seltsame Verlockung, dachte er. Bisher hatte ich angenommen, dass Seejungfräulein gänzlich andere Reize einsetzen. Es kam ihm ins Gedächtnis, wie sie in jener Nacht an der Treppe gelehnt hatte, so wie an dem orangefarbenen Stoff im Atelier, die Ellenbogen leicht hinten aufgestützt. Ihre Brust hatte sich ebenso nach oben gereckt, das eine Bein war leicht in seine Richtung ausgestellt, und in den dunklen Augen dieser Blick, herausfordernd und gleichzeitig sanft. War es Absicht gewesen oder Zufall?

«Herr Bruckner?»

Melchior zuckte zusammen. «Wiederholen Sie das noch einmal.»

«Ich sagte, ich kann Ihnen ein Rezept entwickeln. Ob es Ihnen bis nächste Woche reicht?»

«Selbstverständlich. Ja. Machen Sie nur …»

«Sebastian.»

«Gut, Sebastian. Nächste Woche.»

Der sonderbare Elan hielt auch an, als er nach Hause kam. Zurück an seinem Schreibtisch, schrieb Melchior eine Bestellung über eine kleine Menge Kunsteis nieder. Als er den Füllhalter sinken ließ, hatte er das Gefühl, dass sich etwas verändert hatte. Nachdenklich blickte er auf.

Vorhin hatte er das Chaos aus technischen Zeichnungen, halb gelesenen Büchern und Notizen achtlos zur Seite geschoben. Einige lose Blätter waren zu Boden zwischen die gedrechselten Beine des Nussbaumsekretärs gefallen. Das Tintenfass stand gefährlich nah am Rand, und er brachte es in Sicherheit.

Eine der kleinen Schubladen auf dem Aufsatz stand halb offen, und er schloss sie. Der kunstvoll geschwungene Zierbogen und die Beine standen im Widerspruch zur Sachlichkeit des eleganten, aber schlichten Möbels, das vor allem durch die schöne Maserung des Holzes und die Lederauflage mit den vergoldeten Nieten wirkte. Sein Blick glitt zu der modischen Jugendstil-Schreibtischlampe, die er erst vor ein paar Tagen gekauft hatte. Der dunkel patinierte Messingfuß zeigte eine nackte Nymphe, an einen Baumstumpf gelehnt. Mit einer Hand liebkoste sie einen Pfau, dessen lange bunte Schwanzfedern den Lampenfuß stabilisierten. Mit der anderen hielt sie den Lampenschirm aus goldfarbenem Glas: eine große Blüte, die sich glockenartig nach unten neigte und an deren Enden die Blütenblätter das leuchtend grüne Muster der Pfauenfedern wiederholten. Das lange, dunkle Haar der nackten Schönheit bedeckte ihre Blöße, ansonsten war der weiße Körper ganz den Blicken ausgesetzt. Franziska Bruckner hatte sie noch gar nicht gesehen, aber, dachte er mit einem ironischen Lächeln, sie würde sicher einen Ohnmachtsanfall bekommen, und nur der horrende Preis, den er bezahlt hatte, würde sie davon abhalten, das sündige Kunstwerk auf den Müllhaufen zu werfen. Doch das kümmerte ihn nicht mehr. Die Zeiten, da andere Leute Pläne für ihn gemacht hatten, waren vorbei.

Melchior beugte sich leicht vor, und sein Bild erschien in dem kleinen Spiegel neben der Lampe. Das durch die schweren, grünen Samtvorhänge gedämpfte Licht ließ das glatt zurückgekämmte Haar und die großen Augen dunkler erscheinen. Nachdenklich blickte er von seinem Spiegelbild wieder auf die Lampe. Ein schwer zu deutendes Lächeln umspielte seine Lippen.

Dann faltete er das Schreiben zusammen, um es an die *Linde Eisfabrik* zu schicken.

– 17 –

Es war leichter, als er erwartet hatte, im Sudhaus einen kleinen Raum zu finden, in dem er mit Sebastian an dem Experiment arbeiten konnte. Im Keller gab es eine kleine Kammer, die sonst als Abstellraum genutzt wurde. Melchior ließ sie durch zwei Tagelöhner entrümpeln. Die Lieferung des Eises hatte er sich ankündigen lassen, um nicht Gefahr zu laufen, dass jemand vorab davon erfuhr. So nahm er sie persönlich in Empfang und ließ sie in den vorbereiteten Raum bringen. Jetzt musste er nur noch die warme Luft nach oben abziehen lassen und warten, bis die richtige Temperatur erreicht war. Um diese Jahreszeit stellte das keine Schwierigkeit dar.

Melchior blickte vom oberen Ende der gemauerten Kellertreppe hinab in das niedrige Gewölbe. An den Ziegelmauern und Bögen flackerte das Licht unstet und warf Schatten, die sich bis zu ihm hinauf erstreckten. Hier gab es keine elektrische Beleuchtung, er würde mit Gaslampen arbeiten müssen. Immerhin war ein kleiner Lastenaufzug vorhanden. Während der beiden Tage, die er auf die Lieferung gewartet hatte, hatte er überlegt, welche reinsortigen Hefekulturen es inzwischen gab und wo man sie erhielt. Reinsortige Hefe für untergäriges Bier brauchte dauerhaft kalte Temperaturen. Deshalb konnte man sie nicht an jeder Straßenecke kaufen. Der nächstliegende Weg war, bei einer der großen Brauereien nachzufragen. Das würde die Hefe zwar teurer machen, aber vorerst brauchte er nicht viel, und er würde bei der Gelegenheit vielleicht von den Erfahrungen der anderen profitieren können. Unterstützung konnte er jedenfalls gebrauchen. Vielleicht war das die Gelegenheit, seinem künftigen Schwiegervater einen Besuch abzustatten.

Melchior warf einen letzten bedauernden Blick hinunter in den Eiskeller. Dann würde er wohl oder übel auf Freiersfüßen laufen müssen. Aber der kleine Spaziergang würde ihm guttun.

Er kaufte einer Blumenfrau am Ostfriedhof ein paar Astern und Chrysanthemen ab und machte sich auf den Weg das bewaldete Hochufer hinab. Die Brauerei Hopf lag in der Au, nicht weit vom Brucknerschlössl. Genau wie Melchiors Vater hatte auch Alois Hopf seine Brauerei aus einer Gastwirtschaft aufgebaut. Die fetten Gründerjahre nach dem Ende des deutschfranzösischen Kriegs hatten aus manch kleiner Wirtsbrauerei in kurzer Zeit eine große Firma gemacht. Melchior konnte sich nicht mehr an eine Zeit erinnern, in der es anders gewesen war.

Die Brauerei Hopf besaß ein neues, noch größeres Sudhaus. Anders als Melchiors Vater hatte Alois Hopf sein Geld vor allem in den Ausbau der Firma und nicht in ein neues Wohnhaus gesteckt. Dieses lag hingeduckt an das alte Sudhaus, umwölkt von Bierdämpfen, wie Melchior naserümpfend feststellte. Ein altes Fachwerkhaus, das vermutlich schon seit Jahrhunderten hier stand. Auf der rechten Seite gab es eine kleine Gastwirtschaft, aber er betätigte den Türklopfer zum Wohnbereich.

«Ja mei, der Melchior!», begrüßte ihn die alte Hopf. «Felicitas!», rief sie in Richtung der Stiege aus dunklem Holz, die in dem höhlenartigen Flur nach oben führte. «Schau, wer da ist!»

Melchior küsste die dargebotene Hand der Hausherrin. «Frau Hopf, Sie werden täglich schöner. Allerdings, sosehr ich auch danach lechze, meine Braut zu sehen, heute bin ich eines Geschäfts wegen hier. Ist Ihr Mann zu Hause?»

«Ja freilich. Kommen'S rein, Melchior.»

Schritte ertönten auf der Treppe, und Felicitas Hopf erschien.

Wie üblich trug sie ein einfaches Schürzenkleid aus Kattun, in dem ihr schlichtes Gesicht noch schlichter wirkte. Das braune Haar war zu einem Dutt gesteckt. Melchior seufzte verstohlen. Er hatte alles andere als leidenschaftliche Gefühle für sie, aber außer ihm schien das niemanden zu stören. Nun gut, solange sie nicht redete, blieb ihm die schlimmste Langeweile erspart.

«Fräulein Felicitas», begrüßte er sie. «Was für eine Freude.»

Es hätte enthusiastischer klingen können, dachte er. Aber so gewöhnte sie sich gar nicht erst an einen allzu herzlichen Ton. Höflichkeit genügte vollkommen für eine Ehe, die zumindest einer der Beteiligten gegen seinen Willen schloss.

Er überreichte ihr die Astern und der Mutter die Chrysanthemen und wurde von Felicitas in die Stube geführt. Das Mädchen war so tugendsam, dass sie selbst den dargebotenen Arm mit einem strafenden Blick verschmähte. Hoch aufgerichtet ging sie voraus. Herr im Himmel!, dachte Melchior, als er seiner Zukünftigen folgte. Die trägt ihre Jungfräulichkeit ja auf ein Banner gespießt vor sich her! Danke, liebste Mutter. Wenn es die Aufgabe einer guten Gattin ist, einem jede Lust an körperlichen Freuden zu verleiden, noch ehe sie aufkommt, dann ist sie jedenfalls die perfekte Ehefrau.

Auf einmal kam ihm der Gedanke, wie Felicitas wohl nackt aussehen würde, mit einer Schlange um den Hals. Die verklemmte Jungfer mit ihrem Waschfrauencharme splitterfasernackt, umwunden von einem riesigen schwarzblauen Python, der lüstern nach ihren zusammengepressten Lippen mit den herabgezogenen Mundwinkeln züngelte … das Bild war so komisch, dass er fast laut gelacht hätte. Zum Glück merkte sie nichts davon.

Alois Hopf begrüßte ihn förmlich und ließ ihn auf einem der hochlehnigen Stühle aus dunklem Holz Platz nehmen.

«Reinsortige Hefe?», wiederholte er überrascht, als Melchior ihm sein Anliegen schilderte. «Aber dazu müssen Sie den ganzen Raum kühlen.»

«Der Winter kommt», erwiderte Melchior ausweichend. «Es ist ein Versuch. Wenn es nicht taugt, lasse ich es.»

«Nein, das ist interessant. Reden Sie weiter!»

«Nun, so kompliziert ist es nicht. Die großen Brauereien sind auf modernstem Stand, ich möchte mithalten. Das würde auch unsere Chancen verbessern, auf dem Oktoberfest ausschenken zu dürfen.» Er hatte tatsächlich *unsere* gesagt!

«Mit einem neuen Rezept dann?», fragte Hopf lauernd, und seine schmalen Augen über dem ergrauenden blonden Bart wurden von dem fetten Gesicht noch mehr zusammengepresst. «Ja, das ist gut, lieber Melchior, das ist sehr gut. Wir könnten das gemeinsam machen, mit halbem Risiko für jeden. Sie sind jetzt schon mehrere Monate mit meiner Tochter verlobt. Wie schaut's aus, wollen wir über den Hochzeitstermin sprechen?»

Der Eifer machte Melchior nachdenklich. Sicher, seine Mutter ließ auch keine Gelegenheit aus, danach zu fragen. Aber Hopfs Interesse an der Heirat hatte sich eindeutig verstärkt, nachdem er von diesen Plänen erfahren hatte. Ein Klumpen Brotteig mit Bart, dachte Melchior, als er seinen Schwiegervater in spe musterte, als ob er die Hefe in seinem Wangenfleisch eingelagert hätte, die ihn beim Gehen mehr und mehr aufblähte. Ob seine Zukünftige auch dereinst so aussehen würde? Zurückhaltend fragte er: «Ist die Hochzeit denn Teil des Geschäfts?»

Der Alte lachte so, dass ihm der Speichel vom Mund spritzte. «Ja natürlich, was denken Sie denn? Glauben Sie, ich helfe Ihnen, und dann überlegen Sie es sich vielleicht noch anders?»

Melchior hob den Kopf und betrachtete ihn scharf. Woher auf einmal diese Eile?, dachte er. Oder täusche ich mich? Es gab einen einfachen Weg, das herauszufinden.

«Ich habe soeben ein Studium begonnen», meinte er ausweichend. «Eine Hochzeit käme gerade etwas ... ungelegen. Aber wir können einen Vertrag aufsetzen, der unsere Zusammenarbeit regelt, unabhängig davon.»

«Nein, nein, junger Mann. Blut ist dicker als Wasser. Dem neumodischen Vertragszeugs trau ich nicht.» Alois Hopf schüttelte vehement den Kopf.

Ich habe mich also nicht getäuscht.

Der Alte sah ihn plötzlich misstrauisch an. «Wollen Sie die Verlobung lösen?»

Himmel, von welch vulgärer Direktheit dieser Bursche doch war! «Wie kommen Sie darauf?», fragte Melchior zurück.

«Weil Sie sich verändert haben, seit Sie aus England zurück sind. Das ganze blasierte Getue und so. Sie stellen Fragen, die Sie früher nie gestellt hätten. Und was soll das mit dem Vertrag?»

Melchior verzog den Mund. Nun wurde ihm langsam klar, warum Hopf so auf dieser Heirat bestand und warum ihn seine Idee so aus der Fassung brachte. Vermutlich hatte der Alte gehofft, eine Witwe und ihr gelangweilter Sohn wären leicht zu übertölpeln, und er könnte die Brauerei seiner eigenen einverleiben. Und bis vor ein paar Tagen, dachte Melchior erschrocken, wäre es mir völlig gleichgültig gewesen, wenn er Erfolg gehabt hätte.

«Meine Mutter hat mich in der Tat hingeschickt, damit ich mir ansehe, wie man dort Bier braut. Aber seien Sie unbesorgt, gesehen habe ich vor allem Theater, den Hafen und ein paar Gasthäuser von zweifelhaftem Ruf.»

Sonderbarerweise schien das seinen künftigen Schwiegervater nicht zu beruhigen. Alois Hopfs Teiggesicht lief rot an, und er erhob sich. «Nennen Sie mir einen Hochzeitstermin, und wir sind im Geschäft. Mehr habe ich nicht zu sagen. Elisabeth!», brüllte er in Richtung des Flurs. «Der Bruckner will gehen.»

Die schroffe Abfertigung hatte Melchior verärgert, obwohl er sie bewusst provoziert hatte. Natürlich konnte er auch ohne den Alten zu Löwenbräu oder einer anderen großen Brauerei gehen. Aber wer wusste schon, ob die ihn, den jungen unerfahrenen Anfänger, nicht über den Tisch ziehen würden. Alois Hopf hatte auch das weitaus größere Sudhaus, und Melchior hätte, sobald die Sache aus dem Stadium des Experiments heraus war, lieber dort produziert.

War ich wirklich so einfältig?, dachte er. Hopf hat in dieser Heirat nie etwas anderes gesehen als eine Möglichkeit, sich eine weitere Brauerei einzuverleiben. War Franziska das vielleicht sogar klar gewesen, und hatte sie keinen anderen Weg gesehen? Vielleicht auch deshalb, weil ihr Ältester damit beschäftigt war, Kiesel ins Wasser zu werfen? Er ärgerte sich maßlos – über sich selbst, über seine Mutter, die nicht offen mit ihm sprach, und am meisten über Alois Hopf.

Als er nach Hause kam, war Antonia noch damit beschäftigt, die Betten zu machen.

«So grantig?», zog sie ihn auf, als er ihren Gruß nur kurz erwiderte. «Aus Ihnen wird ja doch noch ein richtiger Münchner Braumeister!»

«Passen Sie auf Ihre lose Zunge auf, Seejungfräulein», knurrte er ganz gegen seine Gewohnheit.

«Na, bei Ihnen gärt es ja ganz schön unter der Oberfläche. Schöpfen Sie etwas Schaum von der Maische ab, bevor Sie explodieren.» Sprach's und schüttelte die Daunendecke auf, sodass sie kurz dahinter verschwand.

Fast hätte sie es geschafft, ihn zum Lachen zu bringen. Zum Glück hatte sie das nicht gesehen.

Antonia legte die Decke aufs Bett und warf einen Blick auf den Schreibtisch. «Das sieht schlimm aus, soll ich hier nicht mal sauber machen?»

Jetzt wurde sie doch lästig. «Nein. Ich muss arbeiten.»

«Lassen Sie mich raten, zählen Sie die Bücher in Ihren Regalen oder die losen Papiere? Es sind übrigens ganz schön viele. Brauchen Sie die alle noch?» Sie legte ein paar zusammen und stapelte sie aufeinander.

Melchior packte sie an der Hüfte und schob sie zur Seite. Sie hatte wirklich eine hübsche schlanke Taille. «Tun Sie mir bitte den Gefallen und bringen mein Chaos nicht durcheinander?»

Antonia zog eine Grimasse, die weniger hübsch war, und bückte sich nach einem Blatt, das vom Tisch gesegelt war.

«*Bestellung über Kunsteis bei der Eisfabrik Linde*», las sie. Sie blickte auf. «Der Saulus wird zum Paulus?»

«Geben Sie das her!» Melchior nahm es ihr aus der Hand. Auf einmal hielt er inne und sah auf die Quittung.

Dann riss er die Augen auf. Er schlug sich an die Stirn, starrte sie an und umarmte sie stürmisch. «Seejungfräulein, Sie sind eine Offenbarung!»

Und während er sich zugutehalten konnte, dass es jetzt an Antonia war, ihm fassungslos hinterherzustarren, rannte er aus dem Zimmer.

Carl von Linde konnte ihm natürlich selbst die Hefe zu einem guten Preis beschaffen. Wie hatte er das vergessen können! War ihm noch gar nicht recht bewusst, dass er jetzt ein Student der Chemie war?

– 18 –

Es wurde schon dunkel, und die Studenten der Kunstakademie strebten dem Ausgang und den nahegelegenen Kaffeehäusern zu. Der Mann mit dem tief ins Gesicht gezogenen Hut und dem dicken Schal hatte sich in den Gängen unter sie gemischt, sonderte sich nun aber vorsichtig ab und schien etwas in seiner Tasche zu suchen. Niemand achtete auf ihn. Es wurde kalt draußen um diese Jahreszeit, und mehrere Studenten hatten sich ebenso in weite Mäntel, Schals und Mützen gehüllt, umso mehr, wenn sie keine warme Kleidung für darunter besaßen. Der kühle Winterhauch drang bis in die Flure, jetzt da unten die Türen geöffnet wurden, und wehte bis in die oberen Etagen hinauf.

Der Mann hatte seine abgegriffene Ledertasche auf dem Boden abgestellt und schien noch immer darin zu wühlen. Als alle an ihm vorbei waren, blickte er sich um.

Der Flur war leer. Die lauten Gespräche verhallten langsam in dem geräumigen Treppengewölbe und verebbten dann ganz. Nun würde der Pförtner durch die Gänge laufen und nach dem Rechten sehen. Erst wenn er damit fertig war, würde er abschließen. Es blieb also genug Zeit. Der Mann wand den Schal fester ums Gesicht und huschte die breite Marmortreppe nach oben. Das gesuchte Atelier war eines der vorderen in dem Gang mit großen Fenstern in der zweiten Etage. Vorsichtig öffnete er die Tür.

Stille. Und Dunkelheit.

Er drückte sich in den Raum. Nicht weit vom Fenster stand ein großes, mit einem orangefarbenen Stoff verhängtes Bild. Das musste es sein. Vorsichtig schlich er sich näher und lüftete den Stoff.

Die sündhafte Kreatur reckte ihm lüstern den Leib entgegen. Begegnete dem Blick des Betrachters herausfordernd, als stünde es ihr nicht an, den Blick zu senken. Über ihre Schulter blickte die Bestie des Teufels und reckte wie im Spott die gespaltene Zunge. Als ob ihre Gegenwart das Weib in all seiner verlockenden Verworfenheit beschützte und anspornte, frech das verführerische Fleisch preiszugeben, in der Gewissheit, dass es niemand wagte, sich ihm zu nähern. Was ihr eine Macht gab, die ihr nicht zustand. Eine Macht, die keinem Weib zustand. Die Verlockung des Weibes musste kontrolliert werden, musste in strenge Bande gefasst werden, sonst bordete sie über und verleitete das wankelmütige Geschlecht dazu, seinen von Gott bestimmten Platz zu verlassen. Die Freiheit, dieses Fleisch offen zur Schau zu tragen und doch nicht mit Schande und Gewalt gestraft zu werden, konnte er nicht dulden.

Hass stieg in seinem Herzen auf. Seine feuchte Hand schloss sich um das Messer in seiner Manteltasche. Der rasende Puls jagte ihm Schweiß auf die kalte Stirn. Seine Finger zitterten und schlossen sich fester um den Griff. Er zog die Hand aus dem Mantel und hob den Arm. Mit der blanken Klinge stürzte er sich auf das Gemälde.

«Halt!», rief jemand in seinem Rücken. «Wer da?»

Der Pförtner musste seinen Rundgang oben begonnen haben.

Der Eindringling begriff, dass er verloren hatte. Aber er würde nicht gehen, ohne wenigstens noch einen Schnitt durch die Leinwand zu ziehen.

Eine kräftige Hand packte seinen Arm und wand ihm das

Messer aus der Hand. Klirrend fiel es zu Boden. Der Pförtner packte den Mantel und versuchte, dem Eindringling den Schal vom Gesicht zu ziehen. Mit einem Schrei, der wie ein Aufheulen klang, riss dieser sich los und stürzte hinaus.

Der Morgen danach begann mit einem grauen, schneeverheißenden Himmel, doch dann, nach kurzer Zeit, entschied sich der Herbst, noch einmal zurückzukehren. Eine milde Sonne vertrieb die Wolken und warf ein wunderbar goldenes Licht ins Atelier der Privatakademie. Und wärmte Antonias Füße, die ihr nach einer halben Stunde fast eingefroren waren. Genüsslich reckte sie ihr Gesicht mit dem offenen Haar in die Sonne. Feiner Staub kitzelte ihre Haut, und ihre Lippen prickelten in der Wärme.

Sie saß nackt auf dem Dielenboden, die Arme um die Knie geschlungen, den Blick zum Fenster gewandt, sodass die Elevinnen sie nur schräg von hinten sahen. Das Holz war kühl, und die großen Atelierfenster waren nicht ganz so dicht, wie es von außen wirkte, denn immer wieder streifte ein Eishauch über ihre erschauernde Haut. Dennoch liebte Antonia es, hier zu sitzen. Hier spürte sie ihren Körper, hier konnte er Raum einnehmen. Raum, den es sonst nicht für ihn gab – in Kleidern, die ihn eher unsichtbar als sichtbar machten, die oben alles zusammenschnürten und unten am Laufen hinderten. Ihr Haar, Tag und Nacht hochgebunden und weggesteckt, konnte frei und weich über den Rücken fließen und ihre Schultern kitzeln. Nichts zog an ihrem Kopf oder engte sie ein. Die Privatakademie Ažbe wurde vor allem von Damen besucht, die von der regulären wegen ihres Geschlechts nicht zugelassen wurden. Das große Atelier war vollgestellt mit ihren Staffeleien. Anton Ažbe selbst war der einzige Mann im Raum: ein sehr kleiner Mensch mit einem gewaltigen, seine Körpergröße verhöhnenden Schnurrbart, der waghalsig nach oben gezwirbelt war. Im Mund hing eine Zigarre, die wacker gegen das Erlöschen anglomm, und auf dem Kopf saß selbst jetzt ein gewaltiger Schlapphut. Er verschwindet ja darunter!, dachte Antonia jedes Mal.

Heute alberten sie schon den ganzen Morgen herum, und Antonia musste immer wieder gegen das Lachen ankämpfen. Wortführerin war natürlich wieder einmal die Reventlow. Die junge dunkelblonde Frau mit dem markanten Gesicht führte tatsächlich einen Grafentitel, aber ihr Mundwerk war nichts weniger als vornehm.

«Bekomme ich ein bisschen mehr von der Brust zu sehen?», rief sie gerade frech.

Antonia reckte den Körper ein wenig mehr in ihre Richtung, und die Gräfin lachte.

«Danke, Werteste. Mein lieber Anton, Ihr Modell ist wunderbar. Endlich mal eine, die nicht ein Gesicht zieht, als wollte sie sich gleich in ein Laken hüllen. Deswegen zeichne ich sonst lieber Männer, je mehr man sieht, desto mehr genießen sie es.»

«Zu männlichen Aktstudien haben Sie in Ihrer Freizeit ausreichend Gelegenheit», konterte der kleine Mann. «Achten Sie beim Zeichnen auf die Muskulatur, wie ich Ihnen sagte. Fräulein Antonia hat nämlich bereits für Franz Stuck gesessen. Sie ist nämlich dort mit einer Schlange zu sehen.»

«Professor Nämlich!», flüsterte eine der Elevinnen, und alle lachten.

«Jaja.» Die Gräfin strichelte eifrig weiter und warf ihrem Lehrer einen provokanten Blick zu. «Ein Wunder, dass Sie das Gemälde von Stuck kennen, wo Sie doch selbst eher kleine Hündchen malen. Fällt Ihnen, lieber Anton, bei so einem Bild nicht der Schlapphut vor die Augen? Tragen Sie das Ding deshalb?»

«Ich sehe sogar genug, werte Gräfin, um zu wissen, dass Sie einen Säugling ungeklärter Vaterschaft bei sich zu Hause haben», erwiderte der Maler trocken. Wenn er allerdings gehofft hatte, seine vorwitzige Elevin damit mundtot zu machen, hatte er sich geirrt. «Ungeklärt, mein lieber Anton? Ich weiß sehr gut, wer der Vater ist. Und womöglich wissen Sie selbst es ja auch ganz gut.»

Antonia kicherte, und der Maler versetzte der Gräfin einen liebevollen Klaps, wobei ihm die Zigarre beinahe aus dem Mund gerutscht wäre. Im letzten Moment hielt er sie mit den Zähnen fest. «Gräfin Reventlow, Sie versuchen wieder einmal, mich zu verschrecken. Geben Sie es auf!»

Der ganze Raum lachte erleichtert, als plötzlich die große Flügeltür weit aufgerissen wurde und jemand hereinstürmte.

«In mein Atelier in der Akademie wurde eingebrochen!»

Alle Köpfe drehten sich herum, und Antonia richtete sich ein wenig auf.

«Professor Stuck?»

Franz Stuck hatte am Morgen von dem Einbruch im Atelier erfahren. Offenbar hatte der Pförtner durch sein beherztes Eingreifen das Schlimmste verhindert. Doch es war klar, worum es dem Eindringling gegangen war.

«Die *Sinnlichkeit*?», wiederholte Antonia fassungslos. «Aber warum?» Ausgerechnet die Reventlow legte ihr einen Mantel um die Schultern.

«Vermutlich wegen des Titels», mutmaßte der kleine Herr Ažbe. «Es gibt nämlich Leute, die so etwas verabscheuen. Religiöse Fanatiker nämlich oder dergleichen.»

«Also kann es jeder gewesen sein», meinte die Reventlow trocken.

Antonia schüttelte erschrocken den Kopf. «Vielleicht hätte ich das nicht tun sollen.»

«Ach, sagen Sie so etwas nicht, Liebes», meinte die Gräfin.

«Schlimm genug, dass es Fanatiker gibt und alle so verklemmt sind, als hätte Gott sie mit Keuschheitsgürteln aus Eisen auf die Welt gebracht. Da muss man mit nackter Haut dagegenhalten, das machen Sie ganz richtig.»

Das hätte von Melchior stammen können, dachte Antonia amüsiert. Wo sie recht hat, hat sie recht.

Trotzdem hatte sie plötzlich ein ungutes Gefühl. Ohne Kleidung fühlte sie sich frei wie nie. Sie fühlte sich entspannter, und die hysterischen Anfälle waren seltener geworden. Seit sie im Brucknerschlössl war, hatte sie noch keinen gehabt, obwohl sie sich schon ein paarmal aufgeregt hatte. Es war, als ob ihre Glieder bewegt, gespürt und gesehen werden wollten und sich diese Freiheit durch die Anfälle nähmen, wenn sie sie ihnen nicht gab. Der Angriff auf das Bild gab ihr das Gefühl, dass ihr jemand diese Freiheit nehmen wollte. Und obwohl sie ahnte, wer daran Interesse haben konnte, wollte sie es nicht aussprechen.

– 19 –

Während der nächsten Wochen besuchte Melchior Bruckner bis in den frühen Nachmittag die Technische Universität. Danach verschwand er täglich für mehrere Stunden. Da er einigen Aufwand auf die Pflege seines Rufs als gelangweilter Schnösel verwendet hatte, blieb dies nicht unbemerkt.

«Wo er wohl hingeht?», fragte sich Bartl beim Mittagessen. Für die Diener gab es Leberknödelsuppe, ein einfaches Essen, das Antonia sehr mochte. Außerdem duftete es verführerisch nach Zimt, Nelken und heißem Zucker aus dem Ofen. Der Advent nahte, und Marei machte das erste haltbare Weihnachtsgebäck. Ordentlich in Blechdosen verpackt, würden die fertigen Plätzchen bald auf den höchsten Schränken stehen, wo sie vor den diebischen Händen von Resi und Vinzenz halbwegs sicher waren.

«Vielleicht hat er eine Geliebte», mutmaßte der Bursche.

Marei verpasste ihm einen Klaps über den blonden Schopf, und er grinste frech.

Antonia zuckte die Schultern. «Dann würde er sich aufputzen. Aber ich habe ihn gestern gesehen. Er trägt eher einfachere Kleider als sonst, und zuletzt hatte er den Mantel überm Arm. Dabei ist es bitterkalt draußen, es ist ja bald Weihnachten. Weit kann er nicht gehen.»

«Na, du hast ja genau hingeschaut», stichelte Kreszenz.

«Es hat mich eben gewundert», erwiderte Antonia mit Unschuldsmiene. «Er ist doch mit Fräulein Hopf verlobt, oder?»

«Was man halt *verlobt* nennt», grinste Marei zweideutig. «Vielleicht geht er auf den Berg zum Friedhof.»

«Das wäre eine sehr plötzlich auftretende Anwandlung von Pietät», scherzte Antonia.

«Es geht uns nichts an», beendete Kreszenz das Thema.

Aber Bartl flüsterte Antonia heimlich noch zu: «Vielleicht hat er einen Pakt mit dem Teufel geschlossen!»

Die Vorstellung, wie der blasierte Melchior einen Satanspakt schloss, Drudenfüße auf den Boden malte und blutige Rituale vollzog, war so komisch, dass Antonia lachen musste. Kreszenz sah sie böse an, und hastig senkte sie den Blick wieder auf ihre Suppe.

Zur selben Zeit stand Melchior Bruckner an dem Ort, der die Gespräche seiner Diener beschäftigte. Eine Vorlesung war ausgefallen, und so hatte er sich gleich nach dem Mittagessen ins Sudhaus begeben.

Der Abstellraum hatte sich gründlich verändert.

Melchior hatte mehrere Lampen aufgestellt, die den fensterlosen Raum erhellten. Auf einem alten Eichentisch standen Glaskolben, große Flaschen in merkwürdigen Formen, Röhren und Schläuche sowie einige flache Glasbehälter. In den Ecken und an den Wänden sorgte das Kunsteis für kühle Temperaturen, weshalb Melchior seinen Mantel nicht ausgezogen hatte. Er beugte sich über eine der kleinen, flachen Schalen mit Glasdeckeln, die auf dem Tisch standen.

«Saccharomyces Carlsbergensis», sagte er zufrieden. Sebastian, der ihm über die Schulter blickte und die Füße in den schlechten, zu leichten Schuhen abwechselnd an seinen Hosenbeinen rieb, schaute fragend.

«So heißt unsere Hefekultur», erklärte Melchior. «Nach dem Ort, wo sie entdeckt wurde. In Dänemark, übrigens im Labor einer Brauerei. Es ist eine reinsortige Kulturhefe, die wir benutzen können, um untergäriges Bier zu brauen. Wenn wir nur den einen Stamm verwenden, sind wir auch die Bierkrankheit ein für alle Mal los, die von der wilden Hefe verursacht wird und das Bier verdirbt. Den großen Brauereien passiert das schon lange nicht mehr.»

Mit einer der sonderbaren Gerätschaften nahm er ein wenig von der Hefe und gab sie vorsichtig in den Behälter, in dem Sebastian die Stammwürze schon in Wasser gelöst hatte. Er hatte eine für ein helles Bier zubereitet, wie es im Brucknerbräu bisher nur im Winter hergestellt wurde.

«Na, dann wollen wir mal sehen, was die Dame aus Dänemark kann.»

Er beugte sich über den bauchigen Glaskolben, in dem sich schon nach einigen Minuten die ersten Blasen und dann ein graubrauner Schaum bildeten, und beobachtete aufmerksam die Veränderungen.

«Was ist das da?», fragte Sebastian und wies auf eine zweite Schale.

«Zellfreier Hefeextrakt», erklärte Melchior, der noch immer über den ersten Kolben gebeugt war. «Bereiten Sie schon das zweite Gefäß mit Stammwürze vor?»

Sebastian gehorchte und füllte etwas von der Stammwürze in einen weiteren Kolben. Melchior riss sich von seiner ersten Probe los und öffnete den zweiten Glasbehälter mit Hefe.

«Jetzt geben wir etwas von dem zellfreien Extrakt hinzu und sehen, ob es auch damit gärt», erklärte Melchior. «Das würde uns die Herstellung erleichtern und damit billiger machen. Es wäre ein absolut neuartiges Verfahren. Erst Anfang des Jahres hat Eduard Buchner in einer Publikation nachgewiesen, dass die alkoholische Gärung mit zellfreiem Extrakt überhaupt möglich ist.» Das viele Lesen lohnt sich doch, dachte er. Armer

Alois Hopf, hier ziehst du den Kürzeren. Er lächelte und genoss das wohltuende Gefühl der Schadenfreude.

«Was ist der Unterschied zu normaler Hefe?», fragte Sebastian.

Melchior gab etwas Extrakt in den Kolben. «Das hier enthält keine lebenden Zellen mehr. Sie haben vielleicht schon gehört, dass Hefe ein Pilz ist, der den Alkohol im Rahmen seines eigenen Stoffwechsels herstellt. Aber wenn es uns gelingt, mit diesem Extrakt dasselbe zu erreichen, wäre das ein enormer Fortschritt. Zellfreier Extrakt ist viel unkomplizierter zu lagern. Er braucht keine Kühlung, ist haltbarer, platzsparend, und die Gefahr von Verunreinigungen ist geringer.»

«Aber wie soll dann Alkohol entstehen, wenn der Pilz, der ihn herstellt, nicht mehr lebt?»

Melchior beobachtete aufmerksam, wie der Trockenextrakt zu reagieren begann. Erst sah er nur eine kaum wahrnehmbare Bewegung. Dann bildeten sich plötzlich erste Schaumbläschen. Melchiors Gesicht spiegelte sich leicht verzerrt auf dem Glaskolben, geisterhaft, wie eine Illusion in einem Spiegelkabinett oder ein Wesen aus einer anderen Welt. «Nun, der Gedanke, den Buchner hatte, war, dass ein ganz bestimmter Stoff den Prozess in Gang bringt, und zwar unabhängig davon, ob die Hefe noch lebt oder nicht. Dieser Stoff heißt Zymase, nach derzeitigem Forschungsstand ist es ein Gemisch unterschiedlicher Enzyme.»

Sebastian schaute zweifelnd vom einen zum andern Kolben und schien kein Wort zu verstehen.

«Eine chemische Verbindung», half Melchior, ohne die Augen von der Hefe zu nehmen. Vorsichtig drehte er den Kolben ein wenig, um den Vorgang von allen Seiten zu betrachten.

«Also, wir warten einfach ab und schauen, ob Alkohol entsteht?»

Melchior richtete sich auf, und das Spiegelbild auf dem Kolben verschwand. Er lächelte ironisch. «Auf den Punkt gebracht.»

Jemand kam mit schweren Stiefeln die Treppe hinunter, und beide blickten sich an. Die Tür öffnete sich abrupt, und Alois Hopf stand im Eingang.

«Also haben Sie doch ohne mich angefangen? Sie wollen mich aus dem Geschäft heraushaben?»

Sebastian verzog sich ängstlich nach hinten an die Wand mit den Regalen.

Melchior hob nur gelangweilt eine Braue. «Ich würde Ihnen ja einen Sitzplatz anbieten, werter Herr Hopf, doch bedauerlicherweise habe ich nur Eiskisten. Und Saccharomyces Carlsbergensis könnte sich auf einem menschlichen Hinterteil wohler fühlen, als dessen Besitzer lieb ist.»

Hopf kam dicht zu ihm heran. «Wir hatten eine Abmachung!»

«Wohl kaum. Sie stellten Bedingungen, die ich nicht annehmen wollte. Aber wenn Sie sich anschließen möchten, können wir jederzeit nachträglich noch einen Vertrag aufsetzen.»

«Vertrag! Immer reden Sie von Verträgen! Ich sagte Ihnen, ich werde meinen Namen unter keinen Vertrag schreiben!»

«Sie können auch ein Kreuz daruntersetzen, wenn es das ist, was Sie plagt.» Der Ausdruck in Melchiors Augen blieb unverändert. Nur die deutlich artikulierenden Lippen und der spöttische Tonfall verrieten, was er von seinem Besucher hielt.

Alois Hopf schnappte nach Luft und lief rot an. Er spuckte in die Hände wie ein Handwerker, der sich an die Arbeit macht, und drosch dann mit der Faust auf den Tisch, dass die Glaskolben klirrten.

«Sie heiraten meine Tochter!», donnerte er. «Sie heiraten sie, oder …»

«Oder was?», fragte Melchior scharf.

Hopf verstummte abrupt. Melchior hatte die Kolben festgehalten, doch jetzt wandte er sich Hopf zu und richtete sich zu seiner vollen Größe auf. Er überragte den feisten Brauer fast um einen halben Kopf.

«Wollen Sie mir wirklich drohen?», fragte Melchior leise. Nur die Lider um seine eisblauen Augen zogen sich einen Moment fast unmerklich zusammen.

Unsicherheit, Wut und Überraschung stritten in Hopfs Gesicht. Er starrte Melchior sekundenlang herausfordernd an. Auf seiner feisten Wange zuckte ein Muskel.

Dann wandte er sich zur Tür.

«Sehen Sie sich vor», sagte er. «Noch bin ich auf Ihrer Seite. Wenn Sie meine Tochter heiraten. Machen Sie sich mich nicht zum Feind.»

Melchior öffnete nur wortlos die Tür und ließ ihn hinaus. Auch ohne dass er etwas sagen musste, war offenkundig, wie sehr seine plötzliche Veränderung den Alten verunsicherte.

Er schloss die Tür hinter dem Brauer und wandte sich an Sebastian, der ihn scheu anstarrte und mindestens ebenso überrascht schien wie der Alte.

«Nun denn», meinte Melchior in seinem vorherigen Ton. «Was macht unsere Lady aus Dänemark? Amüsiert sie sich mit dem Malz?»

– 20 –

Es war schon dunkel, als Benedikt, beschwingt vom Absinth, nach Hause kam. Die Rennsau wühlte noch im Straßengraben nach Fressbarem, aber die Kinder im Hof waren bereits zum Abendessen gerufen worden. Nur der zehnjährige Korbinian hockte noch auf den Stufen zum Kohlenkeller. Der Kleine trug nur ein leichtes Mäntelchen und weder Mütze noch Schal. Nicht einmal Strümpfe hatte er in den zu großen Schuhen.

«Servus, Korbinian», grüßte Benedikt. «Magst nicht ins Warme zur Mutter gehen?»

Der Kleine sprang sichtlich erleichtert auf. Selbst in der Dunkelheit konnte man erkennen, dass er schlotterte vor Kälte. «Ich soll Ihnen das da geben.»

Er reichte Benedikt einen Umschlag.

Der zuckte die Achseln. «Danke. Aber hast du deswegen so lange hier warten müssen? Das hätte doch morgen auch noch gereicht.»

Korbinian schüttelte entschlossen den Kopf. «Der Mann hat mir zwanzig Pfennig gegeben, und er hat gesagt, es ist eilig.»

Benedikt musste ob dieses Pflichtbewusstseins lächeln.

«Na dann», meinte er, zauste dem Jungen das Haar und angelte in seiner Hosentasche. Sie war löchrig und vollgestopft mit Papier und einem benutzten Schnupftuch, aber ganz unten fand er noch einen Pfennig. «Danke dir», sagte er.

Der Kleine strahlte ihn an, nahm den kleinen Schatz und rannte dann schleunigst nach oben ins Warme.

Benedikt schloss die Tür auf. «Quirin, ich bin da», rief er. Aber da kein Licht brannte, war ihm schon vorher klar, dass die Wohnung leer war.

Benedikt schloss die Tür hinter sich und sperrte Frost und Wind aus. Er warf den Brief auf den Tisch und suchte die Gaslampe. Beinahe hätte er sie in der Dunkelheit vom Tisch gefegt. Er rieb die kältestarren Finger in den Wollfingerlingen aneinander und überlegte, ob er den Kohleofen anzünden sollte. Schweren Herzens entschied er sich, auf Quirin zu warten. Sie hatten nicht das Geld, den Ofen lange brennen zu lassen, und sein Zimmergenosse sollte auch etwas davon haben. Also entzündete er nur die Gaslampe.

Er suchte nach Brot, aber es war keins mehr da. Nur noch ein ranziger Käse fand sich auf dem Fensterbrett, den wohl jemand dort vergessen hatte. Benedikt war nicht wählerisch, er nahm ihn und biss hinein. Es schmeckte scheußlich, aber so würde er wenigstens nicht mit leerem Magen ins Bett müssen.

Kauend setzte er sich an den Tisch und öffnete den Umschlag. Doch als er das Monogramm sah, sprang er sofort wieder auf.

Simplicissimus.

Das Herz blieb ihm stehen. Hastig, fast gierig, überflog er die wenigen Zeilen.

Verehrter Herr Haber,
wir haben die von Ihnen eingereichte Karikatur, betitelt Die Hässlichkeit, *erhalten und uns entschieden, sie in der nächsten Ausgabe des* Simplicissimus *zu drucken. Anbei finden Sie einen Wechsel über das übliche Honorar, den Sie bei Ihrer Bank einzulösen belieben.*
Dem in Ihrer Depesche geäußerten Wunsch nach einer festen

*Anstellung können wir derzeit nicht entsprechen. Doch wären
wir hocherfreut, zu gegebener Zeit und bei passender Gelegenheit eine weitere Karikatur aus Ihrer Feder zu veröffentlichen.
Mit kollegialen Grüßen,*

Die Unterschrift konnte er nicht entziffern.

Benedikt starrte auf das Schreiben und schluckte den Rest
des Käses hinunter. Der *Simplicissimus.* Wirklich und wahr-
haftig! Eine seiner Zeichnungen würde im *Simplicissimus* erscheinen!

Mit zitternden Fingern nahm er den Wechsel und starrte auf
die Summe.

Stürmisch hob er ihn an Lippen und steckte ihn in sein
Hemd. Er rannte zum Ofen, sah nach, ob noch genug Kohle
darin war. Dann riss er ein Streichholz an und entzündete ihn.

Quirin befand sich gar nicht weit von der Ainmillerstraße im
Bären. Es roch nach Bier und Schmalz und Zwiebeln. Die kleine Wirtsstube mit den niedrigen Deckenbalken war heute bis
zum Bersten gefüllt, allerdings nicht mit den üblichen Gästen.
Auf dem Podest, wo sonst ein Zitherspieler saß, stand ein Mann
in abgetragenen Kleidern.

Quirin hörte seine Reden jedoch im Moment nur gedämpft
durch die Schiebetür, die den kleinen Nebenraum abtrennte.
Hier erwartete ihn Herr Pfrontner vom *Alldeutschen Verband.*

«Bitte sehr. Das wäre es.» Quirin löste den Knoten und
packte das Bild aus den Tüchern, in die er es zum Schutz ein-
gewickelt hatte. Er schob die Vase mit den Blumen für den Ge-
kreuzigten etwas beiseite und stellte es vorsichtig auf die Eckbank unter das Kruzifix. Es war ein Porträt von Pfrontner, im
schwarzen Anzug mit Graubart und Zylinder. Gestreng blickte
er durch seine Klammerbrille, die an einer Kette hing, den Be-

trachter an. Das spärliche Haar war elegant zurückgekämmt, der Bauch nach vorn gewölbt und von einer goldenen Uhrenkette umspannt. Seitlich sah man eine Fotografie des Prinzregenten und eine bayerische Fahne. Im Hintergrund war der Nebenraum abgebildet, in dem sie auch jetzt saßen, mit dem Kruzifix, das über dem Porträtierten thronte und ihn zu heiligen schien.

Pfrontner, der an dem einzigen Tisch saß, die Beine gespreizt, um Platz für den Bauch zu schaffen, ließ keine Regung erkennen. Endlich zeigte ein kleines Zucken des Mundwinkels, dass das Werk seinen Gefallen fand.

«Gut, gut, Riedleitner. Ja, das hat etwas. Ich nehme es.»

Quirin seufzte erleichtert. Begierig nahm er den Beutel mit dem vereinbarten Lohn entgegen.

«Was ist eigentlich mit der Madonna? Ich würde Ihnen einen guten Preis dafür zahlen.»

Quirin zögerte. Er hätte das Geld gut brauchen können. Jedes andere Bild hätte er liebend gern verkauft, aber nicht dieses. «Tut mir leid. Sie ist ... nicht verkäuflich.»

«Ach, gehn'S weiter, Riedleitner! Alles ist verkäuflich. Mir gefällt das Bild. Ihre Madonna ist hinreißend. Ich verdopple mein Angebot.»

Quirin stockte der Atem. «Ich ... überlege es mir», sagte er dann. Aber er presste die Lippen zusammen, und in der Tasche seiner abgewetzten Joppe krallte sich seine Hand in den Stoff. Nicht sie, dachte er. Niemals.

«Wir haben nebenan eine Veranstaltung», wechselte Pfrontner das Thema. Jetzt, mit der Aussicht vor Augen, das Begehrte zu erhalten, wurde er leutselig. «Was meinen Sie, mögen Sie noch auf ein Bier mit hinüberkommen? Ich würde Sie auch ein paar Freunden vorstellen. Und das Bier geht natürlich auf meine Rechnung. Das Porträt muss schließlich gefeiert werden.»

Das ließ sich Quirin nicht zweimal sagen.

«Das Reich ist umgeben von Bedrohungen!», wetterte der Redner, als Quirin und Pfrontner die Schiebetür öffneten und herüberkamen, um sich an der Theke ein Bier geben zu lassen. «Im Innern Juden, von denen keiner weiß, wem sie loyal sind, und die Sozis, die hysterische, beeinflussbare Weiber wählen lassen wollen und die Wirtschaft mit ihren Streiks ruinieren. Außen der Franzmann und der Russe, die seit Jahren mit den Säbeln rasseln. Wenn wir nicht die Flotte ausbauen, dann werden wir alldem in einem Krieg nicht gewachsen sein. Und der Krieg», rief er bedeutungsvoll, «der Krieg kommt! So oder so! Früher oder später wird es keinen Ausweg geben, als uns zu verteidigen!»

Quirin nahm sein Bier entgegen, trank schon einen Schluck oben weg und drängte sich durch die Reihen der Zuhörer auf der Suche nach einem freien Platz. Pfrontner genoss sichtlich Ansehen: Sofort standen zwei junge Burschen auf und boten ihnen ihre Plätze an. Es war ein seltsames Gefühl, wie ein großer Herr behandelt zu werden.

«Wir müssen die Feinde ausfindig machen, die den Staat von innen heraus bedrohen!», schrie der Redner. «Jeden einzelnen! Wir müssen ihre Arbeitgeber finden und ihnen klarmachen, dass sie diese gefährlichen Aufwiegler entlassen müssen. Das reinigt von üblen Elementen und schafft Arbeit für anständige Bürger wie Sie und mich!»

Mit dem Bierkrug auf dem Schoß, inmitten all der Männer in ihren abgetragenen Kleidern, fühlte sich Quirin stark. Im Grunde war es ihm gar nicht so wichtig, was der Mann da oben sagte. Vielleicht hätte er auch geklatscht, wenn es gegen irgendjemand anders gegangen wäre. Er war unter seinesgleichen, sie hatten eine gemeinsame Wut und einen gemeinsamen Feind, das genügte. Es gab ihm ein erhabenes Gefühl, dazuzugehören, zu denen zu gehören, die auf der richtigen Seite waren, die moralisch überlegen waren. Er applaudierte mit den anderen, wurde Teil einer Welle, die ihn mit sich trug und seine alltäglichen Sorgen begrub.

Als Quirin nach Hause kam, lag Benedikt bereits im Bett, neben ihm eine leere Flasche Wermut. Die Gaslampe schien gebrannt zu haben, der Ofen bullerte noch schwach, und auf dem Tisch lag ein geöffneter Brief.

«Die letzte Flasche Wermut? Bist du verrückt?», rief Quirin enttäuscht.

Benedikt unter der dünnen Decke kicherte und schnurrte wie ein gescholtener Kater an der Butterschüssel. «Ich kaufe morgen neuen, geschätzter Riedleitner!» Er kicherte erneut und strampelte, und Quirin sah, dass er noch alle Kleider trug.

«Du bist ja stockbesoffen!», fauchte er.

«Schatzerl! Warum so böse?» Benedikt richtete sich auf und grinste ihn dümmlich an. «Ich hab Geld verdient.»

«Aha? Ich auch.» Quirin zog die Schuhe aus und betrachtete missmutig das Loch in seiner Socke. Es war angenehm warm im Raum, offenbar hatte Benedikt Festtagswärme gemacht. Er konnte sogar die Jacke ausziehen.

«Bin im *Sim… Simpli…*», ein heftiger Rülpser, «*…simus!*» Und Benedikt kicherte wieder.

«Schon recht», seufzte Quirin. Der *Simplicissimus*! Warum nicht gar! War dies das Alkoholdelirium?

«Wo warst du denn?», lallte Benedikt.

Quirin runzelte die Stirn. «Im *Bären*», erwiderte er kurz.

«Ist wirklich der *Simp… Simpl…* Schau, der Brief!», verkündete Benedikt stolz.

Quirin schüttelte den Kopf, zog alles bis aufs Hemd und die lange Unterhose aus und kroch zu ihm ins Bett. Verstimmt drehte er sich von seinem lallenden Mitbewohner weg und zog sich die dünne Decke über die Ohren. Benedikt und die große Zeitschrift! Das wäre der Gipfel der Ungerechtigkeit, wo er selbst um jeden Auftrag kämpfen musste. Das Gefühl, wenigstens politisch auf der richtigen Seite zu stehen, schwächte seinen Missmut etwas ab. Er kannte noch ein paar Sozis aus der Zeit, als er selbst dort verkehrt hatte. Bei einem oder zweien wusste er auch, wo sie arbeiteten. Es konnte ihm Anerkennung bei seinen neuen Freunden einbringen, wenn er deren Arbeitgebern von ihrer politischen Neigung erzählte.

− 21 −

Ach, ich könnte mir vorstellen, dass es mit dem Kunsteis nur eine Blase ist», meinte Melchiors Kommilitone Andreas, als sie aus dem Hauptgebäude der Technischen Universität traten. «Was hat man um die Gründer für ein Spektakel gemacht, und sieh sie dir jetzt an! So viele Häuser heruntergekommen und von Taglöhnern bewohnt.»

«Das ist etwas anderes», erwiderte Melchior mit seinem zynischen Lächeln. «Hier geht es darum, sich betrinken zu können. Jede Technologie, die darauf setzt, wird Erfolg haben.»

Andreas lachte. «Ich gehe etwas essen, bevor die nächste Vorlesung beginnt. Kommst du mit?»

Melchior verneinte. «Ich habe keinen Hunger, und das Wetter ist schön. Ich werde mir die Beine vertreten.»

Es gingen ihm viele Gedanken durch den Kopf, in die er etwas Ordnung bringen wollte. Melchior lief unter den Bäumen auf dem englischen Rasen vor den Gemäldesammlungen auf und ab und flanierte dann die Barer Straße entlang. Beiläufig beobachtete er die Menschen, die Damen in ihren langen, glockenförmig fallenden Kleidern und eleganten Hüten, die bärtigen Herren mit Gehrock und Zylinder, die sie wie Haushündchen am Arm hielten. Die Zeit verging langsam. Er zog die goldene Taschenuhr, ein Erbe seines Vaters, aus der Weste. Noch mehr als eine Dreiviertelstunde.

Die dunkelhaarige Frau fiel ihm auf, weil sie als Einzige allein unterwegs war. Sie trug ein einfaches blaues Schürzenkleid. Nur gegen die Kälte hatte sie einen Umhang übergeworfen, der aber immer wieder zur Seite geweht wurde.

Antonia?, dachte er überrascht. Sie hatte ihren freien Tag, aber was machte sie hier?

Melchior schlug den Mantelkragen hoch, mischte sich unter die Passanten und folgte ihr. Er wusste selbst nicht genau, warum. War es Langeweile, oder interessierte es ihn?

Antonia betrat einen Garten. Er wartete, bis sie im Haus verschwunden war, dann überquerte er die Straße und las das Schild an der Tür.

Privatakademie Anton Ažbe.

Er pfiff leise durch die Zähne. Natürlich konnte sie in einer Kunstakademie mit Hausarbeiten ihr Einkommen aufbessern. Aber angesichts der Umstände, unter denen er sie kennengelernt hatte, schien ihm das nicht die naheliegendste Lösung. Und das, obwohl seine Mutter keinen Hehl daraus machte, dass ihr schon der Verdacht genügen würde, sie hinauszuwerfen! Diese Frau steckte voller Geheimnisse.

Faszinierend.

Der Morgen war eisig, doch sonnendurchflutet, als Franziska Bruckner den Nockherberg hinauf zum Ostfriedhof stieg. Sie mochte diesen verschwiegenen, baumbestandenen Friedhof, der von einer hohen roten Ziegelmauer umgeben war. Für wenig Geld kaufte sie einer der Blumenfrauen ein paar Chrysanthemen ab und betrat den Friedhof durch einen der Nebeneingänge. Ihr Weg führte sie unter Bäumen zwischen den hohen Grabsteinen hindurch, manche mit Säulen und kleinen Dächern. An der Mauer reihten sich die großen Familiengräber und Mausoleen. Nach kurzer Zeit erreichte sie Ferdinands

Grab, einen der schmalen, hohen Steine mit einem runden, von zwei Säulen getragenen Dach.

Sie zupfte Herbstlaub aus dem Heidekraut und legte ihre Blumen in die Mitte neben den metallenen Behälter mit Weihwasser. Mit dem kleinen Zweig darin sprengte sie etwas davon über die Erde. An den Säulen des Grabsteins empor rankte sich eine kleine Kletterrose, die jetzt frostbehaucht in der Sonne glitzerte. Eine letzte Blüte war vom Wintereinbruch überrascht worden.

Franziska betrachtete sie nachdenklich. Das Alter war so plötzlich gekommen. Ihre erste Ehe war unglücklich und kinderlos geblieben, und als der Erwin, der viel älter gewesen war als sie, gestorben war, war sie beinahe erleichtert gewesen. Ihr Ferdinand war dann ein guter Mann gewesen. Melchior wurde schnell geboren, die beiden Jüngeren folgten mit etwas mehr Abstand. Das erste Feuer ließ nach, aber insgesamt hatten sie eine gute Ehe geführt. Nur sein Leichtsinn in Geldangelegenheiten hatte ihr oft schlaflose Nächte beschert.

Tat sie Melchior unrecht? Sah sie den Vater in ihm, wo er nur versuchte, das Beste aus dem Erbe zu machen, um das er nie gebeten hatte?

Sie bedachte die letzte Rose mit einem nachdenklichen Blick. Hatte sie selbst ihre Blüte erlebt oder immer die gehorsame Pflichterfüllung in den Vordergrund gestellt? Der Winter fragte nicht, ob eine Rose in voller Pracht stand oder noch knospte. Seine eisige Hand zerbrach welkende Blätter ebenso wie jene, die sich nie entfaltet hatten.

Sie hatte fast eine halbe Stunde am Grab gestanden, als sie die Kirchturmuhr hörte. Franziska bekreuzigte sich und ging mit schnellen Schritten über den Friedhof, um das Wirtshaus gegenüber aufzusuchen.

Der «Schwan» war ein kleiner alter Fachwerkbau mit roten Balken und einer windschiefen niedrigen Tür. Im Inneren schlug ihr warmer Dunst von Bier und Fett entgegen. Vorsichtig stieg sie die Stufen hinunter, denn die Türschwelle war so krumm und verzogen, dass nicht wenige, die das erste Mal hier einkehrten, zum Gaudium der Insassen die Treppe hinuntersegelten. Im höhlenartigen Inneren sah sie sich zwischen den Männern um, die hier ihr Mittagessen einnahmen, und steuerte schließlich einen Tisch ganz hinten an.

«Erlbacher», sagte sie und zog sich einen der geschnitzten Stühle heran. Der Brauer wollte aufstehen und ihr den Stuhl zurechtrücken, aber sie winkte ab. Erlbacher ließ sich wieder ihr gegenüber auf der Bank nieder. Er rief die Schankfrau und bestellte ihr ungefragt Bier und Schweinebraten. Nun gut, es war noch nicht Fastenzeit.

«Wir wollen nicht lange herumreden, Erlbacher», meinte Franziska. «Ich komme wegen des Grundstücks auf dem Giesinger Berg, für das du schon länger einen Käufer suchst.»

Erlbacher, ein älterer Mann mit rotem Gesicht, auf dem fast immer ein wenig Schweiß lag, rückte auf seinem Stuhl herum. Helle, kaum sichtbare Augenbrauen ließen die blassblauen Augen noch kleiner wirken. Früher hatte er gar nicht übel ausgesehen, aber seit ein paar Jahren wurde er von Monat zu Monat dicker, und die Uhrkette auf seiner Weste spannte sich bereits wieder bedrohlich.

«Ach ja, das Grundstück.» Das Bier kam, und er hob sein eigenes, um Franziska zuzuprosten. «Wie geht es den Kindern?», fragte er. «Wie alt sind sie jetzt?»

Sie wechselten ein paar Sätze über die Kinder, und Franziska erfuhr, dass Erlbachers Sohn geheiratet hatte und die ältere Schwester Anna jetzt die Wirtschaft führte, seit die Mutter wegen des Podagra nicht mehr laufen konnte. Tüchtig sei sie, die Anna, nur würde genau das wohl verhindern, dass sie einen Mann bekam. Sie wurde einfach zu nötig gebraucht, denn das Weib, das der Karl heimgeführt hatte, war ein nutzloses putzsüchtiges Geschöpf, das die Ehe vermutlich nur wegen des Geldes eingegangen war.

Franziska erzählte ihrerseits, dann aber stellte sie ihr Glas ab und meinte: «Wir sind nicht hier, um über die Kinder zu plaudern, Erlbacher. Du suchst einen Käufer für das Grundstück, und ich bin bereit, dafür zu bezahlen. Was willst du also?»

Erlbacher tat überrascht. «Du willst das Grundstück kaufen, Brucknerin? Seit wann das? Du hast doch immer gesagt, es ist all die Jahre gut gegangen da unten am Fluss, der Herrgott wird es schon richten.»

«Der Ferdinand wollte schon hier oben bauen», gab Franziska zurück. «Das kann nichts Neues für dich sein. Ihr habt sogar einmal wegen des Grundstücks gesprochen.»

«Ja, aber der Ferdinand ist tot. Das ist jetzt drei Jahre her.» Erlbacher säbelte an seinem Braten herum und kaute genüsslich. Die Sauce lief ihm seitlich aus dem Mundwinkel, und er wischte sie mit dem Handrücken ab. «Ich habe mehr Angebote bekommen seit damals. Überall auf dem Land reicht's nicht mehr zum Leben, die Leute kommen in die Stadt und brauchen Wohnungen. Überall wird Baugrund gesucht.»

Franziska hob die Brauen. «Das ist richtig. Allerdings pflegtest du zu sagen, du willst keine Arme-Leute-Wohnungen auf deinem Grundstück. Eine Brauerei soll es kaufen.» Sein eigenes Anwesen lag nicht weit davon, vermutlich fürchtete er, die Einwohner einer Mietskaserne könnten Diebstähle und Schlägereien in die Nachbarschaft bringen.

Die Schankfrau stellte den Teller mit Braten vor Franziska ab.

«An Guad'n», wünschte Erlbacher, und sie begann langsam, ihr Fleisch zu schneiden.

«Also?»

Seufzend, da sie sich nicht von dem Thema abbringen ließ, meinte Erlbacher: «Ich kann dir das Grundstück nicht verkaufen, Brucknerin.»

Franziska legte das Besteck nieder. «Und warum nicht?»

Erlbacher kaute auf seiner fleischigen Unterlippe. «Mei, es will halt noch einer das Grundstück kaufen. Und ich kann doch nicht an ein Weib verkaufen, wenn ich einen Mann als Interessenten habe.»

«Was soll das heißen?» Franziska zog die Brauen zusammen, und unwillkürlich zuckte Erlbacher zusammen.

«Jetzt werd nicht grantig, Brucknerin. Ich kann nichts dafür. Du weißt doch, wie es Tradition ist. Das Bierbrauen ist Männersache.»

Franziska verzog spöttisch die Mundwinkel. «Ja, solange es in großen Sudhäusern stattfindet, wo damit Geld zu machen ist. In der Küche, wo es nur den Familienkessel gibt, ist es Frauensache.»

Erlbacher rutschte unruhig auf seiner Bank herum wie ein gescholtener Schuljunge. «Ich hab die Regeln nicht gemacht, Brucknerin.»

«Wer ist dein Interessent?»

«Das darf ich nicht sagen. Ich habe ihm versprochen, dass ich seinen Namen nicht nenne.»

Franziska presste die Lippen zusammen. Wie gut kannte sie dieses Spiel, und wie sehr hasste sie es! Wenn es darum ging, eine Frau aus dem Wettbewerb zu drängen, dann hielten die Mannsbilder zusammen. Und dann war es völlig sinnlos, irgendwie zu versuchen, einen Keil zwischen sie zu treiben. Ganz gleich, was sie sonst trennen mochte, alle waren sich einig, dass die Weiberleut in ihrem Territorium nichts zu suchen hatten.

«Ist das dein letztes Wort?»

Erlbacher schaute hilflos wie auf der Suche nach Rettung durch den Raum und nickte.

Franziska stand auf.

«Ich werde mich von euch nicht aus dem Geschäft drängen lassen», sagte sie schneidend. «Ihr habt es am Anfang versucht, als der Ferdinand gestorben ist, und auch danach immer wieder. Aber ich bin immer noch da, und die Brauerei ist noch immer in Familienbesitz. Ihr habt euch damals verrechnet, und ihr verrechnet euch auch jetzt.»

Sie wandte sich zum Gehen, und erleichtert tupfte sich Erlbacher mit einem Tuch die schweißfeuchte Stirn.

«Du Lattirl, du windiger!», zischte sie ihn an. Ein bisschen Angstschweiß schadete ihm gar nicht, dem Mann, der wie eine Lattentür hin- und herschwankte, je nachdem, woher der Wind gerade wehte.

«Magst nicht dein Fleisch noch essen, Brucknerin?», rief er ihr nach. «Schau, magst mir nicht noch von der Firmung erzählen? Muss doch bald so weit sein bei der Resi.»

Franziska drehte sich noch einmal um und bedachte ihn mit einem verächtlichen Blick, der ihn unter ihren Augen sichtlich schrumpfen ließ.

«Nein danke», sagte sie schneidend. «Vielleicht ist ja irgendwo ein Mann in der Nähe. Soll der dir doch davon erzählen.»

Sprach's, und rauschte mit wehenden Röcken und hocherhobenen Hauptes zur Tür hinaus.

Draußen, wo er sie nicht mehr sehen konnte, blieb sie stehen. Zornig fuhr sie sich übers Gesicht, um eine Träne der Wut wegzuwischen. Und dann schlug sie mit der flachen Hand gegen die Mauer des Wirtshauses, sodass der Straßenfeger an der Ecke sie erschrocken ansah.

«Bissgurn», brummte er, als sie an ihm vorbei nach Hause ging. «Die Weiberleut von heut werden auch immer böser.»

Nach dem Frühstück hatte Antonia die Betten gemacht und geputzt. Sie war fast fertig und fuhr noch mit dem Staubwedel über die letzten Regale und Sessellehnen im Herrenzimmer. Lächelnd dachte sie an gestern. Je öfter sie bei den Damen der Privatakademie Modell saß, desto mehr Freude hatte sie daran. Die eine oder andere Elevin hatte selbst Erfahrungen mit dem Modellsitzen. Besonders die Reventlow pflegte genüsslich ihren Ruf als Skandalweib. Aber Antonia konnte gutes Geld nach Hause schicken, auch wenn die Mutter sie enterbt hätte, wenn sie gewusst hätte, woher es kam.

Auf einmal fühlte sie sich beobachtet. Ruckartig drehte sie sich um.

«Haben Sie Augen im Rücken, Seejungfräulein?», begrüßte sie Melchior Bruckner.

Antonia legte den Staubwedel ab. «Nachdem Sie sich immerzu anschleichen, ja.»

Seine Lippen verzogen sich amüsiert. «Begleiten Sie mich einen Augenblick?»

«Worum geht es denn?» Antonia räumte den Wedel auf und wischte sich die Hände an der Schürze ab. Seit Franziskas Drohung bei Tisch hatte sie noch immer ständig Angst, man würde sie hinauswerfen. Und ein schlechtes Gewissen, weil sie weiterhin ja reichlich Anlass dazu bot.

Melchior hüllte sich in geheimnisvolles Schweigen. Er führte sie die Treppe hinunter zum Hinterausgang.

«Aber da geht es in den Garten», sagte Antonia und blieb stehen. «Ihre Mutter hat verboten …»

Melchior zuckte die Schultern. «Sie ist ausgegangen, trifft einen Bierbrauer. Sie wird auch mit ihm essen, nehme ich an. Ich muss sicher sein können, dass niemand hört, was ich Ihnen sage.»

Das trug nicht gerade zu Antonias Beruhigung bei. Melchior

Bruckner war der mit Abstand am wenigsten vertrauenswürdige Mensch, den sie kannte.

Er öffnete die Tür. «Was ist, kommen Sie?»

Antonia zögerte. Sie hatte von diesem Garten geträumt, es oft bedauert, dass sie ihn nicht betreten durfte. Aber nie hätte sie es gewagt, sich Franziskas Verbot zu widersetzen.

Melchior hielt die Hand in ihre Richtung ausgestreckt.

Entschlossen ergriff sie sie und trat an seiner Seite ins Freie.

Verzaubert blieb sie stehen. Der Garten glühte in goldenen Herbstfarben, doch der Winter streckte bereits seine diamantenen Hände danach aus. In der Nacht hatte es Frost gegeben, und die gefallenen Blätter am Boden, die unter den Bäumen zu Haufen gefegt waren, waren zu glitzernden Pyramiden erstarrt. Einige späte Äpfel hingen noch zwischen den Zweigen, vom Reif wie mit Zucker überzogen. An geschützten Stellen funkelten rostfarbene Chrysanthemen und erste Christrosen unter efeubewachsenen Mauern. Beeren und Hagebutten neigten sich darüber, überzogen von schimmernden Kristallen, die sich zu sagenhaften Gebilden verzweigten wie Elfenschmuck aus Bergkristall. Dazwischen duckten sich Nadelbäumchen wie bläuliche Farbtupfer.

Zu ihrer Linken ging es auf die Terrasse, doch Melchior führte Antonia über den kurz geschnittenen Rasen zu einem kleinen Gartenhaus, das sich zwischen einige Holunderbüsche mit tiefschwarzen Beeren und Efeu an die Mauer aus roten Ziegeln schmiegte. Die Sonne schien, und obwohl die Luft kalt war, so kalt, dass der Atem vor ihren Gesichtern dampfte, fror Antonia kaum.

«Das ist wunderschön», sagte sie. «Und das ist das Werk Ihrer Mutter?»

Melchior bejahte kurz.

Wie kann jemand, der ein solches Auge für Schönheit hat, so hart sein?, fragte sich Antonia.

Melchior hatte offenbar keine Lust, über den Garten zu sprechen. «Sie müssen sich in Acht nehmen», meinte er. «Meine Mutter kommt zwar nicht oft hin, aber die Technische Universität liegt nicht weit von der Privatakademie.»

«Sie haben mich gesehen?» Antonia erstarrte.

«Was dachten Sie denn, warum ich Sie hier heraus in die Kälte jage?» Er sah ihren erschrockenen Blick und lachte trocken. «Von mir haben Sie nichts zu befürchten, Seejungfräulein. Aber lassen Sie es sonst niemanden wissen, wo Sie Ihre freien Tage verbringen. Es ist schon tollkühn, sich umgehend wieder auszuziehen, kaum kehrt Ihnen meine Mutter den Rücken zu!»

Antonia wollte einwenden, dass sie ihre Familie unterstützen musste, doch er winkte ab. «Lassen Sie es gut sein, Seejungfräulein. Ich schätze tollkühne Frauen. Die Luft dieser Zeit ist schon abgestanden genug, und eine Freiheit, die sich an Regeln hält, verdient den Namen nicht.»

Seine provokante Art trug beinahe zu ihrer Erleichterung bei. Er würde sie schon deshalb nicht verraten, weil er sich genüsslich daran weidete, dass das alles hinter dem Rücken seiner Mutter geschah.

«Wenn Sie so handeln würden, wie Sie reden, säßen Sie jedenfalls längst im Zuchthaus!», meinte sie.

«Das nehme ich als Kompliment.» Sein Mundwinkel zuckte. War das ein Lächeln?

Sie erwiderte es. «Tun Sie das.»

Sei vorsichtig!, warnte die Stimme in ihrem Kopf, aber Antonia hatte nicht vor, sich in Verlegenheit zu bringen.

«Sie haben also tatsächlich ein Studium begonnen. Man hat darüber gemunkelt», wechselte sie das Thema.

«Chemie, an der Technischen Universität.»

«Oh.» Es überraschte sie wirklich. Er hatte nicht wie jemand gewirkt, der viel auf die Vorschläge anderer gab. «Und was ist mit den Kieseln an der Isar? Wer wird die nun ins Wasser werfen?»

Sein Mundwinkel zuckte wieder. «Vielleicht sind Sie ja nicht ganz unschuldig daran, dass sie jetzt liegen bleiben.»

«Ich habe Sie verführt?» Antonia schnippte einen Zweig nach ihm. «Seien Sie mal nicht zu selbstgefällig. Sie haben sich jedenfalls nicht sonderlich geziert.»

Melchior sah sie an und wurde auf einmal ernst.

Antonia räusperte sich. Sie lächelte und blickte unwillkürlich über die frostigen Büsche und den Rasen zum Haus. «Nun ... immerhin sehe ich so endlich den verbotenen Garten.»

«*Den verbotenen Garten!*», wiederholte er. «*My dear,* Sie klingen ja geradezu biblisch.»

Antonia wollte etwas erwidern, da legte er ihr den Arm um die Taille und küsste sie.

Im ersten Moment öffnete Antonia unwillkürlich den Mund. Das Gefühl der warmen Lippen auf ihren, der Hände auf ihrem Körper war so schön, dass sie die Augen schloss und den Kuss erwiderte. Melchior küsste sie so intensiv, dass sie fast zu atmen vergaß. Er zog sie fester an sich, und ihre Arme lagen auf seiner Brust.

Was tust du hier?, fragte eine entsetzte Stimme in ihrem Kopf.

Antonia stieß ihn von sich weg, und ihre Hand klatschte in sein Gesicht.

Überrascht starrte er sie an.

«Es ... tut mir leid!», brachte sie hervor. Nein, sagte die Stimme in ihrem Kopf. Tut es nicht. Was fällt ihm eigentlich ein, diesem arroganten Schnösel! Ihr Gesicht glühte vor Scham, dass sie sich einen Moment lang hatte hinreißen lassen, es zu genießen. Dann schlug die Scham in Wut um.

«Haben Sie mich deshalb geholt?», fuhr sie ihn an. «Haben

Sie sich das so vorgestellt, Sie bekommen von mir, was Sie wollen, sonst verraten Sie mich? Machen Sie das mit jeder, die für Sie arbeitet, oder ist es nur, weil ich Modell stehe?»

«Ich hatte keine schlechte Absicht.» Aber der Ausdruck in seinem Gesicht vermittelte den Eindruck, dass es genauso gut anders hätte sein können.

«Wer sagt das? Mit welcher von den Rollen, die Sie ständig spielen, spreche ich gerade? Dorian Gray? Leonce? Oder mit dem Ritter aus *Undine*? Und wann genau wollten Sie mir sagen, dass Sie verlobt sind?»

Melchiors Blick wirkte merkwürdig verletzlich. Eine neue Rolle, dachte Antonia, die sich dagegen wehrte, sich davon berühren zu lassen. Nichts als eine neue Rolle. Er ist ein Meister darin, andere zu täuschen. Sie gehörte nicht zu den dummen Dingern, die an Märchen glaubten, in denen der reiche Sohn das Aschenbrödel auf seinem weißen Pferd in sein Schloss führt. In der Wirklichkeit sah es immer so aus, dass das Aschenbrödel am Ende als ledige Mutter dastand und der Prinz seinesgleichen heiratete, das hatte sie selbst auf ihrem Dorf mehr als ein Mal gesehen. Männer sahen es gern, wenn Frauen sich über Regeln hinwegsetzten, aber nur, um sie dann unter ihre eigenen Regeln zu zwingen. Und gerade bei diesem Mann gab es einfach zu viel Unabwägbares.

«Tun Sie das nie wieder!», sagte sie ernst. Aber ihre Lippen zitterten, und ihr Puls raste.

Sie lief zurück zum Haus. Als sie die Pforte hinter sich schloss, blickte sie kurz zurück. Melchior sah ihr wortlos nach.

Und der Ausdruck in seinen Augen versetzte ihr einen Stich.

Während der nächsten Tage machte Melchior keine Anstalten, seinen Versuch zu wiederholen. Vielmehr schien er Antonia sogar aus dem Weg zu gehen. Aber wenn sie sich doch begegneten, bemerkte sie, wie er ihr einen schnellen, durchdringenden Blick unter seinen geraden Brauen zuwarf, ehe er wortlos vorüberging.

Am Sonntagnachmittag brach der Winter spät, aber mit voller Kraft herein. Melchior schlenderte ins Herrenzimmer und setzte sich mit seinem Buch in einen der schweren lederbezogenen Sessel am Kamin. Doch immer wieder schweiften seine Gedanken ab. Nachdenklich blickte er von dem Schweinsledereinband von *Das Bildnis des Dorian Gray* auf.

Das Feuer hinter dem eisernen Kamingitter verbreitete eine warme Stimmung. Auf dem gemauerten Sims stand eine Uhr aus Kirschholz, deren schwungvolle Formen von den hellen Intarsien aufgenommen wurden. Das Pendel verschwand in einem verzierten Gehäuse, das golden gerahmte Zifferblatt mit den Perlmutteinlagen wurde von einem kleinen runden Dach bedeckt. Hinter den hohen Bogenfenstern des Erkers, der von dem angebauten Türmchen gebildet wurde, wurde es allmählich dunkel. Auf dem Heimweg von der Tram waren Melchior messerscharfe Spitzen von kleinen Eiskristallen ins Gesicht gefegt worden, und mehr als ein Mal hatte er den Kragen seines Mantels hochgeschlagen und den Schal enger gewunden, wenn ein Splitter dieses Kristallsturms den Weg zu seinem Hals gefunden hatte. Aber er hatte den leichten Schmerz auch unwillkürlich genossen wie einen Beweis, dass er wirklich lebte. Hatte er im Garten wirklich die Dienstmagd küssen wollen – oder die lockenden Lippen der *Sinnlichkeit*? Ging es Dorian Gray ebenso, wenn er auf Sibyl Vanes Mund Shakespeares Julia küsste? Ihr war dieses Dilemma nicht gut bekommen.

Er hörte, wie sich die Tür hinter ihm leise öffnete, und lächelte bitter. Obwohl er die Anwesenheit seiner Mutter spürte, senkte Melchior den Blick wieder auf das Buch.

«Was soll das?», fragte Franziska und setzte sich ihm gegen-über in den Sessel.

Melchior blickte auf, als hätte er sie erst jetzt bemerkt. «Was soll was?»

«Hopf war bei mir», sagte Franziska eisiger als der Frosthauch auf den dunklen Straßen. «Er sagt, du hättest ein Labor einge-richtet und arbeitest daran, ihn aus dem Geschäft zu drängen. Du willst die Verlobung mit Felicitas lösen.»

Melchior verzog mit gespielter Belustigung den linken Mundwinkel. «Ich habe ihm eine vertraglich geregelte Zusam-menarbeit angeboten, aber er wollte nicht. Womöglich erbost es ihn, dass er nicht mehr ungestört seine Hand auf unseren Betrieb legen kann.»

«Du suchst doch nur eine Ausrede, um die Verlobung zu lö-sen, verkauf mich nicht für dumm!»

Melchior seufzte nachsichtig. «Liebste Mutter, die letzten Jahre hast du mir vorgeworfen, ich kümmerte mich zu wenig um das Sudhaus. Und nun, da ich endlich mein Herz dafür entdecke, ist dir das auch wieder nicht recht?»

«Du weißt sehr gut, was ich meine. Diese Heirat ist wichtig. Dein Vater hat uns mit diesem Haus fast ruiniert. Solange ich lebe, wird das nicht noch einmal geschehen.»

«Oh, sei unbesorgt. Ich bin nicht König Ludwig, *ein* Schlöss-chen genügt mir.»

Franziska richtete sich stocksteif auf. Melchior wusste, wie sehr sie es hasste, wenn man sie nicht ernst nahm. Mit einem drohenden Unterton, der es nicht geraten scheinen ließ, sich über sie lustig zu machen, sagte sie:

«Deinen verschwenderischen Lebensstil habe ich geduldet, aber ich lasse nicht zu, dass du die Brauerei ein zweites Mal an den Rand des Ruins treibst. Du kannst sie modernisieren, sofern Hopf das Kapital beisteuert. Nach deiner Hochzeit mit

Felicitas, keinen Tag früher.» Sie hob das Kinn, und ihre Lippen waren bleich. «Es mag dir entgangen sein, aber du bist nicht der Einzige, der zustimmen muss.»

Melchior hob fragend eine Braue.

«Hopf hat mir offen gedroht. Sofern du weiter experimentierst und er fürchten muss, übervorteilt zu werden, betrachtet er die Abmachung als nichtig.»

Melchior begriff, dass sie im Moment nicht hören wollte, was er über Hopfs Motive in Erfahrung gebracht hatte. Er wusste, wie sehr seine Mutter es verabscheute, bei den anderen Brauern als schwache Frau zu gelten, mit der man nach Belieben umspringen konnte. Vielleicht nahm sie die Gefahr, dass Hopf die Brauerei übernahm, sogar bewusst in Kauf. «Nun, du kannst ihm sagen, ich werde die Dampfnudel heiraten», bemerkte er über den Rand seiner Lektüre hinweg. «Zufrieden? So kannst du mich wohl jetzt wieder meinem Wilde überlassen.»

Und dann hörte er nur noch das Rauschen ihrer Röcke, als sie den Raum verließ. Melchior wollte sich wieder in sein Buch vertiefen. Mehrmals setzte er an der Stelle an, wo er unterbrochen worden war, versuchte, wieder in den Fluss des Lesens zu kommen. Doch es gelang ihm nicht. Verärgert warf er das Buch auf den niedrigen Beistelltisch und presste Daumen und Zeigefinger gegen die Nasenwurzel.

Nach dem Abendessen spülte Antonia noch mit Marei das Geschirr. Der Schneesturm war stärker geworden und sauste und zerrte an den Fensterläden. Vielleicht hatte die Mutter recht, und es war falsch gewesen hierherzukommen. Auf dem Dorf war alles so viel leichter. Das Leben verlief in vorbestimmten Bahnen, aber hier hatte sie niemanden. Das Einzige, was sie in diesem Haus je sein konnte, war eine Dienstmagd. Melchior wusste das ebenso gut wie sie, schon allein deshalb hatte er die Ohrfeige redlich verdient.

Sie wollte nicht an den Kuss denken. Ihre Gefühle waren völlig durcheinander und drängten nach draußen. Sie ließ ihnen keinen Raum. Schon auf ihrem Dorf war sie kein vertrauensseliges Ding ohne Sinn und Verstand gewesen und jetzt, nach den ersten Monaten in der großen Stadt, erst recht nicht mehr. Was bei so einem Techtelmechtel herauskam, konnte jeder sehen, der Augen im Kopf hatte. Sie würde sich bestimmt nicht von einem reichen Schnösel verführen lassen und als gefallenes Mädchen enden, ausgestoßen, verachtet, verloren. Bis einem nur noch die Hurerei blieb oder der Gang ins Wasser.

«Was ist los mit dir?», riss Marei sie aus ihren Gedanken, als Antonia mit dem bemalten Steingutteller in der Hand dastand, ohne ihn zu trocknen.

«Tut mir leid», erwiderte Antonia schnell und nahm die Arbeit wieder auf. «Ich musste an mein Dorf denken.»

«Heimweh?»

«Vielleicht.»

Marei tätschelte ihr die Wange. «Geht uns allen so. All das Schillern hier in der Stadt, das zieht einen an wie das Licht den Schmetterling. Aber es ist halt auch gefährlich. Wenn du reinfliegst, verbrennst du.»

«Ich bin kein Schmetterling», erwiderte Antonia schärfer, als sie gewollt hatte. Nicht an diesen Blick im Garten denken.

Marei runzelte die Stirn, und Antonia räusperte sich. «Entschuldige. Wie kommst du damit zurecht?»

Marei blickte zu dem Kreuz, das in der Ecke der Küche hing. «Ich geh in die Kirche, wenn ich traurig bin.»

Antonia schloss die Augen. Für einen Moment kam die Erinnerung an Pater Florian. Sein monotones Gebet. Seine Hand. Seine Anrufungen genau des Gottes, von dem Marei sich getröstet fühlte. Das Gefühl, plötzlich keine Gewalt mehr über den eigenen Körper zu haben. Sie versuchte, an das zu denken, was ihr beim letzten Mal geholfen hatte. War es das Modellstehen gewesen oder die ironische Stimme?

My dear, Sie klingen ja geradezu biblisch.

In ihrem Bein kündigte das Prickeln die Zuckungen an und mit ihnen den Anfall. Siedend heiß durchzuckte sie die Angst. Wenn sie hier einen hysterischen Anfall bekam, würde man sie vielleicht hinauswerfen. Marei wollte ihr nichts Böses, aber wer wusste schon, was sie nach einem oder zwei Bier abends einem Liebhaber verraten würde? Sie musste hier weg.

«Das ist nichts für mich», brachte sie hervor. Sie legte Handtuch und Teller ab und schlang die Arme um den Leib. «Schaffst du den Rest allein? Ich … ich sehe einmal nach, ob überall das Licht aus ist. Ein Feuer ist so schnell ausgebrochen.»

Hastig verließ sie die Küche. Sie bekam nicht mehr mit, ob Marei das Stolpern an der Tür bemerkte und ob sie sich darüber wunderte.

Im dunklen Flur atmete Antonia tief durch und schloss die Augen. Lass dich nicht davon überwältigen, dachte sie. Tief atmen. Ruhig. Sie versuchte es einige Atemzüge lang. Wurde es besser? Sicher war sie nicht. Vielleicht half es, wenn sie sich ablenkte. Am besten tat sie, was sie gesagt hatte, und kontrollierte die Lichter im Haus. Langsam stieg sie die Treppe hinauf. Schritt für Schritt, Atemzug für Atemzug.

Die eingeschnürten Gedanken bedrängten sie. Das Gefühl der Hände auf ihrer Taille, Lippen, die mit der Berührung einen Strom von Wirklichkeit durch ihren Körper fluten ließen wie Elektrizität in einer Lampe. Als ob diese plötzliche, ungewohnte Nähe sie alles intensiver spüren, sie die Gegenwart tiefer wahrnehmen lassen könnte. Es war nur die Überraschung gewesen, die sie diesen Kuss so stark hatte empfinden lassen.

Melchior konnte man nicht weiter trauen, als seine Gemeinheiten hörbar waren.

Töricht.

Ein neues Zucken durchlief ihren Körper. Es nahm ihr den Atem und zwang sie, sich am Geländer festzuhalten. Antonias Herz raste. Ihre Hände klammerten sich um das kühle Holz, sie blieb stehen, versuchte krampfhaft, tief und ruhig zu atmen. Ein. Und aus. Noch einmal. Ein. Und aus.

Ihr Puls schien sich ein wenig zu verlangsamen. Vorsichtig ging sie weiter und erreichte den Treppenabsatz.

Unter der Tür zum Herrenzimmer bemerkte sie einen schmalen Lichtstreifen. An der Wand abgestützt, ging sie langsam Schritt für Schritt darauf zu. Das Zimmer würde um diese Uhrzeit längst verlassen sein. Vermutlich hatte tatsächlich jemand das Licht vergessen. Und wenn der Anfall kam, würde man sie dort nicht sehen.

Oder war dort noch jemand? Etwas bewegte sich hinter der Tür, ein Schatten verdunkelte den hellen Lichtstreifen.

Jeder einzelne Muskel in ihrem Leib schien sich anzuspannen. Auf keinen Fall dem Zucken nachgeben! Antonia machte ruckartig kehrt und wollte zurück zur Treppe. In diesem Moment schoss ein neuer Blitzschlag durch ihren Leib.

Es riss sie in eine unnatürlich überstreckte Position. Ihr Rücken wurde steif. Ihr Arm schlug nach der Seite aus. Ihre Brust reckte sich nach oben, der Kopf fiel zur Seite. Ihre Knie gaben nach. Sie verlor das Gefühl in Händen und Füßen und die Kontrolle über ihre Stimme. Der Atem verließ zischend ihre Lunge.

Keinen Laut!, dachte sie noch. Gib keinen Laut von dir!

Im letzten Moment gelang es ihr, den Schrei zu unterdrücken, und nur ein ersticktes Stöhnen rang sich über ihre Lippen.

Schlagend und zuckend erkämpften sich ihre Glieder den Raum, der ihnen gestohlen worden war. Sie hörte zusammenhanglose Geräusche, die keinen Sinn ergaben. Verschwommen tauchte ein Schatten über ihr auf. Jemand packte sie und hob sie auf. Die Wärme eines anderen Körpers tat gut. Menschliche Arme zu spüren, gab ihr das Gefühl, noch da zu sein, und das Zucken ließ ein wenig nach. Antonia sog gierig die Luft ein.

Als sie wieder zu sich kam, saß sie in einem Sessel oder auf einem Diwan. Ein Gesicht beugte sich über sie. Antonia blinzelte, und das Bild wurde klarer.

«Gott sei Dank, da sind Sie ja wieder», sagte Melchior. «Halt, sehen Sie mich an!»

Ein leichter Klaps auf die Wange, und ihr Bewusstsein entschied sich endgültig zu bleiben. Benommen sah sie sich um. Sie war im Herrenzimmer. Es war fast dunkel, und sie konnte die genaue Zeit nicht von der Kaminuhr ablesen. Das elektrische Licht war ausgeschaltet, und das Feuer brannte nur noch schwach. Draußen vor den großen Bogenfenstern heulte noch immer der Sturm.

«Brauchen Sie einen Arzt?»

Mit einem Schlag war Antonia vollkommen klar im Kopf. «Nein! Keinen Arzt! Bitte nicht, bitte keinen Arzt!»

«Gut, gut, wie Sie möchten.»

Melchior richtete sich auf. Er tauchte das Tuch, das in seinem Aufschlag gesteckt hatte, in ein Glas Wasser auf dem Beistelltisch. Tropfen in ihrem Gesicht verrieten, dass er es schon benutzt haben musste, um sie wieder zu sich zu bringen. Er reichte ihr das Tuch, und dankbar tupfte sich Antonia die schweißbedeckte Stirn.

«Entschuldigen Sie», sagte sie und ließ sich erschöpft zurücksinken. «Ich habe hier nichts zu suchen.» Sie wollte aufstehen. Ihre Beine fühlten sich schwach an, und in ihrem Kopf drehte sich alles. Der Schwindel war so stark, dass Melchior sie behutsam an den Schultern packte und wieder in den Sessel drückte.

«Lassen Sie sich Zeit.» Er öffnete den Schrank ganz hinten im Zimmer. Darin standen mehrere schön geformte Flaschen und Gläser. Er nahm ein großes, bauchiges Glas heraus, goss etwas aus einer der Flaschen hinein und reichte es ihr. «Hier, trinken Sie.»

Antonia nahm das Glas und betrachtete die dunkelgoldene Flüssigkeit. «Was ist das?»

«Nur ein guter Cognac. Er stärkt das Herz.»

Es brannte auf der Zunge, und ihr Körper wurde schlagartig von Wärme durchströmt, sodass ihre Wangen sich erhitzten. Aber das wilde Drehen in ihrem Kopf ließ jetzt etwas nach.

«Danke», flüsterte sie.

Melchior setzte sich in den Sessel gegenüber, wo noch ein Buch lag, in dem er offenbar gelesen hatte. Er sah sie lange und eindringlich an, aber er stellte die Frage nicht, die in seinen Augen stand. «Sie sind krank», stellte er nur fest.

«Nein! Nein … Bitte, werfen Sie mich nicht hinaus!»

«Warum das denn, wegen einer Ohnmacht?»

«Bitte sagen Sie Ihrer Mutter nichts davon», bat Antonia. Sie stellte das Glas ab und wollte erneut aufstehen. «Ich muss wieder an die Arbeit.»

«Nun bleiben Sie doch. Es ist spät, und Marei ist längst fertig. Ich habe sie vorhin an der Treppe gehört.»

Antonia starrte ihn erschrocken an. «Wie lange war ich …?»

«Ein paar Minuten, nicht länger. Ich hörte ein Röcheln und dann einen Aufprall. Und als ich nachsah, lagen Sie zuckend vor der Tür und schienen keine Luft zu bekommen. Ich brachte Sie herein, das ist alles.»

Antonia nickte dankbar und lehnte sich mit geschlossenen

Augen in den Sessel zurück. Das kühle Leder des Bezugs unter ihren Händen gab ihr Sicherheit und das Gefühl, nicht wieder verlorenzugehen. Melchior wartete stumm. Ohne eine Erklärung würde er sie nicht gehen lassen.

«Es ist die Hysterie», sagte sie leise. «Ich dachte, ich hätte es überwunden ...» Sie unterbrach sich, und es überlief sie siedend heiß. Sie schämte sich entsetzlich, das Wort aussprechen zu müssen. «Ich hoffe, ich habe keinen ... Anstoß erregt.»

Melchiors Mundwinkel zuckte. «Da habe ich schon Provokanteres gesehen, und ich versichere Ihnen, unter weit weniger bedrohlichen Umständen.»

Auf eine eigentümliche Art taten ihr die spöttischen Worte gut. Antonia trank noch einen Schluck und schloss für einen Moment die Augen.

«Ich hielt Sie fest. Die Berührung schien Sie zu beruhigen», meinte Melchior nachdenklich. Die Szene ging ihm durch den Kopf. Er kam zu ihr herüber und wollte sich über sie beugen. Antonias Herz begann wieder zu rasen. Ruckartig drehte sie sich weg.

Melchior hielt inne und sah sie unverwandt an. Dann wandte er sich ab zu dem großen Bogenfenster und blickte in die Dunkelheit hinaus. «Nun gut. Niemand wird etwas von dem Vorfall erfahren.» Seine hellen Augen hatten einen sonderbar zweideutigen Ausdruck. Aber vielleicht war es nur der letzte flackernde Schimmer des Kaminfeuers. «Ich verreise ohnehin.»

«Verreisen?» Sie biss sich auf die Lippen, da ihre Stimme lauter geklungen hatte als beabsichtigt.

«Nach England», erklärte Melchior beiläufig. «Die Beziehungen sind angespannt, seit der Kaiser letztes Jahr eine unglückselige Depesche verschickt hat, aber vielleicht beruhigt sich die Lage wieder. Ich habe Freunde in London. Also werde ich noch etwas Erfahrung sammeln und einen Geldgeber für meine Experimente suchen, da mein ... künftiger Schwiegervater sich entschieden hat, mich nicht als Geschäftspartner, sondern als Rivalen zu sehen. Den Beschimpfungen nach, die er mir an den Kopf wirft, will er entweder eine Familienfehde anzetteln oder mich selbst heiraten, denn er benimmt sich schon jetzt wie ein gehörnter Ehemann.» Ein kurzes Lächeln. «Nun ...» Er räusperte sich, als Antonia nicht reagierte. «Sie sind mich jedenfalls für einige Zeit los.»

Antonia nickte schwach. Das war vielleicht nicht die schlechteste Lösung.

«Was ist mit Ihnen, Seejungfräulein? Sie werden nicht ewig Modell stehen können, und vermutlich wollen Sie nicht den Rest Ihres Lebens fremde Häuser putzen. Haben Sie je daran gedacht, wieder die Schule zu besuchen?»

«Die Schule?»

«Warum nicht? Sie sind eine kluge Frau. Ich habe gesehen, wie Sie meinem Freund Albert zugehört haben. Wie ich seinem letzten Schreiben entnehme, mussten sich einige seiner Schweizer Kommilitonen und gar Professoren anhören, dass eine Münchner Dienstmagd verständigere Fragen stellt als sie. Und angesichts dessen, was er sonst über das schöne Geschlecht zu sagen pflegt, ist das in höchstem Maße bemerkenswert.» Er kräuselte die Lippen.

Unbehaglich hielt sich Antonia mit beiden Händen am Sessel fest. Sie wusste nicht, was sie darauf antworten sollte.

«Sie könnten mehr aus sich machen», meinte Melchior ernst. «Eine gute Ausbildung, Unabhängigkeit. Reizt Sie das nicht?»

«Natürlich reizt es mich, aber das Geld, das ich verdiene, muss ich nach Hause schicken. Ich habe keine Zeit für so etwas. Niemand aus meiner Familie ist länger als nötig zur Schule gegangen. Warum ich?»

Seine undurchdringlichen Augen schienen das Schneetreiben draußen zu verfolgen. Immer wieder blitzte ein Kristall vor den Scheiben auf, wenn das Flackern des vergehenden Feuers ihn traf.

«Nun, vielleicht weil Sie es verdienen», sagte Melchior und ging ohne ein weiteres Wort aus dem Zimmer.

– 22 –

Sie reisen ab? Aber warum?»
Sebastian starrte Melchior entgeistert an. Vorgestern war davon noch keine Rede gewesen, und er hatte hier im Labor alles für den nächsten Versuchstag hergerichtet. Der kleine, kühle Raum war tadellos aufgeräumt, und im Regal standen die Behälter der Größe nach geordnet. Der Schrank mit dem Kunsteis und den Kulturen war geschlossen. Der große Kolben stand auf dem Tisch, und die Hefe machte einen guten Eindruck, nicht zu viel Schaum, nicht zu wenig.

«Ich habe meine Gründe», erwiderte Melchior abweisend.

«Aber wir wollten morgen das neue Rezept im Sudhaus brauen. Ich verstehe nicht …»

«Es ist nun einmal so», schnitt Melchior ihm das Wort ab und ging zur Tür. «Manchmal lassen sich Dinge nicht ändern.»

«Und das Rezept? Das Labor?»

Melchior hielt inne und sah sich um: der kleine Schrank, den sie mit Hilfe des Kunsteises auf die Temperatur von vier Grad gebracht hatten, um darin untergärige Hefe zu züchten, die Kolben und Flaschen, in denen sie verschiedene Mischungen ausprobierten und reifen ließen; die mit Schläuchen verbundenen Glasbehälter, in denen sie die Gärung beobachteten.

«Lassen Sie alles erst einmal stehen», sagte er leise. «Vielleicht machen wir eines Tages weiter. In einem anderen Leben.»

Sebastian sah ihm nach, als die Tür hinter ihm zufiel. Ungeschickt räumte er den Kolben wieder ins Regal. Es machte ihn traurig. Zum ersten Mal hatte er das Gefühl gehabt, an etwas beteiligt zu sein, das mehr bedeutete als nur die Frage, wie er das Essen bezahlen und noch Geld zurücklegen konnte. Zum ersten Mal hatte er das Gefühl gehabt, die Früchte seiner Arbeit auch sehen zu können. Nicht nur ein namenloser Arm zu sein, der nicht mehr Bedeutung hatte als der Rührstab, den er bewegte. Es war ein schönes Gefühl gewesen, seine Arbeit gern zu tun und nicht nur stumpfe Tätigkeiten zu verrichten, deren Ergebnis er nie zu sehen bekam.

Niedergeschlagen stellte er die restlichen, noch leeren Kolben und bauchigen Flaschen ebenfalls in das Regal und fegte noch einmal durch. Dann schloss er den Schrank mit der Kühlung. Er überlegte. Vielleicht ließ er die Versuchsmischungen noch in ihren Kolben. Wenn er nach Feierabend oder in einer Pause ab und zu herkam, konnte er vielleicht danach sehen, und dann mussten sie nicht alles neu ansetzen, falls sie später weitermachten. Er würde alles genau auf dem Block aufschreiben, so wie Herr Bruckner es ihm gezeigt hatte.

Sebastian schloss die Tür sorgsam hinter sich ab und steckte den Schlüssel ein.

Zur selben Zeit kam Antonia bebend vor Kälte von der Poststelle zurück. Sie schüttelte ihren schneebedeckten Mantel vor der Tür aus und stampfte mehrmals mit den Füßen, um die dicke Schicht loszuwerden, die trotz der Kürze des Wegs daran klebte.

«Schuhe aus!», rief Kreszenz dennoch sofort, kaum trat sie zitternd in die Halle. Antonia war froh, die schweren, durchnässten Lederschuhe loszuwerden. Gern schlüpfte sie in die Hauspantoffeln aus Wolle.

Aus der Küche drangen Dünste nach Zwiebeln und Wurst, und sie beschloss nachzufragen, ob sie einen heißen Aufguss bekommen könne. Ihren durchfrorenen Händen würde es guttun.

«Raus da, und Pratz'n weg von meinem Teig!», hörte sie Mareis Stimme, und im selben Moment schoss Resi aus der Küche, die Finger im Mund und kichernd. Als sie bemerkte, dass sie Publikum hatte, leckte sie die Reste hastig ab und setzte ein Engelsgesicht auf. Aber kaum war sie am oberen Treppenabsatz, zog sie ein paar fertige Kringel aus der Schürze.

An Tagen wie diesen war der wärmste Raum, der für die Dienerschaft zugänglich war, die Küche. Marei stand mit hochgerecktem Hintern vor dem Eisentürchen des Backofens und inspizierte den Inhalt. Dem Duft nach zu urteilen, waren es Kipferln für die Weihnachtstafel. Die hatten vermutlich auch die diebischen Hände des Bruckner'schen Nachwuchses angelockt. Darunter, hinter dem zweiten Eisentürchen, brannte das Feuer. Die alten Zeitungen, die vermutlich aus Melchiors oder Franziskas Zimmer stammten, warteten darauf, hier drin ihr Ende zu finden. Antonia hatte sich noch immer nicht an diese Verschwendung gewöhnt. Bei ihr zu Hause hatte man die alten Zeitungen auf dem Abort verwendet, um sich zu säubern. Wenn man überhaupt welche las.

«Hast du einen Kessel und ein paar Kräuter übrig?», fragte Antonia und rückte sich einen der Stühle mit den grob ausgeschnitzten Lehnen in die Nähe des Backofens.

«Antonia? Das hör ich doch sogar von hinten.» Marei richtete sich auf. «Auch einen Löffel Honig, wenn du magst.»

Während Marei ihr das Wasser heiß machte und duftenden getrockneten Salbei und einen großzügigen Löffel Honig in einen Tonbecher füllte, streckte Antonia seufzend die Beine aus. «Es wird immer kälter draußen. Bald werden die Uferbereiche der Isar zufrieren.»

«Auf der Post gewesen?», fragte Marei.

«Ich schicke immer wieder Geld.» Antonia seufzte behaglich und reckte ihre rot gefrorenen Hände nach dem Ofen.

«Und hast du mal eine Antwort bekommen?»

Antonia schüttelte wortlos den Kopf, als sie den Tonbecher entgegennahm. In all den Wochen, seit sie weg war, hatte sie nie eine Antwort bekommen. Es war genau wie damals bei Marius. Mit ihrer heimlichen Abreise hatte sie sich selbst aus der Familie ausgestoßen.

Marei legte ihr tröstend den Arm um die Schultern. «Sei nicht traurig. Geht uns allen so. Aber was bleibt einem schon auf dem Land, heutzutage? Die Leute sterben weg, und man hat Glück, wenn man selbst nicht dazugehört. Vielleicht findest du ja mal jemanden, mit dem du eine eigene Familie gründen kannst.»

Antonia legte ihre Hand auf Mareis. «Danke.»

Schritte näherten sich. Melchior blieb in der Tür stehen, als er die beiden Frauen zusammensitzen sah.

Antonia richtete sich unwillkürlich auf.

Marei blickte zur Tür. «Soll ich ...?»

«Nein», unterbrach er sie kurz. Er wandte sich an Antonia. «Ich fahre morgen früh mit dem ersten Zug nach Hamburg. Dort nehme ich das Schiff nach London. Ich wollte Ihnen noch etwas geben.»

Er zog eine Karte aus seinem Gehrock und reichte sie Antonia.

Überrascht nahm sie sie entgegen. «Was ist das?» Sie las die elegant geschwungene Handschrift. «Unterrichts- und Erziehungsinstitut der Armen Schulschwestern?»

Melchior lächelte, ein schnelles, fahriges Lächeln. «Sie nehmen dort auch Frauen aus einfachen Verhältnissen auf.»

Antonia ließ die Hände langsam sinken und sah ihn an. Ihre Lippen öffneten sich, aber ihr fehlten die Worte. «Warum tun Sie das?», fragte sie endlich.

Er legte seinen abweisenden Ton an wie einen Mantel. «Ich

gebe Ihnen einen Hinweis, nichts weiter. So wie Sie mir einmal einen Hinweis gegeben haben. Wir sind quitt.»

Er warf einen schnellen Blick mit wachen Augen durch den Raum. Dann drehte er sich um und verließ die Küche, noch ehe Antonia das Chaos in ihrem Innern bändigen und wenigstens ein Danke hervorbringen konnte. Sie starrte ihm nach, und tausend ungesagte Worte blieben ihr im Hals stecken.

Nur Marei krähte plötzlich: «Oh mei, meine Kipferln!» Und stürmte zum Ofen.

Als Melchior am nächsten Morgen zum Bahnhof aufbrach, sah er weder seinen Bruder noch Franziska an, und schon gar nicht Antonia. Nur seine kleine Schwester umarmte er flüchtig.

«Kannst du mehr über den Detektiv herausfinden, von dem du erzählt hast?», fragte Resi neugierig. «Den mit dem karierten Schlafrock und der Geige?»

Melchior lachte und zauste ihr liebevoll das Haar. «Sherlock Holmes ist eine Romanfigur, Resi.»

«Aber warum haben dann die Leute in London Trauer getragen, als er gestorben ist? Du hast erzählt, dass damals viele junge Männer mit schwarzen Armbinden unterwegs waren.»

Melchior lächelte kurz, aber es wirkte gezwungen. «Da ist was dran.»

Dann nahm er seinen Hut ab und stieg in die Droschke. Bis er zum Tor hinausfuhr, drehte er sich kein einziges Mal um. Als sei er froh, dem Haus den Rücken zu kehren.

«Und, wirst du die Adresse aufsuchen, die er dir gegeben hat?», fragte Marei, die in einen viel zu dünnen Wollumhang gehüllt neben Antonia stand.

Antonia betrachtete die Karte.

«Ich weiß nicht», erwiderte sie. «Ich bin mir nicht sicher, ob ich das kann. Andererseits habe ich so lange Geld nach Hause geschickt und nie eine Antwort bekommen. Vielleicht sollte ich es endlich einmal für mich selbst ausgeben.»

Die nächsten Tage vergingen quälend langsam. Kreszenz führte das Regiment über Federwisch und Lumpen und scheuchte Antonia und die anderen Dienstboten herum. Wie um zu beweisen, dass sie auf gar keinen Fall zum alten Eisen gehörte, fuhrwerkte sie wie ein zänkischer grauhaariger Irrwisch durchs Haus. Kurz vor Weihnachten schickte sie Antonia sogar noch in den Stall, um nachzufragen, ob Kraftfutter für die Brauereirösser bestellt werden musste. Antonia hätte sich beschwert, dass der Stall eigentlich nicht zu ihren Aufgaben zählte, aber dann zuckte sie die Schultern und ging. Streit mit Kreszenz dauerte lange und endete meist mit jeder Menge Beschimpfungen.

Am Sonnwendtag ratterte ein schwerer Bierwagen den steilen Nockherberg hinauf. Die beiden ruhigen, starken Kaltblüter, Bazi und Schorsch, zogen die Bierkutsche. Oben auf dem Bock hockte Brauknecht Xaver und ließ ab und zu die Peitsche über den Köpfen der Rösser schnalzen. Hinter ihm waren die Fässer festgezurrt, aber trotz der Seile rollten sie ein wenig hierhin und dorthin. Es war eisig kalt, und ein scharfer Wind schnitt ihm ins Gesicht. Immer wieder schlug der Knecht fröstelnd die klammen Finger aneinander. Obwohl er Wollhandschuhe trug, fror er wie ein Schneider.

Über ihm schwankten die Kronen von Kastanien und Eichen in dem Eishauch, der von der Isar heraufwehte und unangenehm unter seinen Janker drang. Von hier konnte man die Stadt am anderen Ufer gut sehen. Aber Xaver drehte sich nie um. Sein ganzes Leben hatte er hier in Giesing verbracht. Er hatte keine Sehnsucht nach den Großkopferten drüben oder gar den spinnerten Künstlern in Schwabing. Er sah auf die nickenden Köpfe seiner Rösser und die langen Zügel in seiner Hand, alles andere war ihm gleichgültig.

Der Wagen ächzte, und die Rösser mussten sich schwer ins Geschirr lehnen, um die steilste Stelle zu nehmen. Die oberen Fässer begannen, leicht zu schwanken, und die Pferde rutschten auf einer kaum sichtbaren Eisplatte. Erschrocken scheuten sie und hielten an.

«Weiter da!»

Xaver ließ die Peitsche zischen, und mit einem Ruck setzte sich der Wagen wieder in Bewegung. Ein Grund, warum er den Umgang mit den Tieren schätzte, war, dass er hier die Zügel in der Hand hielt. Dass er die Macht hatte, zu befehlen und zu schlagen.

Schnaubend arbeiteten sich die Tiere Meter für Meter weiter. Ihr Atem dampfte in der Kälte.

Der Wagen traf auf einen Stein. Xaver schrie den Pferden einen Befehl zu, und sie zogen schneller. Der Wagen überrollte den Stein und kam mit einem harten Schlag wieder auf dem Pflaster auf.

Holz knirschte und brach. Kreischend splitterte das Rad, brachen die Streben. Xaver wurde zur Seite geworfen. Um ein Haar wäre er vom Kutschbock katapultiert worden. Unwillkürlich hielt er sich an den Zügeln fest. Die Pferde, hart in den Mäulern gerissen, bäumten sich auf und gingen durch.

Der Kutscher wurde so heftig hin und her geschleudert, dass er das Gefühl hatte, jeder einzelne Knochen in seinem Leib würde brechen. In seinem Rücken hörte er das Krachen splitternder Holzfässer. Die Ladung musste sich gelöst haben, doch er konnte sich nicht umsehen, ohne vom Bock zu fallen. Die scheuenden Tiere rannten wild davon, ohne darauf zu achten, dass die eiserne Hinterachse des Wagens polternd und Funken sprühend über die Straße geschleift wurde. Xaver angelte nach den Zügeln, aber dann versuchte er nur noch, sich festzuhalten.

Das rasende Gefährt erreichte die Kuppe und jagte auf den Ostfriedhof zu. Menschen brachten sich schreiend in Sicherheit. Mütter zerrten ihre Kinder in Hauseingänge, suchten hinter den Mauern des Friedhofs Schutz. Irgendwann gelang es Xaver, die wild herumschlenkernden Zügel zu ergreifen. Verzweifelt riss er daran und versuchte, die Pferde zum Stehen zu bringen. Er hatte die Aussegnungshalle fast erreicht, als die Tiere endlich langsamer wurden. Ein Passant nutzte die Gelegenheit. Beherzt sprang er von der Seite auf die Straße und griff in die Zügel.

«Ho, ho!», beruhigte er die schwitzenden und zitternden Tiere. Schnaubend ließen sie sich die Hälse streicheln.

Noch ehe Xaver von dem schiefen Bock stieg, nach den Pferden und der Achse sah, warf er einen Blick nach hinten.

Er atmete tief durch und schlug das Kreuz. Es war noch schlimmer als befürchtet.

Die hintere Klappe hatte zwar gehalten, doch seitlich hatte ein Fass eine Lücke geschlagen. Nahezu alle waren herausgestürzt, nur noch zwei, drei rollten auf der leeren Ladefläche herum und stießen gegen die Holzwände. Der Weg, den die Pferde genommen hatten, war gezeichnet von verschüttetem Bier und geborstenen Fässern. Eine Schneise von Dauben und gesplittertem Holz zog sich die gesamte Länge der Straße entlang. Ein einziges Bild der Zerstörung.

Was würde die gnädige Frau dazu sagen?

«Das ging nicht mit rechten Dingen zu!», erklärte er Franziska Bruckner eine Stunde später in der Halle. Mit schmalen Lippen und wachsbleich hörte sie sich seinen Bericht an. Eine Wagenladung Bier und dazu der Schaden an der Kutsche, das war ein schwerer Verlust. Und er konnte noch von Glück reden, dass sonst niemand zu Schaden gekommen war – keine Passanten, nicht die Rösser und schließlich auch er selbst nicht. «Da hat einer was gemacht, an dem Rad.»

«Ja, ja», erwiderte die Gnädige kühl. «Nur leider können wir das nicht mehr überprüfen, weil das Rad zerstört wurde.»

Hilfesuchend sah sich Xaver um. Sein Blick fiel auf die Treppe, wo Antonia gerade mit Kreszenz die Treppe herunterkam. Beide waren beladen mit Stapeln von Bettzeug für die Waschküche.

Kreszenz musste gehört haben, was Xaver beteuert hatte, denn sie kam ihm zu Hilfe. «Ich hatte Antonia in den Stall geschickt», warf sie mit einem heimtückischen Seitenblick ein. «Vielleicht hat sie was dran gemacht?»

Antonia schnappte nach Luft. «Was?»

Dieses Miststück!, dachte sie und bedachte Kreszenz mit einem wütenden Seitenblick.

Xaver begriff überraschend schnell, welches Geschenk ihm hier gemacht wurde. «Genau, ich hab sie bei der Kutsche gesehen», rief er triumphierend, «als ich anfangen wollte mit dem Aufladen! Wer weiß, womit sie sich da zu schaffen gemacht hat!»

Antonia kämpfte gegen das starke Bedürfnis, sowohl dem Knecht als auch Kreszenz eine saftige Watschn zu verpassen. Diese Unterstellung war maßlos frech.

«Was wollten Sie bei der Bierkutsche?», fragte die Gnädige streng.

Antonia balancierte ihren Stapel nervös von einem Arm zum anderen. «Ich sollte fragen, ob wir Pferdefutter bestellen müssen. Kreszenz hatte mir den Auftrag gegeben. «

«Aber was hast du bei der Kutsche zu suchen, wenn der Xaver noch gar nicht da war?», kreischte Kreszenz.

«Woher sollte ich denn wissen, wann er kommt?», erwiderte Antonia schnippisch. «Ich dachte, er wäre im Stall.»

Die Gnädige musterte sie von oben bis unten. «Antonia hat

nicht gerade die Statur, eine Bierkutsche zu sabotieren, meinen Sie nicht? Das überzeugt mich nicht. «

Kreszenz und Xaver blieb der Mund offen stehen. Und auch Antonia hätte fast ihren Stapel fallen lassen. Franziska Bruckner ergriff Partei für sie?

«Danke», murmelte sie mit gesenktem Kopf.

«Bedanken Sie sich nicht», erwiderte die alte Bruckner kühl. «Ich kann mir zwar nur schwer vorstellen, dass Sie eine Bierkutsche ansägen, aber diese Geschichte erscheint mir seltsam. Ich behalte Sie im Auge. Und Sie», befahl sie Xaver, «rufen den Stellmacher!»

Damit rauschte sie davon. Antonia bugsierte ihren Stapel wieder so, dass er sich gleichmäßig auf beide Arme verteilte, und stapfte Kreszenz hinterher in die Waschküche. Aber während sie Waschbrett und Seife holte und die Laken im heißen Wasser mit zunehmend roten Händen schrubbte, jagten in ihrem Kopf Gedanken wie das Wilde Heer in den Raunächten. Wütend klatschte sie die nassen Tücher auf den Rand des Beckens und wünschte, sie könnte dasselbe mit Kreszenz tun. Dass die Alte sie nicht leiden konnte, war kein Geheimnis, aber Verleumdung war neu. Sie musste auf der Hut sein. Mit Sicherheit würde das nicht der letzte Versuch bleiben, sie loszuwerden.

Melchior hätte sicher eine seiner Bemerkungen parat gehabt, etwa «*Machen Sie sich keine Sorgen, Seejungfräulein, die einzige Sabotage, derer man Sie derzeit schuldig zu sprechen hätte, wäre die der guten Sitten*».

Ein wenig heiterte sie der Gedanke auf. Nachdenklich schrubbte Antonia weiter auf dem Waschbrett herum. Hatte nicht Melchior erwähnt, dass er mit seinem künftigen Schwiegervater in Konkurrenz stehe? Was, wenn der alte Hopf seine Finger im Spiel hatte? Es würde bestimmt nichts schaden, mehr darüber herauszufinden.

– 23 –

Franziska Bruckners Warnung war eindeutig gewesen. Wenn Antonia nicht ihren gehorsamen Zinnsoldaten gab, würde sie die längste Zeit im Bruckerschlössl gearbeitet haben. Es blieb ihr also nichts anderes übrig, als bis zu ihrem freien Tag zu warten, ehe sie ihr Vorhaben in Bezug auf Alois Hopf in Angriff nehmen konnte.

Die Stimmung im Haus war wieder einmal angespannt. Antonia putzte gerade im ersten Stock, da flog die Tür des Kontors auf, als wäre das gesamte Königlich Bayerische Gendarmeriekorps im Anmarsch, und Vinzenz stürmte mit hochrotem Kopf heraus.

«Ich bin aber nicht der Melchior!», brüllte er, packte ein, zwei Blätter, die ihm heruntergefallen waren, und rannte die Treppe hinauf.

Um einer schlecht gelaunten Franziska Bruckner zu entgehen, nahm Antonia hastig Eimer und Federwisch, um oben weiterzumachen. Das tat sie so gewissenhaft, dass Vinzenz, der sich inzwischen wieder an seine Hausarbeiten gesetzt hatte, sie wütend anfuhr:

«Kannst du nicht woanders den Federwisch schwingen? Du lenkst mich ab!»

«Was ist denn los?», fragte Antonia, die den sonst so umgänglichen Jungen kaum wiedererkannte.

Ächzend schob Vinzenz seinen eleganten Eichenstuhl zurück und kippte ihn waghalsig, sodass er nur noch mit einer Hand

an dem neuen Schrank mit den verschnörkelten Kirschholz-
leisten die Balance hielt. Die lederne Schultasche lag achtlos
hingeworfen am Boden. Eine Schnalle war locker, als hätte er
seinen Ranzen irgendwann als Gefährt benutzt. Trotzig wippte
er die Füße gegen den Schrank. «Mathematik. Negative Zahlen.
Langweiliges Zeug.»

«Weißt du, bei uns gab es keine Schule, die man länger besuchen konnte als bis zur Einsegnung für die Firmung», sagte
Antonia. «Ich war dreizehn, als ich sie verlassen musste. Wenn
ich könnte, würde ich gern wieder zur Schule gehen.»

«Großartig», meinte Vinzenz und schob das Buch in ihre
Richtung. «Dann sag du mir, wie es geht!»

Antonia beugte sich über das Lehrbuch, das an den Ecken
abgestoßen war und einige übel geknickte Seiten aufwies. Sie
überflog die Erklärung. «Was genau verstehst du denn nicht?»

Vinzenz blickte sie aus großen hilflosen Augen an, und auf
einmal sah er Melchior ein wenig ähnlich.

«Ich verstehe nicht, wie ich minus elf plus vierundzwanzig
rechnen soll», beschwerte er sich. «Sonst hat mir Melchior geholfen, aber der ist ja nicht da.»

«Gut, ich erkläre es dir, wenn du dein Bett nachher selbst
machst.»

Vinzenz zog eine Schnute. «Ich bin doch kein Dienstmädchen!»

Antonia zuckte die Schulter. «Und ich nicht das Fräulein
Lehrerin. Ich verliere Zeit, wenn ich es dir erkläre, und ich
könnte Ärger bekommen. Also, wäscht eine Hand die andere?»

Vinzenz biss sich auf die kindlich vollen Lippen. Er warf
einen Blick zu seinem Bett, in dem auch noch ein Schuh lag,
ein Stofftier, das in besseren Zeiten vielleicht einmal ein Bär
gewesen war, und ein Wimpel vom TSV 1860. Aber dann nickte
er. «Abgemacht.»

Antonia legte den Federwisch ins Regal und zog sich den Hocker vom Bett heran. «Negative Zahlen sind das, was man nicht hat. Nehmen wir an, deine Mutter hat elf Mark Schulden, das sind minus elf. Wenn sie jetzt 24 Mark verdient, muss sie davon zuerst ihre Schulden abbezahlen. Die Schulden ziehen wir also von den 24 ab, und dann wissen wir, was ihr danach noch bleibt.»

«Dreizehn Mark!» Vinzenz sah verblüfft auf sein Heft und dann zu Antonia. «So leicht ist das?» Ein schüchternes Grinsen erschien auf dem sommersprossigen Gesicht. «Und minus elf minus 24?»

«Schau her, unsere negativen Zahlen sind wieder Schulden. Du hast elf Mark Schulden und willst dir aber trotzdem noch etwas kaufen, sodass du noch einmal 24 Mark zusätzlich leihen musst. Hast du jetzt mehr Schulden als vorher oder weniger?»

Vinzenz überlegte. «Mehr.»

«Genau. Also rechnest du …»

«… elf plus 24!», strahlte Vinzenz. «Gibt minus 35.»

«Na also.» Antonia zwinkerte ihm zu. «So schwer ist das gar nicht.»

Es war ein gutes Gefühl, die Mathematik besser verstanden zu haben als der Junge aus gutem Haus, der eine Lateinschule besuchte. Antonia fühlte sich seltsam lebendig, in einer Weise, wie sie es sonst nur aus dem Atelier kannte. Und von dem Moment, als Melchior sie geküsst hatte. Aber das musste der Junge nun wirklich nicht wissen.

Das kleine alte Sudhaus war dunkel und still. Es war der Tag vor Weihnachten, und die Knechte hatten frei. Nur der Braumeister würde bis zum späteren Abend noch seinen Rundgang machen, aber kaum öfter als einmal die Stunde hier auftauchen. Kalt und ruhig standen die schweren Maischebottiche unter den Balken im Gewölbe. Durch die großen Fenster drang kaum Licht, nur ab und zu verriet ein leises Rascheln, dass Mäuse unterwegs waren.

Plötzlich fiel ein Lichtspalt herein. Ein leises Knarren verriet, dass die Tür geöffnet wurde. Schattenhaft huschte eine Gestalt ins Dämmerlicht. Es war nicht zu erkennen, ob Mann oder Frau, jung oder alt, da die Gestalt einen langen, weiten Kutschermantel trug. Sie duckte sich in den Schatten eines Maischebottichs und schob sich langsam, Zentimeter für Zentimeter, vorwärts. Suchend blickte sie sich um.

Vorsichtig erklomm sie die Holzstufen zum ersten der drei Bottiche und blickte hinein. Sie schöpfte etwas in einen mitgebrachten Glasbehälter, roch daran und schüttete es wieder zurück.

Auf dieselbe Art prüfte der nächtliche Gast alle drei Bottiche. Im letzten fand er, was er suchte: die noch warme Maische mit dem ungewohnten Geruch. Vorsichtig füllte er seinen Behälter und steckte ihn ein. Dann tastete er sich suchend weiter. Er fand die Treppe zum Keller und stieg hinab. Die Tür zum Labor war verschlossen. Mit einem finsteren Lächeln tastete der Besucher den Türrahmen ab, und tatsächlich hielt er eine Minute später den Schlüssel in Händen.

Er betrat das Labor und entzündete eine mitgebrachte Öllampe. Das Licht blendete ihn einen Moment. Dann hatten sich seine Augen daran gewöhnt. Sein Blick streifte über die Flaschen und Kolben und Schalen. Vorsichtig schob er Behälter und Rechnungen auf dem Tisch beiseite. Die gierigen Finger griffen nach einem Zettel, auf den einige chemische Formeln gekritzelt waren. Er hob die Rechnungen daneben wieder auf, und die Finger in den Wollhandschuhen zitterten und zerknitterten unwillkürlich das Papier. War dies die Rezeptur?

Sein Ellenbogen stieß gegen den großen Glaskolben. Das

Gefäß schwankte. Im letzten Augenblick hielt er es fest, ehe es vom Tisch fiel und auf dem feuchten Backsteinboden zerschellt wäre. Sein keuchender Atem dampfte in der Kälte.

Ein Geräusch ließ ihn aufblicken. Alarmiert sah er sich um und löschte die Lampe.

Stille. Nur das Schlagen des eigenen Herzens.

Mit zitternden Fingern kramte der nächtliche Gast Streichhölzer aus der Tasche und zündete die Lampe wieder an. Der metallische Geruch von Lampenöl breitete sich aus, und er drehte den Docht etwas höher.

Der große Schrank war verschlossen, und es dauerte, ehe er den Schlüssel in einer Pappschachtel im Regal fand. Vorsichtig drehte er ihn herum.

Er wühlte hastig in den Papieren, bis er endlich eines entdeckte, das ihm das richtige schien. Er strich es glatt, um es zu lesen.

«Was machen Sie da?»

Der heimliche Besucher fuhr herum. Totenbleich stand ein junger Mann im Eingang, mit hellbraunem Haar und großen Händen. Der Kleidung nach zu urteilen ein Brauknecht der Bruckners. Davon hatte man ihm nichts gesagt.

Der Eindringling steckte das Papier in die Tasche unter dem Umhang, zog sich die Kapuze tiefer ins Gesicht und ging auf den Knecht los.

Der packte den Umhang, um ihn aufzuhalten, und begann zu schreien. Der Eindringling versuchte, sich loszureißen, doch der junge Mann hielt ihn eisern fest. Er versuchte, ihm die Kapuze vom Kopf zu reißen, da schlug ihm der Eindringling mit der Faust zuerst in die Seite, dann mitten ins Gesicht.

Mit einem Schmerzensschrei taumelte der Knecht zurück. Der ungebetene Gast nutzte den Moment, als sein Gegner losließ, und stürzte an ihm vorbei die Treppe hinauf und ins Freie.

Zur selben Zeit hatte Antonia endlich Feierabend, und nach Weihnachten war ihr wirklich nicht mehr zumute. Am Tag vor Heiligabend hatte Kreszenz noch einmal ein strenges Regiment geführt. Marei fand noch eine Scheibe Brot, etwas Schmalz und ein paar Zwiebeln für sie, aber Antonia war so müde, dass sie einfach nur auf den Stuhl fiel und die Arme auf die grobgezimmerte Tischplatte legte.

«Seit der Sache mit Xaver hetzt mich Kreszenz herum wie eine Sklavin», beschwerte sie sich. Am liebsten hätte sie angefangen zu weinen. Sie biss sich auf die Lippen, aber Müdigkeit und Wut ließen die Tränen doch warm und salzig über ihr Gesicht laufen.

Marei setzte sich zu ihr. «Na komm, das wird schon. Die Gnädige ist hart zu uns allen, und Kreszenz macht das nach. Mir hat sie mal eine runtergehauen, weil der Pudding ganz leicht angebrannt war.»

Antonia war so müde, dass sie am liebsten an Ort und Stelle eingeschlafen wäre. Aber dann zog sie sich doch Most und Brot heran und begann, langsam zu essen. Es tat gut. «Wenn die Gnädige mich nicht haben will, warum wirft sie mich nicht einfach hinaus?»

Marei strich ihr eine dicke Schicht duftendes Schmalz auf eine Scheibe Brot und reichte sie ihr. «Sie ist misstrauisch. Sie denkt, jedes Dienstmädchen, das in so einem Haus anfängt, glaubt, es wird am Ende den jungen Herrn heiraten und sich ins gemachte Nest setzen. Franziska hat die letzte hinausgeworfen, weil sie Melchior schöne Augen gemacht hat, und eigentlich wollte sie gar kein junges Mädchen mehr einstellen. Und justament da holt der Melchior dich. Und hübsch bist du auch noch.»

Antonia hob die rote Nase und schniefte.

«Na ja», ergänzte Marei grinsend. «Solange du nicht gerade heulst.»

«Der hat mich doch nur eingestellt, weil er wusste, dass seine Mutter mich hassen würde.» Und vermutlich hatte er sie auch genau aus diesem Grund geküsst.

«Gut möglich», meinte Marei. «Lass dich bloß nicht auf ihn ein.»

Beide blickten auf, als es an der Haustür klopfte. Der schwere metallene Ring wurde so heftig gegen die Pforte gedonnert, dass man den Eindruck hatte, ein ganzes Regiment stünde vor der Tür.

«Himmelherrschaftszeiten!» Marei sprang auf. «Was ist denn los, marschieren die Franzosen ein?»

Antonia folgte ihr in die Halle, als sie öffnete. Draußen in der Dezemberkälte stand ein junger Brauknecht in einer viel zu dünnen Joppe. Frierend hatte er die Arme vor die Brust geschlagen.

«Es gab einen Einbruch im Sudhaus!», rief er. «Ich bin der Sebastian.»

Marei und Antonia sahen sich an. Antonia war auf einmal hellwach.

«Ich hole die Gnädige», sagte sie.

Franziska Bruckner lag schon im Bett, doch die Leuchte an ihrem Nachttisch brannte noch. Sie las ein Buch. Ihr langes graues Haar hing offen und dünn über den Rücken, und sie wirkte damit weit weniger streng als sonst. Als Antonia mit der Neuigkeit herausplatzte, warf sie einen Umhang über und steckte das Haar unter eine Nachtmütze mit weißen Rüschen.

Sebastian hatte sichtlich Scheu, doch dann berichtete er, dass er in Melchiors Labor einen Eindringling überrascht habe, der leider geflohen sei.

«Im Labor?», fragte Franziska. «Nicht im Sudhaus?»

«Das Rezept!», stieß Sebastian hervor. «Herr Bruckner und

ich hatten ein Rezept für untergäriges Bier mit reinen Hefekulturen entwickelt. Es ist weg.»

«Rein untergäriges Bier? Mit nur einer Hefesorte?» Die Gnädige runzelte die Stirn, und ihre Brauen zogen sich gefährlich zusammen. «Das geschah ohne mein Einverständnis.»

«Wie … wie meinen?» Ungeschickt bewegte Sebastian die Hände hin und her. Er war nicht sicher, ob er weiterreden sollte, und blickte fragend von einer zur anderen.

«Scheuchen Sie mich das nächste Mal nicht wegen so etwas aus dem Bett, junger Mann, haben wir uns verstanden?»

«Aber, gnädige Frau, es wussten nur wenige Leute von dem Rezept … Herr Bruckner wollte damit einen Weg finden, aufs Oktoberfest zu kommen …»

«Gute Nacht.» Franziska Bruckner drehte sich ohne ein weiteres Wort um und rauschte die Treppe hinauf.

Antonia blickte dem jungen Mann nach, der langsam und mit hängenden Schultern in der Dunkelheit verschwand. Dann nahm sie ihren Mantel und lief ihm nach. Sie holte ihn noch vor dem Gartentor ein. «Warten Sie!»

Sebastian blieb stehen. Er sah an Antonia hinab, und sie bemerkte, dass sie barfuß war. Egal, dachte sie. Die Großmutter hat immer gesagt, es sei gesund, barfuß im Schnee zu laufen.

«Es gab einen Unfall, vor ein paar Tagen», erklärte Antonia. Es hatte wieder zu schneien begonnen. Die Flocken glänzten im Schein der Gaslaternen vorn an der Straße, wo sie ihren Nacken berührten, wurden sie zu eisigen Rinnsalen. Auch Antonias Zehen wurden kalt, und sie fragte sich, ob der Rat der Großmutter so gut gewesen war. «Erst das, und jetzt der Einbruch. Das geht nicht mit rechten Dingen zu.»

«Das meine ich auch.» Der junge Mann wurde lebhafter. «Der Einbrecher hat danach gesucht, da bin ich mir sicher. Es wussten nicht viele Leute davon. Nur der Hopf und der Professor, und ein paar von unseren Knechten. Der Xaver und der Hans vermutlich.»

«Zwei Unglücke in so kurzer Zeit. Das kann kein Zufall sein. Ich hatte Hopf schon im Verdacht wegen des Unfalls. Melchior Bruckner und er scheinen Konkurrenten zu sein. Ich wollte zu ihm und mehr herausfinden, aber bisher blieb keine Zeit dafür.»

«Hopf?», wiederholte Sebastian lebhaft. «Der war vor einiger Zeit im Labor. Herr Bruckner und er haben laut gestritten. Er hat ihm vorgeworfen, ihn aus dem Geschäft drängen zu wollen. Man konnte merken, dass Herr Bruckner ihn nicht leiden mag. Seine Tochter soll er heiraten, aber es wirkt nicht so, als würde er das gern tun.» Er überlegte. «Und wenn Sie zum Hopf gehen? Mich kennt er, aber bei einer Frau wird er nicht misstrauisch werden. Der Herr Bruckner war immer gut zu mir, und ich arbeite gern für ihn. Und jetzt ist er nicht hier und kann sich nicht selbst darum kümmern. Er braucht meine Hilfe.»

Es versetzte Antonia einen kleinen Stich, dass er so warm über Melchior sprach. «Es ist Weihnachten», sagte sie nachdenklich. «Da geht es ruhiger zu, und wer in einem Wirtshaus zu viel fragt, fällt auf. Aber in den Tagen vor Silvester ist das anders. Vielleicht kann ich dann etwas in Erfahrung bringen.» Sie lächelte verstohlen. «Herr Bruckner drückt sich manchmal seltsam aus. Aber ich glaube, dass er kein so schlechter Mensch ist, wie er gerne tut.» Warum auch immer ihm diese Rolle gefiel – Stolz, Langeweile oder Scheu.

«Geht mir ähnlich.» Sebastian grinste. «Ich verstehe nicht viel von dem, was er sagt. Aber warum wollen Sie ihm helfen?»

Ein Windhauch wehte einen Schwall schneidend kalter Schneeflocken in ihre Richtung. Glücklicherweise kühlte er auch Antonias wärmere Gefühle für Melchior Bruckner ab, ehe womöglich noch Sebastians Phantasie über ihr Verhältnis angeregt wurde. «Nun, wie er gern zu zitieren pflegt: *Wohltätigkeits-*

fanatikern kommt jedes Gefühl für die Menschlichkeit abhanden. Aber ich habe das Gefühl, dass hier etwas nicht stimmt, und ich will wissen, was. Denn im Hause Bruckner gibt es gewöhnlich eine Person, der alles, was irgendwie schiefläuft, angelastet wird, und das bin ich. Wenn Kreszenz von dem Einbruch hört, wird sie womöglich behaupten, ich wäre es gewesen.»

Der Gedanke war dann doch ein wenig komisch. Antonia musste lächeln, und Sebastian erwiderte ihr Lächeln. Und das gab ihr das Gefühl, dass sie einen Verbündeten gefunden hatte.

– 24 –

Weihnachten war wenige Tage vorbei, und Sebastian kam von der Arbeit nach Hause. Er wohnte in einer der Untergiesinger Mietskasernen in einer winzigen Mansarde, die er mit einem anderen Arbeiter teilte. Es gab sogar einen Aufzug. Ansonsten hatte das Haus wenig Luxus zu bieten, aber Sebastian wusste es zu schätzen, dass er nach der Arbeit nicht mehr vier Stockwerke Treppen steigen musste.

Müde schloss er die Haustür auf und betrat das fensterlose Treppenhaus. Schmucklose Kacheln sorgten dafür, dass es leicht zu reinigen war. Von irgendwoher drangen Kindergeschrei und das Schimpfen eines Mannes. Es roch nach Kraut, das es jetzt um diese Jahreszeit überall gab. Sebastian erinnerte der Geruch daran, dass er das letzte Mal heute Mittag etwas gegessen hatte, und da auch nur ein Stück Brot. Er strebte dem offenen Aufzugsschacht zu, als er im Halbdunkel die Frau auf der Treppe bemerkte. Eine sehr hübsche schwarzhaarige junge Frau mit starken Brauen und vollen Lippen.

Überrascht blieb er stehen. Er musste zweimal hinsehen, ehe er glaubte, was er sah.

«Vevi?»

Seine Verlobte lief auf ihn zu, und er fing sie auf.

«Vevi, was machst du hier?»

Genoveva umarmte ihn, aber es wirkte trotzdem nicht, als würde sie sich einfach nur freuen. Fast schon klammerte sie sich an ihn.

«Ich muss mit dir reden, Basti.»

Sebastian betätigte einen Knopf und steckte den Kopf in den Schacht, um zu sehen, wo der Aufzug war. Hastig zog er ihn zurück, als die Kabine an dem dicken Hanfseil herabschwebte.

«Fahren wir erst mal in die Wohnung hoch.»

Vevi fuhr das erste Mal in einem Aufzug, und er hielt ihre Hand, als sie scheu das schwankende Gefährt betrat. Sebastian schloss das schwere Eisengitter hinter ihnen und betätigte den Knopf für die oberste Etage.

Langsam setzte sich die Hydraulik in Bewegung und trug sie ratternd nach oben.

Vevi hielt sich an Sebastians Hemd fest, als fürchte sie, gleich aus dem Eisenkorb zu fallen. Ängstlich betrachtete sie die vorbeiziehenden Stockwerke, und je höher sie schwebten, desto fester wurde ihr Griff.

Oben angekommen, öffnete Sebastian das Gitter und half ihr hinaus. Von hier aus mussten sie noch eine Treppe in das Halbgeschoss der Mansarde laufen.

Sie stiegen die schmale leiterartige Stiege hinauf, und Sebastian öffnete die niedrige Tür. Beide mussten beim Eintreten den Kopf einziehen, und auch im Inneren konnte Sebastian nur in der Mitte ganz aufrecht stehen. Licht drang durch ein einziges schmales Gaubenfenster. Es gab kaum Mobiliar, nur zwei kleine Stühle und ein selbstgezimmerter Tisch verrieten, dass hier überhaupt jemand wohnte. Ein Krug Wasser, Brot und ein Fässchen Sauerkraut standen auf der Platte. Die Schlafkammern lagen unter der Dachschräge und waren eher Verschläge als Zimmer zu nennen.

Sebastian ließ Vevi auf einem der Stühle Platz nehmen. Sein Mitbewohner Michael kam abends meistens erst spät, sie würden einige Zeit allein haben.

Vevi verknotete unruhig die Hände.

«Ist was passiert?», fragte Sebastian beunruhigt. «Ist irgend-was mit den Eltern?»

Vevi schüttelte den Kopf und biss sich auf die Lippen. Sie schaffte es nicht, ihre Botschaft zu überbringen.

«Eigentlich ist es schön ... sehr schön sogar ... aber so ...» Sie holte tief Atem. «Ich glaube, ich bin schwanger.»

Sebastian riss die Augen auf. «Was?»

Vevi rutschte auf ihrem Stuhl herum. «Es gibt Anzeichen ... ich hab eine Hebamme von einem Nachbardorf gefragt. Unsere hätte mich doch sofort verraten.»

«Aber wie ...»

«Das letzte Mal, als du zu Besuch im Dorf warst, da muss es passiert sein. Weißt du noch? Wir sind auf den Heuboden rauf. Meinem Vater haben wir gesagt, ich bringe dich zum Zug ...»

Sebastian rang noch immer nach den richtigen Worten.

«Wir müssen heiraten!», brachte er endlich hervor.

«Oh, Gott sei Dank!», stieß Vevi hervor. Und dann liefen ihr plötzlich die Tränen übers Gesicht. Sie stürzte auf Sebastian zu und umarmte ihn. «Ich hatte schon Angst, du willst nichts mehr von mir wissen!»

«Schmarrn!» Sebastian küsste sie und zog sie an sich. «Und was jetzt?»

Vevi seufzte. «Ich trau mich nicht mehr nach Haus. Der Va-ter bringt mich um, wenn er das erfährt. Er sagt immer, wenn eine von uns einen Bastard hat, dann erschlägt er sie mit dem Knüppel.»

Sebastian kannte den Bauern nicht gut genug, um zu wissen, wie ernst er das meinte. Es gab Männer, die ihre Töchter auf diese Weise nur dazu erziehen wollten, sich nicht mit Männern einzulassen. Aber auch andere. «Wir finden schon eine Lösung. Solange wir nicht verheiratet sind, kannst du nicht hier wohnen.

Der Vermieter wird es nicht zulassen, schon aus Angst, eine Anzeige wegen Kuppelei zu kriegen.»

Er überlegte. Er hätte Melchior Bruckner gefragt, aber der war verreist. An wen konnte er sich sonst wenden? Franziska Bruckner? Er hatte sie nur wenige Male gesehen und hatte Angst vor ihr. Aber vielleicht Antonia.

Er nahm Vevis Hände in seine. «Jetzt sieht man noch nichts. Eine Nacht kannst du hier bleiben, aber morgen fährst du nach Hause. Du sagst deinem Vater, du willst in der Stadt arbeiten, damit wir bald heiraten können. Und nach Neujahr kommst du zurück. Bis dahin habe ich gefragt, ob du im Brucknerschlössl arbeiten kannst. Ich komme nächste Woche nach Prien und rede mit deinem Vater. Es wird ohnehin Zeit, dass ich um dich anhalte. Dann heiraten wir hier, in aller Stille, nur wir beide und ein Priester.»

«Aber der Vater? Die Leute werden sich die Mäuler zerreißen, wenn wir nicht das ganze Dorf einladen! Sie werden sagen, da hat jemand ganz schnell heiraten müssen.»

Sebastian überlegte. «Und wenn du das Kind hier in aller Heimlichkeit kriegst und wir danach heiraten?»

Vevi riss erschrocken die Augen auf. «Ein Bankert?»

Da war etwas dran. Besser nicht. «Also gut. Erst der Priester. Und das Kind halten wir lange genug geheim, bis wir offiziell auch in Prien getraut sind.»

Sie hatten Glück: Nach Weihnachten heiratete eine der Kellnerinnen, und ihr Platz wurde frei. Vevi fand zunächst in einem nahen Kloster Unterkunft, würde aber bald ins Brucknerschlössl ziehen können. Sebastian hatte Peter nicht einmal von der Schwangerschaft erzählt. Noch sah man Vevi nichts an, und bei ihm zu Hause war es üblich, dass die Frauen bis zur Geburt arbeiteten. Seine eigene Mutter hatte all ihre Kinder beim Aussäen auf dem Feld zur Welt gebracht. Danach gab es fünf Tage Ruhezeit, ehe Haushalt, Mann und ältere Kinder wieder riefen.

Silvester stand unmittelbar ins Haus, und Marei buk schon Lebkuchen für Heiligdreikönig, als Antonia in die Küche kam. Aus dem Ofen duftete es heiß und honigsüß, und ein zweites Blech wartete bereits. Über der Tür hing ein Mistelzweig, und die Büschel getrockneter Kräuter an den Wänden mischten jetzt, da es warm war, ihren Duft in den des Honigs. Die Köchin selbst war damit beschäftigt, ein Zwetschgenmandl zu basteln, ein kleines Männchen aus getrockneten Zwetschgen, die sie auf Draht spießte. Den winzigen Filzhut, der den Schwärzling krönen würde, hatte sie schon genäht; er lag auf dem Tisch.

«Oh, du hast dich aber aufgeputzt», meinte sie aufblickend. Antonia trug ihr neues Sonntagskleid und duftete nach einer mit Lavendel parfümierten Seife, die sie sich für einen Wucherpreis auf dem Markt gekauft hatte.

«Ach wo. Es gibt ein kleines Tanzvergnügen in einem Wirtshaus, und ich dachte, ich sehe mir das mal an.» Antonia schnupperte. «Oh, das riecht gut. Vielleicht sollte ich doch lieber hierbleiben.» Kater Fleckerl strich schnurrend um ihre Beine, vermutlich in der Hoffnung auf einen Rest Wurst oder Butter.

«Geh nur tanzen», meinte Marei und beugte sich wieder über ihre Arbeit. «Ist besser für dich, bald einen Burschen kennenzulernen. Du warst still in den letzten Tagen. Kreszenz hat schon gestichelt, Melchior Bruckner würde dir fehlen. Die hat wohl ihre langen, haarigen Ohren an die Tür gehalten, als er dir diese Adresse gab, und jetzt denkt sie, er ist deinetwegen aus München geflohen. Und ganz ehrlich: Ein bisserl plötzlich war das ja schon.»

Seit jenem Abend hatte sich Antonia selbst oft gefragt, was Melchior zu seiner überstürzten Abreise bewogen haben mochte. Mehrmals hatte sie vor der Schule gestanden, die er ihr genannt hatte, sich aber nie hineingetraut. Jedes Mal hatte sie sich gesagt, dass sie die Zeit gar nicht hatte. Außerdem war sie seit fünf Jahren nicht in der Schule gewesen. Vermutlich würde sie gar nicht mehr mithalten können. Sie fragte sich, was er in ihr sah, dass er ihr das zutraute. Aber das ging die Köchin nun wirklich nichts an.

«Herr Bruckner, mir fehlen? So weit kommt's noch!», lachte sie stattdessen. «Womöglich wegen seiner unwiderstehlichen Gemeinheiten? Nein, wenn er geflohen ist, dann vor der Ehe. Ein Blinder konnte sehen, dass ihm an Fräulein Hopf nicht viel gelegen ist. Er hat sie doch so gut wie nie besucht.»

Doch offenbar war auch Marei aufgefallen, wie verändert er am Abend vor seiner Abreise gewesen war. «Vielleicht hat ihn ja etwas davon abgehalten. Oder jemand.»

«Ja, und ich weiß auch wer: Dorian Gray und die Kiesel an der Isar!» Antonia warf eine Trockenzwetschge nach Marei, und die Köchin lachte. Kater Fleckerl, der die Zwetschge wohl für eine Maus hielt, sprang sofort hinterher. Vorsichtig beschnupperte er die Frucht und rollte sie mit seinen schneeweißen Pfoten hin und her. Sein Schwanz zuckte, als er begriff, was für ein herrliches Spielzeug er erhalten hatte, und sofort war eine wilde Jagd durch die Küche im Gange.

«Hör auf, die Gnädige sucht sowieso nur einen Grund, mich hinauszuwerfen. Die hätte mir am liebsten noch Xavers Unfall angelastet, aber das war offenbar selbst ihr zu absurd.» Gedehnt setzte Antonia nach: «Ich habe mich schon gefragt, ob Hopf dabei die Finger im Spiel haben könnte.»

«Glaube ich nicht», erwiderte Marei prompt. «Der Xaver hat schon öfter den Wagen zu schwer beladen. Er macht das manchmal, um Zeit zu sparen. Würde mich nicht wundern, wenn er da einfach mal übers Ziel hinausgeschossen wäre.»

Das traute Antonia Xaver schon zu. «War Hopf eigentlich ein Freund vom alten Bruckner, da ihre Kinder heiraten sollen?»

Marei pfiff durch die Zähne. «Überhaupt nicht. Die waren sich spinnefeind. Erst als der alte Bruckner unter der Erde war, hatte Hopf plötzlich die Idee, seine Tochter und Melchior zu verheiraten. Die Gnädige hat sich gern darauf eingelassen. Sie will ihren wichtigsten Konkurrenten zu ihrem Verbündeten machen. Wenn du deinen Gegner nicht besiegen kannst, steig mit ihm ins Bett.» Sie grinste frech.

Antonia lachte. «Sie sieht mir nicht gerade aus, als hätte sie ihr Lebtag nach diesem Satz verbracht!»

Aber das verstärkte ihren Verdacht. Vielleicht würde sie im Laufe des Abends mehr erfahren.

Leichtes Tauwetter hatte eingesetzt, als Antonia in ihre groben Schuhe schlüpfte und sich zum Wirtshaus des Hopfbräu aufmachte. Es dämmerte schon, und sie lief durch Schneematsch und Pfützen. Einen Moment fragte sie sich, warum es sie eigentlich interessierte, ob Hopf hinter alldem steckte. Beruhigt konnte sie sich sagen, dass sie sicher keines der Dienstmädchen war, das durch grenzenlose Leidensfähigkeit und Hingabe das Herz des Prinzen zu erobern hoffte. Weder Leidensfähigkeit noch Hingabe zählten zu ihren hervorstechenden Eigenschaften. Sie hatte einfach keine Lust, für alles verantwortlich gemacht zu werden, was dem Brucknerbräu an Übeln widerfuhr. Außerdem ging es ihr gegen den Strich, wenn jemand glaubte, sich mit Gewalt einfach alles nehmen zu können. Das hatte sie zu Hause in Flechting oft erlebt, und nicht selten hatte der scheinheilige Salzmeier dabei im Zentrum gestanden. Sie wollte nicht aus Untätigkeit auf der falschen Seite stehen. Am Ende verlor sie noch ihre Stelle, wenn Hopf die Bruckners aus dem Geschäft drängte!

Sie fand das Wirtshaus und mischte sich unter die anderen Mägde, die zum Tanz wollten. Es gab nicht allzu oft die Möglichkeit für eine Frau, allein in ein Wirtshaus zu gehen, und so würde sie nicht auffallen.

Die Gaststube war klein, und für den Tanz hatte man einfach ein paar Tische beiseite gerückt. Einen Moment glaubte sie, Kreszenz gesehen zu haben, aber sie hatte Wichtigeres zu tun, als sich um die alte Bissgurn zu kümmern. Hopf brach sicher nicht selbst in ein Labor ein oder sägte an einem Rad herum, dachte Antonia. Wenn er hinter den Unglücksfällen steckte, würde er den vertrauenswürdigsten seiner Leute geschickt haben. Ein Bier später hatte Antonia von einer älteren rotgesichtigen Magd erfahren, dass der Hopf'sche Vorarbeiter nicht anwesend war.

Sie vertrieb sich die Zeit, indem sie noch ein paar weitere Mägde aushorchte und behauptete, sie sei auf der Suche nach Arbeit. Fing man an, die Frage nach dem feschsten Arbeiter in der Brauerei Hopf zu stellen, erhielt man sofort einen Schwall von Antworten.

«Und der Vorarbeiter?», fragte Antonia. «Der ist wahrscheinlich ein alter, graubärtiger Grantlhuber.»

Heftiger Widerspruch brandete ihr entgegen. Der Vorarbeiter, erfuhr Antonia, sei ein äußerst schneidiges Mannsbild mit einer Figur wie Siegfried der Drachentöter. Was er, dem albernen Kichern der einen oder anderen Magd nach zu urteilen, offenbar auch weidlich ausnutzte.

«Da kommt er!», flüsterte ihr plötzlich jemand mit feuchtfröhlicher Aussprache ins Ohr. Antonia wischte sich mit der Schulter die Wange und sah zum Eingang.

Aufs Drachentöten hätte sie nicht geschworen, aber ein stattliches Mannsbild war er schon: groß, breitschultrig, mit schwarzem Haar und kantigen Gesichtszügen. Antonia legte den Kopf ein wenig schief und dachte an die *Sinnlichkeit*.

Ihn an den Tisch zu bekommen, war nicht schwer. Sie tanzte einen Zwiefachen mit ihm, danach war der Vorarbeiter, ein gewisser Tassilo, bereit, ihr ein Bier auszugeben.

«Dass das Fräulein Hopf bald heiraten wird, ist so romantisch!», schwärmte sie, als sie sich setzten. Sie schubste seine Hand von ihrer Hüfte und prostete ihm zu. «Die Erben von zwei so bedeutenden Brauereien, glücklich verliebt! Sie werden die Tage zählen.»

Zum Glück, der Reiz des Alkohols war stärker als der des Unterrocks. Tassilo nahm einen kräftigen Schluck von seinem Bier. Es war nicht sein erstes, er war schon mit einem Krug hereingekommen. Doch obwohl er sicher einiges vertrug, wurde er bereits gesprächiger.

«Bei den Großkopferten ist auch nicht alles Gold, was glänzt», verkündete er großspurig. «Hopf konnte schon den alten Bruckner nicht leiden, und den jungen noch viel weniger. Wenn er dem seine Tochter gibt, dann bloß, weil er sich einen Gewinn davon verspricht.»

Antonia riss in gespielter Unbedarftheit die Augen auf. «Gewinn?», hauchte sie entsetzt. Dann zog sie eine Schnute und stieß ihn scherzhaft an. «Ach geh, du bist nur eifersüchtig, stimmt's? Beim Brucknerbräu haben sie erst kürzlich bei einem schlimmen Unfall eine ganze Ladung Bier verloren. Da wird der Herr Hopf doch bestimmt ausgeholfen haben.»

«Beim Bruckner gab es einen Unfall?»

Die Überraschung wirkte echt. Vielleicht hatte Marei recht gehabt, und es war wirklich Xavers Schuld gewesen. Antonia beschloss, die Rolle der Unschuld vom Lande noch etwas zu strapazieren. Sie rief die Schankfrau, ihrem Begleiter noch eine Maß zu bringen.

«Ja, stell dir vor, hat mir die Köchin dort erzählt! Wie kann so was nur passieren?»

Das Bier spornte ihn tatsächlich an, den Fachmann zu geben. «Da hat der Knecht wahrscheinlich falsch beladen. Die Männer von der Brucknerin taugen alle nichts, die hat keine starke Hand. Man darf die Zügel nicht lockerlassen, sonst erlauben die sich alles.»

«Das passiert dem Hopf mit dir sicher nicht», schmeichelte Antonia und legte die Hand auf seinen verschwitzten Unterarm, über dem er die Ärmel hochgekrempelt hatte. «Du bist sicher zuverlässig, das sieht man sofort.»

«Ja, meine Arbeiter spuren», meinte er selbstgefällig, obwohl Antonia von den zuckersüßen Schmeicheleien allmählich selbst schon übel wurde. «Meine Burschen nehmen Haltung an, wenn ich komme. Die wissen, dass ich ihnen auch eine reinhaue, wenn nötig. Wenn die Burschen einen Mann nicht respektieren, dann wird das nichts.»

«Da fühlt sich deine Frau wohl sehr sicher, bei so einem Beschützer», flötete sie.

Tassilo rückte ein wenig näher und wollte sie auf seinen Schoß ziehen. «Weißt du, ich hab noch gar keine Frau.»

Warum nur?, dachte Antonia und unterdrückte ein Lachen. Sie schlug ihm scherzhaft auf die Finger und flötete: «Du Bazi!»

Im sicheren Bewusstsein, ein Mädel vom Land vor sich zu haben, das sich nur noch ein wenig zierte, wollte er zugreifen, aber Antonia schob ihm stattdessen das Bier in die Hand und sagte: «Jetzt erzähl mir doch was von dir! Wo du das Sagen hast, passiert sicher auch nicht so was wie beim Bruckner mit dem Einbruch.»

Die Rechnung ging auf. Von sich selbst zu erzählen reizte ihn noch mehr als alle Vorzüge der Stuck'schen *Sinnlichkeit* zusammen.

«Ja, das stimmt. Mir passiert so was nicht», verkündete Tassilo großspurig. «Aber bei uns gibt's ja auch keinen Raum für Versuche und so Zeug. Nur ehrliche Braukessel.»

Antonia hielt den Atem an. Er weiß also von dem Einbruch, dachte sie, und er weiß sogar, dass es ein Labor gibt. Woher?

«So, jetzt aber genug geredet. Jetzt krieg ich ein Busserl!»

«Freilich», lachte sie. «Wenn die Maß hier leer ist.»

«Na, dann schau mal gut zu!» Er grinste und setzte den Krug an die Lippen. Während er seine Aufmerksamkeit auf das Bier richtete, stand Antonia auf und verdrückte sich schleunigst nach draußen. Das war genug *Femme fatale* für Untergiesing.

«Hopf steckt dahinter. Ich bin mir sicher.»

Antonia hatte Sebastian in ihrer Mittagspause ins Bruckner-schlössl bestellt. Während sie eilig Leberknödelsuppe löffelte, erzählte sie ihm, was sie am gestrigen Abend erfahren hatte. In der Halle trat Vinzenz immer wieder gegen einen Lederball, und Resi hatte ihn gerade mit einer Flut von Beschimpfungen übergossen, weil er sie nicht mitspielen ließ und nach oben zu ihren Puppen geschickt hatte.

«Der Vorarbeiter wusste von dem Einbruch, er wusste sogar, dass es ein Labor gibt. Das hat Herr Bruckner vermutlich nicht einmal seinen eigenen Brauknechten gesagt. Hier im Haus hat-te es sich jedenfalls noch nicht herumgesprochen.»

«Es ging ihm bestimmt um das Rezept», sagte Sebastian un-glücklich. «Ich habe es für Herrn Bruckner entwickelt: ein Bier für den internationalen Geschmack, mit dem er sich fürs Okto-berfest bewerben kann. Er wollte endlich wahr machen, wovon seine Mutter schon so lange träumt.»

Antonia löffelte weiter. Die heiße Suppe tat gut. Zum Jahres-wechsel war es schon wieder derart eisig geworden, dass der Tau an den Bäumen gefroren war und sich selbst am Ufer der

Isar Eisplatten bildeten. «Wenn Hopf das Rezept hat, heißt das noch nicht, dass er es auch verwenden kann. Steht denn alles darin? Auch welche Hefe verwendet wurde?»

Sebastian seufzte und schlug die Augen nieder. Draußen in der Halle schlug der Ball gegen irgendetwas, das klirrend zersprang, und man hörte Marei, die wie ein Rohrspatz zu schimpfen begann. Die mittägliche Ruhe war damit vorbei.

«Ich muss wieder an die Arbeit», sagte Antonia und stand auf. «Wir sollten mehr über Hopf herausfinden. Solange er das Bier nicht nach dem Rezept braut, können wir nicht sicher sein. Behalten wir ihn also im Auge!»

Sebastian grüßte im Gehen Marei, die mit gerötetem Gesicht hereinkam und den Schrank mit dem Putzeimer öffnete. Sie blickte ihm nach, als er sich verabschiedete.

«Schon wieder ein Verehrer?», grinste sie. «Respekt.»

Antonia beschloss, sie in dem Glauben zu lassen. Wenn alle dachten, sie würde mit dem Brauknecht anbandeln, würde niemand von ihren Nachforschungen erfahren. Und Marei würde dann auch keine Fragen mehr nach Melchior stellen.

«Ach», erinnerte sich die Köchin, «die Gnädige sagt, du möchtest ins Kontor kommen. Sofort.»

Als Antonia die Tür zum Kontor öffnete, schlug ihr Eiseskälte entgegen. Franziska Bruckner saß hinter ihrem Schreibtisch, und ihr Blick hätte die Isar gefrieren lassen können. Daneben stand, wie eine ungeschlachte Kopie von ihr, Kreszenz.

Antonia blieb stehen. Diese alte Giftmischerin war also tatsächlich beim Tanz gewesen – und hatte umgehend die Gelegenheit genutzt, die jüngere Rivalin anzuschwärzen! Aber es war ihr freier Abend gewesen, und es war ihr Recht, sich zu vergnügen. Warum also dieses Tribunal?

«Sie waren bei Hopf?», fragte Franziska Bruckner auch sofort in einem Ton, als wollte sie Antonia mit dem bloßen Klang ihrer Stimme in hauchdünne Scheiben schneiden wie Osterschinken.

Antonia versuchte es unbefangen. «Gestern Abend? Ja, es gab dort einen Tanz. Ich hatte frei.» Allerdings war ihr schon beim Anblick von Franziska Bruckner klar, dass Kreszenz ihr umfassend Bericht erstattet hatte. Vermutlich angereichert mit ein paar Märchen, in denen es allesamt um eine männermordende Hexe in hübscher Gestalt ging.

«Ein Tanzvergnügen, so. Mit dem Vorarbeiter von Hopf, wenn ich recht informiert bin.»

Franziska ließ nicht erkennen, ob sie Kreszenz' Ansicht teilte oder nicht. Aber ihre abwartende Haltung ließ es geraten scheinen, auf den Vorwurf zu antworten.

«Ich war dort, und es ergab sich so. Beim Tanzen kommt man eben ins Gespräch. Ich hatte nicht vor, ein unschickliches Verhältnis einzugehen.»

«Das habe ich auch nicht behauptet, zumindest nicht mit dem armen Trottel. Sie haben auf eigene Faust Nachforschungen angestellt, nicht wahr?», fragte Franziska kühl.

Antonia biss sich auf die Lippen. Aber dann entschloss sie sich, die Wahrheit zu sagen. «Ich wollte herausfinden, ob Hopf hinter Xavers Unfall und hinter dem Einbruch steckt», erwiderte sie. «Kreszenz hat mir die Schuld an dem Unfall gegeben, Sie waren ja dabei. Und als der Brauknecht dann erzählte, es sei auch im Labor eingebrochen worden, habe ich mich gefragt, ob mehr dahintersteckt.»

«Und deshalb horchen Sie Hopfs Leute aus? Etwas viel Diensteifer.» Die Gnädige richtete sich noch straffer auf als ohnehin schon und zog ihr graues Schultertuch fest. «Das Labor interessiert mich nicht, das hatte ich Ihnen gesagt. Sie haben eigenmächtig gehandelt.»

«Aber doch nur, weil ...»

«Ich werde Ihnen sagen, was ich für den Grund halte», fuhr die Gnädige sie an. «Sie hintertreiben die Verlobung meines Sohnes.»

Antonia prallte zurück. «Wie bitte?»

Kreszenz grinste breit, und der Triumph stand ihr ins feiste Gesicht geschrieben. Antonia hatte gewusst, dass sie Kreszenz ein Dorn im Auge war, aber wie sehr sie sie wirklich hasste, war ihr nicht klar gewesen.

«Offenbar mit Erfolg», fuhr die Gnädige fort. Nur ein leichtes Beben in ihrer Stimme verriet, wie wütend sie war. «Hopf hat von der Sache Wind bekommen. Er war heute Morgen hier und hat mir klargemacht, dass er diese Einmischung nicht dulden wird. Entweder ich garantiere dafür, dass keiner meiner Bediensteten ihn ausspioniert, oder er löst die Verlobung.» Sie erhob sich. «Ich hatte Sie gewarnt. Wenn Sie Melchior schöne Augen machen, sind Sie die längste Zeit hier gewesen. Ich bedaure es zwar, denn Sie sind tüchtig. Aber unter diesen Umständen werde ich Sie nicht weiter beschäftigen.»

Antonia spürte, wie ihr das Blut in die Wangen schoss. Nach allem, was sie über Alois Hopf wusste, war er nicht besonders klug, aber äußerst machthungrig. Fast bewunderte sie die Frechheit, mit der er es schaffte, die Gnädige nach seiner Pfeife tanzen zu lassen, einen Keil zwischen sie und die Person zu treiben, die gerade dabei war, seine Pläne aufzudecken. Doch das wollte Franziska Bruckner jetzt mit Sicherheit nicht hören.

«Was haben Sie dazu zu sagen?»

«Ihr Sohn ist in England, selbst wenn ich wollte, könnte ich ihm gar keine schönen Augen machen. Und sollte er je erwägen, die Verlobung zu lösen, dann ganz sicher nicht meinetwegen. Er neigt nicht zu kopflosen Entscheidungen, sondern ist äußerst klug.»

Sowie die Worte über ihre Lippen gekommen waren, bereute sie es bereits. Für das verkörperte Misstrauen musste das wie das Eingeständnis einer verborgenen Liebschaft klingen.

Franziska presste die Lippen zu einem dünnen Strich zusammen. «Gehen Sie!», sagte sie kalt. «Verlassen Sie mein Haus.»

– 25 –

Antonia platzte fast vor Wut auf Franziska Bruckner, während sie ihre wenigen Sachen zu einem Bündel schnürte. Kreszenz' hämische Blicke begleiteten sie. Es ist so ungerecht!, dachte sie zornig. Die Gnädige hätte ihr dankbar sein sollen.

Vinzenz bedauerte ihr Gehen vor allem deshalb, weil nun niemand mehr da war, der ihm bei den Hausaufgaben helfen würde. Marei fiel Antonia zum Abschied schluchzend um den Hals und gab ihr die Adresse eines Vermieters in Untergiesing, der Zimmer auch an alleinstehende Frauen vergab. Viele, so erfuhr Antonia, taten das nämlich nicht, aus Angst, dass es sich um leichte Mädchen handeln könnte, die Freier empfingen und ihnen so eine Anzeige wegen Kuppelei einbrachten. Sebastian, bei dem sie noch kurz vorbeiging, notierte sich ihre neue Adresse und versprach, sie auf dem Laufenden zu halten.

Als Antonia durch das Eisentor auf die Straße trat und ein eisiger, sonnenklarer Januartag sie begrüßte, fühlte sie sich trotzdem seltsam unbeschwert. Falls die Gnädige gedacht hatte, sie wüsste nicht, wohin sie nun gehen sollte, täuschte sie sich. Sie wusste es ganz genau.

Das Kloster der Armen Schulschwestern lag auf der anderen Seite der Isar, nicht weit von Giesing. Antonia schickte eine telegraphische Depesche an Ažbe, dass sie in Zukunft mehr Zeit fürs Modellstehen haben würde. In der Privatakademie konnte sie genug verdienen, um ihren Lebensunterhalt zu bestreiten, wenn sie sparsam war. Und da sie jetzt keine Zeit mehr fürs Putzen fremder Häuser aufbringen musste, war sie endlich frei, die Schule zu besuchen.

Sie überquerte die Brücke und erreichte kurz hinter dem Stadttor das Angerviertel. Die Kirche Sankt Jakob, die zum Kloster gehörte, besaß einen Marktplatz, auf dem von der Haarbürste bis zum lebenden Huhn alles feilgeboten wurde. Das alte Klarissenkloster mit der Erziehungs- und Unterrichtsanstalt erstreckte sich am Rande des Marktplatzes. Zeitungsjungen rannten über den Platz, vielleicht zehnjährige Arbeiterkinder in viel zu leichten Hosen und Mäntelchen.

«*Münchner Neueste Nachrichten*! Kreta ist ein Protektorat!», rief einer Antonia nach. «Nach dem Ende des griechisch-türkischen Krieges wird ein Kretischer Staat gegründet! Kreta damit vom Osmanischen Reich gelöst!»

Doch für Zeitungen hatte Antonia jetzt weder Augen noch Ohren.

Von außen wirkte das Kloster streng und unnahbar, und einen Moment fragte sie sich wieder, ob sie hier überhaupt bestehen konnte. Neben den Buden und dem Trubel, den lärmenden Händlern und farbenfrohen Ständen wirkte das altehrwürdige Gemäuer wie ein aus der Zeit gefallenes Relikt einer frommen Vergangenheit.

«Urteil gegen Esterházy in der Dreyfus-Affäre erwartet! In den nächsten Tagen wird der Major verurteilt oder freigesprochen! Immer mehr Dreyfus-Sympathisanten verlassen Frankreich!»

Sie konnte jetzt hier herumstehen, bis die Zeitungsjungen die Nachrichten von übermorgen ausriefen, oder sie konnte endlich tun, weswegen sie hier war. Antonia atmete durch.

Und dann meldete sie sich an der Klosterpforte an.

Als sie vor dem Sprechzimmer der Schulleiterin stand, trat

sie unsicher von einem Bein aufs andere. In der Kirche wusste sie ganz genau, welche Bereiche sie betreten durfte und welche nicht. Hier war das viel schwerer. Und obwohl sie sich nichts hatte zuschulden kommen lassen, fühlte sie sich wie ein kleines Mädchen, das etwas ausgefressen hatte. Es dauerte eine ganze Weile, bis sie sich durchgerungen hatte anzuklopfen.

Eine ältere Nonne empfing sie, hinter ihrem Schreibtisch sitzend, in einem weiß getünchten Sprechzimmer. Einziger Schmuck war ein schlichtes Kruzifix an der Wand. Ein dunkler Schrank in ihrem Rücken vermittelte Gewichtigkeit. Unter dem Schleier wirkte sie noch kantiger als vermutlich ohne. Blassblaue, ungeschminkte Augen blinzelten unter fast farblosen Wimpern, und ein ebensolcher Mund spitzte sich erwartungsvoll.

«Ich bin Schwester Philomena, die Helferin der Schulleiterin. Was kann ich für Sie tun, mein Kind?»

Antonia trug ihr Anliegen vor und legte die Zeugnisse aus der Dorfschule auf den Tisch. Schwester Philomena ließ sich Zeit beim Durchblättern. Antonia trat von einem Bein aufs andere. Sie hätte sich gern auf die schmucklose Eichenbank an der Wand gesetzt, aber sie wagte es nicht ohne ausdrückliche Erlaubnis.

«Sie hatten während der gesamten Pflichtschulzeit beste Zensuren in Mathematik. Außerordentlich gut für ein Mädchen», nickte Philomena endlich, und ihr farbloser Mund verzog sich ein wenig nach oben. «In den weiblichen Fächern Religion und Handarbeiten haben Sie allerdings nur mittelmäßige Zensuren erhalten.» Sie blickte Antonia streng über die Mappe hinweg an. «Warum?»

Antonia dachte ungern daran zurück. Sie hatte den Lehrer gebeten, sie mit den Jungen rechnen zu lassen. Handarbeiten erledigte sie schon zu Hause genug, und sie hatte gehofft, in der Schule mehr zu lernen. «Das ist nichts für Mädchen», hatte der Lehrer erwidert, Missbilligung in der Stimme. «Mädchen sind hier, um Demut und Bescheidenheit zu lernen, nicht um schwere Rechenaufgaben zu lösen.»

Antonia war wütend geworden. «Aber der Arsatius ist viel dümmer als ich!», hatte sie gerufen. «Soll der doch die Socken stricken!»

Das Ergebnis waren eine Tracht Prügel und zwei Stunden im Karzer gewesen. Eine der vielen Gelegenheiten, die sie gelehrt hatten, dass starke Gefühle bei Mädchen nicht geduldet wurden und dass man sie deshalb besser erstickte, ehe sie Macht über einen gewannen.

Antonia bemerkte, dass der Blick der Nonne noch immer fragend auf ihr ruhte, und räusperte sich. «Es war eine Dorfschule, und ich musste danach auf dem Hof arbeiten. Manchmal bin ich eingeschlafen.» Das war zwar nicht der Grund für ihre schlechten Zensuren in Religion, aber wenigstens nicht gelogen. Hundert Kinder aller Jahrgänge in einem viel zu kleinen Raum, in dem der Lehrer vor allem darauf achtete, dass die Mädchen ruhig ihre Handarbeiten erledigten und die Jungen schweigend rechneten. Stundenlang hatte sie gerade und aufrecht auf einem unbequemen Holzstuhl sitzen müssen. Im Winter war es kalt gewesen, der einzige Ofen stand vorne, und die Kinder, die zu nahe dran saßen, schliefen tatsächlich oft ein. Dabei war es schon streng verboten, die Ellbogen auf das Pult zu legen, das «Wetzen». Den Lehrer mit seiner Brille und seinem Stock hatte sie gefürchtet. Mehr als einmal hatte Antonia nach vorn zum Katheder kommen, die Hände ausstrecken und sich vor allen anderen ihre Rutenschläge abholen müssen.

«Ja, die Bildung auf dem Land ist in beklagenswertem Zustand», nickte Schwester Philomena zum Glück. «Das höre ich oft. Die Ausbildung der Lehrer lässt zu wünschen übrig, und viele arbeiten nebenher noch im Handwerk. Die Schulschwestern sind da die richtige Wahl, es ist unser erklärtes Ziel, bedürftigen Mädchen zu einer Ausbildung zu verhelfen.»

Sie legte die Zeugnisse akkurat aufeinander zurück in die Mappe und sah Antonia an.

«Nun gut. Sie sind zwar schon etwas älter, aber ich werde Sie in die laufende Obertertia einstufen. Sollte ich mich geirrt haben, können Sie auch noch in den Jahrgang darunter wechseln.»

Als Antonia das Sprechzimmer verließ, hatte sie das Gefühl, mindestens zehn Zentimeter gewachsen zu sein. Sie würde eine höhere Töchterschule besuchen, wie die Kinder reicher Eltern!

Die ersten Tage erschienen ihr wie ein Traum. Sie hatte sich eine braune Ledermappe und Bücher gekauft, und obwohl die Last oft schwer war, die Bücher teuer und die Schwestern streng, war sie jedes Mal stolz, wenn sie aus dem breiten Tor auf den Marktplatz trat. Die Mädchen in ihrer Klasse waren nicht alle im selben Alter, die meisten jedoch um die vierzehn.

Der Januar ging leise zu Ende, und der Februar brachte wie so oft Schnee und dann wieder eine erste Ahnung von Tauwetter. In Antonias winziger Mansarde zog es, und es gab kein Licht außer einer billigen Ölfunzel. Zum Essen genügte es, man sah halbwegs, was auf dem Teller lag. Aber für die Hausaufgaben bevorzugte sie es, nachmittags noch ein paar Stunden in der Schule zu verbringen. Hier gab es einen Raum für die Elevinnen, in dem sie lesen oder arbeiten konnten. Die jüngeren Mädchen hatten draußen einen Schneemann gebaut, den Antonia von ihrem Platz aus sehen konnte. Nur das leise Kratzen einiger weniger Füllfederhalter war zu hören, ab und zu Schritte auf den langen Fluren. Antonia kaute nachdenklich auf ihrem Federhalter herum. Wenn die Schwestern gewusst hätten, womit sie ihren Lebensunterhalt bestritt, hätten sie sie sofort verjagt. Doch hier sitzen zu dürfen, Aufgaben lösen zu dürfen, die früher den Jungen vorbehalten gewesen waren, Neues lernen zu dürfen, das gab ihr ein ungewohntes Gefühl von Selbstsicherheit. Gern hätte sie Melchior gesagt, wie sehr er ihr Leben verändert hatte. Zum zweiten Mal, doch dieses Mal womöglich ohne Hintergedanken.

Die Klosterglocke läutete, und Antonia packte ihre Schulsachen zusammen. Es war ein ungewohnter Luxus, nicht mehr jeden Tag körperlich arbeiten zu müssen. Die ersten Tage hatte sie plötzlich zugenommen und hatte sich ermahnen müssen, weniger zu essen, zum ersten Mal in ihrem Leben. Ständig war sie aufgesprungen, hatte gedacht, dass sicher noch irgendwo Hausarbeit auf sie wartete. Doch außer ihrem winzigen Zimmer gab es nichts mehr, wofür sie verantwortlich war. Es kam ihr wie das Leben im Schlaraffenland vor, ein paarmal die Woche nach Schwabing zu fahren und ansonsten nichts weiter zu tun zu haben, als hier zu lernen. Selbst die Anfälle waren nicht wiedergekommen. Als sie das erste Mal im Unterricht getadelt worden war, hatte sie einmal das Prickeln gespürt. Sie hatte gezittert, aber die Schulschwester hatte nur gefragt, ob sie wohlauf sei. Ihr Ton war freundlich gewesen, und Antonia hatte begriffen, dass ein Tadel nicht die Welt bedeutete.

Der Anfall war ausgeblieben.

Je mehr Raum sie ihrem Geist und ihrem Körper gab, je mehr sie ihnen zugestand, gesehen zu werden, desto mehr Kontrolle schien sie darüber zu bekommen. Sie begann, sich zu fragen, ob es wirklich Melchiors Stimme gewesen war, die damals den Anfall abgewendet hatte. Oder einfach die Tatsache, dass sie ohne beengende und kratzende Kleidung die Wirklichkeit stärker gespürt hatte und so in ihr festgehalten wurde.

Nachdenklich räumte Antonia ihre Hefte ein, schulterte die Ledertasche und ging durch den nüchternen weißen Flur zum Haupttor. Beim Öffnen wäre sie fast an dem Jungen vorbeigelaufen, der draußen vor der Tür gewartet hatte. Offenbar stand er dort schon eine Weile und fror, denn er hüpfte auf und ab und schlug die Arme um den Körper. Sein sehnsüchtiger Blick schweifte immer wieder nach den nächsten Marktständen, wo hölzerne Pferde und gezuckerte Nüsse feilgeboten wurden. Das fiel Antonia auf – sonst hätte sie ihn auf den ersten Blick für einen Erwachsenen gehalten, in seiner eleganten Flanellhose mit Rock und Schirmmütze.

Als er sie erkannte, strahlte er. «Antonia!»

«Vinzenz?» Antonia ließ die Tasche fallen und rannte auf ihn zu. «Mein Gott, ist etwas passiert?»

«Was? Nein, wieso?» Der Junge sah sie an. Seine Augen waren groß und blickten ein klein wenig spöttisch, und einen Moment erinnerte er sie wieder an Melchior.

Antonia ließ seine Schultern los, die sie gepackt hatte, und räusperte sich. «Entschuldige. Was ist denn los?»

Vinzenz biss sich auf die Lippen und senkte den Blick. «Also, es ist so …»

Antonia begann zu ahnen, was ihn hergeführt hatte. «Die Mathematik?»

Er grinste verschämt, und Antonia musste lachen. «Du willst, dass ich dir wieder helfe», stellte sie fest. «Was bekomme ich denn dafür?»

Er grinste unsicher. «Geld?», fragte er zaghaft.

Sie lachte erneut. «Lass mich nachdenken – gut, Geld ist akzeptabel.»

Vinzenz atmete hörbar auf und wirkte auf einmal wieder sehr kindlich. Er lüftete erleichtert die Mütze und zauste den Haarschopf.

«Hast du an eine bestimmte Summe gedacht?»

Der Junge schob die Unterlippe vor und legte die Stirn in Falten. «Ein Hauslehrer ...»

«Ruiniere dich nicht. Ich bin ja kein Hauslehrer. Wie wäre es mit fünfzig Pfennig die Stunde?»

Vinzenz kramte in seiner Hosentasche. Der Inhalt war weit weniger elegant als das Äußere. Er förderte eine Schleuder zutage, die er offenbar selbst aus einer Schnur und einem Ast gebastelt hatte, ein paar verschrumpelte Kastanien, ein vollgeschnäuztes Kattuntaschentuch sowie einen zerknitterten Zettel, ehe er ein paar Münzen herausfischte. Er zählte sie und nickte.

«Abgemacht.»

Wenn Antonia allerdings gedacht hatte, dass der junge Vinzenz das Einzige war, was der Föhn vom Brucknerschlössl heraufblies, dann sollte sie bald eines Besseren belehrt werden.

Zur selben Zeit nämlich, als Antonia und Vinzenz handelseinig wurden, rannte der Bursche Bartl über den Hof des Bruckner'schen Sudhauses. Der eisig sonnige Februartag wurde von jenem leichten Föhn erwärmt, der, das erste Mal in diesem Jahr, über die Berge ins Isartal fegte. Entsprechend drohte der Wind ständig, ihm die Mütze vom Kopf zu reißen, und zerrte an seiner mit Flicken besetzten Jacke.

Sebastian stand wie üblich am Braukessel und rührte, als der Junge hereinfegte wie ein Sturmbote und ohne weiteres in die Runde brüllte: «Der Sebastian muss herkommen!»

«Ja, Grüß Gott dir auch, Bartl», erwiderte Peter trocken. «Was ist denn so wichtig?»

Bartl holte tief Luft, um seiner Nachricht noch mehr Bedeutung zu verleihen. «Eine Botschaft für ihn. Vom Herrn Bruckner, aus England!»

Überrascht und neugierig begannen einige Brauknechte zu tuscheln, was Peter mit einem harschen Befehl unterband. Doch neidvolle Blicke folgten Sebastian, als er mit Bartl in den Hof hinausging.

«Es ist eine telegraphische Depesche, vorhin direkt aus London gekommen!», sagte der Junge aufgeregt. «Ich hab's gleich rübergebracht. Die Gnädige hätte ja doch bloß gesagt, dass es nicht wichtig ist. Die hat heute wieder eine Laune! Seit sie das Kreuzreißen hat, ist sie unerträglich.»

Den Jungen schickt der Herrgott!, dachte Sebastian. Ein Lebenszeichen von Herrn Bruckner! Endlich konnte er ihm mitteilen, was in seiner Abwesenheit hier geschah. Dass das Rezept gestohlen worden war und Hopf offenbar bereits damit herumprobierte. Jedenfalls ging seit ein paar Tagen das Gerücht, Hopf teste ein neues Bierrezept, das bald ausgeschenkt werden solle und mit dem er sich auch aufs Oktoberfest bewerben wolle. Es hatte Sebastian schier verrückt gemacht. Begierig griff er nach der Depesche und las:

```
Mehr Hopfen - Stopp - Hell - Stopp - Neuen
Versuch mit Extrakt vorbereiten - Stopp -
       Komme im Frühjahr zurück - Stopp
```

Der Föhn fuhr ihm in den Hemdkragen, und Sebastian spürte, dass er für hier draußen viel zu leicht angezogen war. Er blickte auf. «Kann man ein Telegramm an ihn zurücksenden?»

Bartl zuckte die Schultern und schaute ihn mit großen runden Unschuldsaugen an. «Weiß nicht. Aber das kannst du am Amt rauskriegen.»

Melchior Bruckner musste wissen, was inzwischen geschehen war. «Hör zu», sagte Sebastian. «Ich gebe dir eine Adresse in Untergiesing. Antonia wohnt dort. Sag ihr, ich muss sie unbedingt sprechen. Nein, warte … sie wird keinen Herrenbesuch empfangen dürfen, bei sich zu Hause.» Er überlegte, dann zog er ein Stück Papier aus seiner Brusttasche und kritzelte etwas darauf. «Hier ist die Adresse der Schule, die sie besucht. Pass sie dort heute Mittag ab, wenn die Glocke läutet, und sag ihr, sie soll zu mir kommen. Morgen früh, vor der Schule.»

Hätte er gewusst, welchen Vorschlag Antonia machen würde, hätte er das vielleicht nicht gesagt.

«Das Rezept zurückstehlen?» Erschrocken rutschte Sebastian ein Stück auf seinem Stuhl zurück. «Aber ist das nicht verboten?»

Zu dritt saßen sie in Sebastians winziger Mansarde: Sebastian und Antonia auf den beiden Stühlen, und Vevi hatte es sich auf dem Tisch bequem gemacht. Sie hatte noch etwas Brot und Milch gefunden, und so hielten sie ein mageres Frühstück. Überall um sie herum gurrten Tauben, dass man nachts vermutlich glaubte, in einem Taubenschlag zu schlafen.

Antonia lachte. «Na, erlaubt ist es nicht.»

«Beim Hopf einbrechen?», fragte Sebastian entsetzt. «Das können wir nicht tun! Das wäre doch eine Sünde.»

Bei anderen Sünden, dachte Antonia mit einem Seitenblick zu Vevi, unter deren Gürtel sich eine leichte, aber eindeutige Rundung abzeichnete, bist du wohl nicht so streng. «Wir sind alle aus Fleisch und Blut und sterblich», meinte sie vielsagend. «Aber nein, daran hatte ich nicht gedacht. Mit einem Einbruch wird Hopf rechnen. So würde er selbst vorgehen, deshalb wird er sich dagegen wappnen. Nein, ich habe da so eine Ahnung, dass Ihre Zeit im Brucknerbräu zu Ende geht.»

Sebastian riss die Augen auf und stellte seine Milch ab. «Die werfen mich hinaus?»

Antonia kaute an ihrem Brot herum. «Ja», sagte sie überrascht. «Ja, das ist eine wunderbare Idee!» Sebastian sah aus wie ein begossener Pudel, und *wunderbar* war sicher das Letzte, was ihm zu dieser Idee eingefallen wäre. Antonia lachte.

«Beruhigen Sie sich. Ich meinte nicht wirklich. Nein, ich hätte gern, dass Sie sich ein paar Tage Zeit nehmen, um bei Hopf als Tagelöhner anzuheuern. Sagen Sie Xaver, Sie wären krank. Wenn man Sie anstellt, werden Sie ins Kontor gerufen, so erfahren Sie, wo es liegt. Und dann, in einer Pause, wenn keiner hinsieht, holen Sie das Rezept zurück.»

«Also doch stehlen?»

«Im Gegenteil. Den Diebstahl rückgängig machen.»

Sebastian kaute unglücklich auf der Unterlippe.

Himmel, warum ist der Bursche nur so furchtbar gesetzestreu! Gesetzestreue sollte man gesetzlich verbieten, dachte Antonia. Und im selben Moment: Na wunderbar. Ich habe offenbar mehr mit Melchior Bruckner gemeinsam, als mir lieb ist!

«Aber der Hopf kennt mich.»

«Er wird Sie nicht selbst einstellen, das wird der Vorarbeiter tun.»

«Und wenn mich jemand dabei erwischt, wie ich die Sachen durchwühle?»

«Da fällt Ihnen schon etwas ein. Sagen Sie, Sie suchen Ihren Vertrag, weil Sie vergessen haben, was Sie verdienen, und den Lohn nachsehen wollen.»

«Das glaubt der Hopf nicht.»

«Hopf ist ein Idiot. Er glaubt es.»

Sebastian zögerte, und Vevi mischte sich ein: «Geh komm, den Vater haben wir doch auch immer hinters Licht geführt.» Sie kicherte und fasste sich an den Bauch, der offenbar der Beweis dafür war. «Du bist ein Bediensteter, der Hopf erinnert sich bestimmt nicht mehr an dich. Und wenn doch, dann sagst du, die Brucknerin hat dich entlassen müssen, und schimpfst ein bisserl auf sie. Das wird dem Hopf runtergehen wie Öl, wenn die Konkurrenz ihre Leute nicht mehr bezahlen kann.»

Einmal überredet, legte Sebastian dann doch einen überraschenden Eifer an den Tag, als Tagelöhner im Hopf'schen Sudhaus unterzukommen. Er meldete sich bei Xaver krank, und einen Tag später hatte er eine Stelle bei Hopf.

Am Nachmittag wartete Antonia flussabwärts auf dem schmalen Pfad, der hinab zur Brücke führte. Der Frost hatte die Uferränder der Isar zufrieren lassen, und immer wieder hörte man den scharfen Ruf eines Eisvogels. Die kahlen Bäume hatten sich mit einem silberglitzernden Panzer aus gefrorenem Tau überzogen, eine pudrige, zauberhafte Hülle aus Schneekristallen wie kleinen Diamanten. Die kleinen Pfützen, die hie und da auf dem Weg lagen, waren ebenfalls gefroren, und einige Zeit rutschte Antonia wie als Kind auf ihnen herum. Als Sebastian endlich kam, hatte sie rote Wangen und leuchtende Augen.

«Und?», empfing sie ihn.

Sebastian grinste. Und zog aus dem Rock tatsächlich das Rezept!

Antonia klatschte in die Hände und strahlte. «Wo haben Sie es gefunden?»

«Das war leichter als gedacht. Ich kann ja lesen», berichtete er stolz. «Der Hopf ist ordentlich. Er hat einen eigenen Karton, auf dem steht *Rezepturen*. Und da lag es tatsächlich, ganz obenauf, fein säuberlich.»

«Gut», sagte Antonia. «Dann wird es das Beste sein, Sie bringen es jetzt Franziska Bruckner und sagen ihr in aller Deutlichkeit, wo Sie es gefunden haben. Sie wird sich der unangenehmen Wahrheit stellen müssen.»

Sebastian zögerte. «Aber hat sie nicht Sie rausgeworfen, weil Sie zu neugierig waren?»

Antonia unterdrückte ein Lächeln. «Nein. Nicht deswegen.» Sebastian würde die Brucknerin jedenfalls nicht vorwerfen können, er sei hinter ihrem Sohn her und wolle dessen Heirat hintertreiben!

– 26 –

Stimmt es, dass du ein Malermodell warst?»
Antonia warf einen besorgten Blick in Richtung der offenen
Tür. Unschuldig grinsend wippte ihr Schüler Vinzenz auf dem
Stuhl in seinem verlassenen Klassenzimmer. Seit zwei Tagen
hatte sie nichts mehr vom Brucknerbräu gehört, und sie rechnete eigentlich auch nicht mehr damit. Auch gut. Dann konnte
sie mit der Sache abschließen, und nur ihr vorwitziger Schüler
würde sie noch hin und wieder daran erinnern.

Vinzenz' Lateinschule befand sich auf dem Hochufer der
Isar. Die leeren Pulte waren, anders als die schlichten Fich-
tenpulte in der Mädchenschule, aus schwerer, solider Eiche
gezimmert und besaßen sogar einige kleine Verzierungen. Antonia hatte mit dem Rektor des Gymnasiums vereinbart, dass
sie Vinzenz hier bei den Hausaufgaben helfen durfte. Es musste
nur die Tür offen stehen, damit keine Gerüchte aufkamen. Die
Versuchung war indes überschaubar.

«Wer sagt das?», fragte sie zurück. Das fehlte noch, dass
dieser Bengel sie aus der Fassung brachte! Manchmal hatte er
doch mehr von seinem Bruder, als ihr lieb war.

«Die Kreszenz. Aber die kann dich nicht leiden.»

Antonia hob die Brauen. «Ist mir aufgefallen. Aber jetzt kann
es mir gleich sein, nicht wahr? Versuch nicht abzulenken. Ich
höre noch immer nicht die Lösung der Aufgabe.»

Vinzenz verzog enttäuscht das Gesicht, und Antonia atmete
auf. Diese kleine Rotznase war durchaus imstande, an seiner

Schule und womöglich noch am Angerkloster Gerüchte zu verbreiten. Aber Vinzenz konnte nur von dem Bild wissen, das Marius vor langer Zeit gezeichnet hatte.

«Du kannst mich nicht bestrafen», quengelte er. «Du bist bloß ein Hausmädel, und ich bin der geliebte Sohn einer großen Brauerei.»

«Aber nicht der, der rechnen kann», erwiderte Antonia trocken. «Und ich bin nicht mehr dein Hausmädel, sondern nur noch das Fräulein Lehrerin. Das jetzt die richtige Lösung hören will.»

«Der Melchior kann zwar rechnen, aber das ganze Schlausein bringt einem nichts, wenn man kalt ist wie Eis, sagt die Mutter.»

«Und das Fräulein Lehrerin sagt, für menschliche Wärme bekommst du keine besseren Noten. Also rechne endlich oder scher dich nach Hause! Ich brauche das bisschen Geld von dir nicht!»

Vinzenz begriff, dass seine Versuche, die Sache zu verzögern, keinen Erfolg haben würden. Seufzend machte er sich an die Aufgabe und rechnete angestrengt, die Zunge zwischen den Lippen.

«Zweihundertvierzig.»

Antonia beugte sich über das Heft. «Na also», lobte sie ihren Schüler. «Wenn du mal aufhörst, zu tratschen wie ein Waschweib, kannst du es doch.»

Sie selbst hätte nie gedacht, dass sie es konnte. Und mehr noch, es machte ihr Freude. Die Schule war der Schlüssel zu einer Zukunft, in der sie nicht vom Wohlwollen reicher Leute abhängig war, nicht davon leben musste, fremde Aborte zu putzen.

«Das war die letzte Aufgabe. Räum deine Hefte sorgfältig ein, dass nicht wieder die Hälfte Eselsohren hat», ermahnte sie Vinzenz und stand auf. «Ich werde das überprüfen, und du solltest froh darüber sein. Sonst setzt es wieder was vom Lehrer. Überhaupt, an deiner Schultasche ist die eine Schnalle inzwischen fast abgerissen. Wie machst du das eigentlich?»

Vinzenz schnitt ihr eine Grimasse, und sie fegte ihm lachend mit der Hand über den Schopf, ehe sie ihre eigene Mappe packte.

Gemeinsam liefen sie durch die leeren Flure der Schule und die Marmorstufen hinunter. Antonia half Vinzenz, das schwere Tor aufzuziehen, und ein Windstoß begrüßte sie im Freien.

Aber das war nicht der Grund, warum Antonia wie erstarrt stehen blieb.

Vor der Tür wartete Franziska Bruckner.

Antonia sah zu Vinzenz, doch der Junge schien ebenso überrascht wie sie. Er hatte ihr offenbar nichts erzählt.

«Mutter … du musst mich nicht abholen», sagte er endlich ungeschickt.

«Das tue ich auch nicht», erwiderte Franziska kühl. «Du kannst schon nach Hause gehen, Marei wartet mit dem Essen. Sie wartet schon eine ganze Weile.» Sie blickte ihren Sohn an. «Du weißt, dass ich informiert werden möchte, wenn du Hilfe bei deinen Hausarbeiten in Anspruch nimmst.»

«Ja, Mutter. Es tut mir leid», entschuldigte sich der Junge so brav, als wäre er ein Engel. Weniger engelsgleich, dachte Antonia, waren vermutlich seine Motive. Eine junge Frau, die einmal als Dienstmädchen bei ihm gearbeitet hatte, hatte er sicher als weniger streng eingeschätzt als einen griesgrämigen Hauslehrer. Und ganz offenbar hatte er auch Sorge gehabt, seiner Mutter von den schlechten Zensuren zu berichten.

«Nun, immerhin hast du den Unterricht von deinem eigenen Geld bezahlt», meinte Franziska mit einem schmalen Lächeln. «Geh schon voraus. Ich habe etwas mit Antonia zu bereden und komme nach.»

Vinzenz machte riesengroße Unschuldsaugen, sodass er einen Moment aussah wie eine heilige Version von Melchior, auch wenn das eigentlich ein Widerspruch in sich war.

«Ich beeile mich», rief er und rannte schon auf den Hang zu, wo der Giesinger Berg steil nach unten abfiel. Dort angekommen, nahm er den Lederranzen von der Schulter, vergewisserte sich, dass seine Mutter ihm nicht nachsah, und warf ihn auf den verschneiten Boden. Im nächsten Moment hatte er sich daraufgesetzt und rodelte, in seiner feinen Flanellhose und dem Umhang, den Abhang hinab. Das fröhliche Kreischen verkniff er sich, aber offenbar nur, bis er außer Sichtweite war. Kaum war die Mütze in einer Wolke aufstiebenden Pulverschnees und hinter der Kuppe verschwunden, hörte Antonia ein verräterisches «Juhuuu!». Das erklärte die halb abgerissene Schnalle.

Franziska Bruckner achtete nicht darauf, sie hatte gerade ein Taschentuch hervorgezogen und hustete. Irgendwie sah sie älter aus. Aber vielleicht lag es auch daran, dass sie abgenommen hatte und dadurch kleiner wirkte.

«Geht es Ihnen gut?», fragte Antonia unwillkürlich.

«Was? Selbstverständlich, warum denn nicht? Kommen Sie, ich will mit Ihnen reden.»

Franziska Bruckner führte Antonia zum nahen Ostfriedhof, und sie betraten ihn durch eines der Tore in der meterhohen roten Ziegelmauer. Die Blumenmädchen am Eingang schienen die alte Dame zu kennen, denn sie grüßten höflich und etwas ängstlich. Antonia taten die Mädchen leid. Frierend warteten sie auf Kundschaft, um endlich wenigstens ein paar Zweige, einen Strauß Christrosen oder die ersten Schneeglöckchen zu verkaufen. Doch die Armut stand ihnen in die bleichen Gesichter geschrieben, und manche hatten fieberglänzende Augen. An der Ecke stand ein kleines eisernes Öfchen auf Rädern, wo ein alter Mann in viel zu bunten Kleidern Maroni verkaufte. Immer wieder rieb er sich die Hände, die in dünnen Wollfingerlingen steckten, und hielt sie über den Ofen. Mietdroschken ratterten vorbei und ab und zu ein Bierwagen.

«Sebastian war bei mir. Er hat mir das Rezept gebracht», sagte Frau Bruckner, als sie den Friedhof betraten. Die Bäume neigten sich unter der Schneelast. Überall sah man Eichhörnchen, die hier, in der Gewissheit, dass ihnen nichts geschah, zutraulich waren. Die Gnädige warf ihnen etwas Brot zu.

«Ich war wohl etwas vorschnell, Ihnen vorzuwerfen, Sie wollten Melchiors Heirat hintertreiben.» Sie reichte Antonia die Papiertüte, und die nahm sie überrascht entgegen. Eines der Eichhörnchen kam sogar fast bis zu ihnen heran.

«Sebastian hat Ihnen den Beweis gegeben?»

«Das hat er. Melchiors neues Interesse am Sudhaus hat Hopf nervös gemacht. Er beschloss vorzusorgen.»

Das war wohl eine Art Entschuldigung.

«Hopf behauptet, Sebastian könne das Rezept nicht von ihm gestohlen haben, denn er habe es nicht gehabt. Er wurde äußerst unleidlich, als ich sagte, dass es mir schwerfalle, das zu glauben.»

Antonia richtete sich überrascht auf, und das Eichhörnchen raste, zu Tode erschreckt, den nächsten Stamm hinauf. In sicherer Entfernung sprang es auf den nächsten Ast und keckerte von oben herab.

«Hier liegt mein Ferdinand.» Franziska Bruckner wies auf ein Grab mit zwei Säulen, an die sich eine Rosenranke schmiegte, und blieb davor stehen. Langsam folgte ihr Antonia.

«Sie müssen nicht denken, ich wäre einfältig», sagte Franziska unvermittelt. «Mir ist durchaus klar, dass Hopf immer vorhatte, mit dieser Heirat auch an Einfluss auf das Brucknerbräu zu gewinnen. Aber als alleinstehende Frau und Witwe hat man nicht viele Möglichkeiten. Es ist ein hartes Geschäft. Ein Männergeschäft, wie alles, was Reichtum verspricht.»

«Ich halte Sie nicht für einfältig», erwiderte Antonia überrascht.

«Und, geht es Ihnen gut? Sie gehen selbst zur Schule, höre ich.»

Antonia blickte sie von der Seite an. Das alles sah ihr gar nicht ähnlich. Die Gnädige, die sie kannte, war viel strenger gewesen. Es war ihr ein wenig unheimlich. «Ja. Ich möchte einen Abschluss an der höheren Töchterschule der armen Schulschwestern machen.»

«Gut, gut.» Franziska Bruckner schien zu überlegen. Dann sagte sie: «Da ist noch etwas, worüber ich mit Ihnen sprechen wollte. Ich bin krank gewesen. Eine Nichtigkeit, aber es hat mir gezeigt, dass ich älter werde. Derzeit ist niemand da, der mich unterstützen kann. Ein Dienstmädchen brauche ich nicht, aber wenn Sie sich vorstellen könnten, sich bei mir im Kontor einzuarbeiten ... ich würde Ihre Bewerbung sehr wohlwollend prüfen.»

Antonia verschlug es die Sprache. Die Gnädige bot ihr eine neue Stellung an? Und würde sie sogar gern dort sehen? «Ich bin noch nicht fertig mit der Schule», erwiderte sie vorsichtig.

«Sie könnten halbtags arbeiten. Ich brauche Sie ohnehin nicht durchgehend.»

Herrgott! Die Gnädige war ja wirklich krank! «Und Kreszenz?»

«Sie wären ihr nicht unterstellt.»

Antonia wurde das alles ein wenig unheimlich. Sie wusste nicht, ob sie das wirklich wollte. Gerade hatte sie ein neues Leben begonnen.

«Es war ein grober Fehler, bei Hopf herumzuspionieren», sagte Franziska plötzlich in ihrem alten Tonfall. Sie unterbrach sich und brachte auf einmal so etwas wie ein Lächeln zustande. «Aber einer, den ich früher vielleicht auch begangen hätte.

Es ist heutzutage nicht leicht, tüchtige Dienstboten zu finden. Ich sage Ihnen ganz ehrlich, schenken werde ich Ihnen nichts. Sie müssten das Handwerk von Grund auf erlernen, und ich erwarte akribisch geführte Bücher, korrekte Rechnungen und absolute Zuverlässigkeit.»

Na endlich! Das war die Franziska Bruckner, die Antonia kannte!

«Nun», erwiderte sie und lächelte verstohlen. «Alles andere würde mich auch beunruhigen.»

– 27 –

Dass die neue Stelle im Brucknerschlössl kein leichtes Brot sein würde, war Antonia klar. Als sie zu Hause in ihrer winzigen, zugigen Mansarde saß, dachte sie jedoch, dass es nicht schaden konnte. Das Modellsitzen brachte zurzeit wenig ein, weil in der Damenakademie gerade ein neuer Kurs mit Tiermalerei begonnen hatte und sie deshalb nicht gebraucht wurde. Ein paar Stunden nachmittags konnte sie erübrigen. Und wenn sie mit der Schule fertig war, würde sie sagen können, dass sie bereits in einem guten Haus im Kontor gearbeitet hatte.

Franziska Bruckner schien sich tatsächlich zu freuen, als sie zusagte. Doch schon am ersten Tag, als sie wieder im Brucknerschlössl einzog, fragte sich Antonia, ob ihre Entscheidung so weise gewesen war.

Marei fiel ihr schluchzend um den Hals. Antonia war gar nicht klar gewesen, dass die Köchin sie vermisst hatte, aber es tat gut zu sehen, dass sich jemand wirklich über ihre Rückkehr freute. Vinzenz entblößte beim schiefen Grinsen eine Zahnlücke. Sein Ranzen war noch übler ramponiert als zuletzt, beide Schnallen hingen nur noch lose an einzelnen Fäden herab – sichtlich das Ergebnis seiner nachmittäglichen Rodelfahrten den Giesinger Berg hinab. Resi versteckte schuldbewusst eine Wurst hinter dem Rücken. Und Kreszenz musterte sie misstrauisch und zischelte etwas, dass das g'schlamperte Flitscherl jetzt wohl endgültig glauben würde, etwas Besseres zu sein. Antonia unterstand zwar nun nicht mehr ihrer Herrschaft, trotzdem behielt sie die alte Zwiderwurzn besser im Auge.

«Wo bleiben Sie denn?», fragte Franziska Bruckner ungeduldig, als Antonia ins Kontor kam. Sie hatte die Nase über ihre Rechnungen gebeugt und schrieb in ihrem Haushaltsbuch.

«Ich sollte um vier Uhr hier sein.»

Die Gnädige warf einen Blick auf die schlichte Tischuhr aus Kirschholz auf der Konsole. «Und jetzt ist es fünf Minuten nach vier.»

Antonia biss sich auf die Lippen. «Verzeihung.»

Frau Bruckner rückte ein wenig vom Schreibtisch ab und blickte sie mit ihren großen Augen an. Wäre der Ausdruck nicht so eisig gewesen, wäre die Ähnlichkeit mit Melchior überwältigend gewesen. Aber so war es nur der Blick einer strengen Witwe unter hochgezogenen dünnen Brauen. «Ich erwarte absolute Pünktlichkeit. Das ist Ihnen klar, oder nicht?»

Antonia hätte ihr gern ein paar ziemlich deutliche Worte gesagt, und einen Moment überlegte sie, auf dem Absatz kehrtzumachen. Andererseits war ihr die Alte so lieber als in der sonderbaren Stimmung vom Friedhof. «Ja, gnädige Frau», erwiderte sie.

«Ich sagte Ihnen ja, dass ich Sie wegen Ihrer Tüchtigkeit einstelle. Melchior ist in England.» Ihr Blick schweifte ab, und ihre harten Lippen schienen weicher zu werden. Erst jetzt bemerkte Antonia die Fotografie von ihm, die auf dem Schreibtisch lag. Sie war nicht gerahmt wie das Familienbild, sondern lag einfach lose auf der Ledermatte. Vermisste Frau Bruckner ihren Sohn doch? «Ohne ihn ist alles noch schwerer. Eine Hopfenlieferung ist überfällig.»

Das konnte sich Antonia lebhaft vorstellen. Durch seine überstürzte Abreise hatte Melchior das Fass bei Hopf zum

Überlaufen gebracht, und ohne einen Mann im Haus wurde Franziska wohl noch weniger ernst genommen.

«Soll ich telegraphieren?», fragte sie, aber Franziska schüttelte den Kopf.

«Das muss ich selbst erledigen. Kommen Sie her, ich zeige Ihnen, wie man die Ausgaben für den Monat berechnet. Sie können diese Rechnungen morgen anweisen. Und danach gehen Sie ins Sudhaus. Ich habe dort Bescheid gegeben, dass Sie kommen. Sie werden sich den Brauvorgang erklären lassen und lernen. Wenn Sie hier mehr Aufgaben übernehmen wollen, müssen Sie auch das Handwerkszeug beherrschen.»

«Selbstverständlich, gnädige Frau.»

Die Rechnungen waren schnell erledigt, und Franziskas strenge Miene milderte sich sogar ein wenig, als sich herausstellte, dass Antonia manches bereits in der Schule gelernt hatte. Auf dem Weg zum Sudhaus fühlte sich Antonia ungewohnt leicht. Es war ein gutes Gefühl, stolz auf seine Arbeit sein zu können.

Schon von weitem roch sie, dass heute gebraut wurde, und als sie die schwere Tür aufstemmte, schlug ihr der Gestank wie eine Wand entgegen.

Der Malzgeruch aus den Maischebottichen löste in ihr einen Brechreiz aus. Irgendwo stank es entsetzlich nach faulem Kohl. Als Kind hatte Antonia oft mit der Mutter Bier gebraut, aber das war in der winzigen Wohnküche des Bauernhofs gewesen, wo sie auch aßen und abends das Feuer genossen. Die industrielle Herstellung von Bier war neu für sie, und obwohl sie beeindruckt die riesigen Kessel, die schwitzenden Brauknechte und die Feuer betrachtete, fragte sie sich doch erneut, ob es klug gewesen war, das Angebot anzunehmen. Vor gar nicht allzu langer Zeit hatte sie sich immerhin noch gesagt, dass sie nichts mehr mit Bier oder Hopfen zu tun haben wollte. Und dass sich alle Köpfe beim Eintreten einer Frau verdrehten, war auch nicht gerade ermutigend.

Sie fand den Vorarbeiter und erklärte ihm, Frau Bruckner schicke sie.

Xaver scheuchte ein paar Brauknechte von einem der Bottiche weg. «Ich hab keine Zeit, einem Weibsbild etwas zu erklären», meinte er abfällig. «He, Gscheithaferl! Geh her!»

Einer der Brauknechte wischte sich mit dem Unterarm den Schweiß ab und stieg von seinem Podest herunter. Wie alle anderen trug er Hemd und Hose und eine Schürze, doch das Gesicht erkannte sie sofort.

Sebastian!, dachte Antonia und schlug innerlich das Kreuz. Der Herrgott war offenbar doch der Ansicht, dass sie hier gut aufgehoben war, sonst hätte er ihr kaum diesen Nothelfer geschickt. Blieb nur zu hoffen, dass die göttliche Weisheit auch etwas von Bier verstand.

«Gscheithaferl, du redest doch so gern. Erklär dem Madl, wie man ein Bier braut», wies Xaver ihn an.

Sebastian schien sich über den Auftrag zu freuen, und nicht nur, weil er so den Rührstab eine Weile ablegen konnte. Und Antonia war seine Gesellschaft auch lieber als die des grimmigen Knechts, dessen gewaltiger Körper ein einziges Malz- und Knödelgrab war.

Sebastian schien sich im schier unüberschaubaren Durcheinander der hin- und herlaufenden Knechte problemlos zurechtzufinden. Manche scharten sich um die Kessel, andere schürten mit Blasebälgen die Feuer nach, wieder andere schaufelten mit schwarz verschmierten Unterarmen Kohle aus Schubkarren in die Feuer. Antonia kam sich in ihrem Kleid unpassend vor, wie aus einer anderen Welt. Jeder Knecht schien nur für einen bestimmten Bereich zuständig zu sein und immer denselben Handgriff auszuführen. Auf dem Dorf hatte man sich bisweilen auch die Arbeit aufgeteilt, aber nie so streng. Sie hatte das Wort «Industrie» schon gehört, aber keine konkrete Vorstellung gehabt, was es bedeutete. Jetzt begann sie es zu begreifen.

«Das hier ist die warme Maische», erklärte Sebastian und zeigte auf die Kessel. «In der Malzfabrik wird das Getreide gequetscht und zu Malz verarbeitet. Wir mischen es hier mit Wasser und lösen es auf. So löst sich die Stärke heraus, und die Würzstoffe werden frei.»

Antonia hätte sich am liebsten die Nase zugehalten, aber diese Blöße wollte sie sich nicht geben. Auf der Flüssigkeit, die in den Kesseln simmerte, schwamm ein stinkender, graubrauner Schaum, und in den Gestank mischte sich der nach Kohle und Rauch. Die schwitzenden Knechte rührten immer wieder darin herum – oder zumindest, bis Antonia an den Kessel trat. Jetzt gaffte sie einer der Männer sogar unverhohlen mit offenem Mund an.

«An die Arbeit!», schnauzte Sebastian ihn an. «Das ist eine Frau. Die sieht man auch in der Kirche, also tu nicht so, als wärst du Adam, der sich fragt, wo seine Rippe geblieben ist!»

Gehorsam neigten sich die Köpfe wieder über die Kessel. Nur der eine oder andere verstohlene Blick traf sie noch, und einer wagte sogar, ihr frech zuzuzwinkern.

«Nachher wird die Flüssigkeit in das Läuterbecken gepumpt», erklärte Sebastian weiter. Er zeigte ihr die große Handkurbel unten am Maischebottich. «Dort reinigen wir die Bierwürze noch einmal, und dann kommt sie in den Würzkessel. Dort wird sie gekocht, bis alles Schädliche verdampft ist und nur die Stammwürze übrigbleibt.»

«Mir ist es jetzt schon heiß.» In ihrem langen, hochgeschlossenen Kleid schwitzte Antonia, obwohl es draußen kalt war.

Sebastian lachte. «Ja, das ist das heiße Wasser. Aber wenn es kälter wäre, würde sich das Malz nicht auflösen.»

«Sie können ablegen», meinte der Knecht, der vorhin gezwinkert hatte. «Wir sind hier alle ganz zwanglos.»

«An die Arbeit, sag ich!», schimpfte Sebastian. «Und mehr Respekt, wenn ich bitten darf! Die Dame führt die Geschäfte mit Frau Bruckner, da bleiben dir die Finger sauber, hast mi?»

«Öha.» Der Gescholtene zog zum Zeichen, dass er verstanden hatte, den Kopf ein, und Antonia lachte leise.

«Und den Hopfen gibt man dazu, damit nichts Schädliches im Bier bleibt, nicht wahr?»

Sebastian war sichtlich stolz, dass er auf jede Frage eine Antwort wusste. «Ganz recht», bestätigte er. «Hopfen ist gesund, und er gibt dem Bier auch den leicht bitteren Geschmack. Der Duft des Biers wird auch vom Hopfenöl aus den Dolden mitbestimmt. Wir nennen das die Hopfenblume. Und außerdem geht der Gestank beim Kochen raus.»

«Und dann kommt die Hefe?»

«Genau. Die Hefe bildet aus dem Malzzucker den Alkohol. Am Schluss lagert man das Bier. Das rundet den Geschmack ab, weil die Gärungsprodukte abgebaut werden.» Er unterbrach sich und lächelte. «So hat es mir der Herr Bruckner erklärt. Ich weiß noch die Worte.»

Er hat eine einprägsame Art, sich auszudrücken, dachte Antonia. Aber sie sprach es nicht aus.

Sebastian sah sich kurz um, aber niemand beobachtete sie mehr. Verstohlen trat er näher und flüsterte: «Er hat mir telegraphiert, wie ich das Rezept verbessern kann. Im Frühjahr werden wir die Versuche fortführen.»

Melchior würde also bald zurückkehren.

Antonia blickte auf. Und aus irgendeinem Grund musste sie plötzlich lächeln.

– 28 –

Das Waldgebiet im Süden Londons lag ruhig in der winterlichen Sonne, hie und da unterbrochen von hügeligen Wiesen, die jetzt zart verschneit unberührt glitzerten.

Schnee stob auf, als ein Fuchs aus dem Holz jagte. Jetzt hörte man auch das Bellen der Hundemeute, die ihm auf den Fersen war. Hufschlag folgte, und dann fegte die Jagdgesellschaft heran.

Die Herren trugen enganliegende, elegante rote und schwarze Jacken und helle Reithosen. Glänzend polierte Stiefel pressten sich in die schweißfeuchten Flanken der Pferde. Die Frauen in ihren Damensätteln trugen ebenfalls enganliegende schwarze Jacken, dazu dunkle weite Röcke. Immer wieder flatterten sie auf und gaben den Blick auf Schnürstiefel aus feinem Leder frei.

«Versuchen Sie allen Ernstes, mir die Beute noch abzujagen?», rief der blonde Mann an der Spitze seinem hartnäckigen Verfolger zu.

«Warten Sie es ab, Sir William», schrie Melchior zurück. «Sie werden Augen machen!» Er spornte seinen Braunen noch einmal an, doch Sir William lachte nur und trieb seine rötlich glänzende Fuchsstute ebenfalls zu noch schnellerem Galopp.

«Wenn Sie ihren Schweif noch erwischen, ziehe ich Sie gern ein Stück mit!»

Donnernd jagten die Tiere durch den aufstiebenden Schnee, wirbelten glitzernde Wolken aus Eiskristallen auf. Melchior drohte zurückzufallen. Obwohl er einen ausgezeichneten englischen Vollblüter aus Sir Williams Stall ritt, stand der Engländer erkennbar besser im Training.

«Triumphieren Sie nicht zu früh!»

Melchior warf einen schnellen Blick auf die Bahn der Hunde vor ihnen. Er bemerkte, dass sie einen Bogen schlugen und auf den Wald unterhalb von ihnen zujagten. Ruckartig wendete er sein Pferd und trieb es den leichten Abhang hinab.

«Melchior, Vorsicht!», rief ihm William hinterher, aber er achtete nicht darauf. Der kühle Wind im Gesicht, die Bewegung des kraftvollen Pferdekörpers, das Schnauben und die Rufe, die bloße Geschwindigkeit, die Wiesen und Wälder an ihm vorbeijagen ließ, all das gab ihm das lange entbehrte Gefühl zu leben. Die Langeweile war verschwunden. Die Geschwindigkeit versetzte ihn in ein ungewohntes Hochgefühl, frei von den Zwängen, von Traditionen und Benimm, in die er täglich gepresst wurde, die seine Gefühle fesselten und jedes Feuer erstickten, ehe es aufflammen konnte. Er wollte gewinnen. Und wenn er sich William geschlagen geben musste, leicht würde er es ihm nicht machen!

Die Jagdgesellschaft folgte oberhalb von ihm dem Bogen der Hunde. Im vollen Galopp blickte Melchior über die Schulter zurück. Er sah, wie William eine Geste machte und dann mit einer Hand in der Luft herumfuchtelte. Melchior lachte und beugte sich noch etwas weiter nach vorn, um das Pferd stärker anzutreiben. Im selben Moment, als er wieder nach vorn blickte, bemerkte er den zugefrorenen Bach direkt am Waldrand.

Sekundenschnell jagten die Gedanken durch seinen Kopf. Um das Pferd zu zügeln, war es zu spät. Eine Wendung hätte das kostbare Tier auf das Eis geführt, wo es ausgleiten und sich ein Bein brechen konnte. Ein sicheres Todesurteil. Es blieb nur der Sprung.

Melchior beugte sich nach vorn, nahm die Zügel kürzer und presste die Schenkel in die Seiten seines Vollbluts. Es setzte über den Bach – und scheute vor dem Waldrand.

Melchior wurde auf die kahlen Äste zugeschleudert. Er wollte den Fuß aus dem Steigbügel ziehen, um nicht mitgeschleift zu werden, doch seine Muskeln gehorchten ihm nicht. In diesem Moment glitt das Pferd auf einer Eisplatte aus.

Melchior stürzte aus dem Sattel und kam hart auf dem zugefrorenen Boden auf. Einen Moment blieb ihm die Luft weg. Er presste die Hand auf die schmerzende Rippe und versuchte zu atmen. Das panische Schnauben des Tiers schreckte ihn auf, er zwang sich, die Augen zu öffnen. Er sah den Sattel auf sich zukommen und sog scharf den Atem ein. Hastig versuchte er, sich seitlich wegzurollen, doch er hatte keine Chance. Der schwere Pferdekörper stürzte auf ihn herab. Das Letzte, was er wahrnahm, war die absurde Feststellung, dass er Pferdeschweiß roch und die bleiche Sonne hinter dem braunen Fell verschwand. Dann wurde alles dunkel.

− 29 −

H ans Bechstein ist ein aufstrebender Stern, wie man hört. Er und Richard Strauss haben schon zusammengearbeitet. Helfen Sie mir in den Mantel?»

Antonia hätte Franziska Bruckner auch persönlich die Schuhe geputzt aus lauter Dankbarkeit. Die Gnädige nahm sie mit zu einer Matinee! Zuerst hatte sie fragen müssen, was das Wort überhaupt bedeutete. *Matinée*, erfuhr sie, kam aus dem Französischen und bedeutete «Morgengesellschaft». Es bedeutete, in die Oper zu gehen, Musik zu hören, Schaumwein zu trinken und angesehene Münchner Bürger zu treffen. Richard Strauss, der Sohn von Josephine Strauss, dirigierte neben anderen auch eigene Kompositionen, und das war vermutlich auch der Grund, warum Franziska Bruckner unbedingt in die Vorstellung wollte. Beschwingt vom Erfolg ihres Sohnes, ließ sich die alte Dame vielleicht zu einem lukrativen Geschäft oder einer Fürsprache überreden.

«Man spricht schon von Bechstein als dem kommenden Tenor», erklärte Franziska Bruckner, als sie und Antonia, in warme Mäntel gehüllt, in der Kutsche saßen. «Es ist etwas Besonderes, ihn zu hören, das sollten Sie wissen. Und dass eines klar ist: Ob Ihnen die Musik gefällt oder nicht, Richard Strauss ist der größte Komponist seit Mozart und Wagner!»

«Natürlich. Und danke noch einmal, dass Sie mich mitnehmen.» Antonia war atemlos vor Aufregung. Sie war noch nie in der Oper gewesen und wusste nicht einmal, wie sich Orchester-

musik anhörte. Den Namen Mozart hatte sie zwar schon gehört, aber das war auch alles. Die einzige Musik, die sie kannte,
waren die einfachen Blaskapellen und die Volkslieder, die man
in der Schule lernte und bei geselligen Anlässen sang.

«Für gewöhnlich hat Melchior mich begleitet. Vinzenz hat
Hausarrest, weil er schon wieder seine Schultasche ruiniert hat,
und Resi ist noch zu klein. Und es schadet nichts, wenn Sie
lernen, sich in der besseren Gesellschaft zu bewegen. Wenn Sie
mir zur Seite stehen wollen, müssen Sie sowohl mit den Brauknechten als auch mit den anderen Unternehmern zurecht-
kommen.»

Und, dachte Antonia mit einem Lächeln, vermutlich spe-
kulierte die Gnädige darauf, dass ein hübsches Gesicht beim
einen oder anderen Kollegen oder auch bei der alten Strauss
fast so viel bewirken konnte wie ein Mann an ihrer Seite. Aber
das war ihr gleich, solange sie sie mitnahm.

Mit leichter Scheu sah sie an sich hinab. Sie trug ein umge-
arbeitetes Kleid der Gnädigen, das dieser vermutlich vor zwanzig Jahren gepasst hatte. Es war aus dunkelroter Seide gearbeitet, mit Puffärmeln. Lang und schmal saß es und betonte ihre
Figur. Die Schneiderin hatte es an die neueste Mode angepasst,
den Ausschnitt mit dunklem Atlas verkleinert und ein Brusttuch eingefügt. Der Saum war mit schwarzer Spitze verlängert
worden, da Antonia größer war als die Gnädige. Frau Bruckner
hatte ihr sogar etwas Goldpuder für die Augenlider gegeben,
Khol aus dem Kolonialwarenladen und Rouge. Jetzt strahlten
ihre Augen in feenhaftem Glanz. Das Haar war in der Mitte gescheitelt, in sanfte Wellen gelegt und hinten lose zu einem Dutt
gewunden. In dem Seidenkleid und mit der passenden Schleife
im Haar kam sich Antonia vor wie eine Prinzessin. Noch nie
hatte sie sich in etwas so Kostbarem gesehen.

Die Gnädige selbst trug ein nachtblaues Gesellschaftskleid,

das ähnlich geschnitten war. Dazu hatte sie ganz gegen ihre Gewohnheit Schmuck angelegt: eine zweiteilige goldene Brosche, die einen Schmetterling auf einer Blüte darstellte, mit kleinen Brillanten und zwei Saphiren auf den Flügeln, dazu einen passenden Ring und Ohrringe.

Zaghaft stieg Antonia hinter Frau Bruckner die Stufen zur Oper empor. Die vielen eleganten Menschen, die riesigen Räume mit den Säulen und der Malerei schüchterten sie ein. Die Treppen waren mit roten Teppichen ausgelegt, und Antonia kam sich vor, als müsste gleich die österreichische Kaiserin Sisi um die Ecke kommen, auch wenn man die kaum noch in der Öffentlichkeit sah. Als sie den Saal betraten, blieb sie überwältigt stehen.

Ein Meer von Stühlen, aus edlem Holz und mit rotem Samt bezogen, breitete sich vor ihr aus. Antonia hatte gar nicht gewusst, dass es so riesenhafte Säle gab. Sie verlor sich förmlich darin. Reihe über Reihe roter Sessel. Ihr kleiner Bauernhof und selbst das Brucknerschlössl hätten mühelos in diesem Saal Platz gehabt. Mehrere Stockwerke hoch thronten goldverzierte Balkone. Vorne, direkt neben der Bühne, befanden sich abgetrennte Bereiche. Antonia hatte schon gehört, dass man sie Logen nannte. In der Mitte, hoch über ihren Köpfen, hing ein gewaltiger Kronleuchter aus Kristall, der funkelte und glänzte, als wäre er aus reinen Diamanten gefertigt. Wie ein Schneekristall im Sonnenschein, dachte Antonia überwältigt.

In der Mitte des ersten Ranges befand sich eine besonders große Loge, in der jetzt zwei ältere Herren mit Eindruck gebietenden Bärten erschienen.

«Prinzregent Luitpold betritt die Königsloge», sagte Franziska Bruckner überrascht. «Gemeinsam mit dem Regierungspräsidenten, Julius von Auer. Ich hatte nicht damit gerechnet, dass er kommt. Was für eine Aufmerksamkeit für diesen jungen

Hofkapellmeister!» Sie warf einen strafenden Blick zu Antonia. «Klappen Sie den Mund wieder zu. Es ist der Prinzregent, nicht Jesus!»

Antonia setzte ein schuldbewusstes Gesicht auf. Die Gnädige nahm sie als Gesellschaftsdame mit. Das mindeste war, sie nicht zu blamieren. Frau Bruckner wies auf zwei Plätze in der Mitte des Parketts, und sie setzten sich. Antonia blickte zu dem ungeheuren rotsamtenen Vorhang mit den goldenen Kordeln, der die Bühne abtrennte. Eine so große Menge Samt hatte sie noch nie gesehen.

«Da ist Gabriel von Seidl, ein Architekt.» Franziska Bruckner zeigte auf einen Herrn mit Schnurrbart. Dann wies sie auf eine Gruppe von mehreren jüngeren Herren in Uniform. Einer von ihnen war glattrasiert, mit kantigem Gesicht, und trug eine runde Brille, der andere einen kunstvoll an den Enden gezwirbelten Schnurrbart. «Herr Hauptmann von Huller, vom Bezirkskommando München Eins. Der andere sieht mir aus wie der junge Haushofer, aber sicher bin ich mir nicht. Er geht noch auf die Kriegsakademie. Ich meine, seine Frau schon einmal gesehen zu haben, das junge Ding neben ihm. Grässliches Weib, interessiert sich für Frauenrechte und derlei aufrührerisches Zeug.»

Neugierig betrachtete Antonia die junge Frau in dem mädchenhaften, hellblauen Kleid an der Seite des Brillenträgers. «Aber meinen Sie nicht, dass Frauenrechte gerade Ihnen von Nutzen sein könnten? Wenn Frauen mehr Rechte hätten, würde man Ihnen eher das Grundstück verkaufen, das Sie so gerne hätten, oder nicht?»

Frau Bruckner sah sie mit schmalen Augen an. «Frauenrechte führen nur zu Chaos. Dann will jede plötzlich sein wie ein Mann, und das sind wir nun einmal nicht. Eine Frau setzt sich auf anderen Wegen durch. Und mehr will ich zu diesem Thema nie wieder hören!»

Antonia fand das Thema äußerst interessant, und so ganz klar war ihr nicht, warum die Gnädige nicht darüber sprechen wollte. Vielleicht war es beängstigend, wenn man die Lehren eines ganzen Lebens plötzlich über den Haufen werfen sollte.

«Nun gut», meinte sie versöhnlich und beschloss insgeheim, in der Schule mehr darüber herauszufinden. Sie wies auf ein Ehepaar um die vierzig. «Und die Herrschaften dort?»

«Oscar von Miller und Gemahlin. Ein äußerst erfolgreicher Ingenieur. Er hat erstmals elektrischen Strom auf eine Entfernung von sechzig Kilometern übertragen und das erste Elektrizitätswerk Deutschlands gegründet.» Die Gnädige räusperte sich, als sei es ihr peinlich, etwas über die Leidenschaften ihres Sohnes zu wissen. «Und dort, das ist der Maler Lenbach.»

Antonias gelöste Stimmung verflog mit einem Schlag. Siedend heiß fiel ihr ein, dass sie hier gut Franz Stuck oder Anton Ažbe begegnen konnten. Hoffentlich konnte sie ihnen aus dem Weg gehen.

Langsam senkte sich der Kronleuchter wie von Zauberhand. Diener löschten das Licht mit metallenen Löschhütchen an langen Stangen, und Applaus brandete auf. Antonia wusste nicht, warum, aber dann wies Franziska nach vorn. Jetzt bemerkte sie erst, dass sich vor der Bühne eine Art Graben befand, in dem das Orchester saß. Der Applaus galt dem Dirigenten, dem berühmten Sohn der Frau Strauss. Kaum hatte der Dirigent seinen Platz eingenommen, öffnete sich der Vorhang, und der Sänger Hans Bechstein, ein kleiner dunkelhaariger Mann, erschien und verbeugte sich unter neuem Applaus.

Der Dirigent hob die Arme, und augenblicklich war es still. «Mozart», flüsterte Franziska Bruckner noch und wies auf das Programm. «Aber sie werden auch Kompositionen von Herrn Strauss darbieten.»

Er schlug mit dem Taktstöckchen in die Luft, und das Orchester begann zu spielen.

Antonia vergaß ihre Sorgen und starrte gebannt nach vorn. Sie hatte schon Geigen gehört, an Straßenecken oder auf Märkten. Aber das war etwas völlig anderes. Diese Instrumente klangen weich und anmutig, hell und so süß, dass sie sich fragte, was der Himmel noch bieten konnte, das schöner gewesen wäre. Die Stimme des Sängers war geschmeidig und perfekt ausgewogen, sie hatte nichts mit dem Grölen der Männer zu tun, die bei ihr zu Hause Schnaderhüpferln sangen. Die Musik war irritierend, verstörend und überirdisch schön.

Die Zeit verging wie im Flug. Antonia kam es vor wie ein schöner Traum. Überall duftete es, all die Menschen trugen ihre elegantesten Kleider. Im Schein der Bühnenlichter leuchtete immer wieder einer der Kristalle des Kronleuchters auf. Vor kurzem hatte sie noch allein in ihrer winzigen, zugigen Mansarde gesessen, und Luxus und Pracht waren wie eine unerreichbare Welt gewesen, die sie von fern durch halbblinde Fenster nur ahnen konnte. Und nun saß sie hier in diesem prunkvollen Saal im Kleid einer Prinzessin, vor den Augen des Prinzregenten und inmitten all dieser berühmten Leute, und hörte Musik, die so schön war, dass ihr die Tränen kamen.

Unter tosendem Applaus ging die Matinee zu Ende, und Richard Strauss kam auf die Bühne, ein junger, fast feminin wirkender Mann mit wilden dunklen Locken und einem hauchzarten Oberlippenbärtchen. Er setzte sich persönlich an den Flügel, um Hans Bechstein bei der Zugabe zu begleiten.

«*Ja, du weißt es, teure Seele,*
dass ich fern von Dir mich quäle,
Liebe macht die Herzen krank.
Habe Dank …»

«Der Text ist nicht von ihm», erklärte Franziska Bruckner.

«Es ist zwar auch kein Höhepunkt der Literatur, aber Sie sollten seine eigenen hören. Lächerliches Zeug!»

Trotzdem berührte Antonia das Lied. Einen Augenblick fragte sie sich, wie es Melchior in London erging. Der Gedanke versetzte ihr einen kleinen Stich.

Der Sänger beendete die Darbietung mit einem brillanten Ton, und das Publikum applaudierte begeistert.

«Kommen Sie», zischte Franziska Bruckner, als Antonia noch immer begeistert im Stehen mitklatschte. «Ich habe die Strauss dort drüben entdeckt. Sie muss mich hier sehen!» Und mit absolut glaubwürdiger Verzückung schlug sie unversehens die Hände aufeinander, rief in durchdringendem Ton «Bravo!» und kommandierte dann: «Los, hinaus! Ich will vor den anderen bei ihr sein!»

«Frau Strauss!», flötete sie fünf Minuten später und ergriff beide Hände der alten Dame. «Eine Offenbarung, Ihr Sohn, eine Offenbarung! Was für ein Künstler, was für eine Tonsprache! Bei all den Stümpern, die man sonst so hört, eine absolute Freude, so erfrischend neu! Und die schönen Texte, die er schreibt!»

«Also, um ehrlich zu sein, rate ich ihm immer, er möchte sich einen Dichter leisten», meinte Josephine und blickte sich über die Schulter um, als wäre ihr das Gespräch unangenehm. «Aber er besteht darauf, weil es halt auch der Wagner so gemacht hat.»

«Mit viel geringerem Erfolg, zweifellos», beschwor Franziska Bruckner. «Meine liebe Josephine, nicht so bescheiden. Sie können stolz sein!»

Antonia dachte an das, was sie keine fünf Minuten zuvor über die Dichtkünste des jungen Strauss gesagt hatte, und begriff auf einmal, von wem Melchior sein schauspielerisches Talent hatte. Beinahe bewunderte sie die gerissene alte Schachtel.

Frau Bruckner wies Antonia an, Schaumwein zu holen,

und hakte sich bei der Strauss ein, als seien sie die allerbesten Freundinnen.

Antonia drängte sich zwischen die Leute an den Tisch, wo der Wein ausgeschenkt wurde, ließ sich drei Gläser geben und balancierte sie vorsichtig an den Stehtisch, den die Gnädige bereits besetzt hatte und vermutlich mit Zähnen und Klauen gegen jede Annäherung verteidigen würde.

«Da sind Sie ja, Liebes. Danke», begrüßte Franziska Bruckner sie so charmant, dass sich Antonia umdrehte, um sicherzugehen, dass sie auch tatsächlich mit ihr sprach. «Ja, ich kann mir gut vorstellen, wie sich Ihr Richard fühlen musste, damals, als er noch unbekannt war», redete die Gnädige schon weiter auf Frau Strauss ein. «Als alleinstehende Frau hat man es ja auch nicht leicht, das kann ich Ihnen versichern. Stellen Sie sich nur vor, das Grundstück, das ich kaufen wollte – es wurde mir verweigert, mit der Begründung, dass auch ein Mann sich dafür interessiere.»

«Nicht auszudenken», meinte Josephine Strauss und sah sich erneut um. «Herr Stuck!», rief sie auf einmal, sichtlich erfreut, dem Klammergriff der Brucknerin zu entgehen.

Antonia hielt den Atem an. Sie wollte verschwinden, doch zu spät. Stuck drängte sich heran und küsste den Damen die Hand.

«*Enchanté*, Madame. Eine wunderbare Aufführung. Richten Sie dem Herrn Sohn meine besten Komplimente aus.» Er streifte Antonia kurz mit dem Blick. «Fräulein Pacher, erfreut, Sie zu sehen. Frau Bruckner weiß bestimmt, was sie an Ihnen hat.» Er nickte ihr zu und entschwand, um zwei ältere Herren zu begrüßen. Antonia hätte ihn umarmen können.

«Sie haben bei Herrn Stuck gearbeitet?», fragte Josephine Strauss.

«Bevor ich zu Frau Bruckner kam, ja. Er war so freundlich, mich zu empfehlen.»

«Nicht als Modell», mischte sich Franziska schnell ein. «Im Haus.»

«Ohne Frage.»

Josephine Strauss nickte Antonia zu. «Ich liebe die Musik, aber ich schätze auch die Malerei. Erzählen Sie mir doch bei Gelegenheit mehr.» Sie stellte ihr Glas ab. «Empfehle mich, liebe Franziska. Ich muss meinen Sohn in seiner Garderobe abholen. Aber ich werde einmal bei meinem Bruder nachfragen, ob er Ihnen behilflich sein kann. Wir Förderer der Künste müssen schließlich zusammenhalten.» Und dann lächelte sie Antonia wohlwollend zu, ehe sie verschwand.

«Sie wird uns helfen!», rief Antonia begeistert, als sie in der Droschke saßen. «Haben Sie das gesehen? Sie hat plötzlich ganz freundlich gelächelt!»

«Das haben Sie gut gemacht», lobte Franziska Bruckner. Um ihre strichdünnen Lippen spielte ein ungewohntes Lächeln, das man nicht anders als triumphierend nennen konnte. Zufrieden lehnte sie sich zurück. «Das versuch jetzt mal zu kontern, Hopf, du alter Dreckhammel!»

In bester Stimmung stiegen sie aus der Droschke und betraten die Halle. Marei schien sie schon erwartet zu haben, sie stürzte ihnen aufgeregt entgegen. Als hätte sie unruhig und voller Sorge auf sie gewartet, dachte Antonia überrascht.

«Frau Bruckner, endlich! Ein Telegramm, aus England.» Sie reichte ihr das Papier. «Aber nicht von Herrn Bruckner.»

Franziska Bruckners Lächeln versiegte langsam. Sie streckte die Hand aus. «Sir William Shelton?»

Auch Antonias fröhliche Stimmung verflog. Vermutlich einer von Melchiors Bekannten, vielleicht sein Gastgeber. Aber warum schrieb Melchior nicht selbst? Sie hatte auf einmal Angst, die Antwort auf die Frage zu erfahren.

Die Gnädige öffnete das Telegramm. Ihre Augen weiteten sich. Hastig überflog sie es bis zum Ende.

Der Brief fiel aus ihrer kraftlosen Hand.

«Gnädige Frau?»

Antonia lief zu ihr und half ihr, sich auf die schwere geschnitzte Eichentruhe bei der Garderobe zu setzen. «Marei, das Riechfläschchen!»

Marei lief in die Küche und kam mit dem Fläschchen zurück. Antonia öffnete es und hielt es der Gnädigen unter die Nase. Ein scharfer Geruch stieg auf, und Franziska Bruckner schob es unwillig beiseite.

«Ich brauche das nicht.»

Auf einmal begannen ihre Lippen zu zittern. Eine Träne lief über ihre Wange, und trotzig wischte sie sie weg.

«Ganz ruhig», sagte Antonia und nahm ihre Hand. Aber heimlich fühlte sie sich selbst beklommen, und etwas schnürte ihr die Kehle zu. Melchior musste etwas zugestoßen sein, nichts anderes hätte eine kalte und reservierte Frau wie Franziska Bruckner zum Weinen gebracht.

Antonia dachte an den letzten Abend vor seiner Abreise, im Dunkeln des Kaminzimmers. Sein Gesicht, auf das das sterbende Feuer rötliche Reflexe warf, es halb in Licht, halb in Schatten tauchte und die Augen unter dem zurückgekämmten Haar größer erscheinen ließ. Wie ein Wesen auf der Schwelle zwischen Hell und Dunkel, noch unentschieden, wohin es gehörte. Hätte sie ihm vertrauen sollen? Die letzten Wochen seit er abgereist war, hatte sie die Gedanken weggeschoben.

Sie hielt es nicht aus. Sie musste Klarheit haben. Was auch immer in diesem Telegramm stand, sie musste es wissen. Antonia hob den kleinen Zettel auf.

«Was ist passiert?», fragte Marei, die auch ein Glas Wasser gebracht hatte und es ihrer Herrin reichte.

Antonia ließ das Papier langsam sinken. Tausend Gefühle stürmten auf sie ein. Unfähig, sie zu ordnen, schloss sie einen Moment die Augen und atmete tief ein. «Er hatte einen schweren Reitunfall», sagte sie endlich. «Es ist ernst, schreibt Sir William.»

Ihre Stimme versagte, und sie beugte sich wieder zu Franziska, um ihre Hand zu nehmen. Doch innerlich hatte sie das Gefühl, selbst Trost zu brauchen.

«Ich muss zu ihm», flüsterte Franziska Bruckner.

Wer hätte gedacht, dass diese Frau Tränen hatte?

«Sir William schreibt, dass Sie das nicht tun sollen. Er schreibt ...,» Antonia musste sich kurz unterbrechen. «Er schreibt, Sie sollen abwarten, bis man mehr weiß. Er wird sich wieder melden.»

Antonia hätte ihr gern gesagt, wie gut sie ihre Angst und ihren Schmerz nachvollziehen konnte. Sie bereute jedes Wort, das sie Melchior nicht gesagt hatte. Die ganze Zeit hatte sie es geleugnet, aber die Wahrheit war, sie vermisste ihn, sie vermisste ihn schmerzlich. Es schmerzte so sehr, dass es ihr fast die Luft zum Atmen nahm.

Er darf nicht sterben!, beschwor sie sich in Gedanken. Das darf nicht geschehen, Gott, das wäre nicht gerecht.

Aber der Himmel war nicht gerecht. Das hatte sie oft erlebt.

Es blieb ihr nichts übrig, als zu warten. Zu warten, zu hoffen und die Hand dieser kleinen alten Frau zu halten, die zum ersten Mal überhaupt zeigte, dass sie nicht nur ihre beiden jüngeren Kinder, sondern auch ihren ältesten Sohn liebte.

– 30 –

Antonia zog fröstelnd die Schultern hoch und schielte auf die Tafel, wo Schwester Philomena eine Gleichung erklärte. Für gewöhnlich hörte sie aufmerksam zu, aber heute fiel es ihr schwer. Es war kalt, und das eiserne Öfchen neben der Tür verbreitete kaum Wärme. Dafür, dass die Schülerinnen regelmäßig angehalten wurden, es zu reinigen, hatte man nicht viel davon. Immer wieder schweifte Antonias Blick ab – über die eifrig gebeugten Köpfe ihrer Mitschülerinnen mit den zu Zöpfen geflochtenen oder zu Dutts gewundenen blonden und dunklen Haaren hinweg zu den hohen Sprossenfenstern über die niedrigen Pulte und Stühle nach vorn zum Katheder. Dort oben, wie auf einer Kanzel, thronte die Schulschwester und wies mit einem langen Zeigestock immer wieder auf die Tafel.

Jetzt allerdings sah sie in Antonias Richtung, und hastig richtete sich diese kerzengerade auf. Der Zeigestock landete allzu gern auf den Fingern unaufmerksamer Schülerinnen, da war die Schwester nicht zimperlich. Während Antonia Aufmerksamkeit heuchelte, dachte sie wieder an Melchior.

Sie hatten jetzt zwei Wochen nichts von ihm gehört. Shelton hatte seit der ersten Nachricht einmal telegraphiert und um Geduld gebeten. Doch der versprochene Brief war noch immer nicht eingetroffen.

«X ist also?», fragte die Schwester, und ihr durchbohrender Blick richtete sich auf Antonia.

«X ist …» Zum Glück fiel Antonia die Mathematik nach wie vor leicht. Schnell rechnete sie das Ergebnis aus. «Zehn.»

Als sie mittags ihre Schultasche schulterte, pochte es in ihrem Kopf. Sie atmete tief ein und trat hinaus in die Kälte. Draußen wollte der Winter die Stadt noch immer nicht aus seinen eisigen Klammern lassen. Überall an den Straßenrändern türmten sich Schneeberge. Die Tram hatte den Betrieb eingestellt, und so lag eine gespenstische Stille über der Stadt. Selbst der Markt auf dem Sankt-Jakobs-Platz schien ihr ruhiger. Die Buden hatten dicke Hauben aus Schnee, der schwerer und schwerer auf die einfachen Holzdächer drückte. Und noch immer trudelten eisige Flocken auf Antonias Haar und Gesicht. Die Händler trugen dicke Lammfellfäustlinge und behalfen sich mit kleinen, tragbaren Kohleöfchen, aber die spendeten nur wenig Wärme. Zwischen den Buden war es sonderbar einsam. Nur wenige Menschen verließen ihre warmen Häuser, um das Nötigste einzukaufen. Gehüllt in dicke Mäntel und die Hüte tief ins Gesicht gezogen, hasteten sie lautlos durch die Gassen. Antonia zog die Kapuze tiefer ins Gesicht.

«Na, auf dem Weg zur Brucknerin?»

Antonia musste zweimal hinsehen, ehe sie den feisten Mann unter dem schwarzen Hut und dem Pelzkragen erkannte. Sie hatte ihn nur ein-, zweimal kurz im Brucknerschlössl gesehen. Alois Hopf.

«Sie sind doch das Dienstmädchen dort?»

Antonia schüttelte den Kopf und schlug fröstelnd die Arme vor die Brust. «Nein, schon länger nicht mehr. Geht es Ihnen gut? Und der Familie?»

«Jaja.» Die kleinen, flinken Augen musterten sie. «Nicht mehr bei Bruckner? Dann haben Sie von dem Unfall nichts gehört?»

Was wollte er? Vorsichtig erwiderte Antonia: «Doch. Entschuldigen Sie mich, ich muss …»

«Warten Sie einen Moment.» Er hielt sie am Arm fest und zog sie dichter heran – so dicht, dass sie seinen Gehrock streifte und sein Gesicht dicht vor ihrem war. Aus dem Grinsen sprach eine solche Schadenfreude, dass Antonia ihm am liebsten eine Ohrfeige verpasst hätte. «Schlimme Sache, das mit dem Melchior. Reitunfälle sind böse. Er wird sterben, so oder so. Wenn er bis jetzt nicht gesund ist, wird er es auch nicht mehr. Ohne ihn kann die Alte die Brauerei nicht führen.»

Antonias Herz schlug bis zum Hals. Er versuchte, ihr Angst zu machen, schoss es ihr durch den Kopf, damit sie sich bei Franziska ausweinte und die eines Tages die Brauerei doch noch an ihn verkaufte. Aber den Gefallen würde sie ihm nicht tun. Und daran, dass Melchior sterben könnte, wollte sie nicht denken.

«Meinen Sie?», erwiderte sie frostig. «Er hat sich doch nie besonders engagiert. Sie hat es bisher geschafft, warum sollte das nicht auch weiterhin so gehen?»

Mit einer entschlossenen Drehung befreite sie sich und lief davon. Als sie das Brucknerschlössl erreichte, kurvte eine entgegenkommende Mietdroschke so knapp an ihr vorbei, dass Antonia mit ihrer Ledertasche einen Satz machen musste, um nicht von den schnaubenden Pferden niedergetreten zu werden.

«Scher di zum Deifi!», rief ihr der Kutscher trotzdem über die Schulter nach, als wäre es ihre Schuld. «Blöds Weiberleut!»

Erschrocken presste Antonia ihre Tasche an sich, während die Droschke auf die Straße gelenkt wurde und sich dort in den Verkehr mischte. Sie war wirklich ziemlich durcheinander. Der Kutscher hatte offenbar jemanden hergebracht, und jetzt, da sie den kleinen gepflasterten Platz vor der Tür überblicken konnte, sah sie auch, wen.

Ihr stockte der Atem.

Ein elegantes Paar war offenbar soeben ausgestiegen. Eine junge Dame in einem Kleid, das sicher nicht in München genäht worden war, das blonde Haar hochgesteckt. Das Gesicht mit den vollen Lippen sah ungeschminkt blass aus. Aber vielleicht lag das auch nur an dem bis zum Kinn hinaufreichenden Kragen, der weiß und streng das Gesicht rahmte. Da die Wimpern ebenso blond waren wie das Haupthaar, wirkten die Augen kleiner. Die Haut würde vielleicht in späteren Jahren fahl wirken, noch aber war sie weich und weiß.

Der Mann neben ihr war ebenfalls blond und etwa im selben Alter. Die Ähnlichkeit zu der Frau ließ vermuten, dass er ihr Bruder war. An seiner eleganten Weste hing eine Brille an einer goldenen Kette, und vom Zylinder über den weiten Umhang bis hinunter zu den glänzend polierten Stiefeln war er ausgesprochen teuer gekleidet. Er hielt einen Stockdegen in der Hand und war in eine angeregte Unterhaltung mit dem Mann vertieft, der ihn unter Mareis und Bartls weit aufgerissenen Augen ins Haus bat.

Melchior. Offenbar bei bester Gesundheit.

Antonia starrte ihn an. Er sah verändert aus, wirkte älter, auch wenn die heimliche Traurigkeit nicht aus seinen Augen verschwunden war. Vielleicht lag es an der Kleidung: Er trug einen schwarzen Mantel und passende Handschuhe, dazu einen Gehstock mit Silberknauf und einen eleganten Hut, unter dem sein dunkelblondes Haar noch zu sehen war. Doch das spöttische Lächeln auf den schmalen Lippen, das nicht zum ernsten Ausdruck seiner Augen zu passen schien, war unverkennbar.

Und genau in diesem Augenblick wandte er wie zufällig den Kopf.

Er hielt in der Bewegung inne. Die Dame sagte etwas zu

ihm, und er zuckte zusammen. Dann lächelte er verbindlich und reichte ihr den Arm, um sie ins Haus zu führen.

«Hat wohl zunächst schlimmer ausgesehen, als es dann war», berichtete Bartl unaufgefordert, als Antonia hereinstürzte und die Treppe hinaufblickte, wo Melchior soeben mit seinen Gästen den oberen Absatz erreichte. Er hielt einen Augenblick inne, als ob er überlegte, ob er über die Schulter sehen solle. Dann aber führte er seine Gäste in den Flur.

Bartl hängte den letzten Mantel auf und schloss die Tür zur Garderobe.

«Auf einer Jagd ist sein Pferd gestürzt und hat ihn unter sich begraben. Beim Aufstehen und Scheuen hat es ihn dann ein paar Meter weitergeschleift. Das Pferd haben sie eingefangen, das hat alles gut überstanden. Aber er war bewusstlos, und sie konnten nicht wissen, ob sein Gehirn schwerer verletzt war. Außerdem sah er wohl ziemlich wüst aus, voller Prellungen und Schürfwunden.»

«Na, du bist ja schon bestens informiert», musste sie wider Willen lachen. «Und wer sind die Herrschaften?»

Bartl blähte und plusterte sich auf im Bewusstsein seines Wissens. «Sir William Shelton und seine Schwester Hortensia Shelton. Er hat wohl telegraphiert.»

«Und seine Schwester begleitet ihn?»

Bartl grinste frech. «Sucht vielleicht eine gute Partie zum Heiraten.»

«Red kein narrisches Zeug!» Antonia fegte ihm über den Schopf, und er duckte sich grinsend. Andererseits, hatte nicht die englische Königin Victoria, die Großmutter Kaiser Wilhelms, seinerzeit auch einen einfachen deutschen Adligen geheiratet? Antonia runzelte die Stirn.

Es geschahen Zeichen und Wunder – Franziska Bruckner lud Antonia ein, beim Abendessen an ihrer Seite zu sitzen. Vermutlich wollte sie den Eindruck erwecken, sie könne sich den Luxus einer Gesellschaftsdame leisten, anders war es nicht zu erklären. Neben Antonia saßen die Kinder und gegenüber Melchior mit seinen Gästen.

Dieser schenkte Antonia so wenig Aufmerksamkeit, als wäre zwischen ihnen nie etwas vorgefallen. Er sprach mit seinen Gästen englisch und übersetzte hin und wieder etwas für seine Mutter und seine Geschwister.

«Du hast uns einen schönen Schrecken eingejagt», meinte Resi, als Marei mit der großen Platte und dem Braten hereinkam. Sie sah alle der Reihe nach an, auch Antonia. «Ist doch richtig, oder?»

«Wir … waren alle sehr besorgt», murmelte Antonia und starrte auf das Damasttischtuch, um Melchior nicht ansehen zu müssen. Sie zwang sich zu einem Lächeln, wandte sich an die Gnädige: «Nicht wahr?» Und hoffte inständig, dass ihr Gesicht nicht so rot war, wie es sich anfühlte.

«Es sah schlimmer aus, als es war», erwiderte Melchior knapp, ohne aufzusehen. «Ich war auf der Jagd offenbar etwas zu begeistert bei der Sache.»

«Du?», lachte Resi.

Melchior verzog das Gesicht zu einem amüsierten Lächeln. «Du würdest dich wundern, wozu ich fähig bin.»

Und ganz plötzlich hob er seine geraden Brauen und blickte zu Antonia herüber.

Sie überlief ein Kribbeln. Nichts merken lassen, durchfuhr es sie. Sie zwang sich zu einer gleichgültigen Miene und senkte den Blick wieder auf ihren Teller. Was meinte er damit? Hatte er sie angesprochen?

«Nun gut», wechselte Melchior das Thema. «Sir William interessiert sich für mein Projekt, das du, liebe Mutter, so sehr mit Missachtung gestraft hast. Er überlegt, in unser Unternehmen zu investieren.»

«Und wie lange wird das gutgehen?», erwiderte Franziska in demselben spitzen Tonfall. «Die Jahre davor waren die Beziehungen zwischen England und dem Reich gut, da gebe ich dir recht. Doch seit der albernen Glückwunschdepesche von Kaiser Wilhelm an diesen Buren in Transvaal kühlt das Verhältnis zunehmend ab.»

«Wie stehen Sie dazu?», fragte Sir William mit undurchsichtigem Blick auf Deutsch.

«Unklug», erwiderte Franziska schroff. «Äußerst unklug. Ein alberner Überfall britischer Freischärler, die auf eigene Faust die Burenrepublik angreifen. Sie werden zurückgeschlagen, die britische Krone verurteilt den Überfall, alles ist gut. Und der Preiß? Schickt dem Burenpräsidenten ein öffentliches Glückwunschtelegramm und stößt die Briten und damit seine eigene Großmutter, Königin Victoria, vor den Kopf! Ein Husarenritt, vermutlich in der Hoffnung, Transvaal übernehmen und an Südwestafrika angliedern zu können. Und dafür riskiert der Narr einen Krieg!»

«Nun, der Krieg ist nicht gekommen», meinte Sir William. «Es gibt durchaus noch Männer, die Diplomaten genug sind, um sich von einem albernen Glückwunschtelegramm nicht provozieren zu lassen.»

«Dennoch, ausgerechnet jetzt, ist das nicht ein wenig gewagt? Was, wenn es doch Krieg gibt?»

«Wer nicht wagt, gewinnt auch nichts», konterte Melchior. «Die *Splendid Isolation* ist vorbei, so oder so. Großbritannien war immer stolz auf seine Unabhängigkeit als Insel. Doch auf die Dauer kann man sich nicht völlig abschotten. Deutschland und England haben viel gemein, und das Bier zählt zu diesen

Dingen. München schickt sich an, Hauptstadt des Königreichs von Hopfen und Malz zu werden. Erfunden in vorbiblischer Zeit am Euphrat, baut der Göttertrunk seine Tempel nun an den Stränden der Isar. Die älteste und hartnäckigste Schwäche der Menschheit ist mein Verbündeter, der Alkoholismus. Die Investition ist krisensicher, glaub mir.»

Franziska hob die Brauen.

«Sorgen Sie sich nicht», meinte Sir William in gutem, durch einen Akzent gefärbtem Hochdeutsch. «*Melchior is absolutely right.*» Er setzte sich die Brille auf die Nase, als Marei ihm den Teller servierte, betrachtete Braten, Knödel und Rotkraut und nickte zufrieden. «Danke sehr. Oh, Krraut. *Wonderful.* Ich liebe es.»

«So sehr, dass man in England sogar die Bewohner des Reichs danach benannt hat», bemerkte Melchior augenzwinkernd, und Sir William lachte schallend. «Das dürfen Sie nicht persönlich nehmen, mein Lieber.»

«Selbstverständlich nicht. Auf eine solide Feindschaft baut man die besten Handelsbeziehungen.» Und er prostete ihm zu.

Hortensia Shelton saß die ganze Zeit neben ihrem Bruder wie eine Statue. Bis zu ihrem Kinn hinauf war sie eingehüllt in teure Stoffe. Weite Puffärmel ließen sie wie eine Puppe aussehen. Antonia fragte sich, wie sie es schaffte, immer nur einzelne Körperteile zu bewegen und dabei aufrecht zu sitzen, als hätte sie jemand an die Stuhllehne gefesselt.

Es war nicht zu übersehen, dass Frau Bruckner sich fragte, ob Melchiors Plan so gut war, wie er meinte. Antonia konnte sich denken, warum. Shelton lobte seinen Münchner Partner über den grünen Klee, aber er hatte kein einziges Wort gesagt, welche Vorteile das Geschäft für ihn selbst brachte. Weil er sich noch gar nicht sicher war, ob er es mit Melchior abschließen oder ihn nur als Türöffner benutzen wollte? Natürlich verfolgten die Sheltons ihre eigenen Absichten, das war normal. Aber würden sie Melchiors Interessen ebenfalls berücksichtigen oder sie notfalls auch auf Kosten anderer durchsetzen? Melchior hatte hier wirklich jemanden gefunden, der ihm an Zwielichtigkeit zumindest ebenbürtig war. Aber während für Sir William eine Investition vermutlich keine Dringlichkeit darstellte, benötigte Melchior das Geld.

«Diese Hortensia sieht aus wie ein brütendes Huhn in ihrem Berg von Stoffen», flüsterte Marei respektlos, als sie Antonias Teller abräumte. «Weißt schon, als ob sie die Flügel ausgebreitet hätte, um ihre Brut zu schützen. Aber vermutlich hat sie vergessen, dass man einen Mann braucht, um überhaupt Brut zu haben.»

Antonia unterdrückte ein Lachen.

«Ich bring denen noch ein Bier. Die müssen doch irgendwann lockerer werden.»

Die Gäste vertrugen indes einiges. Auch beim dritten Krug machte Sir William keine Anstalten, sich zu entspannen oder gar vom Tisch aufzustehen. Es dauerte noch fast eine Stunde, bis die Hausherrin die Tafel aufhob.

«Sie haben meinen Rat also auch befolgt, Seejungfräulein», flüsterte Melchior Antonia im Vorbeigehen zu. «Meine Mutter sagt, Sie haben endlich wurmzerfressene Schulbänke und Bücherstaub der Seifenlauge und dem Federwisch vorgezogen. Ich bin beeindruckt.»

Antonia musste leise lachen. Das hatte ihr wirklich gefehlt. «Als ob irgendetwas Sie beeindrucken könnte», gab sie zurück.

Die beiden Besucher wirkten jetzt doch müde. Kein Wunder, sie hatten eine lange Fahrt hinter sich. Dennoch benahmen sich beide, als hätten sie keinen Tropfen getrunken. Steif und aufrecht schritten sie in die Halle, wo Xaver gerade die Treppe herabkam, um sein Abendessen in der Küche einzunehmen.

Lady Hortensia seufzte und sagte etwas auf Englisch.

«*Of course, Milady. My pleasure*», erwiderte Melchior galant. Und reichte ihr den Arm, in den sie sich einhakte.

«Scheint, als würden ihr die Füße schmerzen», meinte Antonia. Giftiger als beabsichtigt, setzte sie hinzu: «Oder sie tut nur so, um sich auf den Arm eines Herrn stützen zu können.»

«Vielleicht hat ja das Bier ihre Füße anschwellen lassen», meinte Marei. «Die Schuhe sind eng. Hast du sie gesehen? So feine enge Schnürschuhe mit Absätzen.» Sie grinste. «Du bist doch nicht eifersüchtig?»

«Du bist unmöglich», erwiderte Antonia lachend.

In diesem Moment seufzte Hortensia und sackte schwer nach hinten. Überrascht von dem plötzlichen Gewicht, stolperte Melchior und musste beherzt zugreifen. Mit beiden Händen hielt er ihren Oberkörper fest.

Antonia verschlug es den Atem.

«Sie ist ohnmächtig!», rief er über die Schulter. Er kämpfte um sein Gleichgewicht, und Schweißperlen traten ihm auf die Stirn. «Xaver!»

Mit einiger Mühe wuchtete Melchior seine Last quer über die muskulösen Arme des Brauknechts. Was offenbar gar nicht so leicht war, denn Hortensia war in eine Unzahl von Stofflagen gehüllt, die sich ständig verhedderten. Einmal gab es ein verräterisches Geräusch wie von reißendem Tuch. Ächzend schubste Melchior den Rest der Lady in die Arme des Knechts. Sichtlich erleichtert taumelte er zurück und tupfte sich mit dem Tuch aus seinem Aufschlag die Stirn. Mit einem pikierten Ausdruck strich er sich über die Kleider.

«Tragen Sie sie ins vordere Gästezimmer», befahl er Xaver. Und an Shelton gewandt, fragte er: «Braucht sie einen Arzt?»

«Es ist nichts weiter», erwiderte dieser, wenngleich es ihn zu befremden schien, seine Schwester unter in alle Richtungen abstehenden Tüllstoffen über den biergestählten Armen eines Knechts hängen zu sehen wie einen toten Schwan mit gesträubtem Federkleid. «Sie wird ständig ohnmächtig, und der Tag war anstrengend.»

Der kräftige Brauknecht wollte die Lady die Treppe hinauftragen. Aber er kam nicht weit, denn Hortensia erwachte. Und bemerkte, wo sie war.

«*Oh my God!*», kreischte sie schockiert. «*Don't you dare!*»

William sprang geflissentlich ein paar Stufen höher, während seine Schwester kreischend und krakeelend gegen die kräftigen Arme des verdutzten Brauknechts kämpfte und mit Zähnen und Klauen ihre Tugend verteidigte.

Er half ihr, sich zu befreien, und fluchend übergoss sie Xaver mit einer Tirade von Beschimpfungen. Obwohl Antonia sie ihm von Herzen gönnte, tat er ihr auch fast ein wenig leid, als er verdutzt die Hände hob und «Nix für ungut!» murmelnd die Treppe hinabstieg – sichtlich froh, außer Reichweite dieser Bissgurn zu kommen.

Während Sir William beruhigend auf seine Schwester einredete und sie nach oben brachte, hob Melchior die Brauen und meinte: «Wer sich die Keuschheit ausgedacht hat, sollte standrechtlich erschossen werden. Neben der Religion gibt es nichts, was Menschen so sehr gegeneinander aufhetzt.»

– 31 –

A us England? Der Malefizhund!»
Alois Hopf war hörbar erzürnt über die Nachricht und machte seinem Ärger lautstark Luft. So sehr, dass Tassilo, sein Vorarbeiter, den Kopf einzog.

Sie saßen in Hopfs kleiner Gastwirtschaft, dort, wo ihn vor nicht allzu langer Zeit Antonia beim Tanz ausgehorcht hatte. Jetzt war die Gaststube leer, und nur eine verschüchterte Kellnerin huschte gelegentlich herbei und fragte leise, ob die Herren noch einen Wunsch hätten.

«Ich habe die Köchin nach dem Gottesdienst gefragt. Das Weib ist redselig», meinte er abschätzig. «Und hat in der Kirche ihr Haar nicht bedeckt, das g'schlamperte Flitscherl!»

«Ach geh, bist ja katholischer als der Papst», erwiderte Hopf abschätzig. «Sei doch froh. Willige Mägde gibt's in diesen Zeiten nicht gerade wie Sand am Meer. Seit dieser Preiß, der Wilhelm, Kaiser ist, haben wir diesen Schmarrn mit der Keuschheit auch in Bayern.»

Der Vorarbeiter wirkte entsetzt. «Aber Ihre Frau und Töchter ...»

«Über die wird nicht geredet, verstanden?», schnauzte Hopf ihn an. «Meine Frau und meine Töchter sind anständig.»

Der Vorarbeiter runzelte die Stirn. «Aber haben Sie nicht gerade gesagt ...»

«Bei meiner Familie ist das was anderes», fuhr ihm Hopf über den Mund. Er donnerte seinen Bierkrug auf die Tischplatte, dass die Semmeln auf einem rot-weiß karierten Tuch im Brotkorb einen Satz machten. Wie in den meisten Brauereien standen sie durchgehend auf den Tischen – mal geknetet von eifrigen Kinder- oder verlegenen Arbeiterhänden, mal sehnsüchtig betatscht und doch wieder zurückgelegt, mal genau ins Auge gefasst und im Zorn von schwieligen Fingern zerdrückt und dann doch nicht gegessen. Empört, als seien die Wirtshaussemmeln eine Parabel für den Lebenswandel, der seiner Familie hier offenbar unterstellt wurde, setzte er nach: «Die würden nie so was Zuchtloses tun, und das will ich ihnen auch nicht geraten haben!»

Der Vorarbeiter verstand nicht. «Aber Keuschheit …»

Der Braumeister lachte ihn aus. «Bei Dienstboten? Jetzt machen's Eana ned lächerlich!»

Hopf war ein Mann in den besten Jahren, und die Köchin beim Bruckner hatte er in angenehmer Erinnerung: ein dralles blondes Ding mit anständig Holz vor der Hütt'n, unter deren weitem Rock sicher stramme Schenkel warteten. Der Gedanke zauberte für einen Moment ein seliges Grinsen auf sein feistes Gesicht.

«Ich werde die Köchin selber mal ansprechen», meinte er und leckte sich heimlich die Lippen unter dem grau melierten Schnurrbart, in dem der Bierschaum langsam zerrann wie Jugend und Schönheit im Laufe der Jahre. «Sie wird mir schon mehr verraten. Ich muss mit diesem englischen Gast sprechen. Das wäre ja noch schöner, wenn der beim Bruckner einsteigt.»

Es war nicht schwer, die Köchin kennenzulernen. Marei kaufte täglich auf dem Markt ein, und Hopf gelang es, sie mit ein, zwei Schmeicheleien in eine Unterhaltung zu verwickeln. Geld wechselte den Besitzer.

Keine Stunde später rumpelte und wackelte die Abstellkammer im Hopf'schen Sudhaus nach allen Regeln der Kunst. Dosen und Metallgeschirr fielen aus Regalen, und ab und an hörte man einen sonderbaren Laut, als ob ein Frosch tief in einem Rohr feststeckte. Dann japste eine männliche Fistelstimme «Jessas Maria und Josef!». Und am Ende verließ die Köchin die Kammer, mit gerötetem Gesicht, zerzaustem Dutt und einer vertraulichen Nachricht für Sir William Shelton.

Alois Hopf erreichte, was er wollte: Sir William Shelton war bereit, ihn in Münchens derzeit bekanntestem Kaffeehaus zu treffen.

Als Hopf eintrat, verdrehte er den Kopf nach allen Seiten, um das Rot und Gold, den vielen Samt und all den Prunk auf sich wirken zu lassen. Er kam sonst nie nach Schwabing, aber er konnte nicht riskieren, dass ihm der Bruckner womöglich noch auf die Schliche kam. So hatte er das *Stefanie* vorgeschlagen, auch wenn ihm das Künstlerpack hier zuwider war. So fein hatte er sich das Lokal gar nicht vorgestellt. Es verunsicherte ihn, und er fühlte sich, als sei er plötzlich nach Schloss Nymphenburg geladen.

Er fand einen Platz und rückte nervös seinen Gehrock zurecht. Obwohl er sich herausgeputzt hatte, kam er sich hier in diesem Raum schrecklich fremd vor.

Er musste nicht lange warten, bis ein schlanker blonder Mann mit Brille an einer Kette hereinkam. Er hob die Brille an die Augen, um sich umzusehen, und Hopf sprang auf wie ein Schüler. Der Mann kam auf ihn zu, und er machte eine übertriebene Geste an den Tisch.

«Ja, der Herr Sir. Ähm: Herr Sir Shelton», mischte er so viel Hochdeutsch wie möglich in seinen Dialekt. Der Fremde sollte gleich sehen, dass Alois Hopf ein Mann von Welt war. «Es ist mir eine Freude. Setzen Sie Eana. Und strecken Sie ruhig Eana Haxen aus. Es ist genug Platz.»

Es war teuflisch schwer, so ein g'schwollnes Hochdeutsch zu reden. Shelton musterte ihn mit einem halb amüsierten, halb interessierten Blick. Aber vielleicht wirkte es auch nur so, weil er sich soeben die goldene Brille auf die Nase setzte. Er legte Mantel, Stockdegen und Hut ab, schnipste beiläufig mit einer Hand, und schon kam der hochnäsige Kellner angerannt, der Hopf vorhin beim Hereinkommen so niederträchtig ignoriert hatte, und nahm ihm die Sachen ab.

«Mr. Hopf, die Freude ist meinerseits. Was verschafft mir die Ehre? – Schaumwein natürlich, Sie Tölpel, was sonst? Und schnell, wenn Sie das schaffen», fuhr er den Kellner an.

Hopf starrte ihn an. «Und was zum Essen …»

«*Definitely*. Haben Sie Fisch? Zweimal Forelle.»

Hopf schluckte. Er hatte angekündigt, Shelton einzuladen. Das würde ihn ein Vermögen kosten. Aber gut, wenn er klug investierte, hatte er das Geld bald wieder eingespielt.

Shelton gab dem Kellner mit einer wedelnden Handbewegung zu verstehen, dass seine Anwesenheit jetzt nur noch störte und er sich sputen sollte. Und zu Hopfs Überraschung tat der das auch, ganz ohne dass der g'schleckte Engländer schreien musste.

Hopf hatte sich lange überlegt, wie er die Sache angehen sollte.

«Wie ich höre, interessieren Sie sich für das Brauereiwesen?», fragte er. Er schob die feine Blumenvase aus blauem Glas zur Seite und stellte sie unter den missbilligenden Blicken des Kellners auf eine Konsole, um sich weiter über den Tisch beugen zu können.

Shelton lehnte lässig in seinem Stuhl und machte keine Anstalten, sich ebenfalls vorzubeugen. «*Indeed*. Ich bin sehr interessiert. Wir stellen in England selbst Bier her, aber immer mehr Nachfrage herrscht nach Produkten von … wie sagt man … *ab-*

road. Es heißt, München wird gerade so etwas wie die europaweite Hauptstadt des Biers.»

«Ja, ja.» Hopf versuchte ein feines Lächeln und hoffte, dass das bei seinem Gesicht funktionierte. «Ich nehme an, Sie wollen sehen, wie der Brauprozess hier ausschaut? Vermutlich sehen Sie Eana auch verschiedene Brauereien an, weil Sie etwas Gescheits bevorzugen.»

Sir William lehnte elegant den Oberkörper zurück, als der Schaumwein kam. Zwei Gläser mit hohen Stielen, in deren Kelche Blumenmuster graviert waren, wurden auf den Tisch gestellt. Er wartete, bis eingeschenkt war, ergriff dann sein Glas, roch daran und nickte. *«Cheers»*, meinte er.

Hopf musste einen Moment überlegen, aber dann begriff er. «Ah so, ja. Prosit.» Er schnüffelte an seinem Schaumwein, und während Shelton offenbar angetan nippte, betrachtete er misstrauisch die Perlen in dem Glas. Da würde er ja Schluckauf davon bekommen. Vorsichtig schlürfte er. Als er das Glas abstellte, bemerkte er, dass Engländer nur einen winzigen Schluck genommen hatte, während sein eigenes Glas fast leer war. Kruzifixhalleluja. Feines Benehmen war schwerer, als er gedacht hatte.

«Well, um genau zu sein, besuche ich eigentlich nur einen alten Freund», nahm Sir William das Gespräch wieder auf und überging elegant die Tatsache, dass Hopfs Glas so gut wie leer war. Der Kellner war leider nicht so milde und schenkte sofort nach. «Ich bin mir noch gar nicht sicher, ob ich noch weiter in Bier investieren will. Ich habe schon Anteile an einer Brauerei in England, müssen Sie wissen. Wir exportieren bis nach Indien, und eine weitere Brauerei könnte eine Konkurrenz im eigenen Haus darstellen. Man wird sehen.»

«Indien», wiederholte Hopf beeindruckt. «Die Kolonie», gab er dann stolz sein Wissen zum Besten. «Ja, wir haben auch Kolonien, hier … also, das Reich.»

«*Fascinating*. Aber auch anstrengend. Die Hitze. Und ich sehe mit Tropenhelm einfach lächerlich aus.» Sir William lächelte charmant.

Hopf lachte laut heraus und klopfte sich auf die Schenkel. Als er merkte, dass sein Gast ihn etwas irritiert ansah, beruhigte er sich hastig. «Ja, ich meine: griabig.»

«*Griabig?*»

«Gut.»

«Oh.» Shelton nickte. «Ich war letztes Jahr mehrere Monate in Indien, um den Vertrieb zu beaufsichtigen. Die Hälfte der Zeit lag ich allerdings mit der Malaria im Bett. Und das, obwohl überall Moskitonetze hingen, selbst an meinem Tropenhelm. Ich kam mir vor wie eine Haremslady. Verschleiert und in Dauerquarantäne»

Er wollte wieder lächeln, besann sich aber offenbar auf die Reaktion, die das vorhin ausgelöst hatte, und entschied sich dagegen. «Schreckliche Sache, die Malaria. *Disgusting*. Und ich hatte noch Glück. Da ich krank im Bett lag, steckte ich mich nicht mit der Cholera an, die den Hotelinhaber dahinraffte. Sie brauchen eine starke Natur in den Tropen, mein Freund, das ist nichts für weiche Gemüter.»

«Ja, hm», versuchte Hopf, das Gespräch wieder auf das eigentliche Thema zu lenken. Das mit den Tropenkrankheiten gefiel ihm nicht, erstens verstand er nichts davon, und zweitens war es ihm unheimlich. Womöglich schleppte der g'schleckte Fremde noch irgendwelche tödlichen Seuchen hier ein?

Das Essen kam, und enttäuscht schaute er auf seinen Teller. Das Porzellan war fein und mit grünen Blattranken verziert, aber das, was darauf lag, enttäuschte ihn. Davon sollte ein Mann satt werden? Diese Forelle war ein schlechter Scherz! Und was sollte das seltsame Messer, das man ihm brachte? Das hatte ja nicht einmal eine anständige Schneide! Und das hatte

man ihm als eines der besten Kaffeehäuser der Stadt empfohlen? Er holte schon Luft, um den Kellner zu beschimpfen,
aber Sir William meinte nur: «*Splendid*», und wirkte äußerst zufrieden. Hopf beschloss, den Kellner nachher beim Zahlen an-
zuschreien, wenn Shelton schon weg war.

«Also, wenn Sie interessiert sind, mal eine Brauerei zu sehen,
die schon auf neustem Stand ist – ich habe so eine Brauerei.
Schau'n Sie amal vorbei, wenn Sie mögen. Hopf Bräu, ein paar
hundert Meter flussaufwärts.»

Sir William hob die Brauen. «*Really?* Das ist – wie sagt man:
äußerst zuvorkommend.»

Jetzt war sich Hopf seines Sieges sicher. Ein Besuch in seiner
Brauerei, und der reiche Engländer würde ins Hopf Bräu investieren. Ein seliges Grinsen stahl sich auf sein Gesicht, und er
prostete seinem Gast zu.

«Aber selbstverständlich. Das ist Gastfreundschaft.» Und
dieses Mal achtete er ganz genau darauf, nur ein winziges
Stamperl von dem komischen Perlweinzeugs zu trinken.

– 32 –

Mitten in der Nacht schreckte Antonia auf. Sie fuhr in ihrem Bett hoch und sah sich um. Fahles Mondlicht drang durchs Fenster herein. Die Betten der Mägde standen schmal und eng beieinander. Neben ihr schnarchte Kreszenz, weiter hinten sah sie Vevis Nachthaube auf dem Kissen. Fröstelnd zog sie die Decke über die Brust.

Antonia stand auf und ging barfuß zu dem kleinen Fenster oberhalb des Türmchens, um hinauszusehen. Der Mond tauchte den nächtlichen Garten in ein zauberhaftes Licht. Weiter unten sah sie die Isar als dunkles Band, das hie und da Licht aus einem der Häuser reflektierte. Das mondversilberte Gras schimmerte weich unter ihr, schützend umrahmt von den Büschen.

Antonias Füße wurden kalt. Sie wollte wieder in ihr Bett steigen, da bemerkte sie, dass Mareis leer war.

Antonia stutzte, dann verkniff sie sich ein Grinsen. Offenbar frönte die Köchin einem nächtlichen Vergnügen – wenn sie nicht schlichtweg auf dem Abort war.

Ehe sie hier schlaflos auf den Morgen wartete, beschloss Antonia, die Verschwiegenheit der Nacht zu nutzen, um ein paar Schritte im Garten zu gehen. Die Frische würde sie hoffentlich wieder müde machen, und zu dieser Zeit würde sie niemand sehen. Vorsichtig griff sie nach ihren Schuhen, zog sie aber noch nicht an, sondern schlich sich barfuß die Treppe hinunter. Sie erreichte das Erdgeschoss. Tatsächlich drangen aus der Küche gedämpfte Geräusche, als sie daran vorbeihuschte.

Marei, du altes Luder, lachte sie innerlich. Sie konnte es nicht lassen. Wer wohl der Glückliche war?

Antonia hatte keine große Lust, es herauszufinden. Sie holte nur leise ihren Mantel vom Haken neben der Tür und tastete sich auf die schmale Tür zum Garten zu. Vorsichtig drückte sie sich ins Freie.

Der Garten atmete leise in die Dunkelheit. Schimmernd brach sich das Mondlicht in den hohen Fenstern und überzog die Spitzen des aus dem Schnee ragenden Grases mit einem seidigen Silberglanz. Unter den Fenstern hatten sich mit der Nachtkälte Eiszapfen gebildet, die wie Kristalllichter glitzerten. Es roch nach Schnee und feuchter Erde und einem leichten Anflug von Malz.

Sie zog die Schuhe an. Den Mantel legte sie über den Arm, ließ den Frost durch das Leinennachthemd dringen und genoss die Kälte im Gesicht. Es gab ihr ein Gefühl von körperlicher Wirklichkeit, das sie sonst nur beim Modellstehen hatte. Vom morgendlichen Anziehen, wenn sie die Blicke der anderen Frauen hastig zu vermeiden suchte, bis hin zum Abend, wenn sie sich nach dem Ausziehen schnell unter die Decke verkroch, gab es in ihrem Alltag sonst keinen Raum dafür.

Antonia hatte das Haus fast umrundet und war jetzt unter dem Küchenfenster, wo der Garten in den gekiesten Vorplatz überging. Nun wurde ihr doch kalt, und sie legte den Mantel um die Schultern. Jetzt freute sie sich wieder auf ihr warmes Bett. Nur ein letztes Mal wandte sie sich um, um die verzauberte nächtliche Winterlandschaft zu genießen.

Zu spät bemerkte sie, dass sich direkt über ihr das Küchenfenster geöffnet hatte. Dass eine Gestalt dort hinauskletterte, die nicht gerade die Statur eines jungen Burschen hatte. Und die jetzt prompt das Gleichgewicht verlor.

«Kruzifix!», schrie eine Männerstimme.

Antonia blickte nach oben.

Gerade noch rechtzeitig.

Mit einem Sprung in die Büsche gelang es ihr, sich vor dem voluminösen Hosenboden zu retten, der mit beachtlicher Geschwindigkeit auf sie herabsegelte. Und mit einem Donnerschlag den Boden erreichte.

«Auuu!!», schrie der Gestürzte. Und begann alsbald, in allen Tonlagen zu jammern und sämtliche Flüche auszustoßen, deren die Mundart fähig war. Mit schneebedecktem Gesicht kam er auf die Beine und torkelte auf Antonia zu. War er betrunken und wollte mit ihr fortsetzen, was er mit Marei soeben beendet hatte? Mit einem Schrei wich sie zurück, und er fiel wieder hin.

Der nächtliche Besucher betrachtete verständnislos die Gestalt im weißen Nachthemd, die wie aus dem Nichts vor ihm aufgetaucht war. Er bekam den Schreck seines Lebens. Entsetzt riss er Mund und Augen auf. Dann brüllte er ebenfalls wie am Spieß.

Und als wäre das noch nicht genug, lockte der Lärm Marei ans Fenster. Sie sah ihren verunglückten Liebhaber und eine Gestalt im weißen Hemd, bekreuzigte sich mit einem Stoßgebet – und stimmte in das Geschrei mit ein.

So war es unvermeidlich, dass binnen Sekunden das gesamte Brucknerschlössl auf den Beinen war. Überall gingen Fenster auf, wurden Lichter angezündet.

Das brachte Antonia zu sich. Sie blickte die Fassade hinauf. Das fehlte noch, dass Franziska sie hier draußen sah. Höchste Zeit ins Haus zu kommen. Sie machte kehrt, rannte durch den Garten zurück auf die Terrasse und durch die Pforte ins Haus. Keuchend stand sie in dem schmalen Flur. Über ihr auf der Treppe polterte es. Bartl, Xaver und Melchior eilten die Treppe herunter. Sie nutzte den Moment und drückte sich hinter ihnen in die Halle, als wäre sie ebenfalls vom Lärm aufgeschreckt worden. Oben hörte sie Franziska Bruckner und die Kinder, und sogar die aufgeregte Stimme Hortensia Sheltons.

«Ein Geist!», kreischte Marei und klammerte sich an Melchior. «Da unten, bei den Büschen. Ein weißes Hemd hat er angehabt, und er ist geflogen!»

«Verstehe.» Melchior hatte den ersten Schrecken überwunden und gönnte sich ein dezent schadenfrohes Lächeln. «Und was machten Sie um diese Zeit in der Küche?»

Marei schwieg schuldbewusst, und er blickte zum Fenster. Unten hörte man den nächtlichen Gast schimpfen und jammern. Offenbar hatte er sich bei dem Sturz tatsächlich verletzt. Aber da er noch reichlich Luft für einige sehr ausgefallene und wortreiche Flüche hatte, konnte es nicht lebensbedrohlich sein.

Melchior, der sich aus dem Fenster gelehnt und mit der Laterne hinausgeleuchtet hatte, drehte sich wieder um. Und unversehens küsste er Marei stürmisch auf die Wange.

«Diesen Geist sehe ich mir einmal genauer an. Sie sind ein Geschenk des Himmels, Marei!»

Er rannte zur Haustür, dicht gefolgt von der Hausherrin, Xaver, Antonia und sogar einer neugierigen Hortensia Shelton, gehüllt in einen voluminösen Morgenrock aus Seide und Tüll. Nur ihr Bruder schien einen gesegneten Schlaf zu haben.

Melchior leuchtete dem nächtlichen Gast mit der Laterne ins Gesicht. In das fette Gesicht von Alois Hopf.

«This is scandalous!», stieß Hortensia hervor. *«O my God!»*

Melchior warf einen Blick in Richtung seiner Mutter. Diese erstarrte. Es war eindeutig, was dieser Blick sagte: hier die prüde Schwester eines finanzstarken Investors, dort, im Dreck, nach einem nächtlichen Rendezvous mit der Köchin, der künftige Schwiegervater.

«Verschwinden Sie, Sie Lüstling!», fuhr Melchior Hopf an.

Und sandte seiner Mutter unter gesenkten Lidern ein verschlagenes Lächeln.

«*Who is this?*», hauchte Hortensia Shelton mit wankender Stimme, als sei sie einer Ohnmacht nahe. «*Is it a human being?*»

Melchior schien einen Moment zu überlegen.

«Ich bin sein Schwiegervater!», rief Hopf erzürnt. Er kam aus dem Blumenbeet hoch und versuchte, so würdevoll auszusehen, wie nur immer das im Hemd und mit herabhängenden Hosenträgern möglich war. Stolz reckte er die Brust und verkündete: «*I … Melchior's Schwieger-Faser … father …* Sagen Sie es ihr, Bruckner!»

Melchior blickte mit nachdenklich gehobenen Brauen zuerst zu Hortensia Shelton, dann zu Hopf. Ein kaum sichtbares Lächeln zuckte um seine Mundwinkel. Er erwiderte etwas auf Englisch, und die Lady schlug entsetzt die Hände vors Gesicht. Kopfschüttelnd hauchte sie: «*Incredible!*», und lief ins Haus.

«Was ham'S ihr g'sagt, ha?», schnauzte Hopf. «Ham Sie's ihr gesagt?»

«Ich sagte der Dame, das ist ein Braumeister aus der Nachbarschaft», erwiderte Melchior. «Aber wie der Mann darauf kommt, dass er mein Schwiegervater würde, könne ich ihr nicht erklären. Ich äußerte, er mag getrunken haben. Und zu ihrer Beruhigung versicherte ich ihr, dass ich niemals in eine Familie mit derart zweifelhaftem Lebenswandel einheiraten würde.»

Und ohne auch nur mit einer Wimper zu zucken, drehte er sich um und ging zurück ins Haus.

Schimpfend und ächzend fegte Hopf den Dreck von den spärlichen Kleidern. «Das werden Sie bereuen, Bruckner!», rief er. Er hinkte zum Tor, und als er es erreicht hatte, drehte er sich noch einmal um. «Hören Sie? Das werden Sie bereuen!»

Und Melchior versicherte todernst: «Aber ja doch, mein lieber Hopf. Mit dem größten Vergnügen.»

– 33 –

Melchior Bruckner hatte selten so gut geschlafen wie in dieser Nacht oder, besser, in den Stunden, die davon übrig waren. Gleich nach dem Frühstück verfasste er ein Telegramm, in dem er die Verlobung offiziell löste. Die Brauerei Hopf lag nur ein paar hundert Meter entfernt, doch er wollte es schwarz auf weiß vor sich sehen.

```
Trete von allen Rechten auf Felicitas Hopf
    zurück – Stopp – Lebenswandel des Vaters
    nicht zumutbar – Stopp – Melchior Bruckner
```

Als er aus dem Telegraphenamt trat, atmete er tief durch.

Er war frei.

In einem plötzlichen Hochgefühl warf er den Kopf in den Nacken und lachte. Eines der Blumenmädchen auf dem Weg zum Friedhof sah ihn verwundert an. Er kaufte ihr einen Strauß Schneeglöckchen ab und schenkte ihn ihr mit einer überschwänglichen Geste.

Als er die Haustür des Brucknerschlössl aufriss, stieß er fast mit Antonia zusammen, die zur Schule wollte. Übermütig nahm er im Vorbeigehen ihre Hand und küsste sie.

«Was ist los, Seejungfräulein?», zwinkerte er, als sie ihn sprachlos anstarrte. «Sind Sie neuerdings unter die Tugendwächter gegangen? Das steht niemandem, und Ihnen am allerwenigsten, glauben Sie mir.»

«Sie sind ja wieder ganz der Alte», rief sie ihm nach, während er die Treppe hinauflief.

Nein, dachte er und blieb am oberen Absatz stehen. Ganz und gar nicht.

Den Vormittag verbrachte er in der Universität, und für den Nachmittag hatte er Shelton eine Besichtigung der Brauerei versprochen.

«Es gibt einiges zu modernisieren. Aber wie Sie sehen, habe ich schon damit begonnen.» Melchior Bruckner wies auf die große Kiste mit der Aufschrift *Linde Eisfabrik*. «Unsere neue Kühlmaschine. Ich lasse sie heute noch ins Labor bringen. Damit sind wir den anderen kleinen Brauereien ein gutes Stück voraus.» Seine Mundwinkel zuckten immer wieder verstohlen, wenn er daran dachte, was sein Telegramm von heute Morgen wohl ausgelöst hatte. Die Vorstellung, wie Hopf sich die Beschimpfungen seiner Gattin und das Wehklagen seiner Töchter anhören musste, war zu amüsant.

Shelton hatte alles besichtigt, vom Malzsilo über die luftigen Räume unter dem Dach, wo der Hopfen lagerte, bis hin zum Stall. Der Hopfen war fast aufgebraucht, aber Melchior hatte seinem Gast versichert, dass er in den nächsten Tagen eine Lieferung erwartete. Eigentlich hätte sie längst hier sein müssen. Und jetzt, wo keine Ehe mehr wie das Schwert des Damokles über seinem Haupt hing, würde er auch den Kopf frei haben, sich darum zu kümmern.

Er übergab Sir William für ein paar Minuten an Peter, der ihm die einzelnen Kessel besser erklären konnte, und hörte, an einen der Stützpfeiler gelehnt, dem Klatsch der Brauknechte zu.

«Und wie er sie zuletzt hier herumgeführt hat! Der hat sie richtig beschützt. Die zwei haben ein Gspusi, das sag ich dir.»

Melchior lauschte belustigt. Ihr werdet morgen erst etwas zu tratschen haben, dachte er, wenn sich herumspricht, dass ich meine Verlobung gelöst habe.

«Die Antonia und der Sebastian», erwiderte der andere kopfschüttelnd. «Hat der nicht eine Frau? So eine Sauerei!»

Melchior erstarrte.

«Die haben sich die ganze Zeit angeschaut. Und getuschelt am Schluss.»

«Übertreib nicht. Na gut, stimmt schon.» Einer lachte vielsagend. «Im Brucknerschlössl reden sie auch schon darüber.»

Melchiors Augen wurden schmal, und seine Lippen pressten sich aufeinander.

«Melchior!» Sir Williams Stimme riss ihn aus seinen Gedanken. «Gehen wir hinunter ins *Laboratory*?»

Melchior sog tief den Atem ein. Aber die Leichtigkeit war aus seinen Gedanken verschwunden, und in seinen Augen lag ein seltsamer, harter Glanz.

«Selbstverständlich», sagte er. Und nur, wer ihn sehr genau kannte, hätte das kaum hörbare Beben in seiner Stimme wahrgenommen.

«Gut, dass Sie wieder da sind», begrüßte ihn Sebastian und öffnete die Tür weit.

Melchior nickte flüchtig und trat wortlos an den Tisch, wo schon alles vorbereitet war.

Sebastian stand unschlüssig herum, während Melchior, über einen der Glaskolben gebeugt, mit einem langen Glasstab die Beschaffenheit der Substanz im Inneren prüfte und der englische Gast ihm interessiert über die Schulter blickte.

Sebastian konnte nicht in Worte fassen, wie glücklich er über die Rückkehr von Herrn Bruckner war. Die Arbeit im Labor war etwas ganz anderes als das stumpfsinnige Rühren im Maischeschaum, für das er im Sudhaus zuständig war. Die letzten Monate war es ihm oft schwergefallen, morgens aufzustehen, und nur für Vevi und das Kind in ihrem Leib hatte er sich aufraffen können. Immer dieselben Handgriffe zu tun, immer dieselben Schritte, ohne je das Ziel seiner Arbeit sehen zu können. Es war so sinnlos, lohnte kaum die Mühe. Jeder Atemzug, den er dafür tat, kam ihm verschwendet vor. Lebenszeit, die ihm gestohlen, um die er betrogen wurde.

Als er erfahren hatte, dass Melchior das Labor wieder in Betrieb zu nehmen gedachte, hatte er eine Freude gespürt, die er sonst von der Arbeit nicht kannte. Als er die Decken, die er zum Schutz vor Staub über die Regale gebreitet hatte, wieder abzog, den Boden fegte und das frisch gelieferte Kunsteis wieder verteilte, war es gewesen, als würde er auf ein Fest gehen.

Melchior blickte von seinem Kolben auf. «Ja, ich freue mich auch.» Doch seine Augen lächelten nicht. Der tief verborgene Kummer, den er mit sich herumzutragen schien, war noch immer da, er schien sogar stärker denn je. Offenbar hatte selbst die Reise in das ferne Land nicht geholfen.

Sir William setzte die Brille auf und beugte sich neugierig vor.

«Nun wollen wir mal sehen.» Melchior gab den Hefeextrakt hinzu und richtete sich auf, um Platz zu machen.

«Warum wiederholen Sie den Versuch?», fragte Sebastian.

Melchior ließ den Kolben nicht aus den Augen. «Weil ich sicher sein muss. Außerdem soll Sir William mit eigenen Augen sehen, dass es funktioniert, ehe er Geld für die Produktion investiert.»

Er wandte sich an seinen Gast. «Bei meinem Versuch im Dezember war der Beginn der Gärung nach weniger als einer halben Stunde sichtbar. Sie können jederzeit herkommen und sich selbst ein Bild machen.»

«*Fine*. Können Sie eine Versuchsmenge brauen?»

Melchior überlegte. «Was meinen Sie?», wandte er sich an Sebastian.

Der zuckte die Achseln. «Wenn ich ein paar Knechte ausleihen darf, die mir helfen, ja. Wir haben den Lastenaufzug, ich könnte einen der kleinen Kessel herbringen lassen.»

Melchior nickte, aber er wirkte seltsam abweisend. «Tun Sie das. Wir fangen morgen an. Und wenn es funktioniert, sind wir einen Schritt weiter auf dem Weg zu einer günstigen, effizienten Art, Bier für den internationalen Geschmack zu brauen.»

«*All right*», stimmte Shelton zu.

«Wir stehen kurz vor einem entscheidenden Durchbruch. Wenn es gelingt und Sie zufrieden sind, kann ich in kurzer Zeit in die Produktion gehen.»

Und zum ersten Mal lächelte Melchior wirklich.

«*Fine*. Was meinen Sie, Sie organisieren das, und danach spielen wir eine Partie Schach?»

«Mit dem größten Vergnügen.»

Melchior hielt Shelton die Tür auf und wartete im Eingang, bis er die Treppe hinauf verschwunden war. Dann wandte er sich wieder zu Sebastian. «Sie haben also das Rezept zurückgestohlen», sagte er langsam. «Ich schulde Ihnen Dank.»

Sein Ton stand in merkwürdigem Widerspruch zu seinen Worten. Es lag eine sonderbare, gepresste Wut darin.

«Das ist auch Antonias Verdienst», erwiderte Sebastian. «Ohne sie hätte ich mich nicht dazu durchgerungen. Ihre Entschlossenheit ist beeindruckend.»

Melchiors Lippen wurden noch eine Spur schmaler. «Wenn Sie sich beeindrucken lassen wollen, gehen Sie in den Zirkus», erwiderte er ironisch.

Sebastian riss die Augen auf. «Aber … ich meinte doch nur, dass sie das alles angestoßen hat.»

Mit einem zornigen Laut wandte Melchior den Kopf zur Seite. «Das können Sie wohl kaum beurteilen», sagte er spöttisch. Aber es klang, als wäre ihm überhaupt nicht nach Spott zumute. «Ich erwarte von Ihnen, dass Sie sich hier ganz auf die Arbeit konzentrieren. Ihre Privatangelegenheiten lassen Sie gefälligst zu Hause!»

«Meine Privatangelegenheiten?» Überrascht starrte Sebastian ihn an. Er überlegte, was Vevi mit der Sache zu tun haben konnte, doch es fiel ihm nichts ein. «Aber ...», meinte er verwirrt, «sie arbeitet doch gar nicht im Sudhaus. Wir sehen uns nur nach der Arbeit.»

«Ich brauche keine Details!», schrie Melchior ihn völlig unvermittelt an. «Der einzige Auftrag, den Sie hatten, war, auf das Labor aufzupassen! Ich habe Ihnen weder befohlen, es in Gang zu halten, noch, das Rezept zu stehlen. Warum haben Sie das getan?»

Sebastian verstand nicht, was Herrn Bruckner so aufbrachte. Achselzuckend erwiderte er: «Wir wollten nur helfen ...»

«Schluss damit, ein für alle Mal!» Auf seiner Stirn hatte sich eine steile Falte gebildet, und seine Brauen zogen sich gefährlich zusammen.

Melchior hatte sich sofort wieder in der Gewalt. Er schloss die Augen, atmete tief durch und sah den Brauknecht durchdringend an. «Ich will keine Weibergeschichten bei der Arbeit, haben wir uns da verstanden?»

«Ja, natürlich, aber ...»

«Haben wir uns verstanden oder nicht?»

Es sah nicht so aus als wäre er gerade geneigt, sich berichtigen zu lassen. Sebastian biss sich auf die Lippen. «Ja.»

«Gut», sagte Melchior in seinem üblichen spöttischen Tonfall. «Die Maschine steht im Lastenaufzug, bringen Sie sie nach der Arbeit noch nach unten. Xaver weiß Bescheid, er wird Ihnen helfen. Nehmen Sie den Rollwagen unten. Sie können die Transportkiste einfach auf der Seite öffnen und die Hölzer zurück in den Aufzug legen. Und gehen Sie behutsam mit dem Gerät um. Wenn es zerstört wird, wäre dies das Ende des Projekts, und ich müsste mit eingezogenem Schwanz vor Hopf zu Kreuze kriechen. Und jetzt entschuldigen Sie mich. Ich muss eine Partie Schach verlieren und meinem Gast die Arbeit von Buchner zeigen, über die alkoholische Gärung mit zellfreiem Hefeextrakt.»

Den Rest des Nachmittags arbeitete Sebastian am Maischetrog. So hatte er Herrn Bruckner noch nie erlebt, und es machte ihm Sorgen. Vielleicht hatte ihn einfach nur etwas verärgert, oder er hatte wegen des Rezepts mit Hopf Ärger bekommen. Sebastian beschloss, abzuwarten und morgen, wenn Herr Bruckner ruhiger war, nachzufragen. Sicher war alles nur ein Missverständnis.

Als es dunkel wurde, sah er noch einmal nach dem Labor. Hier war alles ruhig. Erst als er schon auf dem Weg zur Treppe war, fiel ihm die Kühlmaschine ein.

Er rief nach Xaver, aber niemand antwortete. Sebastian beschloss, den Aufzug mit der Maschine wenigstens schon einmal zu holen. Wenn Xaver nicht mehr hier war, um beim Ausladen zu helfen, hätte er wenigstens guten Willen gezeigt.

Er betätigte den Knopf, der den Aufzug rief, und wartete. Irgendwo oben hörte er ein Geräusch. Er warf einen Blick zur Treppe, aber vermutlich war das nur ein Kessel gewesen. Er zuckte die Achseln.

Herr Bruckner schien doch mehr Ehrgeiz in die Entwicklung des neuen Biers zu legen als es zunächst den Anschein gehabt hatte. Wenn er von Anfang an dabei war, konnte er eines Tages vielleicht sogar der oberste Brauknecht oder gar Meister werden. Dann würde das Kind eine gute Schule besuchen und Vevi schöne Kleider tragen können. Sebastian verstieg sich einen Moment in seine Träume und sah sie als Familie an der Isar spazieren gehen, Vevi mit einem schwarzen Sonnenschirm mit Spitze daran, er selbst in einem eleganten Anzug. Und vor ihnen ein kleiner Junge in kurzen Hosen.

Warum kam der Aufzug eigentlich nicht? Vielleicht klemmte er wieder mal. Ungeduldig drückte er noch einmal auf den Knopf.

Ob er einfach gehen sollte? Nein. Wenn er jetzt Ehrgeiz zeigte, würde Herr Bruckner das zu schätzen wissen. Er steckte den Kopf in den Schacht, um nach dem Aufzug zu sehen.

Das Letzte, was er wahrnahm, war, dass etwas Dunkles auf ihn herabgeschossen kam. Dann riss der Aufzug ihn in die Knie und drückte seine splitternden Knochen in den Schacht.

– 34 –

Frühmorgens klopfte jemand heftig an die Tür des Bruck-
nerschlössls.

«Sakrament!», schimpfte Marei, die die Hände voller Krapfen-
teig hatte.

Antonia, die gerade mit ihrer Schultasche die Treppe herunterkam, rief ihr zu: «Ich gehe schon.»

Hinter ihr trödelten Vinzenz und Resi, die eigentlich ebenfalls zur Schule mussten. Sie versuchten, Kater Fleckerl dazu
zu bringen, einem Weinkorken nachzujagen, den sie irgendwo
gefunden hatten. Aber der sah nur mit einem Auge nach dem
Korken und verzog sich dann hinter die schwere Eichentruhe
in der Halle. Resi verschwand in der Küche, und einen Augenblick später kreischte Marei: «Raus da, du Deifisdeandl, du da-
feit's!» Resi schoss mit ihrer Beute aus der Küche, und Vinzenz
und sie suchten im Esszimmer Zuflucht, während Antonia die
Tür öffnete.

«Tot?», wiederholte sie einen Augenblick später entsetzt. «Sebastian?»

«Ganz sicher bin ich nicht», erwiderte Peter. Seine Haut war
bleich und voller Schweiß, und der Schrecken stand ihm ins
Gesicht geschrieben. «Er ist kaum zu erkennen. Aber er ist der
Einzige, der fehlt.»

Antonia schloss die Augen und bekreuzigte sich. Wortlos
führte sie den Braumeister in die Stube und rief Franziska und
Melchior Bruckner.

«Der Aufzug? In der Brauerei?» Melchior ließ sich auf einen der geschnitzten Sessel sinken. Er war bleich geworden, und seine Augen stachen groß und dunkel aus dem Gesicht. «Er war an der Modernisierung beteiligt, die ich plane», erklärte er seiner Mutter sichtlich erschüttert.

Antonia fühlte sich hundeelend. Sie hatte Sebastian überredet, das Rezept von Hopf zurückzustehlen. Niemand hatte davon gewusst. Aber was, wenn Hopf davon erfahren und sich gerächt hatte?

«Kann es sein, dass Hopf weiß, woran Sie arbeiten?», fragte sie.

Frau Bruckner warf ihr einen bösen Blick zu, der sie mahnte, sich nicht ungefragt einzumischen.

Melchior sah sie an. «Das kann ich nicht ausschließen.»

Antonia hatte das Gefühl, ihre Beine gäben nach. Sie ließ sich auf einen der Stühle sinken. Niemand sagte etwas dagegen.

«Der Aufzug», wandte sich Melchior plötzlich an Peter. «War die Maschine noch darin?»

Peter schüttelte den Kopf. «Xaver hatte mich am Nachmittag gebeten, ihm zu helfen, sie hinunterzubringen. Sebastian sollte das eigentlich übernehmen, aber Xaver fand, er wirkte aufgewühlt. Er hatte Angst, der Bursche würde an der teuren Maschine etwas kaputt machen, da hat er mich gefragt.»

Die Nachricht erleichterte Melchior sichtlich. Er atmete auf und lehnte sich in seinen Stuhl zurück. «Die Maschine ist also unbeschädigt. Wenigstens das.»

«Wir haben nur die Holzkiste im Aufzug gelassen und wollten sie heute wegräumen.» Peter blickte Melchior fragend an. «Es war ein Unfall, nicht wahr? Es passiert immer wieder, dass jemand an einem ungesicherten Aufzugsschacht ums Leben kommt. Sebastian hätte das wissen müssen. Sie … denken doch nichts anderes?»

Melchior erhob sich. «Wir können nicht sicher sein. Gehen Sie auf die Gendarmerie und melden Sie den Vorfall. Sie sollen jemanden hinüberschicken. Vorher wird niemand irgendetwas anfassen, verstanden?» Und damit ging er aus dem Zimmer.

Franziska Bruckner erhob sich ebenfalls und ging in die Küche, um Marei Anweisungen zu geben. Antonia zögerte. Als Melchior die Treppe hinaufstieg, lief sie ihm nach.

«Herr Bruckner, kann ich Sie einen Augenblick sprechen?» Sie warf einen Blick hinunter zur Küche und ergänzte: «Allein?»

Melchior hielt überrascht inne, dann nickte er zögerlich. «Natürlich. Gehen wir ins Herrenzimmer.»

Melchior schloss die Tür hinter ihnen, was einerseits eine Erleichterung war, andererseits aber auch Antonias Herzschlag nicht eben beruhigte. Sie sollte längst auf dem Weg zur Schule sein, dachte sie.

«Ich bin nicht Ihretwegen nach England gereist, falls Sie das denken», sagte er kühl. «Und Sie haben mich auch nicht vom Pferd geworfen.»

«Nein», erwiderte Antonia schnell. «Nein, das … habe ich auch nicht angenommen. Ich wollte nur … ich muss Ihnen etwas sagen.» Wenigstens der letzte Satz war nicht gelogen.

Melchior räusperte sich. «Nun, was gibt es?»

Er bot ihr mit einer Handbewegung einen Platz an. Eine formvollendete Geste, welche den verlorenen Ausdruck seiner Augen verschwinden ließ. Es war derselbe Sessel, in dem sie auch das letzte Mal hier gesessen hatte. Nervös klammerte sie die Hände um die Lehnen. «Vielleicht hat es Ihnen Sebastian schon gesagt … der Einbruch ins Labor …»

Melchior nickte abweisend. «Er hat etwas angedeutet. Die Rezeptur wurde gestohlen und wiederbeschafft. Die genauen

Umstände wollte er mir noch mitteilen, aber ich war meist in Gesellschaft von Sir William.»

Antonia hatte gehofft, dass er Bescheid wusste. Sie fühlte sich elend und hatte das Gefühl, dass alles sie zu erdrücken drohte, die Luft im Zimmer, die schweren Möbel, der Schnee vor den Bogenfenstern.

«Kurz nach dem Diebstahl tat Hopf mit einem neuen Bier groß, das er brauen wollte. Und da …» Sie unterbrach sich. Wie sollte sie ihm das sagen?

Melchiors Lippen waren schmal und bleich, und seine Augen hatten auf einmal ein gefährliches Glänzen.

«Sebastian ist zu mir gekommen, weil ich die Einzige war, die den Diebstahl nicht hinnehmen wollte. Wir zogen unsere Schlüsse. Ich habe Sebastian überredet, als Tagelöhner bei Hopf anzuheuern. Um so das Rezept zurückzustehlen.»

«Es war tatsächlich Ihre Idee?» Melchior starrte sie an. Dann begann er, wie gehetzt im Zimmer auf und ab zu laufen, als wollte er so einen bösen Gedanken vertreiben. Endlich blieb er beim Kamin stehen. «Hat Hopf davon erfahren?»

Antonia zuckte die Achseln. «Das kann ich nicht sagen. Ich weiß nur, es war kurz vor Ihrer Rückkehr. Und jetzt ist Sebastian tot.» Sie sah ihn an und fragte endlich, was ihr die ganze Zeit auf der Seele brannte: «Ist es meine Schuld?»

«Was? – Nein, selbstverständlich nicht.»

«Aber ich habe ihn angestiftet. Wenn ich nicht gewesen wäre, wäre er nicht in die Sache verwickelt worden. Vielleicht würde er dann noch leben.»

«Unsinn. Wir wissen nicht einmal, ob es ein Anschlag war, und schon gar nicht, ob es mit dem Rezept zusammenhängt. Unfälle mit Aufzügen sind keine Seltenheit.» Aber der Ton seiner Stimme verriet, dass er davon nicht ganz überzeugt war.

Er blickte zum Fenster, wo ein strahlend schöner Februartag begann.

«Es tut mir so leid», flüsterte Antonia endlich.

«Das muss es nicht. Sie trifft keine Schuld.» Melchior wandte den Kopf und sah sie auf eine merkwürdige Art an, die ihr einen Stich versetzte.

«Vielleicht doch. Vielleicht habe ich ihn ins Verderben gestürzt.»

«Ach, überschätzen Sie sich nicht.» Das war wieder der alte Melchior. «Das Schicksal ist ein verdammter Spieler, und es braucht keine Seejungfrauen, um einen Mann ins Verderben zu stürzen.»

Seine Art, Trost zu spenden, war etwas eigen, trotzdem tat es irgendwie gut, seine Gemeinheiten wieder zu hören. Auf eine etwas enervierende Art war er eben doch ein guter Mensch. «Danke», sagte sie leise. Und lächelte sogar ein wenig.

«Warum haben Sie das getan?», fragte Melchior plötzlich. «Wegen des Labors nachgeforscht, meine ich. Sie hätten dasselbe tun können wie meine Mutter: sich sagen, dass es meine Angelegenheit ist. Stattdessen stiften Sie einen meiner Brauknechte an, mit Ihnen auf Raubzug zu gehen. Warum?» Er hatte sich wieder ihr gegenüber in den Sessel gesetzt, die Ellbogen auf die Knie gestützt und sich weit vorgebeugt. Unverwandt sah er sie mit seinem intensiven Blick an.

Antonia wich ihm aus.

Die Wahrheit war, dass er ihr Leben verändert hatte, mit einer Karte, auf der eine Adresse stand. Ausgerechnet ein Mann, der die Absage an jede Moral zu seinem Lebensmotto gemacht hatte, der wahrscheinlich der letzte Mensch auf Erden war, dem man vertrauen sollte, wenn man bei klarem Verstand war. Er war es gewesen, der ihr gezeigt hatte, dass sie mehr erreichen konnte, als in fremden Häusern zu putzen. Vorher hatte sie all die Arbeiten gemacht, die sonst keiner tun wollte. Ihr war nicht einmal klar gewesen, wie langweilig das gewesen war. Hätte sie das Geld gehabt, hätte sie ihre Tage vielleicht genau wie Melchior damit verschwendet, die Kassetten an der Decke zu zählen. So hatten ihr die hysterischen Anfälle einen Ausweg geboten. Wie sonst war es zu erklären, dass sie jetzt schon seit Wochen nicht mehr kamen?

Melchior sah sie weiter unverwandt an und wartete.

«Vielleicht, weil vor Ihnen noch nie jemand gesagt hat, dass ich es verdiene, zur Schule zu gehen», erwiderte Antonia endlich.

Und damit erhob sie sich und ließ ihn nachdenklich im Herrenzimmer zurück.

– 35 –

W as meinst du, wird die Wache nachforschen? Oder lassen sie es einfach auf sich beruhen?»
Marei rührte schwitzend und mit wogendem Dekolleté einen Kuchenteig an, als Antonia herunter in die Küche kam. Da der Verstorbene für die Brauerei gearbeitet hatte, hatte die gnädige Frau zwar kein großes Totenmahl, aber doch eine kleine Trauerfeier vorbereiten lassen. Und der Nusskuchen würde die Tafel krönen.

«Ich glaube nicht», erwiderte Antonia. «Warst du eigentlich noch mal mit Hopf ... zusammen?»

Marei, die sich soeben auf die Zehenspitzen gestellt hatte, um den irdenen Behälter mit den Haselnüssen vom Schrank zu holen, wurde rot. «Kannst du damit aufhören? Er wollte unbedingt den Shelton sprechen, und ich hab eine Botschaft für ihn überbracht. Na ja, und er hat sich halt gefreut ... und er wollte ... du weißt schon ... Das war nur zwei- oder dreimal. Seit der Geschichte im Garten habe ich ihn nicht mehr gesehen.»

«Und du hast ihm nicht nein gesagt?»

Marei riss die Augen auf, als würde sie gerade zum ersten Mal hören, dass man auch nein sagen konnte.

Du meine Güte, dachte Antonia, während die Köchin anfing, die Nüsse in den Teig zu rühren. Aber sie wusste auch, dass nicht wenige Frauen so dachten. Ihre eigene Mutter hatte deshalb Tanzvergnügen gemieden und war nur aus dem Haus gegangen, wenn es wirklich nötig war. Mit Erleichterung hatte sie irgendwann festgestellt, dass sich die Männer nicht mehr so für sie interessierten wie als junges Mädchen. Als würde einen das bloße Interesse eines Mannes schon unweigerlich zu dessen Flitscherl machen.

«Hopf wollte also Shelton unbedingt kennenlernen, vermutlich um ihn abzuwerben», dachte sie laut. «Und hat er mal über Sebastian gesprochen?»

Marei schüttelte heftig den Kopf. «Nur über die Kühlmaschine. Er hat wohl irgendwie Wind davon bekommen, dass Herr Bruckner eine gekauft hat. Hat auch was gesagt, dass ihm das auch nicht helfen würde. Aber danach hat er sich bloß noch für mein Mieder interessiert. Hier», sagte sie und drückte Antonia den Nussknacker in die Hand. «Die Haselnüsse reichen nicht, mach mir noch eine Handvoll auf und zermahl sie.»

Die Kühlmaschine war offenbar nicht mehr in dem Aufzug gewesen, überlegte Antonia, während sie die Nüsse knackte und die Kerne in die Mühle gab: ein kleines Holzkästchen mit einem Mahlwerk, das durch eine Handkurbel aus rotem Holz bedient wurde. Sie drehte sie, und knirschend wurden die Nüsse zerkleinert. Vielleicht war das alles auch Zufall.

«Wie geht es Vevi?», wechselte sie das Thema.

«Was glaubst du wohl?», fragte Marei zurück, sichtlich erleichtert, dass sie keine weiteren Fragen nach Hopf beantworten musste. Sie öffnete das Fenster und holte die Eier, welche sie zum Kühlen hinausgestellt hatte, um sie nun vorsichtig in den Teig zu schlagen. «Der Mann, den sie heiraten wollte, ist tot, und das Einzige, was ihr von ihm bleibt, ist ein Bastard. Sie war völlig verzweifelt. Ich habe ihr Mohn in den Aufguss gemischt, damit sie wenigstens etwas schlafen kann.»

«Wir müssen auf sie aufpassen», sagte Antonia ernst, und Marei hielt einen Moment im Rühren inne. Jede wusste, was das bedeutete, jede kannte solche Geschichten, weil sie in jedem Dorf vorkamen. Unehelich schwanger zu sein bedeutete, Abschaum zu sein. Bedeutete, auf der Straße ungestraft von Kindern bespuckt und mit Dreck beworfen zu werden. Von den Männern wie eine Hure behandelt und von den Frauen verachtet zu werden. In jedem Dorf gab es Mädchen, die wegen so etwas sich und ihr Neugeborenes ertränkten.

«Sie hat eine Tante in München, glaube ich», meinte Marei. «Das hat sie mal erwähnt. Kann die sich nicht um sie kümmern? Wir lassen sie nicht im Stich, aber die Familie würde ihr jetzt vielleicht helfen.»

«Ich weiß nicht», erwiderte Antonia trocken. «Es gibt Familien, von denen ist man in einer solchen Lage am besten möglichst weit weg.»

Auch ihr Vater hätte nicht besonders gut auf eine Verletzung der Familienehre reagiert, und ihre Mutter hätte sie ohne Zögern aus dem Haus geworfen. «Vevi ist jung und wirklich hübsch. Wenn sie den Kummer um Sebastian erst einmal überwunden hat, werden die Männer sich doch darum schlagen, ihr den Hof zu machen.»

Marei lachte bitter. «Ja, so lange, bis sie merken, dass sie einen Bankert von einem anderen zu Hause hat.»

«Hast du irgendjemanden gesehen? Oder mitbekommen, dass jemand im Sudhaus war?»

Marei verneinte. «Aber ich war auch den ganzen Tag hier in der Küche. Das war der Tag, als die feine Dame aus England ihre Migräne hatte. Ich musste ihr Zimmer abdunkeln, warmen Aufguss machen und zusehen, dass sie nicht bricht. Was ist mit dir?»

Antonia verneinte. Sie legte den Nussknacker hin. «Ich werde mich mal ein wenig umhören.»

Marei runzelte besorgt die Stirn. «Du solltest vorsichtig sein.

Wenn wirklich jemand Sebastians Tod gewollt hat, wird er um jeden Preis versuchen zu verhindern, dass du es herausfindest.»

Oben in der Mägdekammer schob Vevi den Mohntrank zur Seite. Sie hatte keinen Schluck davon genommen. Sie wollte nicht benommen sein und auch nicht schlafen.

Der Sebastian tot.

Als sie hergekommen war, in die fremde, große Stadt, hatte sie Angst gehabt. Angst vor den vielen Menschen, vor den dampfenden Zügen und Maschinen und vor den Pferdebahnen. Angst, dass Sebastian sie und das Kind verstoßen würde. Aber das war nichts gewesen gegen die Angst, die sie jetzt hatte.

Ledige Mutter.

Damit war alles vorbei. In ihrem Dorf konnte sie sich nie mehr blicken lassen. Der Vater würde sie erschlagen, und selbst wenn nicht, würde niemand mehr mit ihr reden. Die Männer würden ihr unzüchtige Dinge nachrufen und ihr ungestraft Gewalt antun können. Trost bei der Kirche würde sie auch nicht finden. Sie kannte Pfarrer Hauser. Zuerst würde er ihr in der Beichte jedes Detail über die Zeugung entlocken. Und danach würde er ihr sagen, dass sie verdammt war und der Herr ihr nie vergeben würde, weil Wollust eine der sieben Todsünden war, genau wie Mord. Wenn sie den Heiland ans Kreuz geschlagen hätte, würde Gott sie nicht schlimmer strafen als dafür, ihrem sündigen Fleisch nachgegeben zu haben.

Vevi richtete sich auf, und das wirre schwarze Haar, das sie vorhin im Schmerz gelöst hatte, als sie schreiend und weinend auf die Knie gesunken war, fiel ihr vors Gesicht.

Sie konnte eine Engelmacherin suchen. Aber die Schwangerschaft war schon zu weit fortgeschritten. Die wachsende Rundung ihres Leibes war schon zu erkennen. Ob sie sich eine Treppe hinunterstürzen sollte? Darauf hoffen, dass mit der sündigen Frucht ihres Leibes auch die Schande getilgt wäre? Als wäre nichts gewesen, alles leugnen?

Sie schauerte. Das konnte sie nicht. Das wäre eine ebenso große Sünde, würde der Pfarrer sagen.

Es blieb ihr kein Ausweg. Reiche Frauen konnten ein Kind irgendwo in aller Stille gebären und es dann weggeben, vor einem Nonnenkloster ablegen oder auf der Schwelle einer Kirche. Sie hatte diese Möglichkeit nicht. Jetzt, da Sebastian tot war, würde ihre Familie erwarten, dass sie zurückkehrte. Es gab keine Heirat mehr, für die sie arbeiten konnte. Sie würden es erfahren, früher oder später.

Vevi schwang die nackten Füße übers Bett und stand langsam auf. Das Haar ließ sie offen, wischte sich nicht einmal über das verweinte Gesicht.

Ganz langsam schlich sie die Treppen hinab, barfuß und im Unterkleid. Es war bitterkalt, und sie fror entsetzlich. Aber das würde bald ein Ende haben.

Sie erreichte die Isar und ging langsam über die vereisten Kiesflächen flussabwärts. Sie hatte sich nie eine Vorstellung davon gemacht, wie es sich anfühlte zu ertrinken. Ob es schmerzte, wenn das Wasser in die Lungen drang und den Atem für immer hinauspresste. Ob man das Bewusstsein verlor oder sich die Glieder minutenlang im Todeskampf verkrampften. Langsam ins kalte Wasser gehen war schwer. Sie würde die Brücke nehmen, die nach München hinüberführte.

Der kalte Wind fuhr durch ihr offenes Haar. Die Kälte hatte ihre Füße längst zu gefühllosen Klumpen werden lassen. Genauso wie ihr Herz.

Sie erreichte die Brücke und überquerte sie bis zur Mitte. In ihrem langen weißen Hemd und mit dem offenen schwarzen Haar musste sie Anstoß erregen, doch sie hatte Glück. Niemand war zu sehen. Niemand bemerkte sie, als sie über die Brüstung kletterte. Mit beiden Händen hielt sie sich fest und blickte hinab ins strudelnde Wasser. Dunkel war es und reißend. Unweigerlich saugte es alles, was hier hineinfiel, gurgelnd in die Tiefe.

Sie schloss die Augen und atmete tief ein.

«Entschuldigen Sie bitte?»

Vevis Hände klammerten sich erschrocken um die kalte Steinbrüstung. Sie riss die Augen auf und sah sich um.

«Ach, entschuldigen Sie … könnten Sie mir weiterhelfen?»

Es war ein junger Mann mit schwarzen Locken, die wild in alle Richtungen standen. Er war einfach gekleidet und trug eine Ledermappe unter dem Arm.

«Wie bitte?», fragte Vevi verwirrt. Der junge Mann sprach in beiläufigem Ton, als würde sie hier in ihrem Sonntagskleid flanieren. Er musste doch sehen, wie sie aussah und was sie gerade zu tun im Begriff gewesen war. Versuchte er nicht, sie davon abzuhalten?

«Ich suche eine bestimmte Brauerei, ob Sie mir wohl den Weg sagen könnten? Brauerei Bruckner … Sie wissen nicht zufällig, wo das ist?»

Er trat näher, und obwohl Vevi ihn am liebsten angeschrien hätte, er solle wegbleiben, obwohl alles in ihr danach schrie, endlich diesen Schmerz nicht mehr spüren zu müssen, diese Angst, die sie zerriss, die ihr den Atem abschnürte, die Scham, die sie würgte, blieb sie stehen. Jetzt, da sie sich selbst wieder wahrnahm, begann sie, plötzlich am ganzen Leib zu zittern.

«Darf ich?», fragte der Mann. Und dann umfasste er sanft ihre Hand und löste den krampfartigen Klammergriff von der Brüstung. Er griff unter ihren Arm und half ihr wieder auf die Brücke. Sie fiel mehr in seine Arme, als sie kletterte.

Und dann kamen endlich die Tränen.

Sie schluchzte laut auf, und der junge Mann legte seinen Mantel um sie. Er hielt sie einfach fest, ohne ein Wort.

Vevi weinte die ganze Angst heraus, den Schmerz und die Scham. Trauer und Kälte schüttelten sie förmlich, aber sie konnte endlich wieder atmen.

«Nun kommen Sie», sagte der junge Mann endlich und legte den Arm um ihre Hüfte, um sie zu stützen. In der eisigen Kälte musste er jetzt ohne Mantel fast genauso frieren wie sie. «Ich bringe Sie mal ins Warme, und dann sehen wir weiter.»

Antonia erschrak zu Tode, als Benedikt die durchgefrorene und am ganzen Leib zitternde Vevi ins Brucknerschlössl brachte. Sie kam nicht einmal mehr allein in ihr Bett, Benedikt musste sie die Treppen hochtragen. Ihre Lippen waren blau, die Füße so taub vor Kälte, dass sie ständig wegknickten, und ihre Haut war so fahl und durchscheinend, als hätte er sie tot aus dem Wasser gezogen.

Antonia schickte Bartl nach dem Arzt und rief Marei, die sofort Ziegelsteine anwärmte und Wasser auf dem Herd erhitzte. Gemeinsam tauchten sie Tücher in heißes Wasser und legten sie um die Unterschenkel und Arme der Kranken. Darüber kamen trockene Handtücher. Außerdem legten sie Ziegelsteine um sie herum, und Marei brachte sogar noch eine eiförmige, in ein Handtuch gewickelte kupferne Wärmflasche, die eigentlich der Gnädigen gehörte.

Benedikt wartete unten in der Halle. Ungeduldig trat er von einem Bein aufs andere. Er hatte seinen Mantel wieder angezogen, doch er zitterte noch immer am ganzen Körper. Immer wieder sah er zu der großen Treppe. Endlich hörte er Schritte, und Antonia kam herunter.

«Wo hast du sie gefunden?», fragte sie ernst.

«Wird sie es überstehen?», fragte er dagegen. «Auf der Isarbrücke. Sie war über die Brüstung geklettert und wollte …»

Antonia legte ihm schweigend den Finger auf den Mund.

«Du hast sie also mit verwirrtem Geist gefunden, als sie ziel-
los durch die Gegend lief», sagte sie. «Und da hast du sie hergebracht. Danke.»

Sie sah ihn ernst an, und Benedikt begriff. Selbstmord war
eine Todsünde. Besser, niemand erfuhr allzu genau die Umstände, wie er das Mädchen gefunden hatte.

«Was hat sie nur so verzweifeln lassen?», fragte Benedikt und
warf unwillkürlich wieder einen Blick nach oben.

«Ich erzähle dir alles», antwortete Antonia und öffnete die
Küchentür. «Komm, ich mache dir eine heiße Milch, du kannst
selbst etwas Warmes zu trinken vertragen.»

Dankbar folgte ihr Benedikt, aber in der Küchentür blieb er
noch einmal stehen und sah zur Treppe. «Hoffentlich wird sie
nicht krank», sagte er. «Ob ich wohl ab und zu wiederkommen
und nach ihr fragen darf?»

In der ersten Nacht bekam Vevi heftiges Fieber. Marei und Antonia standen auf, um ihr kalte Wadenwickel zu machen und ihr
ein kühles Tuch auf die Stirn zu legen. Vevi weinte noch immer
viel, aber gegen Morgen des zweiten Tages war sie endlich bei
Bewusstsein.

«Sie hat eine starke Natur», sagte Antonia erleichtert, als
sie die Kranke aufrichteten, um das durchgeschwitzte Laken
unter ihr zu wechseln. «Benedikt kommt jeden Tag und fragt
nach dir», erzählte sie Vevi, während sie ihr vorsichtig mit einem
feuchten Tuch übers Gesicht fuhr. «Der junge Mann, der dich
hergebracht hat.»

«Er hätte mich besser nicht gesehen», meinte Vevi erstickt.

«Ach, hör auf», erwiderte Antonia. «Das hier ist die Stadt.

Hier ist alles anders als auf dem Dorf, wo jeder jeden kennt. Niemand erfährt, was passiert ist, das habe ich auch Benedikt eingeimpft. Sollen wir jemanden benachrichtigen?», fragte sie. «Du hast gesagt, du hast eine Tante in München. Wenn du willst, lasse ich ihr Bescheid geben, dass du krank bist. Nur dass du krank bist», betonte sie.

«Vielleicht später», meinte Vevi schwach.

«Benedikt, der dich gefunden hat, ist Zeichner, weißt du», plauderte Antonia, während sie ihrer Patientin eine notdürftige Toilette angedeihen ließ. Vevis durchscheinende Haut war noch immer gerötet und glühte, aber wenigstens war das Mädchen nicht mehr so teilnahmslos. «Ich kenne ihn aus der Zeit, als ich noch in Schwabing gewohnt habe. Er ist anständig, er hält den Mund. Sein Bruder ist unser Braumeister, deshalb hat er dich auch zu uns gebracht.»

«Er wusste also, wo die Brauerei ist», sagte Vevi tonlos. «Er wusste es ganz genau.»

Antonia sah sie besorgt an. Aber auf Vevis Gesicht war zum ersten Mal seit der Nachricht von Sebastians Tod ein kleines, trauriges Lächeln zu sehen.

– 36 –

Quirin nutzte die ersten Strahlen der Frühlingssonne, um seine Staffelei näher an das kleine Fenster zu rücken und endlich an seinem Bild weiterzumalen. Die Leinwand hatte er schon vor einiger Zeit neu auf den Rahmen gespannt und vorbereitet. Dann hatte er mit Kohlestift vorsichtig die Umrisse vorgezeichnet. Es war eine Madonna mit dem Schwert im Herzen. Das Motiv faszinierte ihn seit jeher, allerdings verband er es weniger mit dem Schmerz der um ihren Sohn trauernden Mutter.

Es war leicht, jene sündigen Weiber zu zeichnen, dachte er, denen sich etwas zwischen den Beinen ringelte. Viel schwerer war es, das spirituelle Eindringen des Schwertes ins Herz der Frau darzustellen. Mit einer gewissen Wollust verfolgte er den langen Stahl, der vom weichen, rötlichen Fleisch des Weibes willig aufgenommen wurde. Die Lippen leicht geöffnet, ließ sie es geschehen, die Lider halb gesenkt, den Blick verzückt nach oben gewendet. Er gierte regelrecht danach, mehr Blut zu malen, doch er überwand den Impuls und ließ nur eine kleine Blutspur aus dem durchbohrten Leib nach unten rinnen.

Alle Kunst war Religion, dachte er, während er genussvoll die roten Tropfen über die Leinwand spritzte. Und alle Religion war Keuschheit. Die Menschen waren feige und hatten Angst vor der Keuschheit, und das zu Recht. Deshalb waren die, welche in der Moral über ihnen standen, auch ihre erklärten Feinde. Aber er würde das Zepter der Keuschheit wieder aus der Gosse holen, in die es die modernen Symbolisten geworfen hatten, und hoch und golden würde es thronen in Erhabenheit über dem Schmutz der Mode. Alle Keuschheit war Gewalt, dachte er, und alle Gewalt war Klarheit.

Er drehte sich kaum um, als Benedikt hereinkam, in seinem Rücken den Mantel ausschüttelte und ächzend aus den genagelten Stiefeln kam. «Nun?», fragte er irgendwann ironisch. «Wieder bei deiner Nymphe gewesen?»

«Hör auf, sie so zu nennen», erwiderte Benedikt ungehalten. «Sie hat Unglück gehabt, aber sie hat nichts verbrochen.»

Quirin strichelte mit dem Pinsel über den gewölbten Busen der Madonna, dort, wo die klaffende Wunde wie zwei geöffnete Lippen das versehrte Herz preisgab. Er hob die Brauen und meinte salbungsvoll: «Sie hat ein Kind von einem anderen im Bauch, mit dem sie nicht einmal verheiratet war. Und wo du sie aufgesammelt hast, will ich gar nicht so genau wissen. Neu ist mir nur, dass du Geld für so eine hast.»

«Hör auf, sag ich! Seit du nur noch gegen Stuck anmalst, bist du unerträglich. Dieses ganze Gerede von Sittsamkeit hat dich komplett verdorben.» Benedikt kam in Pantoffeln an den Tisch und stellte einen Krug Bier ab, den er sich offenbar vom Wirtshaus gegenüber mitgebracht hatte. Neuerdings konnte er sich das öfter leisten, dachte Quirin neiderfüllt. Seit der *Simplicissimus* hin und wieder eine seiner Karikaturen druckte.

«Ekelst du dich nicht vor dir selbst?», meinte er. Es tat ihm gut, dagegen mit moralischer Integrität zu punkten. «Hast du überhaupt kein sittliches Empfinden?»

Benedikt stieß verächtlich die Luft aus. «Das sagt der Richtige. Du bist doch der, der ständig über andere herzieht, weil sie die falsche Partei haben oder keine Religion oder einfach bloß weil sie Weiberleut sind.» Er suchte im Regal nach Essbarem, aber wie üblich gab es nicht viel. Etwas Brot auf einem Holzbrett und ein Restchen ranzige Butter in einer Schüssel aus grauem Ton. Das Sauerkraut hatte Quirin heute Mittag gegessen.

«Um die Herrschaft des Unrechts zu verhindern, ist alles erlaubt», bemerkte Quirin weihevoll.

«Und wer entscheidet, was Recht und Unrecht ist? Du?» Benedikt fand nichts Schmackhaftes, was er offenbar an seinem Mitbewohner ausließ, denn er verdrehte die Augen. Etwas Freiheit von weltlichen Genüssen, dachte Quirin, täte ihm gut. Dann wäre er dankbar für das Brot, das er hat.

«Du bist verbohrt», bemerkte er. «Vernagelt im Hirn und denkst nur an dein Vergnügen.» Jetzt freute es ihn, dass er das Sauerkraut aufgegessen hatte.

Benedikt griff resigniert nach dem Brot, verzichtete aber auf die Butter, nachdem er daran gerochen hatte. Stattdessen begann er, trocken darauf herumzukauen. Er setzte sich mit dem Rücken zum Fenster und spülte mit einem Schluck Bier nach. «Ach, hör auf. Seit du bei den Alldeutschen unterwegs bist, schlägst du nur noch auf andere Meinungen drauf. Oder bist du schon wieder bei den Anarchisten? Hab's vergessen, deine politischen Ansichten ändern sich ja mit jedem, der ein Bild von dir kauft.» Er schlug den Kragen seiner Joppe hoch. Durch die undichten Fenster zog es. Zwar blies der Föhn draußen aus Leibeskräften, aber um den Winter zu vertreiben, reichte es noch nicht.

Quirin konnte nicht verhindern, dass sein Blick immer wieder in Richtung des einfachen Mahls seines Zimmergenossen schweifte. Sein eigener Magen knurrte auch schon wieder. «Ja, das ist das letzte Argument, das ihr habt, uns angreifen. Dabei geht es euch doch nur darum, eurem Laster weiter frönen zu können und euch nicht eines Besseren belehren zu lassen.»

«Genau, Eure Heiligkeit!» Benedikt prostete Quirin zu und trank einen großen Schluck.

Quirin lief das Wasser im Mund zusammen. Gern hätte er Benedikt gebeten, ihm auch einen Schluck zu überlassen. Aber das hätte der sicher als Nachgeben aufgefasst.

Benedikt spuckte einen zu harten Kanten Brot auf das Holzbrett und hielt sich mit verzerrtem Gesicht die Backe, wo vermutlich ein Zahn schmerzte, und Quirin verspürte eine leise Genugtuung.

«Es ist ja auch so leicht, lasterhaft zu sein», stichelte er. «Nur an sein eigenes Wohlbefinden denken wie eine Sau, die sich suhlt. Warum sich Gedanken machen? Da ist es doch einfacher, auf die einzuschlagen, die gegen das Laster aufstehen.»

«Jetzt reicht's!» Benedikt legte das Messer ab und schob sein Holzbrett zurück. «Du hältst dich für einen Rebellen, weil du gegen jemanden aufstehst, der sowieso allgemein verachtet wird? Erzähl mir nichts von Aufstehen, Quirin! Das Einzige, wozu du den Begriff brauchst, ist, um dich anderen überlegen zu fühlen, und das auch nur, weil Rebellion in Künstlerkreisen gerade modern ist.»

Mit einem lauten Quietschen schob er seinen Stuhl zurück und stand auf. Er ließ den Humpen auf dem Tisch stehen und begann, seine wenigen Kleider aufzusammeln, die verstreut am Boden lagen. Wortlos warf er sie auf einen Haufen und begann, sie zu einem schmalen Bündel zusammenzuschnüren. Dann packte er seine Zeichnungen, stopfte alles in die Mappe und zog seine Stiefel wieder an.

Quirin beobachtete ihn kopfschüttelnd.

«Was ist los?»

«Mir reicht's», erwiderte Benedikt heftig und stopfte die letzten Papiere in seine Mappe. Sie ging nicht mehr richtig zu, prall gefüllt, wie sie war, und wütend zerrte er an den Lederbändern. «Das ist los. Ich habe genug davon. Seit Antonia weg ist, versuchst du, mich zu allem Möglichen zu bekehren, und missionierst herum. Du lässt keine andere Meinung mehr neben deiner eignen gelten. Ich ziehe aus.»

«Ausziehen?», wiederholte Quirin erschrocken. «Du kannst nicht gehen. Du musst mit mir die Miete bezahlen.»

Benedikt bekam die Tasche endlich zu. Er griff in seine Joppe und warf ein paar Münzen auf den Tisch.

«Hier – mein Anteil für diesen Monat. Such dir einen anderen, den du bekehren kannst.»

Quirin ließ den Pinsel sinken. «Nein, das geht nicht. Du musst mindestens noch bleiben, bis der Frühling kommt.»

Benedikt zog den Mantel über, warf sich das Bündel über die Schulter und trank noch einen großen Schluck aus seinem Humpen. «Ich muss gar nichts. Wir haben keinen Vertrag. Du kannst das Bier austrinken, wenn du willst.»

Quirin stieß einen verächtlichen Laut aus und legte den Pinsel nieder. «Ja, so geht die Welt mit kritischen Geistern um! Du magst es nicht, dass man dich durchschaut, nicht wahr?», rief er ihm nach.

Benedikt blieb in der Tür stehen und drehte sich noch einmal um.

«Ich mag es nicht, dass mich jemand seit Monaten behandelt wie einen Schulbuben, dem man die Welt erklären muss. Ich mag es nicht, dass alles, was erfreulich ist, schlechtgemacht wird. Ich mag es nicht, dass du, nur weil du selbst keine Frau hast, auch mir keine gönnst und, schlimmer noch, gleich alle hasst. Und ich mag es nicht, dass du den nachgeplapperten Scheißdreck, den du von dir gibst, als kritisches Denken verkaufst.»

«Was ist bloß los mit dir?», fragte Quirin überrascht. «Was macht dich denn auf einmal so empfindlich?»

«Empfindlich?» Benedikt knallte die Tür wieder zu, die er schon geöffnet hatte. «Du versuchst ständig, mich zu erziehen.

Du willst mir deine Ansichten über Politik aufdrücken, über die Frauen und, das Schlimmste, über Keuschheit. Soll ich dir was sagen? Ich glaube, dir geht es gar nicht um Keuschheit. Du hast bloß nichts anderes, wodurch du dich anderen Leuten überlegen fühlen kannst, und deshalb verlegst du dich auf die Askese. Dabei hättest du die Antonia damals vom Fleck weg geheiratet, wenn sie dich genommen hätte. Ich verstehe allmählich, warum sie es nicht getan hat.»

«Lass Antonia aus dem Spiel!»

Benedikt deutete auf das Madonnenbild. «Bin ich es, der nur noch Heilige malt, die ihr so heruntergerissen ähnlich sehen, dass man sich fragt, ob der Maler förmlich besessen von ihr ist? Denk mal darüber nach, du kritischer Geist! Wir sind geschiedene Leute.» Und damit verließ er die Wohnung und schlug die Tür endgültig hinter sich zu.

Quirin fuhr herum, als das Bild hinter ihm krachend zu Boden fiel.

– 37 –

Antonia beeilte sich, über die Brücke an der Kohleninsel vorbei nach Giesing zu kommen. Sie war spät dran, weil sie sich auf dem Sankt-Jakobs-Markt noch einen Krapfen gegönnt hatte. Der Fasching nahte, aber das interessierte die Gnädige nicht. Sie erwartete Pünktlichkeit.

Unter ihr rauschte die Isar. Um diese Jahreszeit waren kaum Flößer unterwegs. Nur das alte Kasernengebäude auf der flachen Sandbank und die Lagerhallen verrieten, dass hier im Sommer der wichtigste Anlegeplatz für Bauholz und Kohle war. Jetzt lag die Lände verlassen da. Nur ein paar Knechte mit Schubkarren luden Kohle auf die Wagen, welche sie über die Brücke in die Stadt und zu ihren Käufern bringen würden. Angeblich wurde die flache Insel im Sommer auch als Festwiese und Vergnügungsgelände genutzt, aber Antonia war erst im Herbst nach Giesing gekommen, daher hatte sie es noch nicht miterlebt. Die Vorstellung, hier baden zu gehen, war verlockend. Zu Hause schickte sich das nicht, aber hier konnte sie vielleicht einen der neumodischen Badeanzüge kaufen, der die Oberarme und sogar die Unterschenkel freiließ. Es gab inzwischen sogar welche ganz ohne das unpraktische Rockteil über den weiten Hosen.

«Fräulein Pacher! Warten Sie! Sie sind doch Antonia Pacher?»

Antonia drehte sich um. Ein Gendarm mit einem riesigen Schnauzbart folgte ihr auf dem Fahrrad. Das blasse Gesicht mit den Pockennarben – jetzt erkannte sie ihn: Hans Thalhammer. Nach Sebastians Tod hatte er sich im Brucknerschlössl die Namen der Bewohner notiert und ihnen Fragen gestellt. Der riesige grau melierte Schnauzer hatte Eindruck hinterlassen.

«Das ist richtig. Herr Thalhammer?»

«Herr Gendarm, Königlich Bayerisches Gendarmeriekorps», korrigierte er kühl und bremste sein Fahrrad. Mit einem eleganten Schwung stieg er ab, und seine Stiefel gaben ein Klicken auf dem Steinboden. Sein Blick war streng, als hätte er sie auf der Flucht vor dem Gesetz erwischt.

«Verzeihung. Sind Sie auf dem Weg zu Frau Bruckner? Gibt es Neues?»

Der Gendarm schob sein Gefährt neben ihr her. Antonia hatte sich noch immer nicht an den Anblick der Staatsgewalt auf Stahlrössern gewöhnt. Thalhammer trug dieselbe Uniform wie seine berittenen Kollegen: schwarze Hosen, dunkelgrüne Jacke und Pickelhaube, nur statt des Säbels baumelte an seinem Gürtel ein Revolver. Vor allem die Pickelhaube wirkte immer ein wenig komisch, wenn die Gendarmen hoch aufgerichtet in die Pedale traten, und das Karabinergewehr am Rücken musste vor allem in den Kurven beim Treten stören.

«Ich will Sie sprechen.» Bohrend sah er sie an. «Ist es richtig, dass Sie mit dem Verstorbenen … hm … bekannt waren?»

«Natürlich kannte ich ihn – ach so, ich verstehe!» Antonia schüttelte den Kopf. «Nein. Sebastian war mit Genoveva Bader verlobt. Das wissen Sie doch.»

«Beantworten Sie meine Fragen!» Thalhammer runzelte die Stirn, als hätte sie sich geweigert. «Jemand sagte, dass es Gerüchte gab. Und dass Herr Bruckner davon erfahren hätte.»

Antonia blieb stehen. «Worauf wollen Sie hinaus?»

Die wasserblauen Augen des Wachtmeisters verrieten nicht, für wie glaubwürdig er diese Gerüchte hielt. «Herr Bruckner und Sebastian hatten Streit am Abend vor seinem Tod.»

Allmählich wurde ihr unbehaglich. «Aber sicher nicht meinetwegen!»

Thalhammer lehnte das Fahrrad gegen das Brückengeländer und förderte einen Notizblock aus seiner Hosentasche zutage. Er blätterte darin und blickte sie über den Lederumschlag hinweg forschend an. «Und wenn doch?»

«Das meinen Sie nicht ernst!»

«Sehe ich aus, als wollte ich scherzen?»

Antonia verstummte, und ein ungutes Gefühl breitete sich aus. Ihr fiel auf einmal ein, wie reserviert Melchior gewesen war, als sie ihn auf Sebastian angesprochen hatte.

«Ein Seil am Aufzug wurde zerschnitten», fuhr der Gendarm fort. «Offenbar ist der Brauknecht ums Leben gekommen, weil er justament da den Kopf in den Schacht gesteckt hat, um zu sehen, ob die Kabine kommt. Die Frage ist nur, wer das Seil durchtrennt hat.»

Antonia starrte ihn an. «Das Seil war zerschnitten?»

«Und die wertvolle Kühlmaschine war zu dem Zeitpunkt bereits nicht mehr im Aufzug. Die anderen Arbeiter waren schon weg, vermutlich beim Abendessen. Herr Bruckner behauptet, er habe nach dem Essen in seinem Zimmer gelesen. Zeugen gibt es dafür allerdings nicht. Er wusste auch als Einziger, dass Sebastian so spät noch im Sudhaus sein würde, denn er hatte ihm selbst den Auftrag gegeben. Wenn Sie mir also etwas zu sagen haben, tun Sie es lieber gleich!»

Melchior war ein Meister darin, anderen etwas vorzumachen. Antonia traute ihm alles Mögliche zu. Aber einen Mord? Unmöglich. «Ich habe Ihnen nichts zu sagen», erwiderte sie entschieden. «Weder Herr Bruckner noch Sebastian standen mir je nahe.»

Aber während sie nach Hause hastete, fragte sie sich, ob sie die Wahrheit gesagt hatte. Verstohlen blickte sie über die Schulter zurück. Und der Gendarm, der ihr mit schmalen Augen nachsah, fragte sich das ganz offensichtlich auch.

Als sie im Brucknerschlössl die Tür zum Kontor öffnete, saß Melchior an Franziska Bruckners Platz. Offenbar war er schon aus gewesen, denn er trug einen eleganten Anzug mit hellen Hosen und schwarzem Gehrock, und sein Hut lag neben dem Globus. Sein dunkelblondes Haar glänzte im schräg hereinfallenden Sonnenlicht, und er schien in den Papieren auf dem Schreibtisch etwas zu suchen.

«Entschuldigen Sie», sagte Antonia überrascht. «Ich wollte nicht stören.»

«Kommen Sie nur herein.» Mit dem Kinn wies er auf das Stehpult, an dem Antonia gewöhnlich arbeitete, während er die Papiere überflog.

Langsam schloss Antonia die Tür hinter sich. «Wo ist Frau Bruckner?»

«Unpässlich. Ich riet ihr, sich zu Bett zu legen.»

Antonia runzelte die Stirn. Heute Morgen hatte Franziska Bruckner nicht krank gewirkt. Und seit wann interessierte sich Melchior für das Kontor? «Kann ich Ihnen helfen?», fragte sie gedehnt.

Endlich schien ihm ihr misstrauischer Ton aufzufallen. Er blickte auf, und sein Mundwinkel zuckte. «Ich dachte schon, Sie fragen nie. Ja, Seejungfräulein, das können Sie. Ich suche die Unterlagen zu der Hopfenlieferung, die überfällig ist.» Er runzelte die Stirn. «Was dachten Sie denn?»

Unmöglich, dachte Antonia. Thalhammer ist verrückt. Andererseits war Melchior der Einzige gewesen, der gewusst hatte, dass Sebastian noch im Sudhaus war. Sie entschloss sich zur Offenheit.

«Ich habe den Gendarm getroffen. Er sagte mir, dass Sebastians Tod kein Unfall war. Und er scheint Sie zu verdächtigen.»

«Wegen des durchschnittenen Seils?» Er bemerkte ihr Erschrecken, rutschte mit dem Stuhl zurück und seufzte. «Muss ich eigens erwähnen, dass ich es nicht gewesen bin? Ich weiß von Thalhammer, wie es passiert ist. Er war gestern bei mir und hat es mir gesagt. Himmel, Seejungfräulein, Sie sehen mich ja an, als würden Sie den Unsinn tatsächlich glauben!»

«Sie haben nie erwähnt, dass der Gendarm noch einmal bei Ihnen war.»

«Weil ich niemanden beunruhigen wollte. Ich töte doch nicht meinen Helfer und zerstöre meine eigene, nagelneue Kühlmaschine. Das Ding hat mich ein Vermögen gekostet.» Sein Ton war eher gelangweilt als besorgt. Andererseits beherrschte er diese Maske in Perfektion.

«Die Kühlmaschine ist unversehrt. Und mit Ihrem Helfer hatten Sie Streit.»

Melchior schloss die Augen und sah dann aus dem Fenster. Es dauerte eine Weile, ehe er antwortete. «Und Sie denken, ein Streit wäre für mich ein Grund zu töten?»

Die Zweifel zerrten an Antonia. Melchior war unberechenbar, er war frei von jeder Moral, und er hatte endlich ein Ziel vor Augen. Wie weit würde er dafür gehen? Andererseits konnte sie sich nicht vorstellen, dass er zu einem Mord fähig wäre. Er war nicht gerade jemand, der sich von Affekten übermannen ließ. Oder gab es doch etwas, das ihn zum Äußersten treiben konnte?

«Da war nichts zwischen Sebastian und mir», sagte sie ernst.

Melchior zuckte zusammen. Er schien einen Moment zu erstarren. Dann atmete er tief ein. «Nicht?», fragte er erstickt.

Antonia stockte der Atem. Einige unendliche Herzschläge lang sprach niemand ein Wort.

«Das war kein Schuldeingeständnis», meinte er endlich und sah sie an. Der Ernst und die verborgene Traurigkeit in seinen

Augen versetzten Antonia einen Stich. «Sebastians Tod beraubt mich eines guten Mannes, aber wenn Sie einen Beweis für meine Unschuld wollen, den habe ich nicht. Ich brauche dringend diese Lieferung, weil ich sonst nicht produzieren kann. Und wie wir beide wissen, gibt es jemanden, der es begrüßen würde, wenn ich wegen einer Anklage ausgeschaltet wäre.» Er zögerte. «An jenem Tag hatte ich meine Verlobung gelöst.»

«Sie haben …» Antonia starrte ihn an. «Haben Sie Thalhammer das gesagt?»

Er schüttelte den Kopf. «Es fiel mir erst später ein, dass es einen Zusammenhang geben könnte.»

Warum sollte Hopf Sebastians Tod wollen? Er war an der Modernisierung beteiligt gewesen, und er hatte das Rezept zurückgestohlen. Aber von alldem wusste Hopf nichts.

«Ich weiß, Sie vertrauen niemandem», sagte Melchior ernst. «Ich kann nicht erwarten, dass Sie mir glauben. Ich kann Sie nur darum bitten.»

«Sagen Sie das nicht», flüsterte Antonia. Das konnte er nicht verlangen. Nicht von ihr. Nicht nach dem, was sie erlebt hatte.

Melchior Bruckner war der mit Abstand am wenigsten vertrauenswürdige Mensch, den sie kannte, und dieser Mensch stand gerade jetzt im Verdacht, seinen Brauknecht ermordet zu haben. Aber er war auch der Mensch, der ihr geholfen hatte, als sie es am nötigsten gebraucht hatte. Der nicht zugelassen hatte, dass man wegen der *Sinnlichkeit* schlecht über sie redete. Und der daran geglaubt hatte, dass sie Bildung verdiente. Der Mensch, der zweimal ihr Leben verändert hatte.

Melchior bemühte sich nicht, sie zu überreden. Er sah ihr einfach nur in die Augen und wartete.

Vielleicht war es das, was den Ausschlag gab.

Antonia ging zu dem schweren Biedermeierschrank und öffnete ihn. «Die Hopfenlieferungen hat Ihre Frau Mutter bestellt.

Sie bewahrt alle Verträge mit Lieferanten hier auf.» Sie fand den Karton und zog ihn heraus.

Tat sie das Falsche? Ließ sie sich von einem gerissenen Verbrecher verführen, der ganz genau wusste, wie er seinen Charme einsetzen musste?

Melchior trat hinter sie, um ihr über die Schulter zu sehen, und berührte sie dabei wie versehentlich. Ein Prickeln überlief Antonia.

«Lassen Sie das!», sagte sie gepresst und schob seine Hand weg. Sie legte die Papiere auf den Tisch. «Ich telegraphiere dem Mann. Wer ist der Lieferant?» Sie fand die richtige Adresse und starrte auf den Vertrag. Langsam ließ sie sich auf den Stuhl sinken. Das erklärte einiges.

Der Lieferant war Franz Salzmeier aus Flechting.

– 38 –

Wie zu erwarten, fiel Salzmeiers Antwort auf Melchiors Telegramm nicht allzu höflich aus. Es gebe keinen Hopfen, schrieb er, und fertig.

«Was ist bloß in den Mann gefahren?», fuhr Melchior auf, als ihm Antonia die Nachricht in sein Zimmer brachte. Vor ihm auf seinem Schreibtisch lagen Blätter, auf die er chemische Formeln und Abrisse gekritzelt hatte. Wegen seiner England-reise hatte er Zeit an der Universität verloren, und es gab noch einiges nachzuholen.

«Ich kenne ihn», erwiderte sie und lehnte sich neben ihn an den Schreibtisch. Ihr Blick streifte die nackte Nymphe am Lampenfuß und blieb einen Moment dort hängen. «Ich komme aus dem Ort … Flechting. Meine Familie hat ihren Hof an Salzmeier verloren. Darum bin ich nach München gekommen.»

Auf einmal wirkte sie zerbrechlich, so sehr, dass Melchior gegen das Bedürfnis ankämpfte, sie in die Arme zu nehmen. Seit dem Tag, als er sie um ihr Vertrauen gebeten hatte, sah sie ihn manchmal so nachdenklich an, dass er gern gewusst hätte, was ihr dabei durch den Kopf ging. Fragte sie sich, ob sie sich richtig entschieden hatte? Realistisch gesehen, sagte er sich, ich selbst hätte mir nicht vertraut.

«Da ist noch mehr», meinte er ruhig.

Antonias dunkle Augen funkelten. «Er hat die Höfe der armen Bauern aufgekauft. An den aufstrebenden Brauereien in

München verdient er sich eine goldene Nase, während andere nicht mehr wissen, wie sie ihre Kinder ernähren sollen. Ich sollte für ihn arbeiten, aber ich habe mich geweigert.» Das war wohl mehr gewesen, als sie hatte sagen wollen, denn sie ergänzte beinahe ein wenig verlegen: «Man sagt ihm nach, dass er seinen Mägden unter die Röcke greift.»

Und dann hatte sie sich ausgezogen für ein Bild, auf dem jeder ihren Körper betrachten, aber keiner ihn berühren konnte. Eine bemerkenswerte Art, mit diesem allgegenwärtigen Problem umzugehen, dachte Melchior und verspürte eine sonderbare, aber aufrichtige Anerkennung.

Antonia schien dasselbe durch den Kopf zu gehen, sie knetete die Hände. «Nun, jedenfalls ist Salzmeier kein Mann, der ohne Grund ein Geschäft ausschlägt. Und ich kann mir nicht vorstellen, dass ihm einfach so eine ganze Hopfenlieferung fehlt.»

«Sie meinen, Hopf besticht ihn, um mich zu übervorteilen?», fragte Melchior direkt.

«Als Sie die Verlobung mit seiner Tochter lösten, haben Sie ihm den Krieg erklärt», erwiderte Antonia. «Ich traue es ihm zu.»

Melchior stützte die Ellbogen auf den Schreibtisch. «Das ist ein enormes Risiko. Wenn es Hopf nicht gelingt, uns aus dem Geschäft zu drängen, verliert Salzmeier einen Kunden.»

«So weit denkt der nicht», erwiderte Antonia trocken. «Er hat sich für Hopf entschieden, und ganz gleich, was passiert: Nachgeben würde bedeuten, einen Fehler einzugestehen. Und Leute wie er, davon ist er fester überzeugt als vom katholischen Glauben, machen keine Fehler.»

Melchior hob die Brauen. Vielleicht hätte er früher damit anfangen sollen, sich zu kümmern, woher das Geld kam, das er ausgab. Offenbar gab es tatsächlich Sturköpfe, die lieber ihr eigenes Leben und das ihrer Familien ruiniert hätten, als auch nur ein Fußbreit von ihrer Position abzurücken. Das galt wohl als unmännlich, und entsprechend regelte man die Sache, wenn überhaupt, dann bei einer zünftigen Rauferei. Ja, wenn er es recht bedachte, hatte sie recht. Ausgeschlagene Zähne, gebrochene Rippen oder eine vom Gegner angezündete Scheune waren für einen Mann dieses Schlags hinnehmbar. Das Eingeständnis eines Fehlers niemals.

Er musterte sie nachdenklich. Anfangs war es seltsam gewesen, Antonia im Kontor zu sehen, an dem großen Schreibtisch mit dem Globus, wo er seine ersten Versuche in Geographie unternommen hatte. Doch inzwischen war ihm ihr Anblick hier so vertraut, als wäre es nie anders gewesen. Sie trug einen modisch schmal geschnittenen langen Rock und eine hochgeschlossene weiße Bluse, aber sie sah darin nicht weniger reizvoll aus als damals im Atelier. Neuerdings legte sie ihr dunkles Haar in Wellen und wand den Dutt locker auf dem Hinterkopf. Sie hatte so zarte helle Haut, und ihre Lippen hatten einen verführerischen Schwung. Melchior kämpfte gegen das Bedürfnis, diese Lippen wieder zu küssen. Aber es wäre ja noch schöner gewesen, wenn sie das gemerkt hätte.

«Und nun?», fragte er stattdessen und lehnte sich herausfordernd in seinen Stuhl zurück. «Sie haben nicht zufällig unter Ihrem Mieder noch einen anderen Lieferanten, der uns den Ausfall ersetzt?»

«Sie wissen doch, was ich unter meinem Mieder habe, Sie waren bei Stuck im Atelier», erwiderte sie frech.

Es gelang ihr tatsächlich, dass es ihm die Sprache verschlug. Für einen Moment musste er daran denken, wie sie über den Paravent hinweg geplaudert hatten, während er nur das Bild hatte sehen können, auf dem sie ihre warme, nackte Haut dem Betrachter entgegenreckte. Antonia lächelte verstohlen, und mit einiger Anerkennung musste er sich eingestehen, dass sie ihm mit gleicher Münze heimgezahlt hatte. Er räusperte sich.

«Sie kommen aus der Hallertau, Sie kennen doch sicher noch mehr Bauern dort. Telegraphieren Sie ihnen und fragen Sie an, wer uns den Ausfall ersetzen kann.»

Die nächsten Tage verbrachte Antonia damit, zu telegraphieren und Depeschen zu verschicken. Jeden Bauern bis nach Au schrieb sie an.

«Wenn bis Ende nächster Woche nichts kommt, müssen wir die Produktion unterbrechen», meinte Melchior besorgt, als sie sich im Kontor gegenübersaßen. «Ich bin fast dankbar, dass meine Mutter noch bettlägrig ist. Sie würde sich zu Tode aufregen.»

Antonia überlegte. «Ich könnte morgen aufs Land fahren. Mich etwas umhören. Vielleicht finde ich ja jemanden.» Aber sicher war sie sich da keineswegs.

Als sie tags darauf in Enzelhausen aus der Hallertauer Lokalbahn stieg, hatte sie Herzklopfen. Nicht nur weil sie dringend Hopfen brauchte, sondern auch, weil es das erste Mal seit einem halben Jahr war, dass sie ihre Familie wiedersehen würde.

Nervös zupfte sie an ihrem Kleid, das sie sich vor einiger Zeit hatte machen lassen. Es war nicht besonders teuer, aber nach städtischer Mode geschnitten: blau und mit einem langen, glockenförmigen Rock unter der Wespentaille. Das Haar war nach oben frisiert, aber nicht straff wie bei den Bäuerinnen, sondern zu einem eleganten, lockeren Dutt gewunden, der von einer neuen Haarnadel gehalten wurde.

Die meisten Frauen trugen einfache Schürzenkleider so wie Antonia selbst früher. Sie hatte sich trotzdem entschieden, ihres nicht anzuziehen. Es war eine Gratwanderung: Einerseits zeigte ein eleganter Auftritt, dass sie im Auftrag einer erfolgreichen Brauerei kam, die auch in Zukunft als Kunde wichtig sein würde. Andererseits durfte sie nicht den Eindruck erwecken, eine Fremde zu sein.

Mietdroschken gab es hier nicht, also fand sie einen Jungen, der sie gegen wenig Geld auf seinem Kutschbock mitfahren ließ. Sie versuchte, nicht an ihre Familie zu denken, die noch nichts davon wusste, dass sie hier war. Jetzt musste sie sich auf ihr Ziel konzentrieren.

Melchior war in einer sonderbar nachdenklichen Stimmung, während Antonia in der Hallertau war. Einige Zeit verbrachte er am Bett seiner Mutter und las ihr vor, was ungewöhnlich genug für ihn war. Sie fragte nicht nach Antonia, und er war froh darüber. Sie hätte ohnehin nur Vorwürfe für ihn übrig gehabt, dass er es einer Frau überließ, einen neuen Lieferanten zu finden. Aber Antonia hatte versichert, es sei besser, wenn sie allein gehe. Diese Leute brauchten ein bekanntes Gesicht, ein eleganter Herr aus der Stadt würde sie nur einschüchtern. Sie sah nicht mehr aus wie das Bauernmädchen von damals, aber sie war eine von ihnen. Außerdem durften sie Shelton gegenüber nicht den Eindruck erwecken, dass etwas nicht in Ordnung war.

Später fuhr er noch einmal in die Universität. Die Kühlmaschine war ein finanzielles Risiko. Dennoch, dachte er – ein so fortschrittliches Projekt konnte die Eintrittskarte für das lukrative Oktoberfest sein.

Es war nach neun Uhr abends, als er endlich die Mietdroschke vor der Tür hörte. Melchior schob einen Vorhang zur Seite, um hinauszusehen. Nebel kroch vom Fluss herauf und legte sich auf den Boden, und die Lichter an den Seiten der Droschke schimmerten geisterhaft herauf. Beim Aussteigen über die

Trittbretter sah Antonia kurz nach oben, und ihre Blicke trafen sich. Melchior ließ den Vorhang zurückgleiten.

Als er die Treppe herunterkam, betrat sie gerade die Halle und legte Mantel, Hut und Handschuhe ab. Feuchte Nebelperlen glänzten auf ihrem Haar und hatten ihre Haut behaucht.

«Es war schwierig», sagte sie auf die unausgesprochene Frage hin. «Ich habe mit mehreren kleinen Bauern geredet, aber die haben alle schon an Salzmeier geliefert. Da bin ich in die Nachbardörfer.» Sie biss sich auf die Lippen, und ihm fiel ein, dass sie dort Verwandtschaft hatte.

«Haben Sie Ihre Familie gesehen?»

Antonia blickte auf, und ihre Augen waren dunkel und feucht. «Reden wir nicht davon. Bitte.»

Melchior wartete stumm.

«Ich habe ein paar von Salzmeiers Konkurrenten gesprochen. Sie wollen es sich überlegen.»

«Aber keiner hat verbindlich zugesagt.» Melchior fuhr sich über die Stirn und atmete tief durch. Es gelang ihm einfach nicht, seine Ideen nutzbar zu machen für den Ort, an den das Schicksal ihn nun einmal gestellt hatte.

Antonia legte ihm plötzlich die Hand auf den Arm. «Machen Sie sich keine Vorwürfe», sagte sie. «Ihre Ideen sind gut.»

Und ehe er seine Überraschung überwinden konnte, ließ sie ihre Finger im Vorbeigehen an seinem Arm herabgleiten und meinte: «Ich bin furchtbar müde. In ein paar Tagen werden wir mehr wissen.»

– 39 –

Die nächsten beiden Tage hörten sie nichts, und Antonia versuchte, sich, so gut es ging, auf die Schule zu konzentrieren. Ihr war noch ein Bauer eingefallen, der der alten Erna zufolge von Salzmeier ausgebootet worden und auf seinem Hopfen sitzengeblieben war. Viel versprach sie sich nicht von dem Telegramm. Die Sache lag schon ein halbes Jahr zurück, und der Mann würde längst einen anderen Kunden gefunden haben. Wegen Franziskas Krankheit erledigte sie das meiste im Kontor, doch auch Melchior ließ sich öfter sehen. Seine Augen verrieten nichts von dem, was in ihm vorging, dennoch wusste sie, dass er sich Sorgen machte.

Die Schulglocke riss sie aus ihren Gedanken. Ihre Mitschülerinnen sprangen auf und liefen zum Ausgang. Auch Antonia verstaute ihre Bücher in der Ledertasche.

Auf dem schmalen, hohen Gang herrschte trotz der strengen Vorschriften ein ohrenbetäubender Lärm. Ein Handwerker, der das Fenster am Ende des Korridors reparierte, hielt sich unwillkürlich fest, als eine Gruppe Sextanerinnen in gerafften langen Röcken und hochgeschlossenen weißen Blusen an seiner Leiter vorbeirannte.

«Stuck stellt ein neues Skandalbild aus!», tuschelte Isolde, als sie ins Freie traten, und wickelte sich in ihren Mantel, dass ihr feuerroter Dutt wie eine Kerzenflamme darüber thronte. «In der Frühjahrsausstellung der Secession, die im März eröffnet! Meine Eltern sind mit Hirth bekannt, dem Verleger der *Jugend*.

Er kam gerade aus dem Glaspalast, als er es erzählte, es ist das neueste!»

Antonia fuhr zusammen.

«Skandalbild?»

«Erinnert ihr euch noch an die Aufregung um *Die Sünde*?», kicherte Isolde. «Wenn meine Eltern wüssten, dass ich mich damals heimlich in den Saal geschlichen habe, um sie zu sehen, würden sie mich verprügeln! Jetzt soll er eine neue Version davon gemalt haben, benannt *Die Sinnlichkeit*, und sie soll noch verworfener sein als alle bisherigen! Es heißt, sie soll gänzlich nackt sein, sodass man alles sieht, sogar die Beine!»

«Gänzlich nackt?», echote Hedwig. «Ist ja ekelhaft!»

«Ich dachte, du willst, dass die Frauen mehr Rechte bekommen», bemerkte Antonia verwundert und setzte ihren Hut auf. Unwillkürlich wickelte sie den Schal ein wenig höher vors Kinn, wie um ihr Gesicht zu verbergen.

«Aber doch nicht das Recht, nackt für Männeraugen zu posieren!», ereiferte sich Hedwig. «Ich frage mich, wer sich für so etwas hergibt! Das kann nur eine Hure sein!»

Das klang mehr nach Quirin, als beiden vermutlich lieb gewesen wäre, dachte Antonia und hob ihre Tasche auf. Laut sagte sie: «Gibt es nicht auch Kunstwerke, auf denen nackte Männer zu sehen sind? Sonderbar, dass ich über die noch nie so etwas habe sagen hören.»

Auf dem Sankt-Jakobs-Platz ließ ihr Selbstbewusstsein nach. Die Bäume reckten ihre kahlen Zweige in den Himmel, und der Schnee auf den Dächern glitzerte. Die anderen Mädchen liefen zu den Buden, um sich einen Krapfen zu kaufen, und Isolde sprang kreischend zur Seite, als ein übellauniger Mops sie heiser ankläffte. Die elegante ältere Dame mit dem breiten Filzhut, die ihn führte, schimpfte «Malefizblaustrumpf!» hinter ihr her und setzte dabei ein Gesicht auf, das fatal an ihr Haustier erinnerte.

Antonia überlegte. Dann schlug sie den Weg zum Stachus ein.

Dort lag der alte botanische Garten und darin der Glaspalast, das große Ausstellungsgebäude. Ihr Gesicht würde man in der *Sinnlichkeit* kaum erkennen, aber was, wenn bekannt würde, dass es ihr Körper war, den Stuck gemalt hatte?

Dorian Gray, hatte Stuck ihr damals erklärt, habe sein Bild versteckt, weil es an seiner Stelle alterte. Diese Sorgen hätte ich gern!, dachte Antonia. Ein Mann muss sein Bild wenigstens nur verheimlichen, wenn es ein dämonisches Eigenleben entwickelt und er darauf zu einem grauenhaften Ungeheuer wird. Für eine Frau, die auf ihren Ruf zu achten hat, ist jedes ihrer Bildnisse ein Bildnis des Dorian Gray.

Der alte botanische Garten lag gleich hinter dem blendend weißen Gebäude des neuen Justizpalasts am Stachus. Antonia wusste, dass der Pachtvertrag für das alte Ausstellungsgebäude von Stucks Künstlervereinigung dieses Jahr auslief und sie vorübergehend mit anderen hier ausstellten. Nur aus Gusseisen und Glas gebaut, reflektierte das langgestreckte Gebäude das Licht des sonnigen Wintertages. Es musste mehrere hundert Meter lang sein, dachte sie beeindruckt. Ein Tempel der Kunst, wenngleich ein reichlich sachlicher. Ein wenig erinnerte sie das Gebäude an die Halle des Hauptbahnhofs. Vielleicht waren Kunst und Industrie einander doch näher, als so manch einer dachte.

Zwei Herren, die des Weges kamen, tuschelten, und einer fragte sogar frech: «*Schönes Fräulein, darf ich's wagen, mein Arm und Geleit ihr anzutragen?*»

«Lassen Sie Ihren Goethe stecken!», zischte Antonia, die gerade diesen Vers vor wenigen Tagen in der Schule behandelt hatte. «Und alles andere auch!»

Ein kalter Wind ließ sie den Kragen höher schlagen. Wie eine gleichgültige Flaneurin bummelte sie an den großen Fenstern vorbei, wobei sie immer wieder einen verstohlenen Blick ins Innere warf. Die Ausstellung würde in wenigen Wochen eröffnet werden, vermutlich war das Bild noch nicht einmal hergebracht worden. Doch die Vorstellung, wie sie aufrecht und herausfordernd den Unterleib in Richtung des Betrachters reckte, die Blöße nur von der sich lüstern ringelnden Schlange bedeckt, genügte vollauf. Und Lady Hortensia hatte schon einen hysterischen Anfall bekommen, nur weil man sie ohnmächtig ins Bett hatte tragen wollen! Herr Jesus, das darf Shelton niemals zu sehen bekommen!, dachte Antonia.

Eine Gruppe Studenten näherte sich, und Antonia lief hastig zurück auf die Sophienstraße. Sie zog den Hut tiefer ins Gesicht und ging zurück zum Marienplatz, wo die Tram nach Giesing abfuhr.

Den Mann, der ihr, in einen langen Schal und einen schlechten Mantel gehüllt, langsam folgte, bemerkte sie nicht.

Als sie nach Hause kam, erwartete Antonia wegen ihrer Verspätung einen Rüffel von Franziska. Doch dann kam alles ganz anders.

Aus der Küche duftete es verführerisch nach frischen Krapfen, die Marei dort aus Brandteig gebacken und in heißem Zucker gewälzt hatte. Das Faschingswochenende stand bevor, und vor der Fastenzeit musste noch einmal tüchtig gegessen werden.

«Thalhammer ist oben!», rief Marei Antonia entgegen, kaum hatte diese die Halle betreten. Die Rüschen an den Handgelenken der Köchin waren bis über die Unterarme hinauf mit Zucker bestäubt. «Er will Herrn Bruckner verhaften! Zum Glück sind die Sheltons gerade flanieren gegangen!»

«Verhaften?», wiederholte Antonia ungläubig. «Wollte Herr Bruckner nicht von der gelösten Verlobung erzählen?»

«Hat er auch», stieß Marei aufgeregt hervor. «Aber Thalhammer hat sich auf ihn eingeschossen. Und jetzt hat auch noch ein Arbeiter Herrn Bruckner am Abend von Sebastians Tod am Sudhaus gesehen.»

Antonia legte langsam Hut und Schal ab. Ihr erster Gedanke war, dass Melchior sie wieder genarrt hatte. Dass er sie benutzt und ihr Vertrauen missbraucht hatte. Dann kam ihr eine andere Idee.

«Was für ein Arbeiter war das denn?»

Marei zuckte die Schultern. «Offenbar einer von Hopf.»

Alle Augen richteten sich auf Antonia, als sie die Tür zum Kontor aufriss.

«Herr Gendarm?», sagte sie entschlossen. «Ich habe Ihnen etwas zu sagen.»

Sie schloss die Tür hinter sich und lehnte sich dagegen. Die Gendarmen, Thalhammer und zwei weitere, standen vor dem Schreibtisch. Dahinter saß Franziska Bruckner in ihrem Stuhl, bleich und mit fieberglänzenden Augen. Neben ihr, die Hand auf die hohe Rückenlehne gelegt, stand Melchior.

«Was fällt Ihnen ein …», begann Thalhammer.

«Ich höre, jemand behauptet, Herrn Bruckner am Abend von Sebastians Tod am Sudhaus gesehen zu haben», unterbrach sie ihn. «Das ist unmöglich. Er kann ihn nicht am Sudhaus gesehen haben, weil er hier im Haus war.» Sie zögerte, dann nahm sie ihren Mut zusammen und setzte hinzu: «Mit mir.»

Melchior hob überrascht die Brauen und runzelte sie dann fragend. Franziska blickte von ihm zu Antonia und schien noch etwas bleicher zu werden.

«Herr Bruckner hat Ihnen das vermutlich verschwiegen, weil

er mich nicht kompromittieren wollte», fuhr Antonia schnell fort. Sie wandte sich direkt an Melchior. «Ich danke Ihnen für Ihre Ritterlichkeit. Aber sie war unnötig.»

Sichtlich aus dem Konzept gebracht, kämpfte Thalhammer einen Moment um seine Fassung. Dann zog er den Gurt mit dem Karabinergewehr zurecht, rückte die Pickelhaube gerade und richtete sich auf. «Und was haben Sie dort gemacht?», donnerte er, entrüstet über die Unterbrechung seines großen Auftritts.

Antonia erlaubte sich ein kleines Lächeln. «Ich dachte schon, Sie fragen nie», erwiderte sie mit einem schnellen Seitenblick zu Melchior, der sie noch immer fassungslos anstarrte. «Herr Bruckner war so freundlich, mir bei einigen Rechnungen zu helfen. Ich gebe zu, dass die Uhrzeit unangemessen war, aber wie Sie wissen, befinden sich Gäste im Haus, die tagsüber seiner Aufmerksamkeit bedürfen.»

Thalhammer wechselte einen Blick mit seinen Männern. Der jüngere Gendarm, ein Bürschchen, bestenfalls in Antonias Alter, dessen rote Oberlippe ein leichter Flaum zierte, begann, verstohlen zu grinsen.

«Rechnungen, soso», meinte Thalhammer, und auch sein Schnurrbart zuckte. Die Gendarmen kicherten, und er erlaubte sich jetzt ein breites Grinsen.

«Der Mann, der Sie beschuldigt hat, arbeitet also bei der Konkurrenz?», wandte er sich dann an Melchior.

Dieser bejahte. «Ich hatte am selben Tag meine Verlobung mit Hopfs Tochter gelöst.» Er war klug genug, nicht anzumerken, dass er das bereits ausgesagt hatte.

«Hm.» Der Gendarm reckte wichtig den Schnauzer. «Dieser Umstand ist äußerst verdächtig. Möglicherweise versucht hier einer, einen Rivalen fälschlich zu beschuldigen. Männer!», schnauzte er seine Begleiter an. «Wir verhören Hopf!» An Mel-

361

chior gewandt, nahm er Haltung an und knurrte: «Für den Moment sind Sie von dem Verdacht befreit.»

«Ich begleite Sie hinaus», sagte Melchior verbindlich und hielt ihnen die Tür auf. Aber im Gehen warf er Antonia einen forschenden Blick zu. Und als die Gendarmen nicht hinsahen, spielte ein kaum sichtbares, herausforderndes Lächeln um seinen Mund.

Antonia wandte sich an Franziska Bruckner, die die ganze Szene stumm, aber aufmerksam verfolgt hatte. «Gnädige Frau, ich bin Ihnen eine Erklärung schuldig.»

«Allerdings.» Frau Bruckner wies auf den Stuhl auf der anderen Seite des Schreibtisches. Ihr Gesicht verhieß nichts Gutes. Die dünnen Brauen waren hochgezogen bis fast zum Haaransatz, die Lippen in dem bleichen Gesicht schmal. Doch sie schien noch immer gesund genug zu sein, um ein Donnerwetter loszulassen.

Antonia ließ sich langsam nieder. Sie erinnerte sich nur allzu gut, wie Franziska Bruckner schon auf den bloßen Verdacht reagiert hatte, sie würde sich für Melchior interessieren. Es war alles so schnell gegangen, sie hatte keine Zeit gehabt, sich die Folgen ihres Handelns zu überlegen. Sie hatte nur schlagartig begriffen, dass Melchior unschuldig war.

Franziska wartete, bis die Schritte unten an der Treppe verklungen waren.

«Also, warum lügen Sie?», fragte sie direkt.

Antonia verschlug es die Sprache. Ausgerechnet Frau Bruckner, die hinter jedem Blick schon ein heiratswütiges Dienstmädchen witterte, war nicht auf das Theater hereingefallen!

Die Gnädige genehmigte sich ein schmales Lächeln. «Ich habe Melchior beobachtet. Er war von Ihrer Aussage ebenso überrascht wie alle anderen auch. Sie kompromittieren sich, um ihm zu helfen? Warum?»

«Ich sprach nur von Rechnungen», erwiderte Antonia ausweichend. «Es war nicht meine Absicht, mich zu kompromittieren.»

Franziska legte die Hände auf die Armlehnen ihres Stuhls und wartete.

«Es ist einer von Hopfs Arbeitern, der Herrn Bruckner beschuldigt», erklärte Antonia. So wie sie Franziska Bruckner kennengelernt hatte, war es das Beste, die Wahrheit zu sagen. «Natürlich könnte es stimmen, was er sagt. Aber was sollte ausgerechnet ein Arbeiter von Hopf um diese Zeit am Sudhaus des Brucknerbräu zu schaffen haben? Hopf weiß doch genau, wie wichtig ein guter Leumund gerade jetzt ist, wo Shelton hier wohnt. Mit einer falschen Mordanklage könnte er sich nicht nur für die gelöste Verlobung rächen, sondern sich auch einen Konkurrenten vom Hals schaffen. Vielleicht hofft er sogar, Shelton abwerben zu können. Ich ...» Sie zögerte, aber dann sah sie Franziska offen ins Gesicht. «Um ehrlich zu sein, ich war mir bis zu diesem Moment nicht ganz sicher, ob die Anschuldigungen gegen Herrn Bruckner falsch sind. Aber jetzt bin ich es.»

Franziska Bruckner lehnte sich zurück. «Sie haben Hopf von Anfang an nicht über den Weg getraut.»

Antonia zuckte die Achseln. «Weil ich das ganz ähnlich auf meinem Dorf schon erlebt habe.» Es war ein ungewohntes, gutes Gefühl zu sehen, dass Frauen nicht immer die grimmigsten Feinde ihrer eigenen Geschlechtsgenossinnen sein mussten. Zum ersten Mal hatte sie das Gefühl, dass Franziska Bruckner in ihr nicht nur eine Gefahr für ihren Sohn sah, sondern eine Unterstützung für sich selbst. In der Welt, in der sie aufgewachsen waren, waren Frauen von Geburt an Rivalinnen um die Gunst von Männern und niemals Verbündete oder gar Freundinnen.

«Und Sie haben keine Angst, dass es Gerüchte gibt?», fragte Frau Bruckner endlich.

Antonia dachte an Melchiors Freund Albert Einstein. An Stuck und an ihre erste Begegnung mit Melchior.

«Gerüchte», erwiderte sie dann mit leichtem Spott. «Die gibt es doch immer.»

Das Bild bald im Glaspalast zu wissen, hatte Quirin aufgewühlt. Ausgestellt in einer prominenten Galerie, sichtbar für alle, die des Weges kamen, quasi unter den Augen des Prinzregenten, der den Maler förderte und all das auch noch guthieß! Dann hatte er im botanischen Garten Antonia erkannt. Ihre helle Haut war durchscheinend bleich gewesen, die Lippen hatten gezittert wie die ersten Frühlingsblätter im Wind. Ihre Augen, dunkel durch die geweiteten Pupillen, waren so starr auf das Gebäude gerichtet gewesen, dass sie ihn nicht bemerkt hatte.

Bereute sie, was sie getan hatte? Oder fürchtete sie nur, ihre Vergangenheit könnte bekannt werden?

Sie trug einen eng geschnittenen, taillierten Mantel und einen langen dunklen Rock. Viele Frauen waren ähnlich gekleidet, so war es nicht einfach, ihr zu folgen. Immer wieder verlor er sie aus den Augen. Sie lief über den belebten kreisrunden Stachus zwischen Droschken und ein, zwei Automobilen hindurch und durch das Karlstor.

Er hatte in Erinnerung, dass sie zuletzt in der Wirtschaft des Brucknerbräu gearbeitet hatte. Benedikt hatte es erzählt. Tatsächlich lief sie zum Marienplatz und stieg in die Elektrische nach Giesing.

Er beschloss, sich dort etwas umzuhören. Quirin nahm die nächste Tram und suchte die Wirtschaft des Brucknerbräu auf. In der Gaststube kam er mit ein paar Arbeitern ins Gespräch. Ein Brauknecht erzählte ihm schließlich, dass Antonia die

Rechnungen mache, dass ein vermögender Herr aus England überlege, Geld in den Brucknerbräu zu stecken, und dass die Brauerei Hopf etwas flussaufwärts der größte Konkurrent von Herrn Bruckner sei.

Quirin lächelte verstohlen. Er wand den Schal vors Gesicht, als er ging, und schlug den Weg zur Brauerei Hopf ein.

– 40 –

Vevi erholte sich langsam von ihrer Krankheit. Das Fieber sank, und zwei Tage nach dem Vorfall an der Isarbrücke begann sie langsam, etwas Hühnerbrühe zu essen, die Antonia ihr heraufbrachte.

Der Arzt sagte, das Kind sei noch da.

Einerseits war Vevi so erleichtert darüber, dass ihr Tränen kamen. Das Kind war das Einzige, was ihr von Sebastian geblieben war. Aber gleichzeitig hatte sie auch furchtbare Angst.

«Was wird jetzt aus mir?», fragte sie ernst, als Antonia ihr langsam die Suppe einflößte.

«Mach dir darüber noch keine Gedanken», meinte Antonia. «Bevor du nicht gesund bist, kann ohnehin nichts getan werden.»

Die warme Brühe tat gut. Vevi hatte zwar keinen Appetit, aber es fühlte sich gut an, etwas Warmes im Mund zu fühlen. Der Raum hier oben war nicht geheizt, und obwohl Wärmflasche und Ziegelsteine das Bett warm hielten, wurde alles, was sie unter der Decke hervorstreckte, sofort kalt.

«Ich werde meiner Tante telegraphieren», sagte sie plötzlich. Vielleicht wusste sie, was zu tun war.

«Natürlich. Ich kann das Telegramm für dich aufgeben.» Antonia stand auf und stellte die Schüssel auf den niedrigen Hocker neben dem Bett. «Oh, und ich soll dich übrigens von Benedikt grüßen. Er kommt jeden Tag und fragt nach dir.» Sie lächelte ihr zu, als sie ging.

Vevi sah ihr nach, aber sie erwiderte das Lächeln nicht.

Tante Ida kam kurze Zeit später ans Bett der Kranken, eine ältere Frau, die wenig Mütterliches hatte, sondern eher wie ein Schulfräulein wirkte. Doch Vevi vertraute ihr seit jeher.

Als Ida hereinkam, hätte sie fast wieder geweint. Die Tante war älter geworden, aber sie sah immer noch so unendlich vertraut aus. Dieselbe scharfe Falte neben der Nase, dasselbe Grübchen in der rechten unteren Wange, dieselben zwinkernden braunen Augen. Das graue Haar hatte noch immer dunkle Strähnen.

«Madl, was machst du für Sachen!», rief Tante Ida, schloss sie in die Arme und drückte sie an ihre hagere Brust. Vevi umarmte sie fest. Vielleicht war Ida auch deshalb immer so freundlich zu ihr gewesen, weil sie selbst keine Tochter hatte, sondern nur drei Söhne. Einmal hatte sie ein Mädchen geboren, über das sie sich sehr gefreut hatte, aber das war bald nach der Geburt gestorben.

Vevi schilderte ihr in aller Offenheit, was geschehen war, und Tante Ida hörte schweigend zu.

«Du armes Hascherl», sagte sie schließlich und zauste ihr das Haar. In ihrer üblichen praktischen Art begriff sie aber natürlich sofort, warum Vevi sie gerufen hatte. «Das Wuzerl braucht einen Vater», stellte sie fest. Und mit dem geübten Blick einer Frau, die fünf Kinder geboren und drei davon hatte aufwachsen sehen, meinte sie: «Das wird im Frühsommer kommen, oder?»

Vevi bejahte.

«Du bist ein fesches Madl. Und auch keine schlechte Partie. Gut, da ist das Wuzerl, aber mei ... wir sind alle sterblich. Aus Fleisch und Blut sind wir gemacht und nicht aus Weihwasser und Hostien. Nur wenige sind berufen zu einem heiligmäßigen Leben.» Ida faltete die Hände und blickte nach oben. Sie wartete einen Moment, wie um sich vergewissern, dass der Herr dort oben ihre Andacht sah, ehe sie wieder ganz praktisch wurde:

«Also, du brauchst einen Mann. Und ich hab drei Söhne, von denen zwei noch unverheiratet sind.»

Vevi atmete auf. Vor Jahren hatte Ida einmal zu ihrer Mutter gesagt, dass sie Vevi gern für einen ihrer Söhne hätte. Sie hatte gehofft, dass die Tante sich jetzt daran erinnern würde.

«Soll ich mit dem Ignaz reden?», fragte Ida unumwunden.

«Er ist noch nicht verlobt?»

Ida verneinte. «Hat sich Zeit gelassen, der Bub. Die Ausbildung ... er ist jetzt Prokurist.»

Vevi wusste nicht genau, was ein Prokurist tat, aber es klang nach einem gesicherten Einkommen. Und der Stolz in Idas Stimme verriet, dass es groß genug war, um eine Familie zu ernähren.

«Und du meinst, er nimmt eine wie mich?», fragte Vevi eingeschüchtert.

Ida kniff sie in die Wange. «Ah, geh weiter, Deandl. Den Buben krieg ich schon weich. Hast eine Fotografie von dir?»

«Auf der Kommode, in dem Karton.»

Ihre Stimme war brüchig, als sie es sagte. Darin lagen alle Sachen von Sebastian, die man ihr nach seinem Tod gegeben hatte. Ida stand auf, wühlte darin und hielt nach kurzer Zeit das Bild in Händen.

«Sauber», sagte sie anerkennend. «Der wird wollen, das sag ich dir. Ist ein feiner Kerl, mein Ignaz. Mit dem hast du wenig Sorgen. Der Herrgott war sich nicht zu schade, von einer unverheirateten Frau geboren zu werden, der wird mir sicher zur Seite stehen.» Wieder bekreuzigte sie sich, blickte zum Himmel, wie um sich zu vergewissern, dass der Erwähnte sie auch sah, und fuhr dann fort: «Der Ignaz wird glauben, es sei seine Idee.»

Vevi nickte und brachte ein trauriges Lächeln zustande. Es tat weh, das Bild, das sie damals Sebastian geschenkt hatte, nun einem anderen zu geben. Sie hatte ihren Vetter seit Jahren nicht gesehen. Dunkel erinnerte sie sich an einen freundlichen braunhaarigen Jungen mit stark gewachsenen Brauen, das war alles. Hätte sie die Wahl gehabt, hätte sie sich nie auf so etwas eingelassen. Aber Sebastian kam nicht zurück.

«Das wäre lieb», sagte sie leise. Doch ihre Stimme zitterte.

Auf dem Weg zurück in ihre große Wohnung in einem der neuen Mietshäuser auf der Münchner Seite der Isar hatte sich Ida ganz genau überlegt, wie sie die Sache angehen sollte. Ganz gegen ihre Gewohnheit grüßte sie die Nachbarin, die gerade mit roten Händen, das Waschbrett unterm Arm, aus dem Keller kam, nur kurz und stieg sofort das mit Zementfliesen gekachelte Treppenhaus hinauf. Nur die vier Rotzbengel vom vierten Stock schrie sie an, als sie wie das Wilde Heer kreischend die Treppe hinab- und ihr entgegenjagten.

Sie öffnete die Wohnungstür. Rechts war die kleine, mit Pfannen und Töpfen vollgestellte Küche, die Schlafräume gruppierten sich um den geräumigen Eingangsraum, in dem auch der Esstisch stand. Sie ließ Vevis Fotografie wie zufällig auf dem Esstisch an Ignaz' Platz liegen, sodass er sie gleich, wenn er heimkam, vorfinden würde. Dann kochte sie ihm sein Lieblingsgericht, Braten mit Knödeln, die ganze Wohnung war von einem warmen Dunst nach Kraut durchwölkt. Der Plan ging auf. Ignaz bemerkte das Bild sofort.

«Ist das die Vevi? Sauber ist die geworden, Sakrament!»

«Ach», wehklagte Ida und tischte ihm auf. «Das arme Madl. So ein Unglück! Ihr Verlobter ist ganz tragisch gestorben! Und jetzt ist sie ganz allein in der großen Stadt!»

Ignaz griff tüchtig zu, was Ida zufrieden zur Kenntnis nahm. «Wenn sie allein ist, lad sie halt mal ein», schlug er vor. «Trauernde soll man trösten.» Sprach's und nahm die Fotografie noch einmal hoch, um sie sich genau anzusehen. «Wahnsinn, die Figur!»

Der Fisch war am Haken. Jetzt musste sie ihm den bitteren Teil schmackhaft machen.

«Sag einmal», meinte Ida und setzte sich zu ihm an den Tisch, «wie gut kennst du eigentlich die Geschicht' vom heiligen Josef?»

Verwundert blickte er von seinem Essen auf. «Die kennt doch jeder», meinte er und nahm einen Schluck von dem Bier, das sie ihm bereitwillig hingestellt hatte. «Ist das die Zeitung, da drüben? Gibst mir die mal?»

Ida runzelte die Brauen. «Zeitung lesen kannst nachher!», schimpfte sie. «Ich red mit dir!»

«Über den heiligen Josef?»

«Mei?» Ida machte ein unschuldiges Gesicht. «Also, nach heutigen Maßstäben wär die Jungfrau Maria so was wie eine ledige Mutter, oder nicht?» Ihre Stimme hatte den süßlich-hellen Tonfall, der urplötzlich in ein schrilles Kreischen umschlagen konnte, wenn sie nicht bekam, was sie wollte. Aufmerksam geworden, blickte er auf.

«Willst du jetzt theologisch werden? Frag das doch den Pfarrer.»

Sie schob ihm das Bier herüber und kniff ihn in die Wange. «Ach geh, du bist doch ein g'scheiter Bub.»

Ignaz zuckte die Schultern, trank einen Schluck, überlegte und meinte: «Ja, wahrscheinlich wäre sie das.»

«Dann hat der heilige Josef, als er den Kindsvater für den Herrgott gegeben hat, also eine ledige Mutter geheiratet?»

«Schaut so aus.» Kauend sah er seine Mutter an. «Warum fragst du das?»

Ida schlug das Kreuz und blickte gen Himmel. «Ach, bloß so», flötete sie unschuldig und stand auf. «Er ist ein Vorbild für jeden anständigen Mann, der heilige Josef. Schad, dass es solche heute nimmer gibt. Die arme Vevi!»

Jetzt war Ignaz' Interesse endgültig geweckt. «Wieso denn?»

«Mei, schwanger ist sie halt», tuschelte Ida ihrem Sohn die Skandalnachricht ins Ohr. «Zu großer Liebe fähig, und die Liebe ist doch kein Verbrechen. Früher, wo's noch g'standene Mannsbilder wie den heiligen Josef gab, da hätt sie nicht verzweifeln müssen. Da hätt sich einer gefunden, der sie heiratet und das arme Madl rettet.» Sie seufzte tief und jammervoll, als läge ihr alles Leid der Menschheit auf der Seele.

Und bemerkte zufrieden aus dem Augenwinkel, dass Ignaz nachdenklich die Stirn runzelte, während er die Fotografie betrachtete und einige Gedanken in seinem Kopf zu wälzen schien.

Nachdem das Fieber gesunken war, war Vevi bald wieder gesund genug, um in der Wirtschaft zu arbeiten. Und es war wohl kein Zufall, dass Benedikt nun oft im Schankraum saß.

Vevi mochte ihn. Er war freundlich und ein wenig schüchtern, und manchmal, wenn gerade wenig los war, zeigte er ihr seine Bilder. Er konnte wirklich wunderbar zeichnen. Der Braumeister mit seinem jungenhaften Haarschnitt und dem Dreitagebart. Ein Flößer, der gern herkam und mit ungepflegtem Zottelhaar und fleckigem Mantel in der Ecke Zwiesprache mit seinem Bierkrug hielt. Und sie selbst, mit ernstem, traurigem Blick.

«So schön bin ich nicht», sagte sie, als sie das erste Mal in seiner Mappe blätterte.

«Ich sehe Sie so», erwiderte er und sah sie auf eine Art an, dass ihr ein bisschen warm wurde.

Benedikts Karikaturen mochte sie fast noch mehr. Sie waren witzig und bissig, wie man dem ruhigen, schüchternen Mann gar nicht zugetraut hätte. Aber offenbar wurde er hier all das los, was er sich nicht zu sagen traute. Heute bedachte sie ihn allerdings nur mit wenigen Worten.

«Ich muss gleich weiter», meinte sie. «Mein Vetter kommt.»

«Hierher? Was haben Sie vor?», fragte Benedikt überrascht.

Vevi hielt kurz inne und wischte die Hände an der Schürze ab, obwohl sie nicht nass waren. «Ich nehme an, er wird um meine Hand anhalten», sagte sie dann langsam.

Benedikt fuhr so deutlich zusammen, dass es auch weniger einfühlsame Menschen gemerkt hätten.

«Aber ... warum wollen Sie denn heiraten? Wollen Sie nicht ... lieber etwas warten? Vielleicht ... verlieben Sie sich ja wieder.»

«Verlieben», wiederholte Vevi traurig. «Das ist mir nicht gut bekommen. Nein, ich muss einen Vater für das Kind finden», sagte sie ernst. «Alles andere ist unwichtig.»

Und dann ging sie schnell zurück in die Küche, um Benedikts entsetzten Blick nicht sehen zu müssen.

– 41 –

W as soll das heißen, Sie zahlen nur siebzig Prozent? So war das nicht ausgemacht!»
Breitbeinig stand Salzmeier in seiner Scheune neben dem großen Pferdefuhrwerk. Es war bis oben hin mit gelblich grünem, herb duftendem Hopfen beladen, und durch das große Tor und die Ritzen in den Holzwänden zog der kalte Februarwind herein.

«Schauen Sie, Salzmeier, der Hopfen ist nicht mehr gut. Sie haben da ein Loch im Dach Ihrer Scheune.» Alois Hopf sog schnüffelnd die Luft ein. «Das riecht man doch schon.»

«Gar nix riecht man!», donnerte Salzmeier empört. «Erstklassigen Hopfen riecht man, sonst gar nichts. Außer Ihrem Gestank vielleicht!» Bestätigend muhte eine Kuh im Stall, als wollte sie ihrem Herrn beipflichten.

«Schauen Sie, mein lieber Salzmeier, einigen wir uns doch auf siebzig Prozent. Das ist ein gutes Angebot. Sie kriegen Ihren Hopfen noch los, und ich riskiere nicht den vollen Verlust.»

«Sie Sauhund, Sie dreckerter! Den Preis drücken, das wollen Sie! Was glauben Sie, wer Sie sind?»

Alois Hopf lächelte dünn über sein feistes Gesicht. «Also sechzig Prozent.»

«Raus!», schrie Salzmeier erbost. «Runter von meinem Hof, oder ich hetz Ihnen die Hunde nach!»

Franz Salzmeier grollte in heiligem Zorn. Er grollte wahrhaft fürchterlich und voller Ingrimm, und wahrlich, wer seinem alles vernichtenden Zorn begegnete, Mann, Weib, Kind oder Rindvieh, der bereute es alsbald bitter.

Doch all der Groll half ihm nicht, seinen Hopfen zu verkaufen.

So blieb ihm nur, sein Fuhrwerk gen München zu lenken.

In seinem feschesten Gewand und angetan mit einer neuen güldenen Uhrenkette am Eindruck gebietenden Bauch, erreichte er alsbald die feine Stadt. Als er, so würdevoll es ihm immer möglich war, vor dem Brucknerschlössl vom Kutschbock stieg, warf er noch einen letzten Blick auf die Rückseite der Uhr, wo sich sein Antlitz spiegelte. Zwar war sein Gesicht grob und fleischig, und seine Augen schielten immer ein wenig wie die der Kühe. Doch sein Ehrfurcht gebietender Schnurrbart machte das mehr als wett. Er war das schmuckste Mannsbild von Au in der Hallertau.

Würdevoll schritt er in die Halle und wurde umgehend von einem Burschen namens Bartl ins Kontor geführt. Salzmeier schritt herein wie die siegreichen Kämpen Gottes auf dem Schlachtfeld von Jericho, auf den Lippen eine geharnischte Rede.

Und prallte zurück.

Am Schreibtisch, der von einem gewaltigen Globus dominiert wurde, saß ein Weib.

Eine goldene Nadel glänzte in ihrem braunen Haar. Sie trug einen eleganten dunklen Rock, eine Bluse mit gerüschten Ärmeln und Kragen und Schnürstiefel. Mit einer Hand bedeutete sie ihm ganz unverfroren, einen Moment zu warten, und schrieb ihre telegraphische Depesche fertig.

Sie ließ sich Zeit, ehe sie aufblickte. «Herr Salzmeier. Wie ist das Befinden?»

Salzmeier kniff die Augen zusammen und sah noch einmal hin. Die braunen Augen, das hübsche Gesichterl. Er täuschte sich nicht. Das Madl vom Pacher! «Seit wann haben hier die Weiber das Sagen?», entfuhr es ihm verblüfft.

Antonia lächelte spitz. «Nun, Herr und Frau Bruckner haben zu tun.»

Sollte das etwa heißen, er war nicht wichtig genug? Salzmeier schwoll der Kamm. «Bei mir zu Haus schweigen die Weiberleut', wenn's ums Geschäft geht», grantelte er.

«Bedauerlich. Es könnte eine geistreiche Konversation befruchten, wenn man sie reden ließe.»

«Ha?» Wo zum Satan hatte das junge Ding bloß gelernt, so g'schleckt daherzureden? Salzmeier gab auf. «Ich will meinen Hopfen verkaufen.»

Antonia lehnte sich in den schweren lederbezogenen Stuhl zurück. «Sieh einer an. Woher der Sinneswandel?»

Salzmeier grollte. «Der Hopf, der Deifi, der b'scheißt.»

«Ach.» Sie lächelte kühl. «Nun, wie Sie Herrn Bruckner wissen ließen, betrachteten Sie seinen Vertrag als null und nichtig.»

Das wusste das Deandl? Peinlich berührt trat der Bauer von einem Bein auf das andere.

Antonia lächelte zuckersüß. «Aber Herr Bruckner ist ein Mann, und ich bin eine Frau. Mein Geschlecht ist von Natur aus milde und gefühlvoll.»

«Wir sind also noch im Geschäft?», fragte Salzmeier erleichtert.

«Nein.»

Er prallte zurück. «Nein?!»

«Da Sie den Vertrag einseitig gekündigt haben, habe ich mir erlaubt, einen Handel mit jemand anderem abzuschließen.»

Salzmeier riss die Augen auf. «Aber mit wem?», stieß er hervor.

Antonia schien sein Anblick jetzt doch unangenehm zu werden, denn sie griff nach einer gewaltigen Kordel, die über dem Schreibtisch herabhing, und klingelte schleunigst. Offenbar war es sogar eine elektrische Klingel, wie Salzmeier mit einigem Unmut bemerkte.

Antonia ließ sich mit der Antwort Zeit, bis ein riesiger Brauknecht in der Tür erschien und abwartend stehen blieb. Dann erklärte sie: «Mit einem gewissen Herrn Abensberger. Ein zuverlässiger junger Bauer, der einen kleinen, aber erfolgreichen Hof nur wenige Kilometer von Au bewirtschaftet. Sie kennen ihn, nicht wahr? Sie haben ihn aus einem wichtigen Handel gedrängt. Er ist nicht sehr gut auf Sie zu sprechen.» Und während Salzmeier noch nach Luft schnappte und nach einer geeigneten Drohung suchte, um das unverschämte Weibsbild daran zu erinnern, wer hier vor wem zu zittern hatte, sagte sie gleichgültig: «Xaver wird Sie hinausexpedieren. Guten Tag.»

Und dann packte ihn der grobe Lackl von Brauknecht kurzerhand am Kragen, schob ihn mit einigen unsanften Knuffen die Treppe hinunter und setzte ihn ins Freie.

Kalte Februarluft umwehte Franz Salzmeier, als er auf dem Vorplatz landete. Hinter ihm knallte die Tür zu. Und sosehr er auch den Himmel nach göttlichen Zeichen absuchte, kein Schwert des Herrn erschien dort, das die Bestrafung einer so unglaublichen Respektlosigkeit ankündigte.

Es war strahlender Sonnenschein.

– 42 –

Grollend hatte sich Franz Salzmeier in eine Bierschänke am Hang des Hochufers verzogen. Ein finsteres, höhlenartiges Loch mit Butzenscheiben und dicht gedrängten Stühlen und Tischen, in dem der Krautdunst zum Schneiden war. Die Essenszeit war vorbei, und die Arbeiter, die vorhin den winzigen Raum gefüllt hatten, waren verschwunden.

Eigentlich hatte er gehofft, heute in der Brauerei Hopf zu sitzen und mit dem Inhaber seinen Sieg über Bruckner zu feiern. Stattdessen hatte er bei einem Weibsbild betteln sollen, dem der Bruckner, der narrische Depp, seine Geschäfte anvertraute! Zum Glück hatte er noch einen Zwischenhändler gefunden, der für die großen Brauereien einkaufte. Die Zeiten standen günstig für große Bauernhöfe, irgendein Käufer für Hopfen fand sich immer.

Schadenfroh verzog Salzmeier die breiten Lefzen. Er hätte das Pachermadl damals in Flechting hernehmen sollen, dann wäre sie auf so aufmüpfige Ideen gar nicht erst gekommen. Wenn man den Weiberleut nicht zeigte, was mit ihnen passierte, wenn sie aufmuckten, wurden sie frech. Aber gleich würde der Grashammer hereinkommen und ihn bezahlen. Dann würde er mit stolzgeschwellter Brust zurück nach Flechting fahren. Und nächstes Jahr gleich an den Großhändler verkaufen.

Die Tür der höhlenartigen Braugaststätte öffnete sich. Grashammer. Endlich.

Mit breitem Grinsen stand Salzmeier auf und machte eine

einladende Geste an den Tisch. Er wankte schon ein wenig. Das Warten war ihm lang geworden, und eine Maß Bier hatte geholfen, die Zeit zu überbrücken.

«Danke», winkte Grashammer ab. «Es wird nicht lange dauern. Also hören Sie, Salzmeier. Der Hopfen, den Sie da draußen haben, entspricht nicht den Qualitätsanforderungen.»

«Ha?»

Grashammer drehte nervös lächelnd an den Hirschhornknöpfen seiner albernen Miesbacher Trachtenjacke. Seit der Prinzregent diese Kleider schätzte, sah man immer mehr Städter in diesem Mummenschanz. «Der Hopfen ist nicht mehr gut. Er fängt an zu schimmeln.»

«Was verstehen denn Sie von Hopfen? Sie san doch bloß ein feiner Herr in narrischen Kleidern. Was wissen Sie schon? Wenn ich Eana sag, der Hopfen ist gut, dann ist er gut!» Salzmeier zog drohend die Brauen zusammen. Der Alkohol ließ schon alles um ihn herum ein wenig unscharf werden, aber er begriff noch genug, um sich persönlich beleidigt zu fühlen.

Grashammer machte keine Anstalten, ihm einfach zu vertrauen. «Seien Sie ehrlich, ich habe doch dran gerochen. Für Ihren Hausgebrauch reicht das vielleicht, aber nicht für eine Großbrauerei. Wenn ich denen mit minderwertigem Hopfen komme, kaufen sie nie wieder bei mir ein.»

Salzmeier erstarrte.

«Haben Sie *minderwertig* gesagt?», wiederholte er dann.

Grashammer verdrehte die Augen. «Ich sag es Ihnen in aller Freundschaft, Salzmeier. Der Hopfen lag feucht, und jetzt reicht die Qualität nicht mehr. Hatten Sie vorher keine Gelegenheit, ihn abzustoßen?»

«Sie!», schnappte Salzmeier nach Luft. «Sie haben meinen Hopfen minderwertig genannt! Ich zeig Sie an, das mach ich!

Ich verklag Sie wegen Beleidigung! Sie haben meinen Hopfen beleidigt!»

Zu seinem Leidwesen ließ sich Grashammer dadurch auch nicht umstimmen. Er wirkte auch weit weniger eingeschüchtert als amüsiert. Und fast ein wenig mitleidig.

«Jetzt hocken's Eana hin und trinken noch ein Bier. Dann schaut die Welt gleich ganz anders aus, Salzmeier. Und nächstes Jahr verkaufen Sie beizeiten.»

Grashammer drückte ihn wieder auf die hölzerne Eckbank und wandte sich zum Gehen. Salzmeier platzte der Kragen.

«Das zahl ich Ihnen heim, Sie Malefizstadter! Ich verklag Sie! Ich zerr Sie vor Gericht, immer wieder, dass Sie mich nie vergessen! Hören Sie? Egal, was das kostet! Sie Saukerl, Sie!»

Aber da war Grashammer schon zur Tür hinaus. Der kräftige Gastwirt kam an Salzmeiers Tisch und sagte: «So, und jetzt hocken wir uns wieder auf unsere Backen und san friedlich, verstehn wir uns?»

«Sonst was?», erwiderte Salzmeier.

«Sonst setz ich dich an die Luft!»

Salzmeier reckte trotzig das Kinn.

Eine Minute später, auf der kalten Straße, bereute er es. Sein Hintern brannte von dem Tritt, den ihm der Wirt versetzt hatte. Aber noch mehr brannte seine verletzte Ehre. Es war eine Frechheit zu behaupten, sein Hopfen sei nicht gut. Gut genug für den Grashammer, den Saukerl, war er allemal. Überhaupt, was war das für eine schlechte Welt, in der man einem wackeren Mann wie ihm nicht einfach vertraute, sondern die Ware überprüfte!

An all dem war der Bruckner schuld, der arrogante Teufel. Und das g'schlamperte Flitscherl, das in seinem Kontor hockte. Ein Weibsbild, das nicht mal Grundbesitz hatte! Dessen Familie zur Miete bei ihm wohnen musste, was allein schon bewies, dass das keine anständigen Leute waren. Zweimal war er jetzt an die Luft gesetzt worden! Das war mehr, als sein Stolz verkraften konnte.

Er würde es ihnen heimzahlen.

Er erreichte das Sudhaus in der Dämmerung. Der Ziegelbau lag vor ihm wie eine Verheißung. Da würde wenig brennen, dachte er, der Stall wäre besser. Aber wenn das Sudhaus mal in Flammen stand, konnte der Bruckner kein Bier mehr brauen. Das war das Risiko wert.

Oben in Giesing hatte er sich eine Öllampe und Streichhölzer besorgt. Mit bierdumpfem Kopf überlegte er, wo er sie am besten anzünden würde. Innen würde er schon etwas finden. Das Sudhaus hatte oben noch ein Stockwerk, wo vermutlich der Hopfen gelagert wurde. Wenn er dort Feuer legte, würde es alles vernichten und schnell auf den Rest übergreifen. Ein leichter Wind wehte, der sein Vorhaben begünstigen würde.

Er fand eine Leiter und lehnte sie außen an das Gebäude. Vorsichtig, wenn auch etwas schwindlig stieg er die Sprossen empor und öffnete ein Fenster – es war leichter als gedacht, es von außen mit seiner um die Faust gewickelten Jacke einzuschlagen.

Beim Hereinklettern verlor er die Balance und stieß dabei die Leiter um. Krachend fiel sie zu Boden. Salzmeier horchte, aber nur aus dem Stall waren Geräusche zu hören, als die Braurösser sich über den Lärm beschwerten. Egal, er brauchte keine Leiter. Hinaus konnte er die Treppe zum unteren Stockwerk nehmen. Jetzt war das Sudhaus verlassen, niemand würde ihn aufhalten.

Er blickte sich um. Die Dachschräge reichte bis knapp über das Fenster, und die Balken waren aus dickem Holz. Der Raum war groß und luftig, und überall an der Wand stapelten sich Holzscheite. Ein niedriges Regal in der Mitte enthielt Weichholz und geschnittene Äste. Kisten mit altem Papier und Spänen standen auf dem Boden. Offenbar befand er sich in der Kammer, wo das Brennmaterial gelagert wurde. Salzmeier triumphierte. Diese Industriellen waren narrisch! So eine riesige Menge Brennholz, und das im selben Haus, in dem unten gebraut wurde! Er hatte erwartet, dass sich das Holzlager irgendwo außen befand, wie bei ihm zu Hause, geschützt von einem windschiefen Schindeldach. Doch für die große Produktion brauchte man viel Brennmaterial. Besser hätte er es ja gar nicht treffen können.

Mit großer Geste warf er die Lampe auf das Brennholz. Kichernd und mit einem Hochgefühl, das nur teilweise vom Bier kam, beobachtete er, wie sich Öl aus der Lampe verteilte. Mit unsicheren Händen packte er die Streichhölzer aus. Er entzündete eines und warf es auf das Öl.

Eine Stichflamme loderte auf. Salzmeier lachte höhnisch. Das würde ihnen eine Lehre sein! Die würden sich nie wieder mit ihm anlegen, mit ihm, Franz Salzmeier, dem vierten Mann in einer Reihe von Franz Salzmeiers!

Kichernd beobachtete er, wie die feurige Welle sich von einem Scheit zum nächsten ausbreitete. Das Holz war zundertrocken und fing schnell Feuer. Bald befand er sich inmitten eines Heiligenscheins aus zuckenden Flammen, umgeben von der Glorie seiner Rache.

Es gloste und glühte und sprühte goldene Funken. Es wurde heiß in dem kleinen Raum, und schwarzer Rauch breitete sich aus. Er waberte unter der niedrigen Decke entlang und umgab ihn. Knackend und sausend fraßen sich die Flammen weiter und weiter durch das Holzlager. Es war Zeit zu gehen.

Salzmeier bahnte sich einen Weg durch den Qualm zur Tür.

Inzwischen bekam man schon kaum noch Luft, und er hustete. Dankbar drückte er die Klinke.

Der Ausgang war verschlossen.

Und in dem Augenblick, als Salzmeier begriff, dass eine industrielle Produktion auch entsprechende Schutzmaßnahmen erforderte und Melchior Bruckner sein Holzlager zum Schutz vor Bränden mit einer Eisentür abgeriegelt hatte, die niemand ohne Schlüssel öffnen konnte, loderten die Flammen hoch auf. Sie ergriffen den hölzernen Fensterrahmen und versperrten den Weg nach draußen. Salzmeier würgte im dichten Qualm. Dichter und dichter wurde er, ein grauer, wogender Nebel, der das gierige Saugen des Feuers umgab und ihn einhüllte. Er konnte kaum noch atmen. Gierig rang er nach Luft und atmete Qualm ein.

Er übergab sich. Und das war auch das Letzte, was er wahrnahm, ehe er das Bewusstsein verlor und sein wuchtiger Körper auf den qualmenden Boden fiel und die ersten Flammen an seinen Stiefeln leckten.

Während Marei Forellen fürs Abendessen ausnahm, machte Antonia noch Hausarbeiten für die Schule und hatte ihre Hefte auf dem Küchentisch ausgebreitet. Immer wieder musste sie ihre Schulsachen vor Blut- und Fettspritzern schützen. Der hochlehnige Stuhl mit den gedrechselten Streben war zwar nicht besonders bequem, und das Topfklappern und Messerschleifen lenkte ab. Doch die Küche war der einzige Raum, wo es warm war und sie eine Sitzgelegenheit hatte.

«Bist du nicht müde?», fragte Marei mitleidig. «Immer nach Feierabend noch die Hausaufgaben. Wird dir das nicht zu viel?»

«Ich habe mich daran gewöhnt», meinte Antonia und runzelte die Stirn, um die Lösung ihrer Gleichung zu errechnen. «Hundertvierzehn», murmelte sie. Nein, die Schule war es nicht, was sie ermüdete. Auch wenn sie sich gern hingelegt hätte – wenn man ihr die Wahl gelassen hätte, löste sie hundertmal lieber die Aufgaben aus der Mathematik, als den Abort zu putzen oder das Feuer zu schüren. «Weißt du», meinte sie aufblickend, «für mich ist es das Versprechen, dass es im Leben mehr geben kann als Federwisch und Lumpen und Eimer mit Seifenwasser.»

«Das muss man ja nicht ewig machen. Heirate halt, dann ist es vorbei mit der Arbeit. – Oh, verdammt!» Marei wischte mit einem feuchten Lappen etwas Fischgedärm von ihrer Ärmelrüsche.

Antonia musste sich eingestehen, dass sie sich im Augenblick nicht vorstellen konnte, überhaupt jemals zu heiraten. Männer ihres Standes würden eine gebildete Frau ohnehin nicht wollen, und selbst wenn, wäre es vorbei mit alldem, sobald die Kirchentür nach der Hochzeit aufging. Verheiratete Frauen unterrichteten nicht für Geld. «Und nach der Heirat wieder Federwisch, Lumpen und Eimer mit Seifenwasser? Nein, im Moment ist es gut so, wie es ist. Hier kann ich Erfahrungen sammeln, die mir später nützen werden.» Sonderbar, dass Melchior das sofort aufgefallen war. Es war, als hätte er sie besser gekannt als sie sich selbst.

«Was willst du denn später machen? Hast du keine Angst, als alte Jungfer oder als Lehrfräulein zu enden?»

Von der *Sinnlichkeit* zum Lehrfräulein! Die Vorstellung war so komisch, dass Antonia lachen musste.

Marei grinste. «Na ja. Noch kannst du ja deine Angel auswerfen, wird sich schon mal ein Fisch drin verfangen.» Und dabei schnitt sie der nächsten Forelle den Bauch auf, um die Gedärme mit den bloßen, blutverschmierten Fingern herauszureißen.

Allerdings waren manche Fische für eine wie sie zu groß, dachte Antonia unwillkürlich, und ihr Lachen verschwand.

Die Tür flog auf, und Melchior Bruckner stand in der Küche. Er war außer Atem, als wäre er gerannt, was so gar nicht zu ihm passte. Sein sonst so gepflegt frisiertes Haar war durcheinander, und er trug keinen Gehrock, sondern nur Hemd und Weste.

Antonia wurde feuerrot. Was hatte sie da nur gerade für alberne Gedanken gehabt! Aber Melchior hatte ausnahmsweise weder Augen für ihren Seelenzustand noch einen boshaften Kommentar dazu.

«Schnell, rufen Sie Xaver und die Knechte! Das Sudhaus – Feuer!»

Beide Frauen sprangen auf.

«Ich laufe zur Feuerwache», rief Antonia.

Es gelang Melchior und den Knechten immerhin, mit Eimern dafür zu sorgen, dass der Brand sich nicht ausbreiten konnte. Marei hatte auch Vinzenz geschickt, der überraschend eifrig half und durch den angespannten Gesichtsausdruck ungewohnt erwachsen wirkte. Endlich ertönte der schwere Hufschlag von Kaltblutpferden und das Rattern eisenbeschlagener Räder.

Keuchend fuhr sich Melchior mit dem Ärmel über die verschmierte Stirn. Körperliche Arbeit war er nicht gewöhnt, aber seltsamerweise tat sie ihm gut. Das Blut strömte schneller durch seine Adern, und obwohl der Rauch in Lungen, Augen und auf der Haut brannte, fühlte er sich präsenter.

Die Feuerwehrmänner sprangen vom Mannschaftswagen und machten Dampfspritze und Schlauchwagen fertig, noch ehe die Transportwagen standen. Zwei mit Wasser beladene Kutschen rollten hinter ihnen in den Hof der Brauerei.

Erst als sie nach einer Leiter riefen, fiel Melchior auf, dass sie am Boden vor dem Sudhaus lag. Die Feuerwehrmänner mussten sie nur aufstellen, um den Schlauch direkt ins Innere halten zu können. Schon stand der erste oben, rückte seinen Metallhelm zurecht und brüllte einen Befehl. Als seine Helfer die Kurbel betätigten, strömte Wasser durch den Schlauch und wurde nach drinnen gepumpt.

«Die Eisentür zum Holzlager hat das Schlimmste verhindert, sagt der Hauptmann», meinte Franziska, die, in ihren wärmsten Mantel gehüllt und hustend, ebenfalls gekommen war. «Es war eine gute Entscheidung, sie dort anzubringen.»

Überrascht sah Melchior sie an. Dann lächelte er kaum merklich.

Der Mann auf der Leiter schrie plötzlich: «Halt, aufhören! Da liegt einer!»

«Brandstiftung?» Melchior winkte ein paar Brauknechte heran, lief hinein und eilte die Stufen hinauf. Der Rahmen der Eisentür war durch die Hitze verzogen, doch mit einiger Mühe gelang es ihnen, sie zu öffnen.

Es war deutlich zu sehen, dass hier jede Hilfe zu spät kam. Der Tote lag mit offenen Augen und heraushängender Zunge in seinem Erbrochenen, und das Feuer hatte sein Haar bereits verbrannt und auch die Kleider zum Teil ergriffen, die nun als schwärzliche Lumpen den angesengten Leichnam umhüllten.

«Das ist der Bauer, Salzmeier!», rief Melchior überrascht, als die Männer ihn umdrehten. «Was macht der denn hier?»

Er blickte zur Tür, wo Schritte zu hören waren. «Lassen Sie die Damen nicht hereinkommen. Das ist kein Anblick für sie.»

«Ach, spielen Sie nicht den Ritter, das ist Ihre mit Abstand schlechteste Rolle», stichelte Antonia und drängte sich gelenkig wie eine Katze herein. Sie hatte ihre taillierte Jacke übergeworfen und hielt sie fröstelnd vor der Brust zu.

Melchior trat beiseite, und der Anblick und der Gestank taten das ihre, um das vorwitzige Seejungfräulein auf Abstand zu halten. Hier drin war es noch immer warm, und er spürte förmlich, wie sich Schweiß und Ruß auf seiner Stirn zu einem widerlichen Brei vermischten.

«Ist er eingebrochen?», fragte sie überrascht.

«Ganz eindeutig. Über das Fenster, das Glas ist nach innen gesplittert.» Melchior wies auf den Boden. «Wenn das Feuer das Glas gesprengt hätte, lägen die Scherben draußen.» Er öffnete den geborstenen, noch warmen Rahmen vorsichtig und blickte hinunter. «Vermutlich ist die Leiter umgefallen, und dann kam er nicht mehr hinaus.»

«Rache?», fragte sie ernst.

Er nickte. «Vermutlich. Das ist nun schon der Zweite, der Ihretwegen ins Gras beißt. Meine Güte, das nenne ich eine *Femme fatale*!»

Sie presste die Lippen zusammen und wurde bleich.

Melchior tat sofort leid, was er gesagt hatte. «Ach, nehmen Sie nicht alles ernst, was ich sage», meinte er müde. «Ich rede eine ganze Menge Unsinn. Salzmeier ist nicht Ihretwegen umgekommen, sondern weil er als Brandstifter einfach kein Talent hatte.» Er lächelte ihr zögernd zu, und sie erwiderte es. Und auf einmal wurde ihm wieder warm, und das lag nicht am Feuer.

– 43 –

Faschingsdienstag war Vevis freier Tag. Die vergangenen Tage waren schmerzhaft gewesen. Letztes Jahr hatte sie gerade in dieser Zeit so viel Schönes erlebt. Jetzt hoffte sie einfach nur, dass sie bald vorbeiging und morgen endlich die Fastenzeit vor Ostern beginnen würde. In der Früh war sie zum Friedhof gegangen und hatte Blumen auf Sebastians Grab gelegt. Sie überlegte, ob sie Tante Ida und Ignaz besuchen sollte. Immerhin würde sie ihren Vetter wohl zu Ostern heiraten.

Gegen Mittag kam Benedikt vorbei. Seine Wangen waren gerötet, und er hatte sich herausgeputzt: Der Anzug war frisch gewaschen, und seine dunklen Locken standen einmal nicht in alle Richtungen ab, sondern waren ordentlich nach hinten gebürstet.

«Ich weiß, Sie sind in Trauer», sagte er höflich, als sie in die Halle herunterkam. «Aber ich wollte nach Schwabing hinüberfahren. Würde es Ihnen gefallen, mich zu begleiten?»

«Mir ist nicht nach Feiern», meinte Vevi abweisend. Sie bemerkte Benedikts enttäuschtes Gesicht und sagte versöhnlich: «Verzeihen Sie. Ich würde gern mit Ihnen gehen … unter anderen Umständen.»

«Oh, ich rede nicht vom Feiern», meinte er. Das verlegene Grinsen gab ihm etwas Jungenhaftes. «Es ist nur so, ich soll heute zum ersten Mal meinen Verleger treffen. Ehrlich gesagt wollte ich ein bisschen Eindruck machen. Und Ihnen könnte eine Luftveränderung guttun.»

Vevi seufzte. «Warum geben Sie sich bloß solche Mühe mit mir? Ich bin schwanger und habe keine Ehre mehr. Ich kann von Glück sagen, dass mein Vetter sich von meiner Tante hat überreden lassen, sich trotzdem mit mir zu verloben. Das ist nicht das Leben, das ich wollte, aber das einzige, das mir bleibt.»

Benedikt zuckte die Achseln und lächelte verstohlen. «Wir Künstler sind seltsame Gesellen. Auf Ehre und all das geben wir nicht viel. Wir leben für das, was wir lieben. In meinem Fall ist das ein Stift und ein Stück Papier. Mir bedeutet nicht Geld oder Ansehen etwas, sondern dass ich etwas schaffen kann, das gut ist.»

Vevi hob den Kopf. So ähnlich hatte Sebastian auch zuletzt hin und wieder geredet. Aber er hatte kein besonderes Talent gehabt, und so war es das Bier für Herrn Bruckner gewesen, an dem ihm gelegen war.

«Schauen Sie, ich möchte doch nicht, dass Sie Ihren Verlobten vergessen», sagte Benedikt ernst. «Ich möchte Ihnen nur etwas zeigen.»

Als sie mit der Tram durch den grauen Februartag fuhren, fragte sich Vevi, ob sie einfach nur neugierig war oder warum sonst sie die Einladung angenommen hatte. Aber bevor sie allein in der Mägdekammer saß und sich von Kreszenz anschreien ließ, konnte sie genauso gut nach Schwabing fahren. Sie war noch nie dort gewesen, und Antonia sprach immer mit viel Wärme von den Menschen dort.

Benedikt führte sie in ein Brauhaus in Schwabing. Es herrschte reger Betrieb, überall standen Männer mit Papiergirlanden auf Leitern, Kellnerinnen brachten Leuchter und Blumen, und auf der kleinen Bühne probte eine Musikkapelle immer wieder dieselben Töne. Offenbar wurde ein Fest vorbereitet.

Sie drängten sich durch die Angestellten hindurch. Obwohl Vevi noch immer ernst war, hatte sie zum ersten Mal das Gefühl, dass sich der dunkle Nebel über ihr ein wenig hob.

Der Verleger erwartete sie an einem kleinen Tisch am Fenster. «Also Sie sind Benedikt Haber, der Mann mit dem abgründigen Humor. Willkommen.» Albert Langen war ein junger Herr mit dunklem Bärtchen und Brille. Er wirkte kaum älter als mancher Schuljunge, und man traute ihm kaum zu, dass ihm bereits ein Verlag gehörte. Und nicht irgendeiner, sondern einer der erfolgreichsten der Stadt. Benedikt hatte Vevi während der Fahrt alles über ihn erzählt: Im vergangenen Jahr hatte Langen mit einem Buch namens *Schläfst du, Mutter?* von einem gewissen Jakob Wassermann einiges Aufsehen in der literarischen Welt erregt. Und der *Simplicissimus* war eine aufstrebende Zeitschrift, die schon jetzt neben der *Jugend* als die bedeutsamste Neugründung galt. Er verkaufte sich bis nach Österreich.

«Wir verlegen unsere Redaktionssitzung also heute ins Wirtshaus?», scherzte Langen und erhob sich, um Vevi die Hand zu küssen wie einer Dame. Die junge Frau an seiner Seite erhob sich ebenfalls und schüttelte ihr die Hand. Sie hatte einen festen, ziemlich männlichen Händedruck. Ihr dunkelblondes Haar war modisch in Wellen gelegt, in der Mitte gescheitelt und zu einem lockeren Dutt nach hinten gebunden. Sie trug einfache Kleider, die durch ihre königliche Haltung eleganter wirkten, als sie waren. Das Auffallendste an ihr waren die unglaublich hellen, schönen Augen, obwohl das Gesicht mit der markanten Nase und dem Schmollmund insgesamt zu willensstark wirkte, um im modischen Sinne hübsch zu sein.

«Gräfin Franziska zu Reventlow», stellte Langen vor. «Sie schreibt für uns bisweilen Witze. Ich dachte, ich stelle Sie einander vor, vielleicht können Sie für eine der nächsten Ausgaben zusammenarbeiten.» Er bestellte eine kalte Brotzeit und kam sofort zur Sache: «Also, unsere Nummer 49 über Zola war ein Erfolg. Die Zeichnung kam gut an, was mich ermutigt.»

Vevi blickte fragend in die Runde.

«Es war eine Illustration zu einem Zitat des Dichters Émile Zola», erklärte Benedikt. «In Frankreich gab es einen Prozess um einen Landesverrat, der einem gewissen Dreyfus angelastet wurde. Vielleicht haben Sie davon in der Zeitung gelesen. Der wahre Schuldige, Ferdinand Walsin-Esterházy, wurde im Januar freigesprochen. Daraufhin hat Zola einen offenen Brief verfasst mit dem Titel *J'accuse – ich klage an.* Darin schreibt er, dass man das Militär geschont und Dreyfus zum Sündenbock gemacht habe, weil er Jude ist. Gegen die zu hetzen war ja schon immer leicht. Zola ist wegen des Briefs in Schwierigkeiten gekommen. So nahm Herr Langen sein Zitat auf, um sich solidarisch zu zeigen.» Er versuchte, sich an den Wortlaut zu erinnern.

«‹Wenn man die Wahrheit vergräbt, verdichtet sie sich im Schoß der Erde zu einer gewaltigen, explosiven Masse und wird an dem Tage, wo die Eruption erfolgt, zu einer so furchtbaren Kraft, dass sie in der Vernichtung alles mit sich reißt›», zitierte Langen mit vor Begeisterung gerötetem Gesicht wie ein Schüler, der erfolgreich einen Streich gespielt hat. «Aber stellen Sie sich vor, man hat Zola tatsächlich wegen des Briefs angezeigt, und nun muss er selbst eine Verurteilung fürchten.»

«Wundert Sie das?», lachte die Gräfin. Sie sprach genauso laut wie die Männer, und ihre Augen sprühten förmlich vor Leben, wie es Vevi nur selten bei einer Frau gesehen hatte. «Wann hätten Schriftsteller, die den Namen verdienen, auch je auf gutem Fuß mit ihrer Regierung gestanden?»

«Hamsun hat das auch schon schmerzhaft lernen müssen», meinte Benedikt. «Wie lässt sich der Spendenaufruf an?»

«Man wird sehen. So etwas hat selten Erfolg, aber ich denke, ich bin es ihm schuldig. Und wir haben inzwischen 30 000 Leser. Vielleicht finden sich ja ein paar.» Langen bemerkte Vevis verunsicherte Miene und erklärte: «Knut Hamsun ist ein norwegischer Schriftsteller. Er hat bei uns eine Geschichte veröffentlicht, die als unmoralisch gilt. Deshalb wurde ihm ein dringend benötigtes Stipendium nicht bewilligt.»

«Ja, und Sie sollten erwähnen, dass der ganze *Simplicissimus* dadurch in Verruf geriet», bemerkte die Gräfin trocken.

Was dessen Verleger nicht sonderlich zu stören schien, denn er grinste, als sei das ein Kompliment. «Der Prozess ist vorbei, also wen kümmert es noch? Also gut, Haber, von Ihnen bekomme ich also die Zeichnung zum nächsten Witz der Gräfin? Sie sprechen sich bitte ab.»

Vevi fühlte sich eingeschüchtert, und sie fragte sich, warum Benedikt sie unbedingt hatte dabeihaben wollen. Eine Frau, die selbst schrieb wie ein Mann, der feine Herr Verleger, all das Reden über Kunst und Schriftsteller, das war nicht ihre Welt. Hinter ihnen hörte sie Menschen hereinkommen, aber sie war sich nicht sicher, ob es unhöflich wäre, einen Blick über die Schulter zu werfen.

«Wie geht es Ihrem Söhnchen?», fragte Benedikt auf einmal die Gräfin.

«Meiner Maus? Bestens, mein Lieber, danke der Nachfrage. Er ahnt ja nicht, wie viele Witze ich schreiben muss, um ihn allein durchzubringen. Nun ja – was man eben *allein* nennt.»

«Ist der Vater denn verstorben?», fragte Vevi mit plötzlichem Interesse. «Das tut mir sehr leid.»

Franziska zu Reventlow verzog den Schmollmund zu einem amüsierten Lächeln. Nur ihre hellen Augen waren kühl. «Gott bewahre! Nein, der ist am Leben und fidel wie eh und je.»

«Und Sie wollen uns wirklich nicht verraten, wer es ist?», fragte Benedikt und warf dabei einen Seitenblick zu Vevi.

«Natürlich nicht, Haberchen, das wissen Sie doch. Mein Mann ist es jedenfalls nicht.»

Vevi riss die Augen auf. Eine Gräfin, die offen zugab, einen Bastard geboren zu haben? Die ihn allein ernährte und großzog?

Die Gräfin schien kein Interesse zu haben, das Thema zu vertiefen. «Ich muss mich noch umziehen. Los, Haber, Langen, und Sie, Liebes: Das Leben beginnt!» Sie sprang auf und lief hinüber, wo die Angestellten inzwischen Platz geschaffen hatten, offenbar für einen Tanz, und wo die Musikkapelle jetzt Aufstellung nahm.

Innerhalb kürzester Zeit verwandelte sich der Schankraum in einen Festsaal. Papiergirlanden und Seidenblumen wurden aufgehängt, glänzende Lüster gebracht. Die Gräfin kam zurück in einem seltsamen Kostüm, das irgendwie an die Darstellungen in der Bibel erinnerte.

«Ich bin die Liebesgöttin Aphrodite!», rief sie und fiel ein paar Herren in ziemlich phantastischen Kostümen um den Hals. «Wolfskehl! George, seien Sie gegrüßt, alter Prediger! Was ich bin? Das sehen Sie doch: die Hetäre von Schwabing. Jetzt hören Sie aber auf zu frömmeln, Sie sind ja heute wieder der reinste Weihen-Stefan!»

Vevi sah Benedikt fragend an, der als Einziger mit ihr am Tisch sitzen geblieben war.

Mit einem verlegenen Grinsen zuckte er die Achseln. «Ich hätte Ihnen vielleicht sagen sollen, dass sich der Schwabinger Fasching anschließt. Also wenn Sie darauf bestehen, bringe ich Sie selbstverständlich sofort nach Hause. Oder Sie bleiben noch ein Weilchen, hören der Musik zu und sehen sich um.»

Vevi war nicht nach Tanzen, aber irgendwie war hier alles anders. All diese Menschen schienen sich nicht im Geringsten um irgendwelche Konventionen zu scheren. Männer und Frauen berührten sich zwanglos, lachten und tauschten Galanterien aus. Manche Frauen trugen Kleider, die man draußen auf der Straße als unanständig beschimpft hätte und die sie ins Gefängnis hätten bringen können. Sie lachten laut in einer Weise, die man auf dem Dorf als schamlos empfunden hätte, sie tranken Schaumwein und Bier wie die Männer und warteten nicht, bis sie angesprochen wurden.

«Ich überlasse Sie einen Moment sich selbst. Sehen Sie sich in Ruhe um.» Benedikt zwinkerte ihr zu und verschwand im Trubel.

«Was ist los mit Ihnen?», fragte die Gräfin, die sich von ihren Freunden abgesondert hatte und neben Vevi auf dem Tisch Platz nahm. Auf dem Tisch, einfach so, als wäre das nicht in höchstem Maße unschicklich. Und jetzt schlug sie auch noch die Beine übereinander!

«Es ... muss sehr schön sein, keine Sorgen zu haben», erwiderte Vevi verunsichert. Sie wusste nicht so recht, wo sie hinsehen sollte. Und schon gar nicht, was sie zu dieser Frau sagen sollte, die nicht nur die erste Adlige war, mit der sie je gesprochen hatte, sondern auch noch so einschüchternd selbstbewusst auftrat.

Franziska zu Reventlow lehnte sich zurück und prostete einem Mann zu, der an ihnen vorbeitanzte. Er warf ihr eine Kusshand zu, und sie gab sie zurück. «Wissen Sie», meinte sie dann, «ich habe zu Hause einen vaterlosen Säugling, in Hamburg einen geschiedenen Gatten, und meine Familie hat mich wegen meines Lebenswandels verstoßen. Ich lebe mit einem Mann zusammen, der sich noch nicht entschieden hat, ob er mich lieben oder umbringen will. Mein Geld verdiene ich mit Witzeschreiben, Übersetzungen und Tageslohn, und wenn die Verehrer nicht wären, wüsste ich oft nicht, was ich essen soll. Ich würde nicht sagen, ich hätte keine Sorgen, Liebes.»

«Aber sie scheinen Sie nicht zu berühren», meinte Vevi mit einem vorsichtigen Blick.

Die Gräfin lachte und strich ihre Liebesgöttinnen-Robe glatt. «Ach, was soll's. Wenn mir ein Schmerz widerfahren ist, fasst mich immer ein doppeltes Verlangen nach Leben – nie eigentlich Resignation.»

Was sie auf den Gedanken zu bringen schien, dass sie jetzt genug über ernste Dinge geredet hatten. Sie sprang auf und lief auf einen hübschen jungen Mann zu, dem sie stürmisch um den Hals fiel, ihn herzte und küsste, als wäre niemand hier, der es sehen könnte.

Vevi wurde rot und konnte doch die Augen nicht abwenden.

Sie fing Benedikts Blick auf, der in einer Gruppe von Tanzenden immer wieder in ihre Richtung sah. Als er es bemerkte, kam er herüber und streckte die Hand aus.

Wenn mir ein Schmerz widerfahren ist, fasst mich immer ein doppeltes Verlangen nach Leben.

Unschlüssig beobachtete Vevi die Gräfin, die sich von mehreren Männern herzen und hochheben ließ, wobei sie kreischte und lachte.

Benedikt sah sie noch immer an, außer Atem und erwartungsvoll.

Entschlossen nahm Vevi seine Hand und ließ sich von ihm auf die Tanzfläche ziehen.

Benedikt beschloss, bei seinem Bruder in Giesing zu übernachten, um Vevi nach Hause bringen zu können. Es war längst dunkel, und die Straßen waren voller junger Männer vom Land – viele von ihnen ohne Stellung und ohne Zukunft, die ihre Wut darüber nur zu gern an jeder jungen Frau auslassen würden, die das Pech hatte, ihnen in der Dunkelheit über den Weg zu laufen. Ein leichter Regen hatte eingesetzt, und Benedikt mietete eine Droschke wie ein feiner Herr, damit sie den Weg nicht laufen mussten. Eine Weile saßen sie sich schweigend im Dunkeln gegenüber, und nur der Hufschlag und das Rattern der Kutsche auf dem Pflaster waren zu hören. Mit den zurückgekämmten Haaren und in seinem eleganteren Anzug sah ihr Begleiter erwachsener aus. Vevi fiel seine hohe Stirn auf, und dass er schöne Lippen hatte. Endlich fragte sie:

«Diese Gräfin … hat sie wirklich …?»

Benedikt beugte sich ein wenig nach vorn. «Ich wollte Ihnen zeigen, dass es auch eine Welt gibt, in der man wegen einer unehelichen Schwangerschaft nicht sein Leben zerstören muss. Machen Sie mit diesem Wissen, was Sie wollen.»

Vevi nickte stumm. Aber als sie ausstieg und Benedikt ihr aus der Kutsche half, berührten sich ihre Hände einen Moment. Sie wandte sich zum Haus, doch dann drehte sie sich, einem plötzlichen Impuls folgend, wieder um, lief zu ihm zurück und hauchte ihm einen Kuss auf die Wange.

Ihr Gesicht glühte. So etwas hatte sie zuletzt an dem Tag getan, als sie mit Sebastian im Heu gelandet war. Sie ging ein paar Schritte rückwärts, um zu sehen, wie er im Dunkeln da stand und ihr wortlos nachblickte. Dann lief sie schnell ins Haus.

- 44 -

Das Jahr 1898 wartete mit einem Wetter auf, als wollte es alle finsteren Prophezeiungen vom Ende der Welt bewahrheiten. Nach der eisigen Januarkälte hatte der Februar wie so oft heftige Schneefälle gebracht. Für einige Tage versank das Brucknerschlössl in einer luftigen Daunendecke, und vor den Fenstern wollte der Tanz der weißen Flocken gar kein Ende mehr nehmen. Direkt am Haus vorbeizugehen zeugte von einem gewissen Mut, denn von dem steilen Dach stürzten immer wieder Lawinen. Die starken Schneestürme fegten bis in den März über München und dämpften den Lebensatem der Stadt. Selbst die Tritte der Pferde und das Rattern der Kutschen klangen sanfter auf dem weiß bedeckten Pflaster. Wer es vermeiden konnte, aus dem Haus zu gehen, blieb am warmen Kamin sitzen.

Endlich begann es zu tauen, doch immer wieder wurde einem der Weg nach draußen durch den Föhn und seine Stürme verleidet. Melchior nutzte den ersten schönen Vorfrühlingstag, um mit seinen Gästen im Englischen Garten zu flanieren. In den Bergen hielt sich der Schnee noch, sodass kein Hochwasser zu befürchten war. Befreit vom Eis, reckten sich die ersten Schneeglöckchen unter der weißen Decke empor, und an den Rändern der Bäche tauten glitzernd die gefrorenen Ränder.

Erkälten würde sich jedenfalls niemand, dachte Melchior belustigt. Lady Hortensia trug unter ihrem Sonnenschirm und dem ausladenden Hut ein Kleid mit mehreren Schichten von Röcken, die zwar modisch glockenförmig nach unten fielen, aber keine Anstalten machten, oberhalb der Knöchel zu enden. Zwar besaß es einen Ausschnitt, doch in diesem steckte eine bis zum Kinn hochgeschlossene Bluse, und über all das hatte sie einen samtenen Gehrock geworfen, der sie von oben bis zu den Unterschenkeln bedeckte. Ihre Hände steckten in langen Handschuhen. Sir William hatte sich mit Weste und Gehrock ebenfalls in mehrere Schichten gehüllt.

«Weiter oben gibt es im Sommer eine Gelegenheit zum Baden», erklärte er seinen Gästen soeben. Sie sprachen englisch wie immer, wenn sie unter sich waren.

«Oh, baden. Ich liebe es», meinte Hortensia, die heute überaus gesprächig war. Mit gerunzelter Stirn blickte sie über die Wiese, wo ein paar junge Mädchen in knöchellangen Röcken und lockeren Blusen Ball spielten. «Allerdings bevorzuge ich Orte, an denen ich für mich bin. Es ist schamlos, so viel Haut zu zeigen, wenn man nicht allein ist.»

Sir William nickte ihr zu. «Es ist in der Tat ein wenig freizügig hier, nicht wahr?», meinte er mit einem Blick nach den spielenden Mädchen. «Es sind wohl einfache Frauen, die sich da so zeigen?»

«Hm», rettete sich Melchior in ein Räuspern. Eigentlich hatte er überlegt, William mit der Münchner Kunstszene bekannt zu machen, aber das ließ er wohl besser. Vermutlich reichte selbst das Rockteil von Lady Hortensias Badeanzug bis zu den Knöcheln. Die Vorstellung, wie die beiden zugeknöpften Herrschaften auf ein Bild wie die *Sinnlichkeit* reagieren würden, erheiterte ihn. Ein Jammer, dass er auf Sir Williams Geld angewiesen war. Es wäre zu amüsant gewesen.

«Kehrt um und tut Buße, denn das Ende ist nahe!», rief ein Prediger mit einem selbstgemalten Pappschild Antonia auf der Straße nach.

Ein Evangelischer, dachte sie achselzuckend. Der hat sich wohl verlaufen. Wenn er bis heute Abend nicht von einem Haufen katholischer Brauknechte verprügelt wird, kann er von Glück sagen. Doch allerorten spürte man, dass sich die Welt veränderte. Manche mochten noch am Alten festhalten, die Frauen in Berge von Stoff hüllen und sich der Technik verweigern. Aber die neue Zeit kam mit Riesenschritten.

Eigentlich war es nicht mehr Antonias Aufgabe, die Betten zu machen, doch Kreszenz hatte ihren freien Tag, und Vevi wurde im Ausschank gebraucht. Also kümmerte sie sich nach der Schule um die Gästezimmer.

Antonia schüttelte Sir Williams Bett auf und stellte einen Krug mit frischem Wasser neben die Waschschüssel. Sie wischte ein paar Tropfen vom Tisch. Die Schublade stand halb offen. Sie wollte sie zuschieben, da bemerkte sie das Blatt.

Und vor allem das, was darauf zu sehen war.

Antonia pfiff leise durch die Zähne.

Dann schob sie die Schublade vorsichtig wieder zu und verließ das Zimmer.

Der Föhn wehte in den nächsten Tagen stärker, und allmählich wurde die erste Ahnung von Frühling zur Gewissheit. Die glitzernden Berge an den Straßenrändern schmolzen zu schmutzig grauen Haufen zusammen, Rinnsale flossen über die Straßen und strebten den Stadtbächen und der Isar zu.

«Wir sollten vorsorgen», sagte Melchior zu seinem Braumeister Peter. Sie blickten den Hang hinab, wo sich die auf der Kiesfläche verzweigten Arme der Isar zu einem reißenden Fluss vereinigt hatten. «Das Sudhaus steht viel zu dicht am Wasser. Es hat seinen Grund, warum die großen Brauereien alle oben auf dem Hochufer produzieren.»

«Bisher ist es doch jedes Jahr gutgegangen», meinte Peter. «Der Pegel wird schon nicht so weit steigen.»

Melchior schüttelte zweifelnd den Kopf. «Ich habe mich erkundigt. Die letzten Wochen hat es in den Bergen stark geschneit, und das Tauwetter kam überraschend. Sollte das Wasser noch höher steigen, müssen wir die Produktion unterbrechen.» Wegen des Sturms musste er den Hut festhalten, und immer wieder fegte eine Bö durch sein Haar und zerrte an dem Mantel. Besorgt blickte er nach der Scheune. Gerade erst hatten sie endlich die Hopfenlieferung bekommen: Bauer Abensberger hatte seine Ware trocken und sauber gelagert und dank Salzmeiers Intrigen auch noch genug übrig gehabt. Und nun war wieder alles in Gefahr. Wenn die schmutzigen Wassermassen bis hierher stiegen, würde alles verderben.

«Im oberen Stockwerk des Sudhauses ist noch Platz», meinte Peter. «Ich kann den Hopfen aus der Scheune dort hinaufbringen lassen. Das Malz ist sicher im Silo, der Eingang liegt hoch genug.»

Melchior überlegte. «Warten Sie besser noch. Wir werden es ja merken, wenn die Pegel steigen. Ich nehme den Uferweg zurück, dann kann ich mir gleich ein Bild von der Lage machen.»

Er war sich nicht sicher, ob es die richtige Entscheidung war. Ließ er den Hopfen zu lange in der Scheune, riskierte er, dass alles überschwemmt wurde und die ganze Ladung verloren war. Brachte er ihn zu früh an einen ungeeigneten Lagerplatz, bestand die Gefahr, dass er dadurch verdarb.

Melchior ging einige Schritte bergab unter Kastanien und Buchen hindurch und erreichte den Uferweg. Etwas flussabwärts lag das Brucknerschlössl. Besorgt runzelte er die Stirn.

Das Schmelzwasser aus den Bergen hatte die Isar in einen graubraunen, reißenden Strom verwandelt. Gurgelnd schoss das Wasser in unregelmäßigen Wellen über den Kiesgrund, unterhöhlte die Böschung und riss auf seinem Weg Pflanzen mit. Überall trieben Äste und Blätter vom Vorjahr, sogar ein kleiner Haselstrauch schwamm an ihm vorbei. Der Pfad selbst war schlammig und voller Pfützen. An manchen Stellen hatte das Wasser ihn überspült und bildete kleine Strudel. Die Sträucher standen im Wasser und neigten sich mit der Strömung. Ganze Erdstücke waren weggebrochen oder so brüchig und aufgeweicht, dass es eine Frage von Tagen, wenn nicht von Stunden war, bis sie abbröckelten. Zum Brucknerschlössl ging es wieder ein Stück den Giesinger Berg hinauf, aber hier war der Weg inzwischen unpassierbar, zumindest wenn man keine Anglerstiefel trug.

Melchior warf einen Blick nach Süden. Der Föhn hatte die graue Wolkendecke aufgerissen und ließ den Himmel golden strahlen, hie und da durchsetzt von hartnäckigen dunklen Schwaden. Die Gipfel, die sonst oft im Dunst verschwanden oder als schmales Band am Horizont zu erahnen waren, waren seltsam nahe, als hätte sich der Abstand der Stadt bis zum Gebirge verkürzt. Klar und deutlich erkannte man jede einzelne Gebirgszacke, auf der linken Seite die charakteristische Wölbung des Wendelstein, nach rechts hin sogar noch die steil abfallende Westseite der Zugspitze. Wie ein blauer Scherenschnitt hob sich das Gebirge vom hellen Himmel ab. Und der Wind fegte unablässig stürmisch über die Stadt. Der Föhn würde sich so schnell nicht legen.

Melchior kehrte um und ging wieder zurück zum Sudhaus.

«Bereiten Sie alles vor, um morgen den Hopfen in Sicherheit zu bringen», wies er Peter an. «Lassen Sie den Dachboden im Sudhaus vorher noch einmal reinigen und gut lüften. Der

Uferweg ist beschädigt, und das Wasser wird weiter steigen. Wir sollten uns auf das Schlimmste gefasst machen.»

Mit Sorge beobachtete Peter im Laufe des Nachmittags, wie sich das Wasser immer weiter dem Brauhaus näherte. Inzwischen war der größte Teil des Weges zum Ufer überspült, und noch immer schien das Wasser zu steigen, langsam, aber unaufhaltsam.

Längst hatte er alles vorbereiten lassen, aber wenn er bis morgen wartete, um den Hopfen in Sicherheit zu bringen, war es vielleicht schon zu spät. Handelte er nicht bald, riskierte er, den ganzen Vorrat zu verlieren. Mit etwas Glück würde das Wasser nicht bis in den Hof der Brauerei steigen, aber wer wusste das schon? Entschlossen rief er ein paar Brauknechte und befahl ihnen, die Scheune zu öffnen. Außerdem schickte er einen von ihnen zum Brucknerschlössl.

Sack für Sack schleppten sie die federleichten, herb duftenden Dolden über den Hof und die Treppe hinauf. Die Brauknechte schwitzten, und längst dämmerte es, aber Peter ließ ihnen keine Ruhe. Er achtete darauf, dass sie die Früchte vorsichtig auf dem Dachboden ausbreiteten, damit sie nicht faulten. Die grünlich gelben Dolden stapelten sich hoch bis zur Decke des niedrigen Raums, dachte Peter besorgt. Allzu lange durften sie sie nicht hierlassen. Ohne ausreichende Belüftung würde der Hopfen verderben.

Peter kam gerade die schmale Holzstiege hinab in den Hof, als Melchior Bruckner von der Straßenseite her durch das Tor trat. Er hatte Stiefel angezogen, denn das Wasser gurgelte an den niedriger gelegenen Stellen schon in den Hof und drohte bald das Sudhaus zu erreichen. Ein paar Knechte löschten noch die Feuer im Sudhaus und brachten die schweren Kessel in Sicherheit. Sie hatten das Brauen eingestellt, um sicherzugehen, dass sie kein halbfertiges Bier durch das Hochwasser verloren.

Jetzt schoben sie noch Bretter vor die Tür und stützten sie mit Sandsäcken ab. Die kostbare Kühlmaschine hatte Melchior schon vor Tagen in Sicherheit gebracht, doch das Labor war natürlich im Keller besonders gefährdet.

«Vorsicht!», schrie einer der Brauknechte. Aber da war es schon geschehen: Einem der Männer rutschte der fast mannshohe Kessel aus der Hand. Das Wasser riss den Bottich auf den gurgelnden Strom unterhalb von ihnen zu.

«Haltet ihn fest!», rief Peter.

Die Brauknechte wateten hinterher.

«Lassen Sie das!», schrie Melchior.

«Ich brauche Hilfe!», brüllte Peter. Er hatte den Kessel erreicht und warf sich mit beiden Händen gegen das Gewicht. Seine Füße sanken in aufgeweichten Boden ein, Wasser quoll in die Schuhe. Wind peitschte ihm ins Gesicht, und immer wieder leckten Wellen an seinen Beinen. Der Kessel stand halb im Wasser, die Öffnung flussaufwärts gerichtet, sodass das Wasser ungebändigt hineinschoss. Es zerrte und rüttelte daran und ließ ihn schwerer und schwerer werden. Immer weiter zog es den schwitzenden Mann mit sich, der ohnehin um sein Gleichgewicht kämpfte.

«Lassen Sie los!», brüllte Melchior.

Peter schüttelte den Kopf und krallte sich fester um den Rand. Die Knechte winkten und riefen. Peter wollte sie anschreien. Da bemerkte er, wo er stand.

Bei dem Kampf gegen die Strömung war er unten ins Wasser gerutscht und stand bis zu den Knien in dem aufgewühlten Fluss. Der Kessel war mittlerweile vollgelaufen und zog schwer und unerbittlich nach unten.

«Lassen Sie den Kessel und kommen Sie hoch!», schrie Melchior. Er watete auf ihn zu und streckte dem Braumeister die Hand entgegen.

Peter ließ los, um sie zu ergreifen. Plötzlich befreit von der Kraft, die ihn gegen die Gewalt des schäumenden Wassers festgehalten hatte, rutschte der Kessel ruckartig flussabwärts. Und riss Peter von den Füßen.

Melchior, der seine Hand hielt, rutschte mit ab. Die Strömung zerrte an seinen Beinen. Er drohte zu stürzen, ruderte mit den Armen, spürte, wie sich der Braumeister panisch an ihm festklammerte und ihn mit ins Wasser zu ziehen drohte. Mit aller Kraft musste er gegen den Sog und gegen das Gewicht ankämpfen, doch irgendwie kam er auf die Füße. Ein mutiger Brauknecht hatte sich herangewagt und griff nach seinem Arm. Krampfhaft umklammerte Melchior die kräftige Hand und zog sich nach oben. Die plötzliche Todesangst, als er den Halt verloren hatte, jagte glühende Wellen durch seinen Körper. Sein Puls raste.

Mit weichen Knien taumelte er hinauf in den Hof und ergriff die Hände, die sich ihm entgegenstreckten.

«Helfen Sie Peter!», schrie er, kaum stand er halbwegs sicher. Er strich sich das nasse Haar aus dem Gesicht und blickte keuchend über die Schulter.

Die Knechte packten den Braumeister unter den Achseln und zogen ihn weg vom Fluss. Beim Gehen knickte er ein und schrie vor Schmerz. Offenbar hatte ihn eine mitgerissene Wurzel oder ein Ast verletzt, doch er lebte. Schwer atmend und mit weit geöffneten Augen starrte Melchior in den graubraunen, gurgelnden Strudel, der ihn um ein Haar mitgerissen hätte.

Nachdem man Melchior gerufen hatte, war Antonia beunruhigt zurückgeblieben. Wenn das Sudhaus überschwemmt wurde, waren nicht nur die Kessel in Gefahr. Niemand wusste, wie lange sie kein sauberes Wasser haben würden, ohne das sie die Produktion nicht wieder aufnehmen konnten.

Als sie endlich unten die Tür hörte und die Stufen hinablief, erschrak sie.

Melchior war totenbleich und bis zur Hüfte vollkommen durchnässt. Auch Teile seines Hemdes und der Weste waren nass, und er zitterte. Zwei Knechte stützten den totenbleichen Peter, der bei jedem Schritt aufschrie. Auch er war völlig durchnässt und bebte, und an seinem Bein liefen Wasser und Blut in schmalen Rinnsalen hinab.

«Das Bein ist wohl gebrochen», erklärte der eine Knecht. «Herrn Bruckner hätte es beinahe auch mitgerissen. Bringen Sie sie ins Warme.»

Antonia schickte Bartl nach dem Arzt und half, Peter im Knechtezimmer auf Xavers Bett zu legen.

Als sie wieder herunterkam, saß Melchior noch immer reglos auf der untersten Treppenstufe. Antonia setzte sich neben ihn. «Was ist geschehen?», fragte sie.

«Der Fluss ... das Hochwasser. Peter wollte einen der Braukessel retten und kam dabei zu weit ins Wasser.» Er fuhr sich mit den Händen durchs Haar. Das nasse Hemd klebte an seinen Armen und ließ die Haut hindurchschimmern. Sie musste eiskalt sein, doch er schien es kaum zu spüren.

«Sie hätten tot sein können», sagte Antonia erstickt. Der Gedanke war unerträglich. «Sie müssen ins Warme. Bitte, gehen Sie hinauf und kleiden Sie sich um. Für Peter ist gesorgt.»

«Das ist wohl der Moment, wo man eine schwere Entscheidung treffen muss», sagte Melchior, ohne auf ihre Worte einzugehen. «Nun gut. Ich war nie besonders geeignet als Braumeister.»

«Ist das Ihr Ernst? Sie wollen aufgeben?» Antonia, die schon aufgestanden war, setzte sich wieder. «Sie sind ein wirklich guter Chemiker, und das wissen Sie. Sie haben endlich einen Weg gefunden, die Brauerei weiterzuführen und Ihre eigenen

Talente dafür zu nutzen. Das wollen Sie doch jetzt nicht einfach wegwerfen!»

Melchior stieß einen trockenen Laut aus und schüttelte den Kopf.

«Vielleicht ist es ja eine Chance», versuchte Antonia, ihn aufzumuntern. Beunruhigt musterte sie ihn. So hatte sie ihn noch nie erlebt.

Endlich blickte er auf und sah sie an. «Seejungfräulein, ich hätte um ein Haar meinen Braumeister verloren. Es kann Wochen dauern, bis er wieder gesund ist. Ein Kessel ist weg, und es wird tagelang kein sauberes Wasser geben. Mein Investor ist unentschlossener als der Esel, der zwischen zwei Heuballen verhungert, aber ohne sein Geld kann ich mit meiner Neuerung nicht in die Produktion gehen. Ganz abgesehen davon, dass Hopf vermutlich schon dafür gesorgt hat, dass mich jeder Brauer bis hinauf nach London hasst. Einer meiner Knechte ist tot, und ich gelte als Hauptverdächtiger. Ach ja, und meine Mutter liegt ebenfalls krank im Bett und bedarf der Ruhe. Ich weiß ja nicht einmal, wie lange ich Sie noch bezahlen kann, also wo genau sehen Sie hier eine Chance für mich?»

Antonia atmete auf. Das klang schon eher nach dem Melchior, den sie kannte. «Was die Modernisierung betrifft, hatten Sie doch recht. Jetzt liegt es an Ihnen, und Sie müssen nicht so entscheiden, wie Ihre Mutter es täte. Das Chemiestudium, die Kältemaschine. Sie haben sehr viel eingesetzt in diesem Spiel, oder nicht? Ohne das alles würden Sie immer noch Kiesel in die Isar werfen. Sie haben einen Weg gefunden, den Sie gehen wollen. Lohnt es sich nicht, dafür zu kämpfen?»

Melchior lachte bitter. «Wissen Sie, wozu Sie mir da raten? Wenn es misslingt, bleibt mir nur noch, mir eine Kugel in den Kopf zu jagen, und das meine ich ausnahmsweise ernst.»

«Das Risiko ist groß. Aber nicht unkalkulierbar, denn ich

weiß, wozu Sie fähig sind. Wenn Sie jetzt aufgeben, dann haben Sie schon verloren.»

Er schüttelte zweifelnd den Kopf, und seine großen Augen hatten etwas Verlorenes. Aus einer Haarsträhne lief ein Wassertropfen über sein bleiches Gesicht. Aber immerhin sah er sie an.

«Erinnern Sie sich noch, wie Stuck mir damals erklärte, was eine *Femme fatale* ist? Ich konnte mir damals kaum vorstellen, dass man je irgendetwas so leidenschaftlich lieben kann, dass man dafür alles riskiert. Ich weiß, Sie haben viel verloren. Aber würden Sie nicht für etwas, das Sie leben lässt, alles aufs Spiel setzen? Alles auf eine Karte, wenn es das ist, was Sie spüren lässt, dass Sie noch am Leben sind?»

Melchior sah sie noch immer wortlos an. Dann runzelte er die Stirn, und zwischen seinen Augen bildete sich eine Falte.

«Würden Sie es?»

– 45 –

Es wäre übertrieben gewesen zu behaupten, dass Antonia in diesen Nächten gut schlief. Immer wieder wachte sie auf und fragte sich, ob sie nicht zu weit gegangen war. Was, wenn Melchior scheiterte? Wenn sie ihn in den Ruin trieb und er am Ende wirklich keinen Ausweg mehr sah?

Aber irgendwo in ihrem Inneren wusste sie auch, dass Melchior nicht so leicht aufgeben würde. Und dass er ebenso gut wie sie wusste, dass die *Femme fatale* nur eine bequeme Ausrede war, wenn ein Mann nicht selbst die Verantwortung übernehmen wollte für das, was er tat.

Nachdem der Pegel langsam wieder fiel, ließen sie als Erstes das Sudhaus reinigen. Am schlimmsten hatte es das Labor im Keller getroffen. Antonia blieb entsetzt in der Tür stehen, als sie herunterkam und das ganze Ausmaß der Zerstörung sah. Das Kunsteis war geschmolzen, Tisch und Regale standen schief und rochen muffig, die Glaskolben waren gesplittert oder rollten am Boden. Doch die Kühlmaschine, die sie vorsichtig vom oberen Stock geholt und in das Hinterzimmer gestellt hatten, lief. Der Hopfen war unversehrt, das Silo ebenfalls. Noch besaßen sie genug, um die Produktion wieder aufzunehmen.

Die Kessel wurden gereinigt und neues Bier angesetzt. Die Rezeptur war verloren, doch Melchior hatte sie im Kopf. Er ließ einen Braukessel für das neue Bier reservieren. Antonia hatte ihn so noch nie erlebt. Er hatte sich in das Projekt geradezu verbissen. Tag und Nacht verbrachte er im Sudhaus. Er wollte so wenige Menschen wie möglich einweihen, und außerdem musste er auf jeden Pfennig achten. Selbst Vinzenz stellte er zum Rühren an die Braukessel, und der kleine Nichtsnutz legte einen erstaunlichen Fleiß an den Tag.

Franziska hatten sie noch nicht die ganze Wahrheit gesagt. Antonia übernahm das Kontor, sobald sie mittags aus der Schule kam. Josephine Strauss erklärte sich bereit, die Sheltons ein paar Tage lang in jedes Theater der Stadt zu schleppen, und der Besuch genoss es, sich von der Mutter des berühmten Dirigenten und Komponisten herumführen zu lassen. Hortensia erhielt sogar ein paar Gesangsstunden bei Richard Strauss persönlich, und Sir William versuchte sich als Pianist.

Sie hätten aufatmen können – wäre da nur nicht die bohrende Stimme gewesen, ob sie es ohne Investor schaffen würden.

«Fräulein Pacher!»

Antonia war auf dem Weg zum Sudhaus, als die barsche Stimme sie von hinten anrief.

Thalhammer. Auch das noch, dachte sie. Irgendwie fühlte sie sich immer, als hätte sie etwas ausgefressen, wenn sie ihm gegenüberstand. Was, um ganz ehrlich zu sein, ja auch stimmte. Hoffentlich hatte er es nicht herausbekommen. Antonia setzte ein Lächeln als Schutzschild auf und drehte sich so gewappnet zu ihm um.

«Herr Gendarm. Gibt es Neuigkeiten?»

«Das kann man wohl sagen.»

Mit wichtiger Miene stieg er vom Rad und schob es neben ihr her. Antonia wollte eigentlich sagen, dass sie keine Zeit hatte, aber dann dachte sie, dass es besser wäre, ihm zuzuhören. Thalhammer reagierte nicht allzu gut auf Widerstand. Außerdem kamen gerade ein paar Arbeiter entgegen, die nicht zum

Brucknerbräu gehörten, und mit dem Gendarmen an ihrer Seite ersparte sie sich vermutlich ein paar aufdringliche Bemerkungen.

«Wir haben den Vorarbeiter von Hopf befragt. Der Bursche war eine harte Nuss, aber am Ende hat er geredet.» Thalhammer lächelte selbstgefällig und mümmelte mit seinem Schnauzer wie ein zu groß geratenes Karnickel. «Am Ende reden sie immer.»

«Ohne Zweifel.» Vermutlich hatten die Gendarmen dem armen Kerl ziemlich zugesetzt. Aber so wirklich leid tat er Antonia nicht.

«Der Aufzug wurde von ihm sabotiert. Ziel war es, die Kühlmaschine zu zerstören. Der Brauknecht war nur zur falschen Zeit am falschen Ort. Jedenfalls sagt der Verdächtige das. Noch.» Und er rückte sich mit einer bösen Grimasse die Knöpfe am Hals der Uniform zurecht.

Antonia blieb stehen.

«Haben Sie das nicht erwartet?», fragte Thalhammer und zog die buschigen Brauen über den wasserblauen Augen zusammen.

«Doch, doch», versicherte sie hastig.

Er beobachtete sie einen Moment misstrauisch, als überlegte er, sie im letzten Moment doch noch als Verdächtige mit aufs Revier zu zerren. Oder wie er sonst noch jeden möglichen oder erahnten Widerstand gegen die Staatsgewalt brechen könnte. Offenbar kam er dann aber zu dem Schluss, eine gehorsame Untertanin vor sich zu haben. «Sie können Herrn Bruckner sagen, dass er somit nicht mehr unter Verdacht steht.»

Offenbar hatte er kein Interesse daran, das selbst zu tun. Thalhammer rückte sich noch einmal die Uniform über dem Bauch zurecht und nickte ihr zu. Dann stieg er würdevoll auf sein Rad und fuhr davon.

Und jetzt hatte es Antonia auf einmal sehr eilig, zum Sudhaus zu kommen.

Sie fand Melchior hinter einem Braukessel.

«Es funktioniert!», rief er. «Die Gärung hat im großen Kessel funktioniert, das Ergebnis ist gar nicht übel! Ich habe gleich eine größere Menge ansetzen lassen. So oder so, ich beginne mit der Produktion.» Er lief die wenigen Schritte zu ihr herüber. Ohne Gehrock, nur in Hemd und Weste und mit hochgekrempelten Ärmeln, hatte er nicht viel von dem arroganten Schnösel, als den sie ihn kennengelernt hatte. Sein Gesicht war schweißfeucht, und aus dem sonst so perfekt frisierten Haar hingen ihm ein paar Strähnen ins Gesicht. «Wollen Sie es sehen?»

«Natürlich!»

Er öffnete die Tür zum neuen Labor. Sie hatten einen der hinteren Räume neu hergerichtet und mit Hilfe der Kühlmaschine auf die richtige Temperatur gebracht. Sie stand ganz hinten, eine schwere Metallkonstruktion mit Rohren, Kolben und Zahnrädern, die mit einem großen Zylinder verbunden war, in dem Spiralen verliefen. Melchior hatte ihr erklärt, dass sie mit Ammoniak kühlte, was einfacher sei als komplizierte Mechanik. In jedem Fall hatte sich die Anschaffung des Monstrums gelohnt: Im Kessel brodelte es unübersehbar, und die Hefe bildete Schaum.

«Sie haben es geschafft!» Antonia strahlte, und er erwiderte das Lächeln.

«Ich habe auch Neuigkeiten», sagte sie schnell, ehe sie dieses Lächeln unwiderstehlich finden konnte. «Der Schutzmann hat mich gerade abgefangen. Hopfs Vorarbeiter hat gestanden. Er hatte den Auftrag, die Kühlmaschine zu zerstören. Dass Sebastian genau in diesem Moment den Kopf in den Schacht steckte, war ein Unglück. Aber so oder so, Sie sind nicht mehr verdächtig.»

Melchior atmete tief ein. Er stützte die Hände auf den Kessel und sah nach unten. Nur das Senken des seidenen Rückenteils der dunklen Weste verriet, dass er langsam ausatmete. Es musste eine riesige Last von ihm abfallen.

«Nun, hatte ich recht oder nicht? Dass der Arbeiter Sie falsch beschuldigt hat, hat die Aufklärung am Ende beschleunigt.»

Melchior wandte den Kopf halb zu ihr. Ein undurchschaubares Lächeln zog sich über seine Lippen. «Ja, das dachte ich mir auch. Deshalb habe ich ihn auch für diese falsche Anschuldigung bezahlt.»

«Sie …» Antonias Lachen verebbte, und ihr stockte der Atem. «Sie haben …»

Melchiors Blick verriet nichts. «Nun, ich hatte die feste Hoffnung – und offenbar zu Recht –, Sie würden nicht zulassen, dass man mich wegen Mordes hängt. Es war wirklich reizend von Ihnen, mir ein falsches Alibi zu geben.»

Unwillkürlich warf Antonia einen erschrockenen Blick zur Tür.

Melchior bemerkte es, und jetzt lachte er leise und dunkel. «Ich sollte vielleicht dazusagen, dass ich ihn trotzdem nicht getötet habe. Ich dachte, das sei klar, jetzt, wo der Mann gestanden hat.»

«Aber warum …»

Melchior machte eine einladende Handbewegung und ging ein Stück um den Kessel herum. Als Antonia ihm nicht folgte, sah er sie darüber hinweg aus seinen eindringlichen Augen an. «Ich wusste, dass das alles irgendwie mit Hopf zusammenhängen musste, aber ich konnte es nicht beweisen. Wegen Shelton stand ich unter Druck, doch in dieser Situation hätte ein Mann wie Thalhammer mir niemals geglaubt. Ich wollte aus dem Gerede heraus, und es schien mir der schnellste Weg.»

Antonia schnappte nach Luft, als sie die ganze Tragweite dieser neuen Schurkerei begriff.

«Ich … ich hätte mich beinahe für Sie kompromittiert!»

Jetzt wirkte er zum ersten Mal, als hätte er wirklich ein schlechtes Gewissen.

«Herrje, Seejungfräulein! Ich dachte doch nie im Leben, dass Sie so weit gehen würden. Ich wollte nur die Verbindung zu Hopf herstellen. Meine Hoffnung war, Sie würden Thalhammer mit der Nase darauf stoßen, dass ein Rivale versucht, mich auszuschalten. Ihnen hätte er geglaubt.» Sein Mundwinkel zuckte. «Obwohl es natürlich sehr charmant von Ihnen war. Waren Sie meinetwegen wirklich so in Sorge, wie es aussah?»

Antonia schüttelte fassungslos den Kopf. «Sie haben gespielt?»

«Alles auf eine Karte. Das mögen Sie doch, oder nicht?»

Er beobachtete sie, als erwarte er eine Reaktion. Antonia wusste längst, dass er mit allen Wassern gewaschen war und dass er andere Menschen zu gern wie Marionetten tanzen ließ. Aber diese Charade war derart durchtrieben, dass es schon beinahe bewunderungswürdig war. Wenn es nicht so verwerflich gewesen wäre!

«Sie sind eine Schlange!», stieß sie endlich hervor.

«Und das aus Ihrem Mund, verehrte *Sinnlichkeit*. Ich fühle mich geschmeichelt.»

Antonia spürte, wie sie feuerrot wurde beim Gedanken, um welche Teile ihres Körpers sich die Stuck'sche Schlange wand.

Melchior räusperte sich. «Nun, wer mit gespaltener Zunge spricht, hat vielleicht eine doppelte Chance, dass auch die Wahrheit dabei ist.» Er schien auf etwas zu warten, aber Antonia wusste wirklich nicht, ob sie lachen oder wütend sein sollte.

«Geben Sie sich einen Ruck, Seejungfräulein, lassen Sie mich nicht länger schmoren. Können Sie mir verzeihen?»

Sie bemerkte das Zwinkern in seinen Augen und entschied sich für das Lachen.

«Wenigstens auf Ihre Unberechenbarkeit ist Verlass.»

Er wirkte tatsächlich erleichtert. «Das nehme ich als Kompliment. Was meinen Sie, ich werde seit einer Stunde in Bierdunst gesotten, was meiner Natur zutiefst zuwider ist. Hier ist alles voller Maische und Schmieröl und Banalitäten. Ich brauche dringend frische Luft und eine Konversation jenseits der weltbewegenden Frage, ob in einen Wurstsalat Käse gehört oder nicht.» Er strich sich das Haar glatt, krempelte die Ärmel herunter, warf seine Jacke über den Arm und streckte die Hand aus. «Gehen wir ein Stück?»

Er stutzte, und zwischen seinen Brauen bildete sich eine Falte. «Was sehen Sie mich so an?»

Antonia räusperte sich. «Entschuldigung.»

«Oh, aber das ist äußerst interessant.» Er kam näher, stützte den Arm gegen den tiefhängenden Balken über ihnen und beugte sich dicht zu ihr heran. «Sagte nicht Oscar Wilde, man solle Versuchungen nachgeben, denn wer weiß schon, wann sie wiederkommen? Wenn Sie mich also verführen wollen, nur zu.»

«Seien Sie vorsichtig mit Ihren Wünschen», erwiderte Antonia, ohne zurückzuweichen. «Dem Ritter aus *Undine* ist das nicht sehr gut bekommen. Und Ihr geschätzter Oscar Wilde sagt auch, es gebe zwei Arten, unglücklich zu werden: entweder nicht zu bekommen, was man sich wünscht – oder es zu bekommen.»

«Ja, schon, aber ich bin weder ein Ritter noch Oscar Wilde.»

«Versuchen Sie etwa wieder, mich zu küssen?»

«Auf gar keinen Fall», lächelte Melchior, ohne jedoch seine Haltung zu verändern.

«Nein?», fragte Antonia überrascht.

«Nein. Ich warte darauf, dass Sie es tun.»

«Damit Sie Ihre Hände in Unschuld waschen können.»

«Ach, Seejungfräulein. Sie sollten mich inzwischen gut genug kennen, um zu wissen, was ich von Unschuld halte. Und Hände sollte man in Wasser und Seife waschen, alles andere ist unhygienisch.»

«Sie werden ausfallend. Aber ich bringe Sie schon zum Schweigen.» Antonia nahm seinen Kopf in beide Hände und küsste ihn.

Melchior hielt den Atem an, als hätte er nicht erwartet, dass sie tatsächlich so weit gehen würde. Dann drängte er sie zur Wand und küsste sie, als hätte er seit Jahren darauf gewartet. Wieder überfiel sie das sonderbare Gefühl, als ob das Leben wirklicher wäre, unmittelbarer, tiefer. Und dieses Mal schob sie es nicht weg, sondern genoss es. Es strömte durch jede Faser ihres Körpers, der sonst eingeschnürt und verleugnet war, bis sie fast schon nicht mehr gewusst hatte, dass sie ihn besaß. Sie spürte Melchiors Atem warm und lebendig auf ihrem Gesicht und ihrem Hals, und es war, als würde eine starke Energie die eisernen Bänder sprengen, in die Traditionen und Moral ihre Seele gekettet hatten.

«Melchior, wo bist …»

Melchior und Antonia fuhren auseinander. Hastig ordnete Antonia ihr Haar. Vergeblich. Melchior hatte es ziemlich zerwühlt, überall hingen lange braune Strähnen aus ihrer Frisur. Auch sein Haar war durcheinander, seine Weste oben aufgeknöpft, und er atmete schwer. War sie das gewesen? Antonia spürte, wie sie schon wieder feuerrot wurde.

Vinzenz überblickte die Situation schneller, als seinem zarten Alter angemessen war. «Ihr seid beschäftigt», grinste er. «Ja mei.»

Melchior und Antonia wechselten einen Blick. Er verdrehte die Augen in komischer Verzweiflung.

«Raus!», sagte Antonia.

Vinzenz' Grinsen wurde noch breiter. «Ich sehe schon, ihr seid dabei, die biblische Genesis nachzuspielen. Ihr wisst aber schon, dass man wegen so was aus dem Paradies geworfen wird?»

«Raus!!»

– 46 –

N *aked? Oh my God!*»
William Shelton prallte zurück, als Hopf ihm die Nachricht brühwarm auftischte. Die Brille fiel ihm von der Nase und baumelte an der Kette, als wäre selbst das Metallgestell in entsetztes Beben versetzt worden.

Der Brauer hatte ihn bei seinem täglichen Spaziergang an der Isar abgepasst, unter den Bäumen an der Uferpromenade. Shelton genoss sichtlich die ersten den Frühling verkündenden Sonnenstrahlen und war sogar kurz stehen geblieben, um mit seinem Regenschirm etwas Schnee von den ersten Krokussen zu fegen, die sich unaufhaltsam nach oben kämpften. Die Promenade war inzwischen wieder freigegeben worden, und nur einige vom Hochwasser angespülte Äste verrieten noch, dass sie vor kurzem von einem gurgelnden Strom überflutet gewesen war.

Tatsächlich war der feine Herr Lord bereit gewesen, ihn anzuhören. Hopf verstand zwar nur, dass er schockiert war, doch das genügte ihm völlig. Dies war die letzte Chance, seinen Rivalen doch noch aus dem Rennen zu werfen. Wenn das Brucknerbräu ins Gerede geriet, weil Melchior Bruckner ein Aktmodell beschäftigte, würde der Investor abspringen. Und wenn das junge Ding sich vor Malern auszog, wer wusste dann schon, ob die wirklich nur die Rechnungen machte!

«Ich musste Eana das sagen. Ich tue es nicht gern, denn Melchior Bruckners Vater war ein Freund.» So andächtig es nur möglich war, während man angestrengt Hochdeutsch zu sprechen versuchte, faltete er die Hände und blickte gen Himmel. Leider zauste ein Windstoß ihm den Bart und fuhr ihm eiskalt in den Kragen, sodass er die Schultern einziehen musste. «Dass der Sohn sich mit so einem g'schlamperten Weibsbild einlässt, hat mich auch zutiefst erschüttert.»

William Shelton angelte nach seiner Brille und setzte sie sich wieder auf die Nase. Eindringlich musterte er Hopf. «Und das ist sicher?»

Hopf grinste breit übers ganze Gesicht. «Leider ja», versicherte er und setzte schleunigst wieder eine bedauernde Miene auf. «Ein junger Maler hat mir das erzählt. Er hat das Bilderl selbst gesehen. Er hoaßt ... ich meine: Sein Name ist Quirin Riedleitner.»

«Hm.» Shelton blickte über den Fluss nach Süden, wo der Föhn die Berge wie auf einem Aquarell hervorhob. «Und der Künstler, wer, sagten Sie, ist das?»

«Franz Stuck, Herr ... Sir Lord.» Hopf räusperte sich. «Ein Professor der Akademie.»

«Professor?»

Hopf kämpfte gegen das triumphierende Grinsen, das sich in ihm ausbreitete. Jetzt kam das Allerbeste. «Stellen Sie Eana bloß vor, dieses schamlose Machwerk soll jetzt auch noch für jedermann sichtbar gezeigt werden! Eine Ausstellung wird es geben. Das Bilderl ist schon jetzt ein Skandal. O mei, o mei! Was für Zeiten!» Und er verdrehte erneut die Augen gen Himmel, um heilig auszusehen.

«*Well, thank you.*» Sir William wirkte mit einem Mal etwas zerstreut. Er schlug die versilberte Spitze seines Regenschirms mehrmals auf den Boden und schien auf das Klicken zu lauschen. «*This is most interesting.* Und wo, sagen Sie, ist diese Ausstellung?»

Eine harte Nuss, dieser Lord. Der wollte sichergehen, dass

man ihm nichts unterjubelte. Aber Alois Hopf war sicher, dass Riedleitner nicht gelogen hatte.

«Im Glaspalast», erwiderte Hopf mit breiter Brust. «Eröffnung ist dieses Wochenende, sagte man mir. Überzeugen Sie Eana nur.» Und dann legte er doch noch ein wenig gekränkte Unschuld in seine Stimme und setzte nach: «Wenn Sie mir nicht glauben!»

Als Quirin zu Hause ankam, zog er langsam die Decke von dem Madonnenbild. Lange hatte er überlegt, wie er die Nachricht von Antonias Vergangenheit am gewinnbringendsten einsetzen könnte, und er war mit sich zufrieden. Dieser Simpel von Hopf hatte ihm sogar noch Geld dafür bezahlt.

Antonias Porträt blickte wie immer in stummer Andacht nach oben. Es war die dritte Version des Motivs. Die beiden ersten waren ihm noch immer zu freizügig erschienen, und so hatte er sie mit jedem Bild in mehr Stoff gehüllt, noch vergeistigter gen Himmel sehen lassen.

Wie schön sie war! Und wie fromm ihr Blick vom Betrachter wegschweifte, hin zu Gott. Die Lippen keusch geschlossen, das Haar nur angedeutet unter dem Schleier, der das Gesicht rahmte wie ein Heiligenschein. Das Abbild der Keuschheit.

Einer Keuschheit, die es nie gegeben hatte. Die jetzt, je züchtiger er sie malte, dem lebenden Vorbild umso mehr verlorengegangen war. Zuletzt hatte sie stärker gewirkt, selbstbewusster. Sie hatte nicht mehr wie einst jedes Gefühl auf dem Altar des Anstands geopfert. Ihre Schritte waren fester gewesen, als stünde sie sicher in der Wirklichkeit und hätte ihren Körper, das Werkzeug des Teufels, zu lieben begonnen. Selbst ihre Lippen hatten sich geöffnet, als hätte sie bereits jemand geküsst. Es war, als hätte sie sich umso mehr dem Laster ergeben, je mehr von ihrer Keuschheit er auf die Leinwand bannte.

Quirin begann zu lachen. Leise kichernd zunächst. Was für eine Hochstaplerin! Hinter dieser Maske der Frömmigkeit und Ergebenheit den wuchernden Leib der Sinnlichkeit zu verbergen!

Sein Lachen wurde lauter, steigerte sich zu einem irren Gelächter. Er nahm das Messer, das am Küchentisch lag. Und dann zog er es quer über das Gesicht der Madonna.

«Was sagst du jetzt?», lachte er. Er schnitt noch einmal über die Leinwand, dort, wo der Schleier züchtig den Hals verbarg. «Denkst du, es wird vom Beten besser? Denkst du, damit kannst du die ganze Verderbtheit deiner Seele auslöschen?» Er lachte und lachte und fuhr mit dem Finger über die Schneide des Messers.

«Die Welt wird schon bald dein wahres Gesicht sehen», kicherte er. «Und sie wird sehen, welch runzlige Vettel sich hinter dem köstlichen Rot der Lippen und dem Elfenbeinweiß der Wangen verbirgt. Sie wird den grauenhaften Aussatz der Sinnlichkeit sehen, der diese Brüste entstellt und den Körper auffrisst.»

Und dann stieß er das Messer in die Brust des Porträts und sank ihm zu Füßen auf den Boden. Der Bierkrug mit dem Schriftzug des Brucknerbräus, der auf dem Tisch gestanden hatte, ergoss sich über ihn und das Bild wie Blut, das sich auf dem Boden verteilte.

– 47 –

Sie möchten in die Ausstellung der Münchner Secession?»,
wiederholte Melchior aufmerksam. Er zog sich den silbernen Dreifuß mit Salz und Pfefferbehälter heran. Langsam
nahm er den Salzstreuer aus Kristallglas heraus. Das Aroma
von Kaffee hing in der Luft, und der Kachelofen verbreitete
behagliche Wärme.

«Unbedingt. Man sagte mir ...», Sir William legte sein Besteck ab und machte eine kleine Pause, um den Duft seines
morgendlichen Rühreis einzuatmen, das er soeben von der silbernen Schüssel auf seinen Teller gehäuft hatte, «... dass dort
ein sehr interessantes Bild zu sehen sei.»

Antonia und Melchior wechselten einen Blick über die großen Glasbehälter und die silberne Kaffeekanne hinweg. Ganz
ruhig, sagten Melchiors Augen. Er kann es nicht wissen.

Zum Glück hatte Franziska Bruckner nichts davon mitbekommen. Das Fieber war abgeklungen, und sie fühlte sich
wieder halbwegs gesellschaftsfähig. Nur der hartnäckige Hus-
ten wollte nicht verschwinden. Anders als die Gäste, die bei
Brot, Ei und Speck gut zulangten, hielt sie sich an ihre gewohn-
te Morgensuppe, die sie von Kindheit an kannte. Antonia hoffte
nur, dass sie Sheltons Geld verbuchen konnten, ehe die Gnädige wieder ins Kontor kam und herausfand, welches Risiko ihr
Sohn eingegangen war.

Hortensia Shelton sagte etwas, und William übersetzte:
«Meine Schwester ist keine Freundin der Kunst, sie bleibt hier.

Aber wir beide – wie wäre es, Melchior? Das sollten wir uns doch nicht entgehen lassen. Und Sie, Miss Antonia – heute ist Sonntag, Sie haben keine Schule. Begleiten Sie uns anstelle meiner Schwester?»

Marei, die noch frische Semmeln und selbstgemachte Quittenmarmelade auf den Tisch stellte, schien die plötzliche Anspannung nicht zu spüren. Melchior drückte Antonias Hand unter dem Tisch. Sie erwiderte den Druck und schenkte sich dann Wasser aus der Kristallkaraffe nach. Nur ein leichtes Zittern verriet sie.

«Ich verstehe nicht viel von Kunst», erwiderte sie ausweichend. «Sie?»

«Ganz und gar nicht. Ich bin ein absoluter Banause», bestätigte William ihre Befürchtung. «Aber man hat mir einen Maler empfohlen, den ich mir unbedingt ansehen möchte. Franz Stuck.»

«Franz Stuck?», echote Antonia.

Frau Bruckner runzelte die Stirn. «Sind Sie sicher, dass diese Art Malerei etwas für Sie ist? Stuck ist ein äußerst provokanter Künstler. Er hat schon mehrfach für Skandale gesorgt.»

«Nun, was man in München eben einen Skandal nennt», mischte sich Melchior ein. «In Ihren Augen mag es langweilig sein, Sir William. Die Secession ist eine Künstlergruppe, die sich von der Tradition abwendet und für ein neues Kunstideal steht. Unmittelbarer, menschlicher, individueller – aber es sind keine anarchistischen Wilden, liebste Mutter. Hirth, der Verleger der *Jugend*, fördert die Ausstellungen, das ist ein seriöser Mann. Natürlich bringt Stuck hin und wieder ein altes Mütterchen vom Lande zum Erröten, aber ist das der Rede wert?»

«Du verkehrst bei ihm, nicht ich», erwiderte Franziska so kühl, dass eigentlich schon von ihrem Tonfall das Fieber hätte sinken müssen.

«Gibt es keine Matinee heute?», versuchte Antonia abzulenken. «Das wäre doch auch sehr unterhaltsam, und Ihre Schwester könnte mitkommen.»

Shelton nippte an seinem Kaffee. «Oh doch, aber die Ausstellung ist eindeutig vorzuziehen. Sie wird heute eröffnet, es wird spektakulär, denke ich. Alles, was Rang und Namen hat, wird dort sein. Vielleicht sogar der Prinzregent.»

Antonia schloss die Augen.

Sie fing Melchior ab, als er gerade nach oben wollte, und zog ihn in den Flur zum Garten. Hier schützte sie der große Biedermeierschrank, in dem das gute Geschirr aufbewahrt wurde, einigermaßen vor Blicken. In der Küche klirrte und klapperte Marei beim Abwasch.

«Was tun wir denn jetzt? Er weiß Bescheid, jemand muss ihm von dem Bild erzählt haben!»

Melchior schüttelte den Kopf. «Das kann ich mir nicht vorstellen. Er ist neugierig, vermutlich hat ihm jemand gesagt, dass man die Ausstellung gesehen haben sollte. Vielleicht sogar Frau Strauss.»

«Antonia!», rief Marei aus der Küche. «Hilfst du mir beim Abtrocknen?»

«Sofort!», rief Antonia zurück. «Und wenn nicht?», flüsterte sie dann gepresst.

«Man erkennt dich doch nicht», versuchte Melchior, sie zu beruhigen.

«Und wenn ihm jemand verraten hat, dass ich es bin? Der Verdacht allein genügt doch!»

«Es wird alles gut, mach dir keine Sorgen.» Er nahm sie in die Arme und küsste sie. Antonias Anspannung löste sich ein wenig, und es wurde ein langer, sehnsüchtiger Kuss.

«Ich sollte lieber damit aufhören, ehe ich noch etwas Unüberlegtes tue», sagte Melchior endlich und schob ihre Arme von seinem Nacken.

«Redest du mit ihm?»

Er nickte. Und dann verschwand er schnell die Treppe hinauf, wobei er sich mehrmals nach ihr umsah.

Sir William indes bestand auf dem Ausflug. Er ließ sich auch nicht überreden, ohne Damen zu fahren, sondern schien gerade auf Antonias Begleitung Wert zu legen.

Sie hatte ihr elegantes Kleid angezogen, darüber den taillierten Gehrock, einen Hut mit künstlichen Blumen und die neuen bis über die Ellbogen reichenden Handschuhe. Melchior trug ebenfalls Gesellschaftsanzug und Zylinder und sah mit seinen kühlen hellen Augen und dem glatt nach hinten gekämmten dunkelblonden Haar umwerfend aus. Dennoch hatte sie kaum Augen dafür. Die Fahrt zum botanischen Garten schien länger denn je zu dauern. In der Kutsche redeten sie nicht viel, nur Antonia und Melchior wechselten immer wieder besorgte Blicke. Shelton schien sich darüber zu amüsieren. Antonia war sich jetzt sicher, dass er Bescheid wusste.

Am botanischen Garten herrschte schon reger Betrieb. Fast über Nacht hatte der warme Wind ein Meer von Schneeglöckchen und Krokussen aus dem Boden gelockt, die nun die Rasenflächen überzogen wie ein bunter, luftiger Teppich. Die Forsythien hatten goldene Knospen bekommen, und die Weide schmückten die ersten samtigen Kätzchen wie kleine Pelzknäuel. Klebrig grüne Blätter trieben aus den kahlen Ästen, bereit, sich zu entfalten. Elegante Menschen flanierten durch den Park und schienen alle dasselbe Ziel zu haben: den Glaspalast.

Als die breite Fensterfront vor ihnen in der Märzsonne funkelte, griff Antonia nach Melchiors Arm. Er legte seine Hand auf ihre, und die Wärme tat gut. Wenn sie schon gesellschaftlich vernichtet wurde, war er wenigstens an ihrer Seite.

Auf der vom botanischen Garten ab und zur Stadt hin gewandten Seite gab es einen Vorplatz, wo man Kutschen abstellen konnte. Hier war alles voller Menschen. Ein paar besonders schlicht gekleidete Leute am Eingang fielen Antonia auf, die laut aus Bibeln und Gesangbüchern rezitierten. Andere hielten Spruchbanner hoch.

«Ich aber sage: Wandelt im Geist, so werdet ihr das Begehren des Fleisches nicht erfüllen. Kolosser 3,5» oder

«Wachet und betet, dass ihr nicht in Anfechtung fallt! Der Geist ist willig, aber das Fleisch ist schwach. Mt 26,41»

Die Besucher mussten sich ihren Weg durch eine Traube schimpfender Fanatiker bahnen. Antonia zuckte zusammen, als sie unter ihnen Pater Florian aus Schwabing erkannte.

Ihre Finger krampften sich an Melchiors Arm fest.

Mit verzerrtem Gesicht brüllte Florian seine Parolen, inmitten einer Gruppe von Menschen mit einer Anzahl von Kindern, die ein wenig verloren danebenstanden. Er schien sie zu erkennen, denn er hielt einen Moment inne, als er sie in dem eleganten Kleid an der Seite eines eleganten Herrn sah. Dann schrie er wieder: «Keine Ausstellung sündhafter Kunst!» und «Unzucht, dein Name ist Stuck!»

Antonia hätte sich erbrechen können.

«Wie Sie sehen, ist der Glaspalast dem Londoner Crystal Palace von Charles Fox nachempfunden», versuchte Melchior eine Konversation. «Die Eisenteile stammen aus Nürnberg, es wurden 37 000 Glastafeln verbaut.»

«I see», meinte Sir William mit einem Blick nach der protestierenden Menge. «Gibt es bei jeder Ausstellung in Bayern so

einen Sturm auf die Bastille? Was zur Hölle mag dieser Stuck wohl malen?»

Und irgendwie klang die Frage so, als wüsste er das ganz genau.

Die Haupthalle war ein Wunderwerk der Technik und der Kunst, und unter anderen Umständen hätte Antonia voller Bewunderung innegehalten. Das Gebäude erstreckte sich hier über mehrere Etagen, und in der Mitte reichte der Blick wie in einem Dom bis ganz nach oben, wo die Sonne durch die gläserne Kuppel schien. Seitlich zogen sich Treppen aufwärts, nur von der Eisenkonstruktion gehalten, ohne Treppenhaus, als würden sie völlig frei schweben. Auf hohen Podesten mit barock anmutenden Verzierungen standen Statuen nach antikem Vorbild und schienen das Treiben zu ihren Füßen zu beobachten. Auf den Holzdielen, mit denen der Boden belegt war, war eine kleine Plattform aufgestellt, wo man unter einem Metallschirm auf gusseisernen Stühlen Platz nehmen konnte wie in einem Gartenpavillon. Die ganze Halle erweckte den Eindruck von Leichtigkeit und Modernität, sie schien gleichermaßen Industriehalle wie Kunsttempel und Kaffeehaus zu sein. Hier war vereint, was im gesellschaftlichen Leben unversöhnliche Gegensätze darstellte.

Unbehaglich betrachtete Antonia all die elegant gekleideten Menschen, die sich von einem Raum in den nächsten drängten. Im Sonnenlicht, das durch die riesigen Glasfenster ungehindert hereinfiel, blitzte das eine oder andere Collier, eine Ansteck-nadel oder ein Ring auf: hier eine Elfe mit Flügeln aus filigranem Gold, verziert mit eingelegtem grünem Glas und Diamanten, da ein Baum aus Silber mit Blüten aus Perlen, die von kleinen Brillanten umrundet waren. Sie funkelten im Vorbeigehen auf, wenn die Trägerin durch einen Sonnenstrahl ging, und verglühten dann wieder. Seidenstoffe raschelten, Chiffon wehte, und das Lachen von tausend Stimmen wetteiferte mit den Klängen des kleinen Salonorchesters auf seinem Podest. In diesen Kreisen war ein Aktmodell nicht viel besser als eine Hure.

«Wer hat Ihnen die Ausstellung eigentlich empfohlen?», fragte Antonia, um das Schweigen zu brechen.

«Oh, das war ein sonderbarer Mensch aus der Nachbarschaft», lächelte Shelton. «Ein gewisser Mr. Hopf. Franz Stucks Bilder sind gleich hier im nächsten Raum. Ich bin äußerst neugierig. Los, kommen Sie!»

Und mit einem Lächeln, das ihr verriet, dass er ganz genau wusste, was ihn erwartete, ging er durch die Tür.

− 48 −

Antonia legte die Hand an die Stirn und schloss die Augen. Es war Quirin, dachte sie. Ich weiß nicht, wie, aber er muss es Hopf verraten haben, sonst wusste es ja niemand. Er wollte es mir immer heimzahlen. Jetzt hat er seine Rache.

Melchior berührte ihre Fingerspitzen, das einzige, was hier in der Öffentlichkeit möglich war.

«Es tut mir so leid», flüsterte sie erstickt. «Ich war verloren, damals, als ich nach München kam. Ohne dich hätte ich geendet wie mein Onkel Marius, und nun zerstöre ich alles. Ich wünschte, ich wäre nie in euer Haus gekommen.»

Er schüttelte den Kopf. Impulsiv, wie sie es von ihm noch nie erlebt hatte, nahm er ihre beiden Hände und zog sie an sich.

«Das kannst du nicht ernst meinen», erwiderte er. «Ohne dich wäre ich noch immer ein gelangweilter Schnösel, der seine Tage damit verbringt, Kiesel ins Wasser zu werfen. Ich wäre mit einer Frau verheiratet, die ich nie ernstgenommen habe, und die Brauerei würde uns vermutlich nicht einmal mehr gehören.» Ohne sich um die pikierten Blicke zu kümmern, die sie trafen, nahm er ihr Gesicht in seine Hände. «Es gibt nichts, wofür du dich schämen müsstest», sagte er. «Und sollte es zum Schlimmsten kommen, werde ich das jedem sagen. Aber noch ist nichts verloren. Man kann dich nicht erkennen. Was immer man Shelton erzählt hat, wir streiten es einfach ab. Es ist nichts als die Verleumdung eines Neiders.»

«Was ist?», hörten sie Sheltons Stimme aus dem Nebenraum. «Kommen Sie?»

Eine Gruppe älterer Damen sah sie stirnrunzelnd an, aber Melchior kümmerte sich nicht um sie. Er nahm Antonias Finger und führte sie an seine Lippen. Dann drückte er ihre Hand auf seinen Arm und zog Antonia in den Ausstellungsraum.

Mit gesenktem Blick, unfähig, den Menschen ins Gesicht zu sehen, folgte sie ihm. Dann atmete sie tief durch und blickte auf.

Da war sie.

Mit einem leichten, herausfordernden Lächeln reckte sie dem Betrachter die Brüste und den Unterleib entgegen. Wie bei einem heimlichen Tun überrascht, blickte die Schlange über ihre Schulter. Aber sie wirkte nicht dämonisch.

Das Lächeln des Mädchens hatte etwas seltsam Unschuldiges. Eine junge Frau, die sich an ihrem Körper freute, die nie gelernt hatte, ihn als Werkzeug und Einfallstor des Teufels zu betrachten. Die es genoss, ihre Glieder zu spüren, frei von Zwängen und dem Geschrei religiöser Fanatiker. Glieder, die Raum brauchten, die gesehen und gespürt werden wollten, die genau so und nicht unter Ballen von Stoff in diese Welt gekommen waren. So wie Mädchen auf anderen Bildern ein Hündchen streichelten oder ein Hermelin hielten, hatte dieses eine Schlange. Und genoss eine harmlose, glückliche Freiheit, die nicht im krankhaften Zucken eines hysterischen Anfalls erkämpft werden musste.

Alle Kunst ist ein Spiegel.

Shelton war neben sie getreten. «Miss Antonia, haben Sie mir etwas zu sagen?»

Einer der Diener, die mit Tabletts herumliefen, hatte ihm ein Glas Schaumwein in die Hand gedrückt, und er nippte daran. «Ich weiß, dass Sie es sind, die hier abgebildet ist. Sie können es leugnen, aber es wird nichts ändern.»

Antonias Mund war so trocken, dass sie kaum ein Wort herausbrachte. Sie wusste nichts über Shelton, das war der reinste Wahnsinn. Melchior warf ihr einen warnenden Blick zu, doch sie sagte leise: «Vertrau mir.»

Dann sah sie Sir William offen ins Gesicht.

«Ja», erwiderte sie. «Es ist nicht mein Gesicht, das war bereits fast vollendet. Aber es ist wahr: Ich habe für dieses Bild Modell gestanden.»

Vielleicht irrte sie sich und schätzte ihn falsch ein. Es war ein gefährliches Spiel, und zu leicht konnte sie es verlieren. Aber alles andere bedeutete, in einer leidenschaftslosen Welt ohne Farben angekettet zu sein – in einer Welt ohne starke Gefühle, für die es sich zu leben lohnte.

Würden Sie dafür nicht auch alles aufs Spiel setzen? Tausendfach Ihr Leben riskieren?

«Fräulein Pacher hat nichts getan, wofür sie sich schämen müsste», mischte sich Melchior ein. «Es ist die Natur, und sie wurde gemalt. Wo ist der Unterschied zu einer Landschaft? Es ist Kunst, und *Kunst darf alles*.»

Ohne den Blick von Antonia ab- und ihm zuzuwenden, erwiderte Shelton: «Sie haben Ihren Wilde gelesen.»

«Das wissen Sie doch. Dann wissen Sie auch, dass alle Kunst Symbol ist. Hören Sie, Sir William», sagte Melchior ernst, «wenn dieses Bild für Sie ein Grund ist, nicht in die Brauerei zu investieren, so ist das Ihre Angelegenheit. Ich würde es sehr bedauern, aber ich würde Ihre Entscheidung respektieren. Aber ich muss Ihnen auch sagen, dass ich meine Meinung zu diesem Bild und zu Fräulein Pacher unter keinen Umständen ändern werde. Was sie in ihrer Freizeit tut, ist ihre Angelegenheit, und es gibt sehr viel schlechtere Maler als Franz Stuck.»

«Die Schlange steht gewöhnlich für die Sünde», meinte Shelton. Er trat auf das Bild zu und betrachtete es eingehend. «Man kann in ihr aber auch Weisheit und Aufklärung sehen oder sogar einen ins Tierhafte übertragenen – Verzeihung, wenn ich das Wort in Anwesenheit einer Dame benutze, aber Sie wissen ja, was Sie um den Hals trugen – Phallus.»

«Herr Stuck pflegte zu sagen: Was man in einem Bild sieht, sagt mehr über den Betrachter aus als über das Abgebildete», erwiderte Antonia.

«*Touché!*», erwiderte Shelton, aber er lachte nicht. Dann beugte er sich ganz leicht in ihre Richtung. «Und was bedeutet es für Sie, Miss Antonia?»

Antonia fuhr sich mit der Zunge über die Lippen. Doch sie hatte ihre Entscheidung längst getroffen, und nicht erst jetzt. Im Grunde war es vor Monaten gewesen, damals, als sie sich entschieden hatte, Modell zu stehen. Frauen wurden in dieser Welt weggesperrt wie giftige Insekten. Sie hatten kein Recht, über ihren Körper zu bestimmen, über ihren Geist, nicht einmal über ihre Geschicke. Sie waren eingeschnürt in ein Korsett aus Schleiern und Vorschriften, und die Hysterie tat nichts anderes, als dieses Korsett für ein paar Augenblicke zu sprengen, damit es sie nicht vollends erstickte.

«Es war das erste Mal, dass ich die Hysterie besiegt habe», sagte sie. «Das Bild heißt *die Sinnlichkeit*, aber für mich könnte es ebenso gut *die Freiheit* heißen. Wissen Sie, wie es sich anfühlt, zum ersten Mal bewusst die Bewegung der Luft auf Ihrer Haut zu spüren? Ihren Körper nach achtzehn Jahren zum ersten Mal nicht als Feind wahrnehmen zu müssen, den man versteckt und unter Bergen von Stoff begräbt, weil er von Grund auf sündig ist und Männer zum Laster reizt? Luft zu haben zum Atmen?»

Shelton nippte an seinem Glas und sah sie abwartend an. Sein Gesicht verriet weder Abscheu noch Verständnis, aber darauf kam es jetzt ohnehin nicht mehr an. Er war reich, aber er war nicht ihr Richter.

«Wie soll man etwas fühlen oder jemandem vertrauen, wenn man den eigenen Körper nicht fühlen und ihm nicht vertrauen darf?», fragte sie lebhaft. «Warum, glauben Sie, steht dieses Bild hier, warum spricht man in der ganzen Stadt darüber? Weil all diesen Leuten hier ganz tief in ihrem Inneren klar ist, dass das, was sie Sünde nennen, das Leben ausmacht! Dass nichts einen Sinn ergibt, wenn man nicht weiß, wie sich Leidenschaft anfühlt oder etwas so zu lieben, dass es weh tut. Sie wollen wissen, ob ich mich für die Verkörperung der Sünde hielt? Nein, Sir William, nicht einen Augenblick lang. Sündig habe ich mich nicht gefühlt, als ich Modell stand, sondern nur in den Jahren davor.»

Melchior starrte sie mit weit geöffneten Augen an. Erst jetzt, als die anderen Besucher überrascht zu ihr herübersahen, wurde ihr klar, dass sie die letzten Worte fast geschrien hatte. Antonia atmete auf.

Sie verspricht auch ein Leben, das Sie atemlos macht, das die Grenzen Ihrer sittsam zurechtgestutzten und kupierten Gefühle sprengt.

So fühlte sich das also an.

«Es war nicht meine Absicht, Ihnen einen Vorwurf zu machen, Miss Antonia», sagte Sir William.

Melchior rang nach Luft als könne er nicht glauben, was er da hörte. Shelton winkte einem Diener und nahm noch ein Glas von dem Tablett. «Sehen Sie, wir haben alle unsere Spleens, um mit der Welt da draußen umzugehen. Ich, Melchior und offenbar auch Sie. Die Welt verändert sich. Frauen streben an die Universitäten und fordern das Recht zu wählen. Vielleicht ist es an der Zeit, unser Bild von den Frauen zu ändern. Und vielleicht sollten wir damit anfangen, uns einmal anzusehen, wie die Natur sie schuf – ganz frei von Kleidern, die doch immer Ausdruck unseres Bildes von ihnen sind.»

Er reichte ihr das Glas, und Antonia nahm es entgegen. Ihre Hände zitterten noch immer.

«Ich verstehe nicht …»

«Es ist ein großartiges Bild, Ihre *Sinnlichkeit*», sagte Sir William Shelton. «*I love it*. Mein Freund Paul Collier hat ein ganz ähnliches gemalt, es heißt *Lilith*. Die *Femme fatale* – aber ist sie wirklich gefühllos? Oder ist ihre Gefühllosigkeit nur ihr Schutz in einer Welt, in der Ehrlichkeit und Liebe sie zum Spielball machtgieriger Männer machen würden? Ich liebe das Aktzeichnen, ich habe Kurse bei Collier belegt. Nichts verrät so viel über das, was ein Mann von den Frauen denkt, als wenn er sie nackt malt. Sieht er nur das Fleisch in ihnen? Sieht er die Heilige oder die Hure oder gar – wie neuartig! – den Menschen? Beim Aktzeichnen ist das Modell nur vordergründig die Person, die nackt ist. Wer in Wahrheit die Hosen herunterlässt, ist der Künstler, *my dear*.»

Stille.

Antonia und Melchior wechselten einen Blick, aber keiner brachte etwas heraus.

Das Schweigen schien Sir William allmählich unangenehm zu werden. Er räusperte sich und fuhr fort: «Sie müssen sich *Lilith* unbedingt ansehen, wenn Sie mich einmal in London besuchen.» Und dann beugte er sich ein wenig vor und stieß mit einem hellen Klirren mit ihr an.

«Das werden Sie doch, oder nicht?», fragte er, während Antonia noch nach Worten suchte. «Immerhin werde ich eine Menge Geld in Ihre Firma stecken.»

– 49 –

Hatten alle noch gehofft, der Frühling würde Franziska Bruckner heilen, zeigte sich doch jetzt, dass die Hoffnung getrogen hatte. Im Mai kam das schwere Lungenleiden wieder. Melchior wollte sie zu einer Sommerkur am Meer überreden, aber die alte Frau wollte nicht fort. Sie hatte sich in den Kopf gesetzt, München nicht zu verlassen und schon gar nicht allein in ein fremdes Land zu reisen.

«Von meinen Vorfahren war auch keiner an der Riviera», wehrte sie sich, kaum hatte man sie ins Bett gesteckt. «Und die sind auch alle alt geworden.»

«Du musst ja nicht nach Italien, wenn du Angst vor einer fremden Sprache hast», versuchte Melchior, ihr zuzureden. «An der Nordsee gibt es auch Bäder. Was ist mit der Insel Sylt?»

«Zu den Preißn?», trotzte Franziska. «Nur über meine Leiche!»

Der Arzt sah es anders.

«Sie sollte unbedingt ans Meer», riet er Melchior, den er ein Stück beiseite gezogen hatte. «Die Salzluft heilt vieles. Die Sommer hier sind oft schwül, das könnte das Leiden verschlimmern.»

«Damit ich an Heimweh sterbe!», beschwerte sich Franziska aus dem Bett, deren Ohren offenbar, anders als ihre Lungen, noch gänzlich funktionstüchtig waren. «Sie wollen mich wohl umbringen, Sie Quacksalber!»

Der Sommer kam und verging und hinterließ die Gewissheit des nahenden Endes eines Jahrhunderts. An einem warmen Septemberabend ging Quirin durch den Englischen Garten und blickte zum strahlenden Himmel, der die große Parkanlage in seinen letzten goldenen Schimmer tauchte. Er hatte sich kurz von den anderen aus der Partei entfernt, weil er plötzlich das Bedürfnis hatte, allein zu sein. In einiger Entfernung hörte er sie noch lachen. Sie schienen das, was sie planten, als Scherz zu sehen.

War er schwach?, fragte er sich. Es war Schwäche gewesen, das Weib einfach gehen zu lassen. Einen Weg, der hinaufführte zu Herrschaften, zu denen er nie Zutritt haben würde. Oder doch?

Die Partei konnte ihm viel weiterhelfen. Vielleicht musste er sich einfach nur gedulden. Gedulden, bis das Schicksal ihn ebenfalls hinauftrug und ihm die Möglichkeit gab, sie wieder auf einen Pfad zu bringen, der gerecht war. Er verstieg sich in eine kleine Träumerei. Und da sah er vor sich nicht die flanierenden Menschen, die unberührt von all dem ihre kleinen täglichen Gedanken austauschten, nicht die eleganten Reiter, die ab und zu vorbeitrabten. Er sah nicht die Kinder, die an Stöcken Reifen über die Wege trieben und sich über seinen abwesenden Blick lustig machten. Er sah, wie er selbst eines Tages die Hure bekehren und zur Heiligen machen würde. Wie er sie hinwegreißen würde aus ihrem sündigen Leben und ihr einen Schleier der Keuschheit anlegen würde. Wie er die Bilder der Nacktheit verbrennen und die Erinnerung daran aus ihrem Herzen merzen würde mit einem Dolch von Flammen.

Sein Blick schweifte nach oben, wo eine dunkle Wolke von Süden heraufzog und den gelblichen Föhnhimmel zerriss. Sie hatte eine merkwürdige Form. Quirin schien es wie eine Schlange, die sich zwischen den Beinen einer Frau ringelte.

«Nein!», flüsterte er heiser. «Nein!»

Die Wolke richtete sich drohend über ihm auf, verderblich wie das Große Tier, lockend wie der Anblick des nackten Weibes. Und sichtbar über der ganzen Stadt.

«Verschwinde!», stöhnte er.

Da verdunkelte die Wolke der Sinnlichkeit den Himmel. Sie senkte Nacht über die Stadt und zog alles, was dort lebte, mit hinein in ihre lockende, alles verschlingende Dunkelheit. *Cito et velociter.*

Zur selben Zeit rollten zwei Droschken in Richtung der Theresienwiese. Ihre Insassen verschwendeten indes keinen Blick nach oben, auch wenn sie sich wohl kaum über das entsetzt hätten, was sich dort abspielte. Sie hatten ganz andere Gedanken. Das Oktoberfest wurde eröffnet. Und zum ersten Mal war dieses Jahr auch das Brucknerbräu vertreten. Dank der Kältemaschine hatte Peter ein Festbier nach Melchiors Rezept brauen können, das ihnen den Weg auf die Theresienwiese geebnet hatte. William Shelton hatte es sich nicht nehmen lassen, nach München zu reisen, um den Erfolg seiner Investition mit zu feiern.

«Franziska wird das Jahr nicht überstehen», sagte Antonia ernst zu ihrem Verlobten. Sie trug ein elegantes scharlachrotes Kleid und Handschuhe. Die alte Frau hatte der Verbindung im Sommer zugestimmt, sicher auch deshalb, weil die Leitung der Brauerei in den letzten Monaten hauptsächlich in Antonias und Melchiors Händen gelegen hatte. Gemeinsam war ihnen gelungen, worum Franziska vergeblich gekämpft hatte.

Melchiors Gesicht lag im Halbdunkel, und vorbeiirrende Lichter huschten über sein Gesicht.

«Sie sagt seit Jahren, das kommende Jahrhundert sei nicht mehr ihres. Es verändere sich zu viel. Wir werden sehen.»

Antonia nahm seine Hand. Er zeigte es nicht, aber er würde Franziska vermissen, wenn sie einmal nicht mehr da war.

«Dass wir heute hier sind, ist dein Verdienst, und das weiß sie auch.»

Melchior lachte. «Es ist dein Verdienst, und das wissen wir alle. Hättest du nicht Sheltons Aktzeichnungen aus dem Kurs bei Collier in seiner Schublade gefunden ... ich kann es noch immer nicht fassen, dass du ihm die Wahrheit ins Gesicht gesagt hast, während er direkt unter der *Sinnlichkeit* stand!»

«Alles auf eine Karte. Das ist dir doch nicht fremd, oder?» Sie sah aus dem Fenster, wo die Häuser an ihnen vorbeizogen und die Dämmerung immer längere Schatten auf das Kopfsteinpflaster warf. «Ich habe ein wenig Angst», meinte sie zögernd. «Als ich das erste Mal hier war, erschien mir alles so glanzvoll, so märchenhaft. Ich fürchte, im Vergleich mit dieser Erinnerung kann keine Realität bestehen.»

«Aber dieses Mal bin ich bei dir. Wenn es nicht märchenhaft wird, löse ich auf der Stelle die Verlobung.» Melchior beugte sich vor und küsste sie. Antonia genoss das leichte Wirbeln in ihrem Kopf wie von Schaumwein, das Prickeln dort, wo er ihren Körper berührte, das ihr sagte, dass sie lebten. Der Kuss wurde intensiver.

Abrupt kam die Kutsche zum Stehen. Melchior verlor das Gleichgewicht, wurde nach vorn geworfen und landete auf Antonia.

Im selben Moment öffnete sich die Tür, und Shelton, der vorausgefahren war, stand im Eingang.

«Oh», meinte er nur und lüftete seinen Zylinder. «*Our remarkable* Sensuality. *Is that what you call a* Gspusi?»

«Das ist die Trägheit der Masse, ein Grundprinzip der Physik, Sie Voyeur!», knurrte Melchior, während er sich aufrappelte und nach seinem Hut angelte.

Antonia lachte. «Helfen Sie mir hinaus, Sir William?»

Er streckte ihr seine in einen weißen Seidenhandschuh gehüllte Hand entgegen.

«Selbstverständlich, nehmen Sie besser meinen Arm als seinen, *my dear* Sensuality. Die Trägheit der Masse könnte Anstoß erregen.»

Er zwinkerte Melchior zu, der die Augen verdrehte und seinen Hut aufsetzte, während er hinter Antonia aus dem Wagen stieg.

Antonia blickte über die Festwiese. Atemlos blieb sie stehen.

Es war wie damals. Das Leuchten überzog die Wiese wie ein schimmernder Schleier von Tautropfen. Aus tausend kleinen Glühbirnen strömend, vereinigte es sich zu einem hellen, strahlenden Teppich aus Licht, der den frühen Abend erhellte. Der Beginn einer neuen Zeit, dachte Antonia. Wer weiß, vielleicht werden eines Tages ganze Städte so leuchten? Vielleicht wird die Elektrizität uns Dinge ermöglichen, die wir uns jetzt noch nicht einmal vorzustellen wagen? Vor uns liegt ein neues Jahrhundert. Wird es ein Jahrhundert des friedlichen Fortschritts sein, oder wird der Fortschritt Verwerfungen mit sich bringen? Wie wird die Welt in zehn Jahren aussehen? In hundert? Wird es eine friedliche Welt sein, in der Frauen endlich nicht mehr wie Menschen zweiter Klasse behandelt werden? Eine Welt, in der sie gemeinsam mit Männern an einer besseren Zukunft arbeiten? In der, wie Shelton gesagt hatte, Nacktheit als unverstellter Blick auf den Menschen in seiner Natur und nicht als Sünde gesehen wird? Oder werden die alten Unterdrücker nur noch brutaler vorgehen?

«Wollen Sie noch länger Ihre Braut anstarren, Melchior, oder wollen wir gehen? Ich verdurste!», beschwerte sich Shelton.

Melchior erwiderte trocken: «Mir scheint, Sie haben vorgesorgt. Haben Sie nicht zu Hause schon ein Bier getrunken?»

«*Of course I did*», bestätigte Shelton. «Ich muss die Zurückweisung überwinden, dass Miss Antonia mir nicht Modell stehen wird. Sie sagt, es soll nicht aussehen wie eine Gegenleistung für mein Geld.»

Melchior legte Antonias Hand auf seinen Arm und drückte sie. Das zurückhaltende Lächeln, das sie an ihm lieben gelernt hatte, lag auf seinem Gesicht.

«Nun denn, lass uns sündigen», meinte er scherzhaft. Er machte eine einladende Geste, wie um sie aufzufordern, die magische Bühne des Lichts zu betreten. «Es ist das Beste, was wir tun können, um die Welt menschlicher zu machen.»

ANHANG

NACHWORT

Natürlich kommt auch dieses Buch nicht ohne intertextuelle Anspielungen aus. Hier folgen einige wenige Hinweise dazu, soweit nicht bereits im Vorwort geschehen:

Flechting, Antonias Herkunftsort, existiert natürlich nicht in Bayern. Wohl aber in der bayerischen Literatur. Oskar Maria Graf setzte sich in diesem fiktiven Dorf ironisch mit seiner eigenen Herkunft auseinander. Auf ihn spielt auch die Figur von Marius an. Au in der Hallertau gibt es wirklich, und keine vier Kilometer von dort habe ich mich als Kind auf dem Traktor der Familie einer Freundin bei der Hopfenernte versucht. Zum Glück war der große Bruder mit dem Schraubenschlüssel nicht weit, denn für den Traktor endete das Experiment nicht so gut.

Albert Einsteins Familie lieferte tatsächlich die erste elektrische Beleuchtung für das Münchner Oktoberfest. Der berühmte Physiker soll damals am Bierzelt Schottenhamel Glühbirnen eingeschraubt haben. Bekannt als aufmüpfiger Schüler, dem alles Gleichförmig-Reproduktive zuwider war, gilt er heute als Inbegriff eines Hochbegabten. Sein später so negatives Frauenbild scheint übrigens in (sehr) jungen Jahren noch nicht ganz so ausgeprägt gewesen zu sein. Wenn er vom Hallwachs-Effekt spricht, meint er den äußeren photoelektrischen Effekt, der damals unter diesem Namen geläufig war. Einstein nahm die Forschungen von Hallwachs (seit 1887) und Hertz (1886) für seine eigenen Arbeiten auf und entwickelte unter anderem auf dieser Basis seine Theorie der Lichtquanten.

Franziska zu Reventlow, die Muse der Schwabinger Boheme, bedarf eigentlich keiner weiteren Erklärung. Nur so viel: «*Wenn mir ein Schmerz widerfahren ist, fasst mich immer ein doppeltes Verlangen nach Leben – nie eigentlich Resignation*»: Das hat sie wirklich geschrieben, nämlich in ihr Tagebuch.

Josephine Strauss, die Mutter des Komponisten Richard Strauss, war wirklich die Schwester des Münchner Bierbrauers Pschorr. Die Brauerei existiert noch heute als Marke, ist aber nicht mehr in Familienbesitz.

Die Figur des Benedikt spielt auf den *Simplicissimus*-Zeichner **Josef Benedikt Engl** an. Die Ausgabe Nr. 49 (1898) des berühmt-berüchtigten Blattes widmet sich in der Tat der Verteidigung von Émile Zola und beinhaltet am Ende den Spendenaufruf für Knut Hamsun.

Die Münchner Tram war eine der ersten elektrifizierten in Deutschland. Beliebt und berüchtigt – in dem Lied «Ein Wagen von der Linie 8» besingt der Volkskünstler Weiß Ferdl die Münchner Tram zu Anfang des 20. Jahrhunderts und beweist, dass der Straßenverkehr in München schon damals nichts für Schöngeister war. Auf dieses Lied spielt Antonias Trambahnfahrt an. Weitere intertextuelle Bezüge verweisen auf **Karl Valentin**s «Wirtshaussemmel», auf **Thomas Mann**s «Buddenbrooks» und auf **Georg Büchner**s «Leonce und Lena», das 1897 in München uraufgeführt wurde.

«*Cito et velociter*» («*rasch und schnell*») sind die letzten Worte von Thomas Manns «*Gladius Dei*», mit denen ich mir hier einen kleinen Scherz erlaube. Anders als Quirin erblickt Thomas Manns Antiheld Hieronymus allerdings das Schwert Gottes am Himmel und hofft auf Beistand von oben. Quirins «Vision» hingegen verweist auf die Apokalypse und Stucks «Sinnlichkeit».

Last but not least natürlich **Oscar Wilde**s «*Bildnis des Dorian Gray*»: die Anspielungen dürften offensichtlich sein. Nur so viel:

Genau wie der Maler Basil befürchtet auch Quirin, dass sein Modell «verdorben» werden könne. Allerdings ist es, anders als bei Wilde, nicht das Modell, sondern der Maler, der verdorben wird – und auch nicht durch eine Überdosis Dandytum, sondern durch zu viel Keuschheit. Die Szene, in der Quirin versucht, das Madonnenbild zu zerstören, spielt scherzhaft mit dem Ende von Wildes «Dorian Gray», der ebenfalls das Bildnis zerstören will.

Zitate habe ich im Romantext gewöhnlich als solche zu erkennen gegeben, mit Ausnahme der hier im Anhang aufgeführten.

Ein Teil meiner Familie lebte zu der Zeit, in der der Roman spielt, in München. Manches aus der Geschichte um Vevi und Sebastian ist daran angelehnt – ich weiß also sehr gut, was es damals bedeutete, ein uneheliches Kind zu haben und wie patriarchalische Moralvorstellungen noch Generationen später das Leben der Nachkommen beeinträchtigen.

Den Satz «Wenn der Pfarrer etwas Schlimmes tut, muss man ein Tuch darüberbreiten» hat eine alte Bäuerin in meiner Kindheit tatsächlich gesagt. Ich habe ihn aufgenommen, weil er für mich ein erschreckendes Beispiel dafür ist, was mit einer Gesellschaft geschieht, in der eine Personengruppe, ganz gleich welche, sakrosankt ist. Nichts und niemand steht über dem Gesetz – eine Selbstverständlichkeit, möchte man meinen. Doch die Wirklichkeit sieht leider noch immer oft anders aus.

Die eine oder andere Figur hat reale Vorbilder. Bauer Salzmeier mag manch einem vielleicht etwas überzeichnet erscheinen, doch seid versichert, dass er das nicht ist. Im Gegenteil – gerade die Sätze, die vermutlich besonders erfunden wirken, habe ich wörtlich so gehört.

Dialekt zu lesen ist selbst für Muttersprachler sperrig. Deshalb habe ich den bayerischen Dialekt nur sehr gezielt und in vereinfachter Schreibweise eingesetzt. Damit die zum Teil älteren Ausdrücke auch für alle verständlich sind, hier noch ein **kleines Glossar für Nichtbayern**:

Bappn: Mund

Bazi: Schelm

Bissgurn: böse, bissige Frau, Giftspritze

b'scheißen: betrügen

Deandl, Dirndl: Mädchen

Deifi: Teufel

dotschert: trampelig

Dotschn: Wurzelrübe

Eana: Ihnen, Sie, sich (Dativ und Akkusativ, Singular und Plural)

Flitscherl: Flittchen

g'schlampert: schlampig, Schlampe

g'schleckt: sauber, schick, fein, auch im pejorativen Sinne: überkandidelt, stutzerhaft

g'schwolln: überkandidelt

Gspusi (sprich: Gschbúsi): Liebschaft, Liebchen

koa: kein

Lattirl: Lattentür

Lätschenbeni: Langweiler, abgeleitet vom Adjektiv lätschert: langweilig

Madl: Mädchen

Mei: etwa: «na ja»; hat aber eine Vielzahl von Bedeutungen: als «Ja mei» z. B. auch im Sinne von «na und?» oder «na so was!»

narrischt: närrisch, dämlich

Pratzn: Hände, Pfoten

Preiß, Preiß'n: Preuße, Preußen: meint abhängig vom Sprecher gewöhnlich sämtliche Bewohner des nicht bayerischen, deutschsprachigen Raums, vor allem aber Norddeutsche.

Ruach: Geizkragen

Schnalln: Schnalle, Schlampe; auch: blöde Kuh

Stadterer, Stadter: Städter

Stamperl: eigentlich ein Schnapsglas, aber auch die Menge (alkoholischer) Flüssigkeit, die in ein solches hineinpasst.

Zwiderwurzn: böser Mensch, insbesondere böse Frau, etwa: Giftspritze

BIER SELBST BRAUEN –
EINE KLEINE ANLEITUNG

Bierbrauen fand vor der Industrialisierung genauso in der privaten Küche statt wie Kochen. Heute gibt es von verschiedenen Anbietern fertige Sets zum Selberbrauen, auch das Zubehör (vor allem Gärbehälter und Bierspindel) kann man für den Hausgebrauch kaufen. Bis 200 Liter ist Selberbrauen steuerfrei, jeder Brauvorgang muss drei Tage vorher dem zuständigen Zollamt gemeldet werden.

Brausets bieten vorgefertigte Zutaten an, was den Brauvorgang enorm beschleunigt und erleichtert. Wer selbst kochen will, für den habe ich hier das Grundrezept:

Zuerst wird das Malz in Wasser erhitzt: Je nach Hersteller etwa 1 kg Malz (Sorten nach Geschmack) auf 4 Liter etwa 57 Grad warmes Wasser geben und auf 64 Grad erhitzen. Gut umrühren (oder einen Brauknecht beauftragen) und bei geschlossenem Deckel etwa 45 Minuten ziehen lassen.

Mit der Jodprobe wird dann festgestellt, ob die Stärke aus dem Malz abgebaut wurde: Einen Löffel Maische aus dem Topf nehmen und mit Jodlösung (diverse Anbieter) beträufeln. Verfärbt sich die Probe blau, muss sie weiterziehen, wird sie rot bis gelb, kann die Maische auf 72 bis 78 Grad erhitzt werden. Auch hier wieder bei der gewünschten Temperatur ziehen lassen. Nach etwa 10 Minuten kann man die Maische absieben und die restliche Flüssigkeit weiterkochen. Profis wiederholen diesen Vorgang mehrfach. Nach etwa 30 Minuten gibt man den Hopfen dazu (am besten Naturhopfen, je nach Geschmack

1 bis 5 Gramm auf 4 Liter – je mehr Hopfen, desto bitterer wird das Bier), danach kocht alles etwa eine Stunde. Kurz vor dem Ende wird noch Aromahopfen hinzugefügt und am Ende wieder abgesiebt. Profis trennen die Würze von der Flüssigkeit durch gekonntes Rühren mit dem Braupaddel! Durch die Zentrifugalkraft sammeln sich die festen Partikel in der Mitte, und die Flüssigkeit kann vorsichtig über einen Hahn abgelassen werden. Dann darf alles in einem Gärbehälter abkühlen, am besten über Nacht.

Jetzt kommt die Bierhefe: Dank Eduard Buchner und Melchiors Experimenten verwenden wir Trockenhefe und streuen sie einfach über unser künftiges Bier. Eine halbe Stunde gären lassen, dann gut durchmischen, Deckel drauf und etwa sieben Tage an einem ruhigen Ort von etwa 20 Grad (für obergäriges Bier) stehen lassen. Die Hefe erzeugt jetzt mit einigem Blubbern und der typischen Schaumbildung den Alkohol. Mit einer Bierspindel kann der Stammwürzgehalt gemessen werden. Hat das Bier nach ein paar Tagen mindestens 4 Prozent Alkohol, kann es in Flaschen abgefüllt werden. Die Flaschen werden bei etwa 5 Grad stehend zwei bis drei Wochen zur Nachgärung gelagert. Gern im Kühlschrank, dank Carl von Linde besitzen wir so etwas ja heute auch.

Einen millionenschweren britischen Investor findet ihr mit diesem Rezept vermutlich nicht, aber um euch einen netten Abend mit Freunden zu machen, ist das selbstgebraute Craft Beer perfekt.